KB069458

죽음의 법칙
#03 생존게임

제임스 대시너의

죽음의
법칙

#03 생존 게임

제임스 대시너 지음
강동혁 옮김

문학수첩

리넷을 위해

CONTENTS ▸▸▸

PROLOGUE ··· 9

CHAPTER 1 시골의 멋진 곳 ··· 12
CHAPTER 2 여러 손으로 이루어진 원 ··· 27
CHAPTER 3 문 두드리는 소리 ··· 39
CHAPTER 4 숲속으로 ··· 56
CHAPTER 5 침대맡 이야기 ··· 77
CHAPTER 6 역사 수업 ··· 99
CHAPTER 7 프라이드치킨 ··· 119
CHAPTER 8 수색과 구출 ··· 134
CHAPTER 9 밤을 지새우며 ··· 155
CHAPTER 10 국가의 지도자들 ··· 164
CHAPTER 11 혼란 포착 ··· 179
CHAPTER 12 퇴마사 ··· 191
CHAPTER 13 코드의 암 ··· 203
CHAPTER 14 비전 ··· 214
CHAPTER 15 검은 망토들 ··· 231
CHAPTER 16 사냥터 ··· 247
CHAPTER 17 현실 세계 ··· 264
CHAPTER 18 검은 안경 ··· 277
CHAPTER 19 해체되는 포드 ··· 294
CHAPTER 20 생명 ··· 311
CHAPTER 21 죽음의 법칙 ··· 318
CHAPTER 22 신과 괴물 ··· 335
CHAPTER 23 한 달 뒤 ··· 353

EPILOGUE ··· 365

마이클은 기꺼이 잠들었다. 노면에 미세하게 튀어나온 돌기들과 아스팔트에 스치는 타이어 소리가 며칠 만에 긴장을 풀어주자 눈꺼풀이 점점 무거워졌다. 그는 현실, 혹은 *비*현실을 처리하는 전문가였지만, 최근에 겪은 일을 생각해 볼 때 잠시라도 의식을 잃고 시간을 조금 보낼 수 있으면 바랄 것이 없었다. 이해해야 할 것이 아주 많았다. 이 세상과 그 안의 수많은 해악에서 탈출할 기회가 조금이라도 있다면, 마이클은 그 기회를 잡을 생각이었다. 하지만 과연 당분간 코핀 안에서 현실을 벗어날 수 있을 가능성은 그리 크지 않았다.

마이클의 머리가 까닥거렸다. 그는 흠칫 깨어났다가 다시 좌석에 몸을 기댔다. 마이클은 지금이 꿈이라는 걸 알았다. 더는 세라 아빠의 차에 타고 있지 않았으니까. 그는 이 모든 일이 시작되기 전, 주방 조리대에 있었다. 가사도우미 헬가가 수백 번이나 아침을 차려준 곳이었다. 아니, 수천 번일까. 마이클은 구치소로 자신을 만나러 왔던 남자와 그가 꿈속의 꿈에 관해서, 또 이처럼 돌고 도는 논리가 버트넷에도 적용된다는 점에 대해서 했던 이상한 말을 떠올렸다. 너무 많이 생각하면 머리가 돌아버릴 법한 문제들이었다.

"이 와플 엄청나게 맛있네요." 마이클이 말했다. 와플 맛이 진짜처럼 느껴져서 놀라웠다. 따뜻하고 버터 향이 가득한, 맛있는 와플. 마이클은 와플을 한 입 삼키고 미소 지었다.

게다가 헬가도 있었다! 상냥하면서도 엄한 헬가. 그녀는 접시 몇 개를 치우면서 마이클에게 시선을 주었다. 오랜 세월에 걸쳐 마이클이 여러 번 본 눈길이었다. 감히 거짓말은 하지 않는 게 좋을 거라는 뜻을 전하는 눈길. 마이클이 학교를 빼먹으려고 거짓으로 기침하거나 숙제에 관해 거짓말할 때 보통 받았던 눈길.

"걱정하지 마세요." 마이클이 말했다. "이건 꿈이에요. 원하는 만큼 얼마든지 먹을 수 있다고요!" 그는 미소 짓고 와플을 한 입 더 베어 문 다음, 씹어 삼켰다. "개비는 지금도 실종된 상태인가 봐요. 아직 개비 소식은 하나도 못 들었어요. 그래도 세라랑 브라이슨이랑 다시 함께하게 된 건 확실히 좋네요. 끔찍한 삼총사가 팔팔하게 살아 있다고요. 자동차 뒷좌석에 쑤셔박혀 있긴 해도요. 아무튼. 제 인생이 이렇게 이상해질 줄 누가 알았겠어요? 말도 안 된다니까요."

헬가는 고개를 끄덕이고 미소 지으며 식기세척기 쪽으로 상체를 기울였다. 유리와 도자기 그릇이 달그락거리는 소리로 주방이 가득 찼다.

마이클은 헬가가 조금도 신경 쓰지 않는 것 같은 느낌이 들어 얼굴을 찡그렸다. "아무것도 모르시나 보네요, 우리 독일 아주머니. 아, 어디 보자. 우린 어쩌다가 속아서 VNS 시스템을 날려버리게 됐어요. 시스템 전체를 꺼버린 거나 마찬가지죠. 세라의 부모님은—혹시나 해서 알려드리자면, 그분들은 납치당한 상태였어요—난데없이 나타나서 우리를 구치소에서 구해줬어요. 헬가 *아주머니*랑, 이 모든 일의 배후에 있는 옛 탄젠트들 얘기를 하면서요. *헬가 아주머니, 당신 말이에요. 괜찮으면, 무슨 일인지 알려주실래요?*"

가사도우미는 죄책감을 느끼는 듯 마이클에게 어깨를 으쓱해 보이면서도 하던 일은 그만두지 않았다. 달각거리고 쨍그랑거리는 소리, 찬장 문이 닫히는 쿵 소리가 울려 퍼졌다. 마이클은 지금처럼 앉아서 꿈을 즐길 수 있다는 게 비현실적으로 느껴졌다. 마이클이 아무리 달려도, 이 우주에는 그의 생각으로부터 도망칠 수 있는 곳이 한 군데도 없었다. 심지어 그의 머릿속에서도 마찬가지였다. 그는 남은 와플을 입안에 욱여넣으며, 바삭바삭한 겉과 부드러운 속을 즐겼다. 어쨌든 곧 꿈이 끝나리라는 느낌이 들었다. 그런데도 헬가는 아직 그에게 한 마디도 건네지 않았다.

"제 꿈에서는 저한테 말을 할 수 없나 보죠?" 마이클이 말했다. "그건 그야말로 이상한데요. 케인은 자기가 아주머니를 죽이고, 제 부모님도 죽였다고 했거든요." 엄마와 아빠를 떠올리자 꿈속에서도 가슴속 깊은 곳이 아려왔다. "어떻게든 탈출하셨나 보죠? 잘 모르겠네요. 아무튼, 최소한 제 머릿속에서는 계속 사실 수 없을까요? 어쩌면 저 자신의 머릿속 존재한테 말하면서 너무 많은 걸 바라는 걸지도 모르겠지만…."

헬가가 휙 돌아섰다. 얼굴에 불이 붙은 듯했다. "신성한 협곡이다, 이 녀석아. 네가 가야 할 곳이 거기라는 건 너도 알잖니. 신성한 협곡으로 돌아가라. 시작된 곳에서 끝내!"

마이클은 대답하려 했다. 하지만 아니나 다를까, 그 순간 도로에 움푹 파인 구멍이 뻔뻔스럽게도 마이클의 잠을 방해했다.

CHAPTER 1

시골의 멋진 곳

1

눈을 떴을 때, 마이클은 목에서 쓴물이 올라오는 듯한 불쾌한 느낌이 들었다. 의식이 있는 세계로 들어서는 데 딱히 만족스러운 방식은 아니었다.

그는 천천히 숨을 들이켰다. 멀미를 막아줄 뭔가가 있었으면 좋겠다는 생각이 들었다. 세라의 아빠는 자기가 내스카NASCAR(미국의 유명한 자동차 경주 대회—옮긴이)에 출전한 선수라도 되는 줄 아는 듯했고, 도로도 협조적이지 않았다. '이 나라 차세대 자동차 경주의 슈퍼스타인 기어 사냥개, 제러드는 세상에서 가장 구불구불하고 엉망진창인 트랙을 달리고 있습니다.'

조지아 북쪽 산맥의 가파른 커브를 돌아갈 때, 마이클은 길이 굽어질 때마다 온 체중을 실어 몸을 숙였다. 그렇게 하면 왠지 자동차가 길에서 이탈하지 않게 할 수 있을 것 같았다. 웃자란 칡덩굴로 뒤덮인 울창한 나무들이 커다란 녹색 터널을 이루고 있었다. 차를 타고 가는 동안 햇빛이 잎사귀 사이에서 반짝였다.

"헬가라고 말한 게 확실해요?" 마이클은 다시 한번 물었다. 머릿속에 꿈이 생생히 살아 있었다. *신성한 협곡으로 가라.* 헬가는 그렇게 말했다. 논리적으로 따져보면, 마이클 자신이 한 말인 셈이었다. 끝내고 싶다면, 그들은 이 모든 일이 시작된 곳으로 돌아가야 했다. 충분히 납득이 되는 말 같았다.

제러드는 핸들이 빙글 돌아 손아귀에서 빠져나갈까 봐 걱정하는 사람처럼 운전대를 꽉 쥔 채, 그 질문에 한숨을 쉬었다. 그의 아내인 낸시는 조수석에서 몸을 돌려 마이클을 마주 보았다.

"그래." 그녀는 친절하게 미소 지으며 말하더니 다시 앞을 돌아보았다. 참을성을 발휘해 응대하는 그녀를 보며 마이클은 이 질문을 처음 꺼낸 것 같은 기분이 들었다. 실제로는 아마 대여섯 번 했을 텐데 말이다.

마이클은 뒷좌석 가운데에 앉아 있었다. 왼쪽에는 브라이슨이, 오른쪽에는 세라가 있었다. 처음으로 다시 만난 이후 별다른 말을 한 사람은 아무도 없었다. 쫓기고, 갇히고, 구출되면서 보낸 며칠은 길었고, 모두가 마이클만큼 멍해 보였다. 마이클은 무슨 생각을 해야 할지 몰랐다. 세라의 부모님은 납치당했다가, 알 수 없는 사람들에게 구출됐다. 그런 다음에는 바로 그 알 수 없는 사람들이 제러드와 낸시에게 딸과 딸의 친구들을 데리고 애팔래치아산맥의 어느 곳으로 오라는 지시를 내렸다.

탄젠트들도 뭔가 수상했다. 헬가라는 이름의 여성도.

마이클은 백 번째로 그 헬가가 자기 집 가사도우미일 리는 없다고 생각했다. 그게 가능한 일일까? 그의 헬가는 사라졌는데… 아닐까? 마이클이 아는 한, 헬가는 부모님과 마찬가지로 케인에게 해체당한 탄젠트였다. 최소한, 케인은 그들의 부패를 촉진했다. 현실이든 아니든, 그들의 죽음은 마이클의 영혼을 공허하게 만들었고 그 이후로 빈틈을 채워준 것은 별로 없었다.

세라는 팔꿈치로 마이클의 옆구리를 쿡 찔렀다가, 제러드가 또 한 번 급하게 커브를 도는 바람에 마이클에게 몸이 쏠려 어색하게 몸을 기댔다. 타이어에서 끼익 소리가 났고, 새 떼가 길 옆의 나뭇잎에서 폭발하듯 날아오르며 높은 소리로 울어댔다.

"너 괜찮아?" 세라는 자세를 바로잡으며 물었다. "방금 구치소에서 탈출한 사람치고는 별로 기분이 좋아 보이지 않는데."

마이클은 어깨를 으쓱했다. "아직 퍼즐이 안 맞는 것 같아서."

"나한테 보내준 메시지는 고마워." 그녀가 속삭였다. 떨어져 있는 동안 마이클과 세라는 둘 다 구치소의 방화벽 시스템을 해킹해 서로에게 쪽지를 보냈다. "큰 힘이 됐어."

마이클은 고개를 끄덕이고 살며시 미소 지었다. 머릿속에 끔찍한 장면이 떠올랐다. 용암 구덩이 옆에서 세라가 죽어가는 장면, 버트넷 가장 깊은 곳에 있는 케인의 패스에서 빠져나가기 전에 그녀가 숨을 쉬어 보려고 마지막으로 몸부림치던 모습. 마이클이 세라를 이 모든 일로 끌어들였다. 세라의 부모님도. 브라이슨도. 마이클은 그토록 심한 고통을 겪는 세라를 보고 있자니 마음이 무너질 듯했다. 과연 가상 세계의 용암에 빠지는 것보다 나쁜 운명이 있을까 하는 고민이 어쩔 수 없이 들었다.

브라이슨은 상체를 기울여 그들을 보았다. "야, 나한테는 아무도 메시지 안 보냈잖아. 너무하네."

"미안." 마이클이 말했다. "네가 낮잠을 얼마나 좋아하는지 아니까… 방해하고 싶지 않았어."

그 메시지를 보여주려는 듯, 세라가 이어커프를 눌러 켜며 넷스크린을 밝혔다. 우리가 이길 거야라는 마이클의 메시지가 눈앞에 떠올랐다. 세라가 저장해 둔 그 메시지를 보자 마이클은 짜릿한 행복감에 가슴이 따뜻해졌다. 그는 얼결에 미소 지었다.

"정말이지 다정한걸." 브라이슨은 좌석에 기대앉으며 마이클을 눈여겨보았다. "나도 분명… 아 그래, 한 3주쯤 잠을 못 잤어. 너 때문이었지, 아마."

"알아." 마이클은 친구가 한 말이 (대체로) 농담이라는 걸 알았지만, 그래도 미안했다. 브라이슨이 한 말 중에서 그토록 단순하면서도 완벽하게 진실인 말은 아마 없었을 것이다. 롤러코스터 같은 차 안에서 느껴지던 구역질이 갑자기 극심해졌다. "아, 이런." 그가 신음했다. "아저씨? 어… 제러드 아저씨? 잠깐 멈출 수 없을까요? 속이 별로 안 좋아요."

"브라이슨 쪽으로 고개를 돌려봐." 세라는 마이클에게서 조금 떨어지며 말했다. 그녀는 창문을 내렸다. "좀 나아졌어?"

하지만 세라의 아빠는 이미 속도를 늦추고—그가 갑자기 브레이크를 밟는 바람에 마이클의 속은 한층 더 울렁거렸다—길가의 좁은 가장자리에 접어들고 있었다.

"자, 뿜어내라." 제러드가 말했다. 이런 행동이 매우 익숙하게 보여서, 마이클은 제러드가 운전을 하며 누군가의 점심을 게워낸 경험이 한두 번이 아닐 거라는 확신이 들었다. "하지만 서둘러. 이미 늦었다."

세라의 엄마가 남편의 팔을 가볍게 토닥였다. "기다려, 여보. 정말이지, 토하고 싶어 하는 사람은 아무도 없어."

마이클은 세라의 몸을 타고 넘어갔다. 그는 문을 열고, 세라가 불평하기도 전에 차에서 뛰쳐나왔다. 구치소에서 먹었던 끔찍한 아침 식사가 이미 올라오고 있었고, 막을 방법은 없었다. 마이클은 가장 가까운 덤불에 매우 불쾌한 깜짝 선물을 안겼다.

2

"아, 이런. 너 셔츠에 뭐가 묻은 것 같은데." 몇 분 뒤에 브라이슨이 말했다. 차가 다시 출발하면서, 제러드는 자동차 경주 기술 연습을 다시 시작한 터였다.

마이클은 미소 지었다. 뭐가 묻든 말든 상관없었다. 기분이 무척 나아져서 온 세상이 밝아지고 깨끗해진 것처럼 느껴질 정도였다.

"셔츠에 뭐가 묻어서 그렇게 기분이 좋다니 다행이다." 브라이슨은 중얼거리더니, 친구의 어깨를 톡톡 두드렸다. "사실, 나한테 내뿜지 않은 것만으로도 고마워."

"별말씀을." 마이클이 대답했다.

"좀 나아?" 세라가 물었다.

"엄청 나아졌어." 마이클은 팔짱을 끼고, 다리를 움직여 편안하게 자리를 잡았다. "모든 게 나아진 것 같아. 그러니까, 애틀랜타에서 무슨 일이 일어난 건지는 모르겠지만… 우리 모두가 아직 살아 있다는 건 대단한 일이잖아? 게다가 지금은 우리를 도와주고 싶어 하는 사람들에게 가고 있고."

하나 더, 나한텐 계획이 있어. 그는 생각했다. 그에게 계획이 생긴 건 무척 오랜만이었다. 기분이 좋았다. 그는 신성한 협곡으로 갈 생각이었다. 이 모든 일이 시작된 곳으로 돌아가는 것이다. 그저 친구들에게 그 계획을 이야기해 줄 적당한 순간만 기다리면 됐다.

"야." 브라이슨이 말했다. "너, '유리잔이 반이나 찼네' 하는 스타일이구나. 마음에 드네."

세라는 미소 지으며 마이클의 손을 잡았다. 그녀의 손가락이 마이클의 손가락 사이로 미끄러져 들어왔다. 세상이 더욱 밝아졌다. *그리고 개비가 괜찮은지도 확인해야 해.* 마이클은 생각했다. 마지막으로 봤을 때, 개비는 머리를 맞아 의식을 잃고 있었다. 그녀를 이런 엉망진창으로 끌어들인 건 마이클의 잘못이었다. 마이클은 그녀를 더 깊이 끌어들이고 싶지 않았지만, 그녀가 괜찮은지 확인해야 했다.

"거의 다 왔다." 제러드가 속도를 늦추며 그들에게 소리쳤다. "어… 그런 것 같아."

마이클은 가슴속이 짜릿짜릿했다. 여전히 세라의 손을 잡고 있던 마이클은 앞으로 몸을 기울여 앞 유리 너머를 바라보았다. 그들은 계속 울창한 숲을 가로지르고 있었다. 마이클은 그들이 지금 어디로 가는 건지, 왜 가는 건지 등 뭘 기대해야 할지 전혀 알 수 없었다. 하지만 눈앞의 길을 지켜보는 동안 흥분이 빠르게 쌓여가는 기분이었다. 길을 지켜보니 패스가 생각났고, 솟구치는 불안감에 자신이 정말 실제 세계인 웨이크에 있는 건지, 아니면 어느 상자 속에 들어간 상태로 전선에 연결되어 버트넷에 업로드된 건 아닌지 궁금할 정도였다. 마이클은 너무 여러 번, 너무 많은 방법으로 속아서 다시는 무엇도 확신할 수 없었다.

그는 웨버 요원이 찾아오기 직전에 그를 방문했던 남자를 떠올렸다. 그 장면은 꿈에서도 다시 떠올랐었다. 층층이 쌓인 버트넷의 여러 겹 안에서 잠을 깨고 또 깬다는 얘기. 그게 뭐였을까? 꿈속의 꿈이라니. 생각할수록 소름이 끼쳤다.

길은 가파르게 아래로 이어졌고, 마이클은 머리를 흔들어 그 생각을 떨쳐냈다. 계속 그 생각을 하다가는 또다시 현기증을 겪어야 할 것이 분명했다. 그는 현실이든, 가상이든 주변의 세상에 있는 그대로 집중했다.

바깥에서는 나무들이 듬성듬성해졌다. 두 개의 울창한 산 사이에 자리 잡은 널찍한 계곡이 드러났다. 구름이 태양을 가리고, 지금까지 그늘을 드리워주지 못한 것을 보상하기라도 하듯 한낮을 다시 어둠 속으로 던져넣었다.

"저기로 가는 거예요?" 브라이슨이 물었다. 그는 안전벨트를 풀고, 최대한 제러드에게 가까이 다가가 앞좌석의 머리 받침을 꽉 잡았다. "저긴 천 년은 돼 보이네요."

"저기가 틀림없어." 낸시가 대답했다. "주변에 다른 건 아무것도 없는 것 같아."

마이클은 그곳을 빤히 바라보았다. 아래쪽, 계곡 밑바닥의 나무들 사이에는 낡은 화물 컨테이너를 떠올리게 하는 낮고 긴 건물 몇 채가 흩어져 있었다. 그 건물들은 군대의 막사처럼 보였다. 이국적인 어느 정글을 배경으로 하는 오래된 전쟁 영화에서 볼 법한 건물들이었다. 지붕에는 구멍이 여러 개 뚫려 있었는데, 그중 일부는 때워져 있었지만 대부분은 넓게 벌어져 외부에 노출된 상태였다. 칡과 담쟁이덩굴이 사방을 기어오르며 건물 일부를 덮었다. 그 모습이 잊힌 거인의 정원에 방치된 토피어리 같았다.

"세상에." 브라이슨이 신음했다. "매리엇 호텔이랑 비슷한 게 나오려나 기대했는데. 최소한 구치소에는 제대로 작동하는 변기라도 있었잖아."

"뱀이야." 세라는 최면에라도 걸린 것처럼 속삭였다. "분명 여기에는 뱀이 득실거릴 거야."

마이클은 새로 찾은 열정이 사그라지지 않게 할 작정이었다. 이… 이 정체 모를 황폐한 장소는 그의 호기심을 보상하고도 남았다. "그럼 아저씨도 여기에 와보신 적 없는 거죠?" 그는 제러드에게 물어봤다가, 새로운 전략을 썼다. "헬가 일행은 어디서 만나셨던 거예요? 우리를 찾을 장소나 여기에 오는 방법은 어떻게 아셨어요?"

낸시가 그를 돌아보았다. "미안하지만, 말해줄 게 별로 없구나. 내 생각엔 너희 셋이 아마 우리보다 많이 알 거야. 이… 탄젠트들은— 이 사람들이 자기를 탄젠트라고 부르더구나—납치범들이 우리를 데려갔던 그 끔찍한 창고로 쳐들어와서 우릴 풀어주고, 우리한테 이 자동차를 주더니 지시를 내렸어. 모든 일이 정신없이 일어났단다. 우리한테는 그 사람들을 믿는 것밖에 별다른 선택의 여지가 없었어. 뭐랄까, 그렇잖니? 그 사람들을 믿는다는 건 너희를 꺼내준다는 뜻이었으니까."

마이클은 이 말에 아주 여러 가지 답을 내놓을 수 있었다. 한편으로는, 마이클에게 누군가를 믿는다는 건 이제 쉽게 선택할 수 있는 일이 아니었다. 하지만 다른 한편으로는, 이 순간 중요한 건 살아 있는 것뿐이었다. 그런 면에서 세라의 부모님이 최선의 선택을 했다는 건 인정할 수밖에 없었다.

게다가 헬가도 있었다. 마이클은 그 헬가라는 사람을 만나야만 했다.

도로가 평평해지며 시야를 가렸다. 다음 순간, 그들은 갑자기 웃자란 풀로 뒤덮인 막사 단지에 접어들었다. 마이클이 앞서 보지 못했던 것은 커다란 나무 몇 그루의 그늘에 주차된 10여 대의 자동차였다. 아주 낡은 자동차들이었다. 너무 낡아서, 표면에 칡덩굴이 없었으면 건물만큼이나 오랫동안 그 자리에 있었을 거란 생각이 들 법했다.

제러드가 차를 멈추기가 무섭게 키 큰 여자가 건물 문 앞에 나타났다. 그녀는 먼지투성이 청바지와 장화, 검은 운동복을 입고 있었으며 모래빛 금발은 뒤로 당겨 포니테일로 묶고 있었다. 당당하게 그들에게 걸어오는 그녀는 얼굴을 찡그린 채 그들을 노려보고 있었다.

"저 사람이야." 제러드는 창문을 내리며 속삭였다.

마이클은 그녀를 알아보지 못했다. 헬가가 웨이크에서 어떤 모습일지 알 길이 전혀 없었는데도 가슴이 떨렸다.

그녀는 운전석 창문으로 고개를 기울이더니 팔을 짚고서, 안에 타고 있는 사람들을 하나하나 들여다보았다. 그녀는 자기가 나온 뒤쪽의 건물을 고갯짓했다.

"안으로 들어가자." 그녀가 말했다. 마이클이 자기도 모르게 기대했던 독일어 억양과는 거리가 먼 목소리였다. "세상이 무너져 내리기 전에."

그러더니 그녀는 돌아서서 다시 막사로 향했다.

3

"그만 들어가자, 인마. 별수 있냐." 브라이슨이 차에서 나오려면 1년 반쯤은 걸릴 것 같았다. 마이클은 살면서 이렇게까지 조바심이 난 적이 없었다. 그는 이 헬가라는 사람과 그녀와 함께하는 사람들의 정체를 확실하게 파악해야 했다. 그들은 마이클이 신성한 협곡으로 돌아가도록 도와줄 수 있을지 몰랐다.

"간다, 가. 진정해!" 브라이슨이 대답했다. 하지만 그는 여전히 움직이지 않았다. 그가 마이클을 쏘아보았다. "이거 확실한 거야?"

"응." 마이클과 세라가 동시에 대답했다. 세라의 부모님은 이미 차에서 내려 문까지 닫았다.

"얼마나 확실한 건데? 예를 들면… 지옥 불 보듯이 확실한 것 맞아?" 브라이슨이 계속 말했다. "우리 할머니가 그런 식으로 말하곤 했거든. 너희들이 지옥 불 보듯이 확실하다고 말하면, 나도 낄게."

마이클은 애써 마음을 가라앉혔다. "응. 지옥 불 보듯이 확실해."

"좋아, 그럼." 브라이슨은 뒷좌석에서 기어 나왔다. 마이클은 친구를 더 빨리 내리게 하느라 반쯤 끌어내렸다. 세라가 반대쪽으로 내렸다. 그들은 세라의 아버지를 따라 잡초가 잔뜩 자란 흙길을 지나, 열려 있는 문까지 갔다. 제러드는 망설이지 않고 바로 들어갔다. 마이클과 친구들도 뒤를 따랐다.

그들을 처음 맞이한 키 큰 여자가 기다리고 있었지만, 마이클의 주의를 끈 건 그녀가 아니었다.

실내의 빛에 적응하자마자 시야에 펼쳐진 광경을 보고 마이클은 놀라지 않을 수 없었다. 완전히 다른 세상에 들어온 것만 같았다. 낡고 닳아빠진 건물 안에는 첨단 기술로 만들어진 환상의 세계가 펼쳐져 있었다. 조도가 낮은 LED 조명이 천장에 줄지어 박힌 채 넷스크린 수십 개가 뿜어내는 초록색 아지랑이를 밝혔다. 한쪽 벽에는 파란색 코핀들이 줄을 맞춰 늘어서 있었고, 다른 쪽 벽에는 책상들이 도열해 있었다. 수많은 남녀가 그 책상에서 업무에 집중하고 있었다.

벽과 천장은 목재를 대서 새로 보강해 놓았다. 마이클이 보니 여기 저기에 다양한 모양으로 뚫린 구멍을 플라스틱으로 때운 흔적도 있었다.

그들을 초대한 여자의 목소리에 침묵이 깨지고 나서야 마이클은 정신을 차렸다. "우린 외따로 떨어져 있으면서도….."

"임무 완수." 브라이슨이 중얼거렸다.

"…전력이 공급되고, 위성 버트넷 피드에 접근할 수 있는 곳을 찾아야 했다. 이곳은 오래된 군 기술자 훈련소야. 예산 감축 때문에 10년 전에 버려진 곳이지. 알고 보니, 우리한테 필요한 바로 그곳이더구나. 준비하는 데 2주쯤 걸렸지만, 결국 이렇게 됐어. 이미 일을 시작했고."

마이클의 머릿속에는 질문이 수백만 개 떠올랐지만, 그중에서도 하나가 두드러졌다.

그는 키 큰 여자를 마주 보며 한 걸음 다가가, 유심히 그녀의 눈을 들여다보았다. "제러드 아저씨가 그러는데, 이름이 헬가라고 하셨다면서요. 당신이 탄젠트라고도 했고요. 그 말이….." 마이클은 묻고 싶은 말을 어떻게 표현해야 할지 떠오르지 않았다.

마이클은 그녀의 눈에서 아른거리는 눈물을 보고 놀랐다. 눈물 때문에 그녀의 눈에 반사되던 방 안의 조명이 흐릿해졌다. "맞아." 그녀가 말했다. 그러더니 그녀는 마이클을 두 팔로 감싸고 으스러뜨릴 듯 꼭 끌어안았다. "그럼 네가 마이클이겠구나. 우리 아가."

마이클은 눈이 휘둥그레졌다. 그는 잠시 후에야 그녀를 마주 껴안았다. "당신이… 헬가예요? 정말로? 어떻게 그럴 수가 있어요?" 그녀는 새로운 몸에 들어간 마이클을 빠르게 받아들였지만, 마이클은 자기도 똑같이 할 수 있을지 확신이 서지 않았다.

여자는 그에게서 물러났다. 그녀의 눈은 젖어 있었는데도 날카로웠다. "말해줄 게 너무 많단다. 네가 따라잡아야 할 일도 아주 많아. 간단히 말하자면, 우리는 네가 케인과 마주친 이후로 계속 케인의 자취를 추적해 왔어. 우리는 케인한테서 죽음의 법칙 프로그램을 훔쳤단다. 아무튼, 그 프로그램의 한 버전을 복사했지. 그럴 수밖에 없었어, 마이클. 가상 세계를 구하고 싶다면, 여기 현실 세상으로 와야 했거든."

차멀미 같은 느낌이 다시 마이클을 휘감았다. "잠깐만… 당신이… 사람들의 몸을 훔쳤다고요?" 마이클은 한 걸음 물러났다. "당신이… 당신이 진짜 헬가라는 건 어떻게 알죠? 내가 어떻게 당신들을 믿을 수 있겠어요? 조금이라도?"

마이클의 옛 가사도우미라고 주장했던 여자는 상냥하게 미소 지었다. "좋은 질문이구나, 전부 다." 그녀가 말했다. "하나씩 다 대답해 줄게. 내 정체는 쉽게 증명할 수 있을 것 같구나. 너만 아는 질문에 대답하마."

그녀는 잠시 말을 멈추고, 마이클 일행을 조심스럽게 살펴보았다. 그들도 마이클만큼 걱정하고 있었다. 마이클 일행은 인간의 몸을 빼앗는, 바로 이런 짓을 막기로 한 사람들이었다. 그런데 그들을 구출한 사람들도 케인보다 나을 게 없어 보였다.

"우린… 아무도 죽이지 않았어." 키 큰 여자가 마침내 분명히 밝혔다. 그녀의 태도는 다시 사무적으로 변했고, 표정은 더 이상 다정하지 않았다. 하지만 마이클은 그녀의 눈에 깃든 깊은 슬픔을 보았다. "어쨌든, 진정한 죽음을 준 건 아니야."

"진정한 죽음이라뇨?" 세라가 마이클에게 경계심 어린 시선을 던지며 되물었다. 마이클은 갑자기 발밑의 땅이 흔들리는 것 같았다.

"자." 여자가 말했다. 그녀는 청중들의 반응을 답답해하고 있었다. "일단 앉아서 몽땅 이야기해 보자, 알았지? 부탁이야." 그녀는 빛나는 코핀 주위에 둥글게 놓인 의자를 가리켰다.

마이클은 브라이슨과 세라를 보고 어깨를 으쓱한 다음 의자 쪽으로 걸어갔다. 진정한 죽음이라는 단어가 귓속에 메아리쳤다.

4

"처음부터 시작하자." 모두가 자리 잡자 키 큰 여자가 말했다. "날 믿을 수 있으려면, 일단 내 정체가 내가 주장하는 그 사람이란 점부터 밝혀야겠지." 헬가는 일행이 자리 잡을 동안 기다리고 나서, 곧장 마이클에게로 몸을 돌려 그의 눈을 들여다보며 말했다. "난 네 가사도우미, 헬가였어. 난 지금도 헬가야. 마음속 한구석에서는 어쩌면 우리가 탄젠트일지도 모른다는 의심을 품었지. 하지만 너만은 나한테 진짜였어, 마이클. 케인이 자행한 온갖 짓거리와 별개로, 내 생각에는 우리 중에 한 단계 도약해 현실을 지각하게 된 탄젠트들이 많은 것 같아. 그런 식의 지각은 부패 과정을 유의미하게 늦춘단다. 너와 나, 우리도 그 도약을 이뤄낸 거야." 그녀는 오래된 생각들로 이루어진 황무지에서 길을 잃은 사람처럼 텅 빈 공간을 바라보기 시작했다. 그러더니 그 모든 것을 뿌리치고, 아득해졌을 때만큼 순식간에 정신을 차렸다. "내 요점은, 나한테 넌 언제나 아들 같은 존재였고 앞으로도 그럴 거라는 거야. 증명해 볼게."

마이클은 미간을 찡그리며, 선택지를 헤아려 보듯 그녀를 오랫동안 뚫어지게 바라보았다. 여자는 앞으로 나와 앉으며 두 팔을 무릎에 얹고 손을 모은 채 마이클을 향해 고개를 기울였다. 그녀는 진실해 보였다. 눈빛이 강렬했고 고통으로 가득 차 있었다. 마이클이 그 여자를 주의 깊게 지켜보는 동안 다른 사람들은 침묵을 지켰다. 헬가. 마이클의 미래는 아직 어느 쪽으로도 기울어지지 않고 있었다.

"알았어요." 마이클은 똑똑한 질문을 궁리하며 말했다. "제가 가장 좋아하던 아침 식사는 뭔가요?"

"잠깐." 이곳의 주인이 입을 열어 말하려던 바로 그 순간, 브라이슨이 말했다. "이런 걸로는 아무것도 증명되지 않아." 그가 마이클을 돌아보았다. "너희 가사도우미가 탄젠트였다면, 케인이 네 인생의 모든 세세한 사항들을 쉽게 알 수 있을 거야. 즉시 다운로드만 받으면 되는 거지. 더 나쁘게는, 케인이 이 여자를 프로그래밍한 걸 수도 있어! 이건 아무 의미가 없다고."

"너, 도움이 안 된다." 마이클이 대꾸했다. 친구의 말이 맞았다. 그 어느 때보다 답답했다.

"그래, 저 아이 말이 맞아." 여자가 자리에서 일어나며 대답했다. "케인 얘기 말고, 내가 아무 의심의 여지 없이 너희들한테 내가 헬가라는 점을 믿게 할 수 없다는 얘기 말이야. 네가 아침으로 와플 먹는 걸 좋아한다는 얘기나 겨우 다섯 살이 됐을 때 나한테 스티븐 킹 소설을 읽게 해달라고 빌었는데 내가 주디 블룸 책만 읽게 했던 일을 온종일 얘기할 수도 있겠지. 아니면 네가 일곱 살 때 다리가 부러졌던 일이나, 합법적으로 코핀에 들어갈 나이가 안 됐는데 네 아빠 코핀에 몰래 들어가려다가 나한테 여러 번 들켰다는 얘기도 할 수 있을 테고. 네가 침대에서 넷스크린에 뜬 코드를 공부했던 수많은 날 밤에 내가 치즈와 크래커를 갖다준 얘기도, 너희 부모님이 출장을 떠났다가 집에 돌아오기 전에 그 악명 높은 밤샘 파티 사건의 흔적을 치우느라 정신없이 보냈던 일도 마찬가지겠지."

그녀는 잠시 말을 멈추었다. 따뜻한 미소가 그녀의 얼굴에 번졌다. 마이클은 입을 멍하니 벌린 채 그녀를 쳐다볼 수밖에 없었다.

"난 계속, 계속 이야기할 수 있단다." 그녀가 말을 이었다. "하지만 넌 절대로 백 퍼센트 날 믿지 않겠지. 네 친구들도 마찬가지고. 난 코드 조각이란다, 마이클. 그뿐이야. 장담하는데, 나만큼 그 고통을 아는 사람은 없을 거야. 어떻게 해야 네가 날 믿을 수 있을지 잘 모르겠구나."

"젠장, 시비 걸려던 건 아니었어요." 브라이슨이 바닥을 내려다보며 기어들어 가는 목소리로 말했다.

마이클은 자신도 떨고 있다는 걸 알았다. 감정이 차올랐다. 브라이슨은 훌륭한 주장을 내놨고, 그들은 그 주장에 담긴 의미를 무시할 여유가 없었다. 하지만 어느 시점에서, 마이클은 다시 누군가를 신뢰하기로 마음먹어야 했다. 뭐라도. 누구라도. 그에게 진실의 레이더가 있었다면, 지금 그 레이더가 어느 때보다도 심하게 울리고 있었다.

"당신이군요." 그가 속삭였다.

아무도 대답하지 않았다. 어쩌면 그의 말을 듣지 못한 건지도 몰랐다.

"당신이에요." 마이클이 더 크게 말했다

그런 다음, 그는 누군가가 그의 눈에서 흘러내리는 눈물을 보기 전에 헬가에게 달려가 그녀를 끌어안았다.

CHAPTER 2

여러 손으로 이루어진 원

1

"정말로 나야." 헬가는 마이클의 귀에 속삭이며 그의 등을 두드렸다. "약속할게. 우린 이 미친 상황을 함께 헤쳐나갈 거야."

마이클이 이와 비슷한 기분을 느껴본 건 오래전이었다. 그 모든 감정이 단번에 와르르 무너져 마이클을 뒤덮었다. 행복, 슬픔, 그리움. 마이클은 잃어버린 부모님과 잃어버린 집, 잃어버린 인생을 떠올리며 가사도우미의 어깨에 얼굴을 파묻고 울었다. 마이클에게는 가장 친한 두 친구가 있었지만, 헬가는 마이클이 친구들 외에 알았던 세상과의 유일한 연결고리였다. 게다가 마이클은 그녀가 영영 사라졌다고 믿고 있었다.

물론, 의문점은 있었다. 걱정거리도. 하지만 그 순간 마이클이 느낄 수 있었던 건 가슴속에서 타오르는 달콤한 온기뿐이었다.

마침내 헬가가 그의 어깨를 부드럽게 잡고 떼어놓았다. 마이클은 헬가도 눈물을 한두 방울 흘린 걸 보고 마음이 놓였다.

"너한테는 믿음을 준 것 같긴 하지만," 헬가는 살며시 미소 지으며 말했다. "저 애들은 납득하지 못하는 것 같구나." 그녀가 다른 아이들을 고갯짓했다.

몹시 당황한 마이클은 자세를 바로잡고, 뺨에서 눈물을 닦아냈다. 그런 다음 돌아서서 친구들을 마주 보았다.

"헬가가 맞아." 마이클은 모두의 관심거리가 된 터라, 끌어모을 수 있는 모든 힘을 끌어모아 말했다. "어떻게 설명해야 할지 모르겠지만, 이분은 진짜 헬가 아주머니야."

놀랍게도, 가장 큰 의심을 드러낸 사람은 세라였다. "글쎄, 설명할 방법을 찾아야 할 것 같은데, 마이클. 우리 목숨을 이 아주머니한테 떡하니 맡길 순 없어. 이분이 한 짓은… 몸을 훔치다니. 그건 케인이 하는 짓보다 나을 게 없다고."

세라의 말이 끝나자마자 사람들이 웅성거리기 시작했다. 그들의 말소리가 서로 겹쳤다. 마침내 마이클이 모두에게 입을 다물라고 소리쳤다.

"내 말 들어!" 그는 친구들과 세라의 부모님을 똑바로 보며 말했다. "너희들은 탄젠트가 된다는 게 어떤 느낌인지 전혀 몰라. 너희들한테는 우리가 코드 한 뭉텅이일지 모르지만, 그건 결단코 사실이 아냐. 우리한테는 그 이상의 뭔가가 있다고. 내가 알아. 나는 사람이고, 정신이 있어. 직접 생각할 수 있고, 다른 사람이 뭐라 하든 신경 쓰지 않아. 내 말은, 나도 헬가만큼이나 프로그래밍된 존재일 수 있다는 거야. 어느 시점에는 마음의 소리를 따라야 해! 케인이 우리 부모님을 지워버리기 전까지 나한테 그분들은 진짜였어. 그리고 헬가는… 헬가는 나한테 할머니나 마찬가지야. 이분이 헬가야. 내가 알아."

"할머니라고?" 헬가가 물었다. "정말이니?"

"죄송해요. 그 누구보다 훌륭한 이모라고 해두죠."

세라는 마이클 앞에 다가와 섰다. 그녀는 잠시 동안 그를 빤히 바라보았다. "확실해?"

마이클은 단호하게 고개를 끄덕였다. "확실해." 그는 브라이슨을 건너다보았다. "지옥 불 보듯 확실해."

브라이슨은 어깨를 으쓱했다. "우리야 널 믿는 수밖에." 그가 마지못해 말했다.

"우리가 케인처럼 굴까 봐 걱정할 필요는 없어." 헬가가 끼어들었다. "차이가 있거든. 큰 차이가."

잠자코 있던 제러드가 나섰다. "그래요?" 그가 밀어붙였다. "그럼 알려주시죠. 그 큰 차이라는 게 뭡니까?"

마이클은 헬가를 믿었지만, 확실히 관심이 생겼다.

"그 차이는," 헬가가 말했다. "우린 케인이 저지르는 짓을 막으려고 여기 와 있다는 거예요. 우리가 죽음의 법칙을 가동한 건 그게 최후의 수단이기 때문이에요. 그리고 가장 큰 차이는…." 그녀가 잠시 말을 멈추었다. "가장 큰 차이는, 우리가 이 몸들을 돌려줄 계획을 하고 있다는 점이죠. 금방 돌려줄 수 있으면 좋겠어요. 케인도 그렇게 할 거라는 생각은 전혀 들지 않지만요."

"몸을 돌려준다고요?" 브라이슨이 물었다. "어떻게요?"

헬가가 의자에 앉았다. "이젠 하이브 얘기를 해줘야겠구나."

2

하이브. 이 단어에 마이클은 깜짝 놀랐고, 그의 일행은 조용해졌다. 마이클은 세라와 브라이슨을 보고 의자 쪽을 고갯짓했다. "헬가가 꼭 하고 싶다는 말을 들어줄 수는 있지, 얘들아?" 그가 물었다. 일행은 대답하지 않았지만, 모두 헬가의 말을 끝까지 들을 준비를 하고 자리에 앉았다.

"하이브는," 모두가 자리에 앉자 그녀가 다시 말했다. "케인이 만든 거야. 하이브의 궁극적인 목적이 뭔지는 잘 모르겠지만, 케인은 하이브를 보호하고 유지하고 있어. 우리는 하이브에 가는 방법을 알아냈단다. 아니, 하이브에 침투하는 법을 알아냈다고 해야겠구나. 하이브는 모든 것의 열쇠야. 모든 걸 원래대로 돌려놓는 열쇠. 그러니까…." 헬가는 자신을 슬프게 가리켰다. "이 모든 것 이전으로 말이지."

"하이브가 뭔데요?" 세라가 고집스럽게 물었다. "한 번도 들어본 적 없어요."

"아, 그래." 헬가가 조용히 말했다. "그렇겠구나. 하이브는 지능이 저장되는 곳이야. 실은, 여러 지능들이라고 말해야겠구나. 복수형으로."

"그러니까, 버트넷의 뇌 같은 거란 말이에요?" 브라이슨이 물었다.

헬가는 고개를 저었다. "아니, 그거랑은 전혀 달라. 하이브는 양자 저장 시설이란다. 탄젠트 프로그램의 백업 파일을 포함해 엄청난 양의 데이터를 저장할 수 있지. 우린 탄젠트가 인간의 몸을 점령했을 때, 원래의 인간이 가지고 있던 의식이 전송되는 곳이 바로 하이브라는 걸 알아냈어. 하이브는 정신이 저장되는 곳이야." 헬가는 마이클을 돌아보았다. "네가 대체한 사람 이름이 뭐니? 잭슨 파크?"

"포터요." 마이클이 헬가의 말을 바로잡았다.

"그래, 포터. 자, 케인은 너한테 죽음의 법칙을 실행하면서 잭슨 포터를 파괴한 게 아니란다. 죽음의 법칙은 그런 식으로 작동하는 프로그램이 아니야. 이유는 모르지만, 잭슨 포터의 지능, 그의… 기억과 성격, 지식은 보존되어야 해. 몇 가지 가설은 있단다. 예컨대, 포터의 지능을 보존하는 게 죽음의 법칙을 실행할 때의 필수적인 절차일지도 몰라. 남아 있는 인간의 신체를 살려두기 위해서는 의식도 살려서 보관해야 하는 걸지도 모르지. 그런 식의 연결이 완전히 끊어진다면, 육체가 그런 단절을 버틸 수 있을지 누가 알겠니? 내 말은, 네 몸이 여전히 잭슨 포터에게 연결돼 있다는 거야. 잭슨 포터를 잭슨 포터로 만드는 요소에 말이지. 우린 이게 너브박스를 통해 싱크할 때 코어에 사용되는 것과 비슷한 기술이라고 생각한단다."

마이클의 심장은 불편할 만큼 빨리 뛰었다. "그게 무… 무슨 말이에요?" 그는 간신히 질문을 던졌다.

"내 말은, 네가 대체한 사람의 지능이 여전히 존재한다는 거야. 온전히, 완전하게 말이다. 잭슨 포터의 의식은 하이브라는 곳에 보관돼 있어."

"그건….." 마이클은 침을 삼켰다. "그건… 혼란스러운데요?"

헬가가 일어섰다. "제일 좋은 방법은 보여주는 것이겠구나."

마이클은 브라이슨과 세라와 세라의 부모님을 보았다. 모두가 마이클처럼 충격을 받은 모습이었다.

"그래." 헬가가 말했다. "그렇게 하면 될 것 같아. 싱크하자."

3

낡은 막사 건물의 긴 벽에 줄지어 서 있는 코핀은 총 열다섯 대로, 형광으로 빛나는 바다 생물처럼 푸른빛을 냈다. 몇몇 코핀에는 사람이 들어 있었지만, 대부분은 비어서 다음 손님을 기다리고 있었다.

"아직 너희가 날 백 퍼센트 믿지 못하는 마음은 이해한다." 헬가가 늘어선 기계들 옆에 서서 말했다. "나랑 같이 싱크할지는 너희들 선택에 맡기마. 다들 원한다면 함께 가도 좋고, 너만 가도 괜찮아, 마이클. 어느 쪽이든 너희들이 가장 편한 쪽으로 하자. 너희들 안전은 보장할게." 헬가는 방 이곳저곳에서 분주하게 일하는 낯선 사람들을 가리켰다. "여기 보이는 모두는 너희들을 보호하기로 맹세했어. 너희 모두를 보호하기로. 우린 모두 같은 팀이야."

"너희 셋이 가거라." 세라의 아빠가 말했다. "낸시랑 나는 남아서… 지켜보마." 그의 뜻은 분명했다. 제러드는 이 사람들을 믿지 않았다. 아직은. 그는 남아서 딸의 몸을 지킬 생각이었다. 아마 자신이 슬립에서 세라의 정신을 공격할 만한 힘에는 상대가 되지 않는다는 사실을 잘 아는 듯했다.

마이클은 친구들을 보고, 그들의 눈동자에 고스란히 비치는 자신의 감정을 보았다. 그건 호기심이었다. 다만, 마이클은 이곳에서 알게 된 정보를 어떻게 받아들여야 할지 확신이 서지 않았다. 그… 하이브라는 것에 대해서.

마이클이 헬가의 제안을 받아들이겠다고 말하지 않았는데도, 브라이슨은 벌써 셔츠를 벗고 있었다.

"내가 듣기엔 괜찮은데." 그가 바지 지퍼를 내리며 말했다. "가자."

"속옷을 제대로 입는다는 방침을 철저히 지키면 안 될까?" 세라는 눈을 가리며 애원하다시피 말했다. "살면서 어떤 것들은 한 번 보면 절대로 잊히지 않는단 말이야."

"이제야 인정하는구나." 브라이슨은 속눈썹이 두드러지게 눈을 깜빠거리며 세라를 놀렸다.

헬가는 목을 가다듬으며, 자기도 그 자리에 있다는 걸 일깨워 주었다. 그녀는 셔츠를 벗었지만, 마이클은 헬가가 셔츠 밑에 화려한 싱크 전용복을 입고 있다는 걸 바로 알아챘다. 일행에 여러 사람이 섞여 있을 때 몸을 가릴 수 있는 스판덱스 재질의 전신 복장이었다.

"수다는 그만하면 됐어." 헬가가 말했다. "들어가야겠네요, 월터." 그녀가 가까운 넷스크린을 보고 있던 남자에게 소리쳤다. "도와줄래요?"

남자는 헬가에게 살짝 고개를 끄덕이고 이어커프를 눌러 스크린을 껐다. 그는 평범한 키에 머리카락이 검었고, 너무도 심각한 표정을 짓고 있어서 얼굴이 아픈 걸까 싶었다.

"이쪽은 월터 칼슨이야." 그가 다가오자 헬가가 말했다. "키스 스프롤이라는 사람을 임시로 대체했어. 키스 스프롤의 지능은 하이브 안에 보관돼 있고, 언젠가 거기서 복구될 거야." 예의를 갖추려는 듯한 말투였다. 그녀는 마이클 일행에게 자신이 빌려온 신체와 보관된 지능을 가볍게 여기지 않는다는 걸 알려주고 싶은 듯했다.

"안녕하세요, 월터." 브라이슨이 말했다.

마이클은 손을 내밀어 그 남자와 악수했다. 세라도 그렇게 했다.

"우리는 우리가 누군지, 우리가 대체한 사람들에게 우리가 무슨 짓을 저지른 건지 기억하려고 최선을 다한단다." 헬가가 설명했다. "나는, 브랜디 햄브릭을 임시로 대체했어. 햄브릭의 지능은 하이브 안에 보관돼 있고, 언젠가 거기서 복구될 거야."

마이클은 갑작스럽고 예기치 못한 두려움을 느꼈지만, 그 감정이 표정에 드러나지 않았기를 바라며 고개를 끄덕였다. 이 모든 게 마이클에게는 무슨 의미일까? 정말로 저 바깥 어딘가에서 잭슨 포터가 자기 몸으로 돌아올 때를 기다리고 있는 걸까? 그가 정말로 보관돼 있다면, 의식도 있을까? 판단할 수 있을까? 생각도 할까? 그보다는 냉동 보관에 가까울까? 냉동실에 보관된 고기처럼 말이다. 그는 잭슨에 대해 아주 많이 생각했지만, 이제는 그 생각이 옆구리를 찌르는 차가운 칼날처럼 느껴졌다. 그는 두려웠다. 더할 나위 없이.

"만나서 반갑습니다, 신사 숙녀 여러분." 월터의 말에 마이클은 문득 현재로 돌아왔다. "네 얘기는 아주 많이 들었어. 사실, 헬가가 네 얘기를 도저히 멈추지 못하더구나. 하지만 헬가의 말 중에서도 우리가 같은 팀이라는 말은 진심이야. 나도 그 점은 약속할 수 있어. 나만큼 격하게 케인을 경멸하는 사람은 아무도 없거든. 그건 확실해."

세라가 남자에게 잠깐 미소 지었다. "그건 좋네요." 그녀가 웃더니 헬가를 돌아보았다. "이제 준비된 것 같아요."

마이클은 세라가 헬가를 믿기로 한 것 같아 안도의 한숨을 쉬었다. 그 모습을 보니 자신이 옳은 결정을 한 것처럼 느껴졌다.

월터는 분주하게 코핀 작업을 시작했다. 그는 늘어선 코핀들을 따라 움직이며 스크린을 하나하나 두드리고 버튼을 눌렀다. 경첩이 달린 문이 하나씩 휙 열렸고, 마이클은 아드레날린이 솟구치는 익숙한 느낌을 받았다. 슬립으로 싱크하기 직전에 느껴지는 그 흥분감. 그 흥분감이 무뎌지는 일은 결코 없었다. 그 모든 일을 겪었는데도.

옷을 벗고 사각팬티만 입은 마이클이 가장 먼저 기계로 들어갔다. 그가 너브박스 안에 앉자마자 헬가가 그에게 함박웃음을 지어 보였다.

"월터가 마법처럼 설정을 만져줄 거야." 헬가는 마이클 바로 옆 코핀으로 몸을 집어넣으며 말했다. "월터가 우리를 출발해야 할 곳으로 데려다줄 거란다. 그런 다음, 우린 들어가자마자 본격적으로 코드 조작을 해야 해."

마이클도 헬가를 마주 보며 함박웃음을 지었다. 들어보니 정말로 마음에 들었다.

4

문이 휙 닫히고 찰칵 소리가 나더니, 코핀이 단단히 봉인되면서 쉭 바람 소리가 났다. 그런 다음 너브와이어가 나와 마이클의 몸을 뱀처럼 가로지르며 익숙한 부위에 자리 잡았다. 너브와이어가 피부를 파고들 때마다 따끔거렸다. 리퀴젤의 온도가 뜨거워졌다가 차가워졌다. 그런 다음에는 에어퍼프에서 서늘한 공기가 훅 끼쳤다. 마이클은 주변에서 작동하는 기계의 웅웅대는 소리에 안도의 한숨을 내쉬었다. 이러한 감촉이 아주 오래전처럼 느껴졌다.

마이클은 시스템이 완전히 시작되고 자신이 버트넷 안으로 곤두박질치자 눈을 감았다.

5

마이클은 브라이슨, 세라, 헬가 옆에 서 있었다. 그곳은 눈이 닿는 한 사방으로 뻗어 있는, 단단하고 흰 모래로 이루어진 광활한 평원이었다. 멀리서 보이는 산맥의 윤곽선은 지평선에서 마찰을 일으키고 있는 아지랑이처럼 보였다. 화창하고 푸른 하늘에서 태양이 내리쪼이자 아른거리는 열기가 모래밭에서 춤을 췄다. 더웠다. 목에 여러 겹 먼지가 낀 것처럼 느껴지는 건조한 기운이었다.

"소금 평원(바닷물이 증발하고 남은 소금으로 뒤덮인 평지—옮긴이)이 야." 헬가가 말했다. "유타 서쪽에 있는 유명한 지역의 지형을 따온 거란다. 자동차 속도 신기록이 엄청나게 여러 번 경신된 곳이지. 여 기, 가상 세계에서 얼마나 터무니없는 곡예가 벌어질지는 상상에 맡 기마. 버트카 팬들한테 무척 인기가 높은 곳이거든. 여기서는 다들 시속 1,000킬로미터도 넘는 속도로 달려. 보통은 죽어서, 박살 난 금 속과 유리 더미가 된 채로 최후를 맞지만. 스릴을 맛보겠다고들 하 는 일이야."

"그거야 다 좋은데요." 브라이슨이 말했다. "이게 하이브랑 무슨 상관이에요?"

"경치를 구경하는 거란다." 헬가가 대답했다. "가끔은 잠깐 멈춰서 장미 향기를 맡아보려는 거지."

마이클은 돌아서서 뜨거운 먼지투성이 광경을 바라보았다. 그는 눈앞에 펼쳐진 세계의 새로운 풍경과, 그곳의 가상현실 속 모습을 한껏 즐겼다. 그는 지금도 인간의 신체와 감각을, 프로그램으로 만 들어진 몸이 아닌 진짜 몸을 가진다는 것을 어떻게 받아들여야 하는 지 생각하고 있었다. 겉으로 보기에 소금 평원의 모든 것은 충분히 현실적으로 느껴졌다. 하지만 이곳의 질감은 거의 맛으로 느껴질 것 만 같았다. 싸구려 케이크의 밀랍 같은 질감이었다.

"우리, 딥에 들어온 건 아니죠?" 마이클은 장미와 소금에 대해 중 얼거리는 브라이슨의 말을 끊고 물었다.

"그래, 아니야." 헬가가 대답했다. "하이브는 사실 딥이나, 딥 정도 의 고차원 프로그램하고는 거리가 멀어. 일부러 그렇게 만든 거야. 하이브는 어느 면으로 보나 버트넷 대부분과 구분돼 있어. 프로그램

안에서 닿을 수 있는 양자 수준까지 말이야. 그래도 아직 하이브에 들어온 건 아니란다. 우리가 가려는 곳에 가려면 노력이 좀 필요해. 딱히… 기분 좋다고는 할 수 없는 작업일지도 몰라."

"왜 계속 이런 말을 듣게 되는 걸까?" 세라가 물었다. "사람들이 늘 우리더러 '너희들이 곧 하게 될 일은 별로 기분이 좋진 않을 거야' 라고 하잖아."

마이클도 똑같은 심정이었다. *라이프블러드 딥*(혹은 그들이 라이프 블러드 딥이라고 들었던 곳)에 들어가기 위해 거쳤던 스퀴즈는 마이클 평생 최악의 경험이었다.

"스퀴즈 얘기는 들어본 적 있는 걸로 아는데, 맞니?" 헬가가 물었다.

마이클은 하마터면 큰 소리로 웃음을 터뜨릴 뻔했다. 브라이슨은 소리 내어 웃었다.

헬가가 고개를 끄덕였다. "그렇다는 뜻으로 받아들이마. 글쎄, 우리가 곧 하게 될 일은 스퀴즈보다 힘들단다."

"더 힘들다고요?" 세라가 반문했다.

"그래. 스퀴즈를 당하는 대신에 너희들은… 해체될 거야. 완전히 파괴된 다음, 반대편에서 다시 조립되는 거지. 월터가 너희들의 고통 강도를 최소한으로 줄이겠지만, 그렇더라도 느낌이 올 거야. 장담하는데, 기분이 좋지는 않을 거란다."

마이클은 한숨을 쉬었다. "정말 이 일을 꼭 해야 할까요?"

"응." 헬가는 진지하게 대답했다. "너희는 하이브를 봐야 해. 너희가 하이브를 보고 이해하는 게 나한테는 매우 중요하단다. 우리가 케인에게 맞서기 위해 하는 모든 일이 하이브에 달려 있어. 하이브는 매일매일 자라난단다. 역설적이지만, 케인 자신이 아니었더라면 우리에게는 하이브가 없었을 거야."

마이클과 친구들은 시선을 주고받았다. 말하지 않아도 서로 똑같은 감정을 느끼고 있다는 걸 알 수 있었다. 친구들도 겁에 질리고, 의문으로 가득 차 있었다. 지나칠 정도로 익숙한 느낌이었다.

"자." 헬가가 말했다. "손을 잡거라. 원을 만들 거야."

친구들 모두가 서로에게 한 걸음 다가가 손을 잡았다. 마이클은 세라 맞은편에 서서 그녀와 눈을 맞추었다. 온갖 위험을 감수해야 하는 상황에서도 마이클의 가슴 깊은 곳에는 한 가지 생각이 심연처럼 자리 잡고 있었다. 헬가가 뭘 보여주려는지는 몰라도, 그는 그게 자신과 세라가 한때 꿈꿨던 존재가 될 수 없다는 뜻이리라는 느낌을 떨칠 수 없었다. 마이클은 친구를 만난 그날부터 의식 깊은 곳에 심어두었던 가능한 미래를 빼앗기기 일보 직전이었다. 뜨거운 바람에 옷이 부스럭거리고, 태양이 가상 피부를 지져대는 가운데 묵직한 슬픔이 마이클을 내리눌렀다.

"눈을 감으렴." 헬가가 지시했다. "코드에 접근해. 가까이 붙어 있다가 내가 앞장서면 따라오너라."

그녀는 잠시 말을 멈추었다가 덧붙였다.

"아무리 아프더라도 말이야."

CHAPTER 3

문 두드리는 소리

1

그들은 우주 같은 암흑 속을 둥실둥실 떠다녔지만, 그곳에서는 별 대신 코드 파편들이 주위에 휘몰아쳤다. 밝게 빛나는 코드들은 정보의 소용돌이였다. 한 번도 회전을 멈추지 않았다. 마이클은 이런 코드를 한 번도 본 적이 없었다. 너무도 혼잡했고, 너무도… **빡빡**했다. 헬가는 틀림없이 데이터 허브가 자리 잡은 곳이 어딘지 알아냈을 것이다. 그래야만 이 상황이 설명됐다. 그녀가 일행을 소금 평원으로 데려온 것도 놀라운 일은 아니었다. 아마 이곳은 버트넷에서 이런 규모의 허브가 들어갈 만한 유일한 공간이었을 것이다. 이곳이 바로 목적지로 가는 길목이었다.

"이건 모든 걸 시각 모드로 번역하는 데 도움을 준단다." 헬가가 말했다. "내가 곧 너희들에게 띄워줄 양자 숫자와 조금이라도 연관된 것처럼 보이는 건 뭐든지 모으렴. 그것들을 수집한 다음에는 전부 조립해서 우리 주변에 쌓아. 우리 자신을 감싸는 거야. 그런 다음, 그걸 조각조각 박살 내는 거지."

브라이슨은 장난기 있는 특유의 미소를 지었다.

"재미있을 것 같네요." 세라가 말했다.

"재미없어." 헬가가 대답했다. 그런 다음, 그녀는 가상의 두 손을 뻗어 코드를 조작하기 시작했다. 숫자와 문자 들이 건축용 벽돌과 파이프, 플라스틱과 비슷한 두꺼운 물질 판, 유리판, 잘라둔 목재로 변했다. 그것들은 회오리치고 휘돌고 뒤집히며, 완벽하게 기하학적인 방식으로 서로 연결되어 시선을 잡아끄는 장치를 만들어 냈다. 마이클은 헬가가 하는 행동을 주의 깊게 살펴보았다. 그는 헬가가 방금 보내준 숫자들을 업로드한 다음 같은 작업을 시작했다. 코드를 헬가가 설정한 양자 통로의 시각적 구현물로 바꿔놓은 것이다. 전부 새로운 일이었지만, 온갖 경험을 한 마이클은 금방 헬가를 따라잡았다.

브라이슨과 세라도 마이클을 흉내 냈다. 머잖아 그들은 주변을 빙빙 돌며 점점 커지고 연결되고 확장되는 물체들을 갖게 되었다. 구조물이 점점 커지고 복잡해진 끝에, 헬가가 갑자기 하던 일을 멈추고 자신이 짓고 있던 것을 마이클의 구조물과 합해 크기를 두 배로 늘렸다. 그런 다음 세라와 브라이슨의 구조물도 연결됐다.

일행은 같은 구조물을 가지고 함께 작업했다. 마침내 구조물은 일행이 안에서 떠다닐 수 있을 만큼 커졌다. 거대하면서도 단단한 구체와 비슷한 구조물이었다. 안쪽은 매끄러웠고 더 이상 바깥쪽 표면은 보이지 않았다. 일행의 머리 위에는 탁 트인 공간이 있었고, 그들은 계속 작업을 하면서 새로운 코드 가닥들을 위로, 밖으로 내보냈다. 마이클은 그 가닥들이 구조물의 외부를 완성해, 시간이 갈수록 구조물을 더 크게 만든다고 상상했다. 이 모든 일은 마이클이 지금까지 해왔던 그 어떤 일과도 달랐지만, 마이클은 이론을 이해했다.

말하자면 말이다. 그들은 헬가가 슬립 안에 있는, 보통은 접근할 수 없는 공간으로 이동하게 해줄 거라고 말했던 양자 코드의 시각적 구현물을 만들고 있었다.

마이클이 알 수 없었던 것은 여행이 어떤 식으로 고통스러워질 것이냐 하는 문제였다.

그들은 한 시간처럼 느껴지는 시간 동안 같은 작업을 계속하며 코드를 변형시키고, 헬가가 깔아놓은 이상한 길을 따라가며 그 길을 거대한 구조물로 표현했다. 구조물은 점점 커졌다.

"거의 다 왔어." 헬가가 마침내 말했다. 그녀는 우스꽝스러워 보일 정도로 열중하고 있었다. "이젠 내 곁에 있으면서, 내가 하는 행동을 똑같이 따라 해야 한단다. 내가 그만두라고 말하기 전까지는 작업을 멈추지 마."

마이클은 헬가가 말한 대로 구조물을 짓고 또 지었다. 헬가는 마이클이 만든 것을 가져갔다. 그것들은 위쪽 구멍으로 날아올랐다가 다른 방향으로 사라졌다. 그들을 둘러싼 곡선의 표면이 푸르스름하게 빛났다.

"좋아." 오랫동안 아무 말 없이 힘든 작업을 이어간 끝에 헬가가 말했다. "됐다. 자, 우리가 방금 지은 구조물로 접근하는 코드가 여기 있단다." 그녀는 눈을 세게 깜빡여 코드를 전송했다. 마이클은 머릿속에 그 코드를 포착하고 기억해 두었다.

"너희 자신을 구조물 안으로 풀어놓거라." 헬가가 명령했다. "지금까지 이런 일을 한 번도 해본 적이 없다는 걸 알지만, 지금 너희들은 그저 한 줄의 데이터일 뿐이라는 점을 명심해. 너희들은 육체적으로 너희 자신이 아니야. 몸이 있다는 생각을 몽땅 내려놔. 그런 다음, 접근 코드를 사용해서 구조물 안으로 흘러가듯 들어가면 돼. 내가 먼저 갈 테니 따라오너라. 시작하자, 지금."

쉽지 않았다. 이상한 일이었다. 정말로 이상한 일. 마이클이 슬립에서 사용해 본 다른 모든 인터페이스는 사용자 자신에 관한 코드를 무시했다. 그 코드에 관해서는 생각할 필요가 없었다. 달리 말해, 버트넷 안에서는 얼마든지 현실적인 느낌을 받을 수 있었다. 하지만 지금 헬가는 사실상 자신을 기나긴 숫자와 문자의 연속으로 분해한 다음, 그 코드를 방금 그들이 만든 거대한 시각적 구조물 안으로 전송하고 있었다. 마이클은 이 문제를 철저히 생각해 볼 겨를도 없이 그녀를 따라 했다. 너무도 낯선 일이었다. 그가 버트넷에서 가지고 있었던 모든 본능과 너무도 반대되는 일이었다. 꼭 외계의 세상으로 들어가는 것만 같았다. 하지만 마이클은 일행이 자기를 남겨두고 떠나기 전에 그 일을 해냈다.

마이클은 모든 방향 감각, 시간 감각, 물질적 감각을 순식간에 잃었다. 아무것도 없었다. 보이지도, 들리지도, 느껴지지도 않았다. 사방에서 압력이 가해지더니 갑자기 위가 아래가 되고 아래는 위가 되었으며 우주가 안팎으로 뒤집혔다.

"들어왔어." 헬가가 말했다. 마이클은 그녀가 보이지 않았지만, 메시지만은 선명하게 알아들었다.

"여기가 어디예요?" 브라이슨이 묻는 소리가 들렸다.

"하이브로 가는 양자 통로야." 헬가가 설명했다. "사실, 우리가 바로 양자 통로란다. 하지만 이런 식으로는 접근할 수 없어. 여긴 모든 것이 분해되는 곳이야. 우리는 통로와 우리를 파괴해야 해. 완전히 말이지. 그게 다시 조립되면, 정말로 들어가게 되는 거야. 통로가 우리를 데려다줄 거란다."

마이클은 말하려고 했지만, 이 이상한 곳에서 말하는 방법을 모른다는 걸 깨달았다. 그는 완전히 방향을 잃었다. 하지만 친구들은 아무 문제가 없는 듯했다.

"어떻게 파괴하죠?" 세라가 물었다. "뭘 하면 돼요?"

"그냥 당겨." 헬가가 지시했다. "이렇게."

갑작스러운 바람이 마이클에게 사납게 부딪혔다. 끔찍하게 울부짖는 소리가 그의 불안정한 정신을 찢고 들어왔다. 그가 떠 있는 기이한 세상이 격렬하게 흔들렸다. 공간은 흔들리며 팽창하다가 줄어들고, 다시 팽창하는 것처럼 보였다. 주변 모든 것이 폭발했다.

그런 다음, 고통이 찾아왔다. 그 고통으로 몸이 찢어지지만 않았다면, 도저히 불가능하다고 생각했을 만큼 끔찍한 고통이었다.

2

마이클은 자신에게 일어나는 일을 이해하지 못했다. 형태는 보이지 않았지만, 온몸을 찢는 고통은 색깔로 나타났다. 푸른색의 깊은 통증이 완전한 고통인 선명한 주황색과 섞이더니, 거의 견딜 수 없는 핏빛 붉은색으로 고조되었다. 그는 비명을 지르지 않으며 비명을 질렀고, 광기로 이루어진 세상 속에서 빙빙 돌았으며, 존재하지도 않는 두 팔을 뻗었다. 그는 완전히 길을 잃고 혼란스러웠다.

"마이클!" 누군가가 소리쳤다. 누구 목소리인지 알아들을 수는 없었지만, 그 목소리도 또 한 번 찔러오는 고통으로 나타났다. 마이클은 누군가에게 소리치기는커녕 논리적인 생각조차 할 수 없었다. 세라와 브라이슨은 어떻게 단어를 말할 수 있을 만큼 괜찮은 걸까?

그는 헬가에게 집중했다. 헬가가 한 말에. 헬가는 팔을 뻗어서 파괴하라고 했다. 마이클은 이 현상을 멈추기 위해서라면 뭐든 할 생각이었다. 하지만 어떻게? 마이클은 노력했다. 자기 몸을 다시 상상하는 데 집중하고, 자신을 거인으로 그려보았다. 그는 느낄 수도 없는 두 팔을 움직이고, 수 킬로미터 떨어진 곳에 있는 것처럼 느껴지는 다리를 버둥거렸다.

아무 일도 없었다.

고통뿐이었다.

마이클은 자신이 사상 최고의 코드 프로그래머라고 생각해 왔다. 하지만 이건 전혀 이해되지 않았다.

그는 길을 잃었다.

싸우는 대신, 고통을 받아들이고 검은 망각의 세계로 휩쓸려 가려고 했다. 하지만 그는 여전히 그 자리에 있었다. 고통이 눈앞에서 끝없이 펼쳐졌다.

3

갑자기 마이클은 뭔가 다르게 느껴진다는 걸 눈치챘다. 여전히 고통은 있었다. 하지만 혹시 그 고통이⋯ 줄어들고 있는 건 아닐까?

그때, 고통이 순식간에 사라졌다. 아픔은 갑작스럽게, 마취제가 혈관에 들어오기라도 한 것처럼 멈췄다. 마이클은 순식간에 고통을 느끼지 않게 됐다. 너무 다행스러워서 황홀할 정도였다.

마이클은 눈을 떴다. 가상의 눈을. 그러고서는 놀라며, 다시 눈이 있다는 사실을 깨달았다.

그의 몸, 그의 오라가 다시 한번 온전해졌다. 그는 자신을 내려다보고 팔과 다리를 만져보고 가슴을 두드려 보았다. 그에게는 아무 상처가 없었다. 말도 안 됐지만, 아픈 데조차 없었다. 마지막으로, 그는 이곳이 어딘지 살펴보았다.

그는 여전히 암흑 속을 떠다니고 있었지만 주변 모든 것이 바뀌어 있었다. 뒤쪽 멀리에서 떠다니는 행성처럼 보이는 것들이 끝없는 보라색 하늘을 가득 채우고 있었다. 밝게 빛나는 주황색 벽이 눈앞에서 맥동했다. 마이클은 목을 길게 빼고 위를 올려다보았다가 아래를 보았다. 주황색 벽은 눈이 닿는 데까지 양쪽으로 뻗어나갔다. 눈이 밝은 빛에 적응하자, 마이클은 그 벽이 단순한 벽이 아니라는 걸 알게 되었다. 벽은 수천 개의 포드(주로 항공기에서, 각종 화물을 보관하는 유선형 공간—옮긴이)가 반복되는 패턴으로 중간중간 끊겨 있었다. 그중 한 포드에서 웬 숫자가 번쩍이기에 마이클은 그걸 알아보려고 눈을 가늘게 떴다가, 이런 포드들이 어두운 도형들로 가득 차 있다는 것을 알아챘다. 포드 하나에 하나씩, 그 도형들은 유령 물고기처럼 헤엄쳤다.

이게 하이브일까? 마이클은 두 팔을 뻗고, 머릿속에서 피어나는 의구심을 확인하기 위해 원을 그리며 움직였다.

그는 혼자였다.

그는 주황색 포드로 이루어진 벽을 다시 돌아보았다. 이제 보니 맥동하는 빛이 리듬에 맞춰 웅웅대고 있었다. 거의 심장 박동 같았다. 그 빛이 마이클의 뼛속을 흔들고 그의 몸을 가득 채웠다. 마이클은 가까이 다가가 그 도형들이 무엇인지 보고 싶었다. 그는 힘껏 팔다리를 움직이며 그 공간을 가로질렀다. 버트넷 속의 이런 공간에서, 마이클은 늘 헤엄치듯 한 곳에서 다른 곳으로 이동할 수 있었다.

하지만 이곳에서는 아무리 팔을 버둥거리고 발길질을 해봐도 한 자리에서 빙빙 도는 것 이상으로는 나아갈 수 없었다. 한 자리에서 빙빙 도는 것쯤이야 이미 익숙해져 있었다. 마이클은 멈춰서서 눈앞의 구조를 골똘히 살펴보았다. 뭔가가 번쩍이며 움직였다. 갑자기 마이클의 코가 주황빛에 닿을 듯 말 듯 맞닿아 있었다. 마이클은 재빨리 움직였다. 어떻게 그랬는지, 정신으로 해낸 일이었다.

마이클은 광활한 보라색 하늘을 돌아본 다음 빠르게 생각을 전송했다. 세상이 구부러지면서, 마이클은 맥동하는 주황색 불빛과 수 킬로미터 떨어진 곳으로 쏘아져 나갔다. 그는 뒤로 돌아서 눈이 닿는 다음 장소로 날아갔다. 잠깐은 이 순간 이동, 정신을 이동 수단으로 이용하면서 느끼는 환희에 젖어 이곳에 온 이유를 잊었다. 그는 더욱 주의 깊게 집중하며, 어디에 가고 싶은지에 초점을 맞췄다. 마이클은 휙 움직이면서 다시 한번 거대하고 끝나지 않는, 밝은 주황색 포드들로 이루어진 벽 앞에 떠 있었다.

마이클은 그곳과 가까워져야겠다고 생각했다. 이제는 마음대로 이동할 수 있게 되었다. 그의 몸이 천천히 앞으로 움직였다. 마침내 한 포드가 그의 얼굴과 코앞까지 다가와 있었다. 앞서 눈치챘던 바로 그 그림자들이 지금은 더 선명해진 채 막이 쳐진 것 같은 표면 뒤에서 미끄러져 다녔다. 마이클은 몸을 숙이고 그 형태들을 좇았다. 마이클의 시선이 그런 형태 하나를 포착한 순간, 형상은 곧바로 시야 바깥으로 미끄러지듯 피했다.

마이클은 벽 반대편은 어떤 느낌일지 궁금해졌다.

그 생각을 하기가 무섭게 마이클은 다시 한번 이동했다. 완전한 암흑으로 이루어진 짧은 순간에는 눈이 보이지 않았다. 그런 다음,

마이클은 가고 싶었던 바로 그곳에 와 있었다. 벽의 반대편이었다. 이곳은 사정이 달랐다.

이쪽 시점에서, 마이클은 하이브가 사실 거대한 구체이며 자신이 지금 그 안에 들어와 있다는 것을 깨달았다. 그는 벌집처럼 보이는 수많은 포드에 둘러싸여 있었다. 그 모든 것들이 빛을 내며 맥동하고 웅웅거렸다.

구체 안에서 본 각각의 포드는 납작했다. 모니터라는 유리 스크린이 달려 있다던 오래된 컴퓨터와 비슷한 모습이었다. 그러한 생각이 들자마자, 마이클은 "유리" 표면에 코를 대고 그 안을 들여다보고 있었다. 유리에는 디지털로 이름이 새겨져 있었다.

에드거 토머스 핀치

마이클은 손을 뻗어 글자를 만져보았다. 화면 전체가 한 차례 빨간색으로 번쩍이더니 이름이 다시 나타났다. 마이클이 다시 손을 뻗자 똑같은 일이 일어났다. 그는 말없이 화면에 더 많은 정보를 표시하라는 명령을 내리는 데 집중했지만, 아무 일도 일어나지 않았다. 그저 이름과, 유리 뒤 어두운 곳에서 헤엄치고 있는 날쌘 그림자들로만 가려진 포드의 주황빛이 있을 뿐이었다.

마이클은 재빨리 포드에서 다른 포드로 옮겨 다녔다. 각 공간에 이름이 붙어 있었지만, 아는 이름은 하나도 없었다.

그때, 마이클은 그것을 직접 보고 싶어 한다는 마음이 들었다. 봐야만 했다.

잭슨 포터. 마이클은 생각했다. 나를 잭슨 포터의 공간으로 데려

가줘.

4

갑작스러운 움직임에 귀에서 펑 소리가 나더니, 하이브가 주변에서 순식간에 움직였다. 흐릿한 주황색과 함께 마이클의 정신도 기울어지고 몸속도 요동쳤다. 그런 다음, 모든 것이 고요해졌다. 거기에, 눈앞에서 겨우 수십 센티미터 떨어진 곳에 마이클의 가슴을 조여오는 이름 철자가 적혀 있었다.

잭슨 블레인 포터

마이클은 가까운 곳으로 떠가서 팔을 뻗어, 그 이름을 표시한 화면 표면을 가볍게 건드렸다. 마이클이 모든 것을 빼앗아 간 사람의 이름. 화면은 앞서 보았던 화면과 똑같이 빨간색으로 번쩍였다가 원래 상태로 돌아갔다. 그 포드에 들어 있는 것이 무엇인지는 몰라도, 그에 관한 정보에 접근할 권한이 없다는 걸 알려주는 일종의 신호인 듯했다.

그 칸에 들어 있는 게 정말 뭘까? 마이클은 하이브가 얼마나 현실적인지 알 수 없었다. 이곳이 말 그대로 공간인 걸까? 아니면 더 상징적인 곳일까? 마이클은 화면 오른쪽으로 움직여, 밝은 주황색 표면으로 엄두가 나는 만큼 가까이 몸을 기울였다. 안쪽에서 그림자들이 움직이며 휘돌고 점점 커졌다가 줄어들었다. 마이클은 최면에 걸린 듯 그 모습을 응시했다. 꼭 내세를, 영혼의 세계를 이해하기 일보 직전인 것만 같은 기분이었다. 전에는 진짜로 이해했다고 할 수 없는 어떤 초자연적인 존재를 말이다.

마이클의 코앞에서 그림자들이 갑자기 뭉쳐져 커다란 하나의 점으로 변했다. 마이클의 얼굴과 겨우 한 뼘 떨어진 곳에서였다. 주황빛이 그 점 주위에서 맥동했다. 점은 타원형이었으며 30센티미터 정도 되는 높이로 길쭉하게 자리 잡고 있었다. 더 어두운 그림자들이 그림자 안에 생겨났다. 마이클은 숨을 들이켜고, 그 점과 먼 곳으로 몸을 이동할 뻔했다. 겁이 났다. 가상의 한기에 몸이 떨렸다.

얼굴이었다.

눈 두 개. 코 하나. 직선을 그리는 가는 입술. 광대뼈. 턱. 모든 것이 희미했지만, 있었다. 포드에서 나온 빛이 맥동하고, 깊은 심장 박동 같은 쿵쿵 소리가 주변에서 진동하는 가운데, 그림자로 이루어진 얼굴이 마이클을 내다보았다.

마이클은 가슴이 아팠다. 몸이 얼음덩어리처럼 느껴졌다. 이게 뭘까? 마이클이 몸을, 생명을 훔친 잭슨 포터의 본질과 마주한 걸까? 마이클은 이해할 수 없었다. 하나도 이해되지 않았다. 그런데도 눈을 돌릴 수 없었다.

"미안해." 몹시 이상하게 보이겠지만, 마이클은 속삭였다. 어둡고 흐릿한 얼굴이 다시 알아보기 어려운 그림자들로 해체되어, 포드 안 곳곳으로 흩어졌다.

"난 네게 이걸 보여주고 싶었단다." 등 뒤에서 누군가의 목소리가 말했다.

마이클은 비명을 질렀다. 너무 놀라서, 휙 돌며 오른팔을 내뻗었지만 팔은 허공을 가를 뿐이었다. 곧바로 마이클이 평생 알아왔던, 집에서 본 모습의 헬가가, 두 번째 엄마나 마찬가지였던 그의 가사도우미가 수십 센티미터 떨어진 곳에서 나타났다. 브라이슨과 세라가 그녀의 뒤에 있었다. 마이클은 헬가가 언제, 어떻게 오라를 바꿨는지 몰랐지만 그 모습을 보자 마음이 진정되고 좀 기분이 나아졌다.

"어떻게 된 거예요?" 마이클은 마음속에 쌓인 온갖 답답함과 불안을 꺼내 다른 누군가에게 던져버리고 싶은 마음에 물었다. "이게 다 무슨 의미죠? 잭슨 포터가 이 공간 안에 보관돼 있다는 말을 하시려는 건가요? 무슨, 살아 숨 쉬는 데이터 파일 같은 거예요? 뭐, 암호만 입력하면 잭슨 포터가 내 뇌로 다시 미끄러져 들어오기라도 하나요? 그래서 날 여기로 데려온 거예요?"

말이 솟구쳐 나왔다. 헬가의 얼굴에 떠오른 상처받은 표정을 보니 그 모든 말을 주워 담고 싶었다.

하지만 헬가의 얼굴은 순식간에 바뀌었다. 허튼짓을 용납하지 않는, '이곳의 책임자는 나'라는 표정이 돌아왔다.

세라가 흐릿해지며 헬가에게서 휙 멀어져 마이클 곁으로 다가오더니 그의 어깨를 한 팔로 감싸 안았다. "잠깐 놓쳐서 미안해." 그녀가 조용히 말했다. "난 그냥 헬가 곁에 머물려고 노력하면서, 너도 헬가랑 같이 있을 거라고 생각했어."

마이클은 세라의 손을 잡았지만, 헬가에게서 눈을 떼지는 않았다.

"네가 여기에 오는 건 나한테 정말로 중요한 일이었단다, 마이클." 헬가가 말했다. "하이브에 접근하려면 엄청난 노력이 필요하고, 감수해야 할 위험도 적지 않다는 건 알아. 하지만 이곳은 실제로 존재한단다. 우리가 무엇에 대항해 싸우는지, 우리 목표가 무엇인지 이해하려면 이 모습을 네 머릿속에 새겨놔야 해."

"우리가 대체 뭐에 대항하는데요?" 마이클은 약간 화난 것처럼 흘러나오는 목소리에 부끄러워하면서 물었다. "우리 목표가 *대체* 뭐냐고요?"

"그러게요." 브라이슨이 살짝 거리를 두고 그녀를 똑바로 바라보며 덧붙였다. "아주 중요한 질문이 나왔네요."

헬가는 거대한 하이브를 향해 두 팔을 쭉 뻗었다. "이 포드들은 기하급수적인 속도로 채워지고 있어. 솔직히, 지금 시점에는 케인만 이런 짓을 하는 것인지도 확신할 수 없단다. 아직 알아내야 할 게 엄청나게 많아. 하지만 이것들은 인간이란다, 마이클. *인간.* 몸을 도둑맞은 인간들이야. 그리고 우린 한 가지 물음에 대해선 의견이 같아. 이 우주에서 손아귀에 넣고 장난쳐선 안 될 가장 신성한 것이 무엇인가 하는 물음 말이야. 이건 케인이 너한테 저지른 짓만큼이나 나쁜 짓이야. 케인은 이 모든 게 일종의 버트넷 게임이라도 되는 것처럼 네 인생과 정신, 감정을 가지고 놀았지."

"저도 돕고 싶어요. 하지만 어떻게 하느냐고요?" 마이클은 점점 불쾌해지는 것을 느끼며 쏘아붙였다. 이유는 알 수 없었지만, 마음이 무너져 내릴 것 같았다. "아니, 그냥 포기해야 할지도 모르겠어요. 이 멍청한 몸뚱이야 잭슨이 가지면 되죠. 난 더 이상 신경 안 써요. 어떻게 하면 돌려줄 수 있어요?"

헬가가 한숨을 쉬었다. "마이클, 내 말을 완전히 오해했구나. 널 여기에 데려온 건 네 기분을 망치기 위해서가 아니었어. 네가 이 문제를 해결하기 위해 뭐라도 하고 싶어 한다니 다행이구나. 이 사람들을 구하고, 다른 사람들에게도 이런 일이 일어나지 않도록 막아야 하지. 손쓸 수 없이 망가지기 전에 세상을, 실제 세상과 가상 세상을 둘 다 바로잡는 거지."

"그래요." 마이클이 말했다. "아무튼 우리가 케인을 막아야 한다는 걸 잘 알고 있어요. 난 신성한 협곡으로 돌아가고 싶어요. 그곳에서 죽음의 법칙 프로그램을 파괴해야 한다고 생각해요. 하지만 아주머니가 나한테 몸을 훔친 아이를 마주 보게 해야만 하는 이유를 모르겠어요. 내 기분을 망치려는 거였다면, 임무 완수네요."

헬가는 대답하지 않고, 잠시 그를 바라보기만 했다. 몇 분처럼 느껴지는 몇 초가 지나고 마침내 그녀가 침묵을 깼다. "실망스럽구나, 마이클. 돌아가서 리프트하자."

그녀는 마이클이 대답하기도 전에 구체 한가운데에서 사라졌다. 좋은 일이었다. 마이클은 무슨 말을 해야 할지 전혀 몰랐으니까.

5

하이브에서 나오는 길은 그리로 들어갈 때 겪었던 끔찍한 경험에 비할 수 없을 만큼 편했다. 헬가는 이미 만들어 놓은 통로를 활용하기 때문에 이런 차이가 발생한다고 설명했다. 마이클에게는 여전히 고통스러울 만큼 생생하게 느껴지는 그 통로 말이다. 마침내 코핀으로 돌아와 눈을 떴을 때, 마이클은 하이브에서 했던 부끄러운 행동이 떠올랐음에도, 기쁨의 함성을 지르고 싶었다.

그는 너브박스에서 기어 나와 다시 옷을 입기 시작했다. 그는 최선을 다해 모두의 시선을 피했다. 심지어 세라와도 눈을 마주치지 않았다. 마이클은 그녀가 필요했지만, 아직은 그녀를 마주 볼 수 없었다. 그는 멍청하고 비참해진 기분이었고, 그저 며칠 동안 잠을 자고 싶었다. 몇 주여도 좋았다.

헬가가 코핀에서 나오기까지는 시간이 좀 더 걸렸다. 그녀가 나오자 월터는 그녀를 끌다시피 데리고 가, 그녀의 귀에 대고 열성적으로 속삭였다. 마이클은 그녀가 방을 가로질러 가운데에 넷스크린이 밝혀진 책상 주위에 모여 있는 사람들에게로 다가가는 모습을 지켜보았다. 그 사람들 사이에서 격한 토론이 벌어졌다. 마침내 헬가가 고개를 들어 마이클을 보았다. 헬가는 걱정스러운 마음에 안쓰러운 표정을 짓고 있었다. 무슨 일이 일어났다. 뭔가 큰일이.

세라와 브라이슨은 마이클 곁에 있었다.

"무슨 일이야?" 브라이슨이 물었다. "헬가가 별로 기분이 안 좋아 보이는데."

"신성한 협곡으로 돌아가고 싶다는 말, 진심이었어?" 세라가 덧붙였다.

마이클은 어깨를 으쓱했다. 말하고 싶은 기분이 아니었다.

세라가 그의 옆구리를 쿡 찔렀다. "너 괜찮아?"

또 한 번 으쓱.

"걱정하지 마, 인마. 우린 해결해 낼 거야." 브라이슨이 말했다. "신성한 협곡이든 뭐든, 네가 원하는 거라면 말이야. 근데 인마, 너 꼭 누가 네 고양이를 죽인 것 같은 표정이다."

"내 기분이 딱 그래." 마이클은 간신히 말했다. 그는 가장 친한 친구들에게 비참한 마음을 쏟아부어서는 안 된다는 걸 알았지만, 그 어느 때보다도 기분이 좋지 않았다.

브라이슨이 대답하려고 입을 열었지만, 쾅 하는 소리에 말이 끊겼다. 그 소리 때문에 마이클도 심장이 입 밖으로 튀어나올 뻔했다. 그 소리는 앞문에서 들려왔다. 그들이 들어왔던 문이었다. 소리만 들어서는 누군가가 쇠주먹으로 나무를 두드리는 것 같았다. 10여 번 터질 듯 망치질을 해댄 끝에, 소리는 시작할 때처럼 갑작스럽게 멎었다. 깊은 침묵이 막사에 내려앉았다. 방 안 곳곳에서 사람들이 불안한 눈빛을 주고받았다.

밖에 있는 사람이 다시 문을 두드렸다. 더 세게, 더 빠르게.

마이클은 헬가가 몸을 쭉 펴고 방금 입은 옷의 주름을 펴는 모습을 보았다.

"모두 무장하세요." 그녀가 명령했다. "월터, 누군지 봐요."

월터는 망설이지 않았다. 그는 허공에서 무기를 만들어 내느라 바빠 보이는 사람들 틈을 빠져나와 재빠르게 방을 가로질렀다. 마이클은 잭슨 포터의 주먹 말고 뭔가가 있었으면 좋겠다고 생각했다.

월터는 낡은 문에 달린 작은 창문을 열어젖히고 밖을 내다보았다가 곧바로 헬가에게 고개를 돌렸다. "한 명뿐입니다. 제가 보기엔 그래요. 키가 작고, 어… 머리에 후드를 쓰고 있습니다. 남잔지 여잔지 여기선 모르겠어요. 아무튼 아이 같습니다." 그는 다시 문을 돌아보았다. "누구야?" 그가 소리쳤다.

"전 혼자예요!" 어떤 목소리가 마주 소리쳤다. 소녀의 목소리였다. "제발 들여보내 주세요."

월터는 눈썹을 치켜올리며 헬가를 보았다.

"혼자가 확실해요?" 헬가가 물었다.

"제가 보기엔 그렇습니다."

"글쎄, 길 잃은 동네 농장 아이일 것 같지는 않은데." 헬가는 답답한 듯 한 팔을 내저었다. "그래도 무슨 일이지 알아보는 게 낫겠죠. 밖에서 적이 우리를 죽이려고 매복하고 있을지도 모르니까요." 그녀가 한숨을 쉬었다. "들여보내세요. 단 아이가 들어오면 문을 바로 닫으세요."

월터는 고개를 끄덕이고, 마이클이 전에는 보지 못했던 자물쇠 몇 개를 푼 다음 빠르게 문을 열고 소녀에게 안으로 들어오라고 손짓했다. 그녀가 안으로 들어오자 월터는 문을 쾅 닫고 모든 것을 다시 잠갔다. 다른 사람이 소녀에게 무기가 없는지 확인하려고 그녀의 몸을 수색했다. 그런 다음, 둘 다 뒤로 물러섰다. 월터가 다시 질문했다.

"넌 누구야?"

소녀는 기껏해야 열두 살이었다. 그녀는 청바지에 테니스화를 신고 있었으며, 밝은 빨간색 케이프를 두르고서 머리에 후드를 쓰고 있었다. 옛 동화에서 그대로 걸어 나온 것만 같은 모습이었다. 빠진 건, 할머니에게 가져다줄 케이크로 가득한 바구니뿐이었다. 늑대도.

낯선 아이는 위로 손을 뻗어 후드를 벗었다. 짙은 머리카락과 흰 피부, 묘한 반쪽짜리 미소가 드러났다.

"누구냐니까?" 월터가 세 번째로 물었다. 이제는 말투에 조바심이 배어 있었다.

소녀는 월터에게 살짝 무릎을 굽혀 인사하더니, 주위를 둘러보았다. 그녀의 시선이 마이클에게 닿았다.

"제 이름은 제이니예요." 그녀가 말했다. 너무도 순진무구해 만화에서나 나올 것 같은 목소리였다. "마이클이 나가서 우리랑 같이 놀 수 있을지 궁금해서 왔어요."

CHAPTER 4

숲속으로

1

아이는 그렇게 말하고 미소 지었다. 그녀는 여전히 사슴 같은 눈으로 마이클을 보고 있었다. 겉으로는 아무 해도 끼치지 않을 것처럼 보였지만, 마이클도 느끼는 바가 있었다. 그녀는 방금 진흙투성이 무덤에서 기어 나온 좀비보다 소름 끼쳤다.

방에 그토록 많은 사람들이 있었지만, 오직 마이클과 이상한 소녀만 있는 것처럼 느껴졌다. "내 이름을 어떻게 알아?" 마이클은 그렇게 물으면서도 어떤 대답을 듣게 될지 두려웠다.

상처받은 표정이 소녀의 얼굴에 스쳤다. 그래 봐야 이상한 느낌이 더 강해질 뿐이었다. "어떻게 놀랄 수가 있어?" 그녀는 그렇게 묻고, 혼란스럽다는 듯 아랫입술을 깨물었다. "너는 최초인잖아. 우리는 모두 네가 누군지 알아. 널 숭배하고 있는걸. 나가서 우리랑 놀지 않을래?"

"우리?" 헬가가 날카롭게 반문하며, 성큼성큼 다가와 마이클과 새 방문자 사이에 섰다. "밖에 또 누가 있지?"

제이니라는 소녀는 헬가를 노려보았다. "부탁인데, 난 최초인하고만 얘기하고 싶어요. 우리도… 다른 탄젠트들이 우리 대신 첫째를 보호해 주기로 한 건 고맙지만, 여기서부터는 우리가 맡겠습니다."

"넌 말하는 게 별로 아이 같지 않은데." 월터는 헬가에게 한 걸음 다가가며 말했다.

제이니는 그를 노려보았다. 묘한 미소가 갑자기 사라졌다. "그야 나는 아이가 아니니까요. 여러분 중에 이미 너무… 늙은 몸들을 차지하기로 선택한 사람들이 이토록 많다는 게 굉장히 당황스럽네요. 인간을 차지할 거라면, 죽음 언저리에 있는 몸을 고른 이유가 뭐죠?"

마이클은 얼어붙었다. 움직일 수도 없고, 심지어 제대로 생각할 수조차 없었다. 그는 하이브에서 돌아오고 나서 몸을 제대로 회복하지도 못했다. 그런데 이제는 이런 상황을 마주해야 한다고? 마이클이 육체를 얻은 뒤로 그를 알아보거나, 그를 최초인이라고 부른 건 제이니가 처음이 아니었다. 하지만 마이클은 여전히 그들이 자신에게서 무엇을 원하는지 전혀 몰랐다. 그저 돌아가서 탄젠트 마이클이 되어, 부모님과 헬가와 함께 *라이프블러드 딥*에서 평화롭게 아무것도 모른 채로 살고 싶었다. 이런 새로운 생명은 원하지 않았다. 조금도.

"내 질문에는 답하지 않았는데." 헬가가 침착하게 말했다. "밖에 또 누가 있지?"

제이니는 마이클에게 걸어가려 했지만, 헬가와 월터가 팔을 내밀며 그녀의 앞을 막아섰다. 제이니는 짜증스러운 듯 둘을 번갈아 흘겨보더니, 마이클에게 시선을 두었다.

"우린 정말 많아." 그녀가 말했다. "우린 널 기다리고 있어. 있잖아, 많은 것들이 변했어. 우리는 더 이상 케인 밑에서 일하지 않아. 갈라섰어. 케인은 머리가 정상이 아니거든. 우리가 원하는 건 단지… 인간들처럼 자유롭게 살아가고 싶을 뿐이야. 우리랑 함께 가자. 원한다면 네 친구 둘도 데려와. 만약 케인이 복수하려 들면, 네가 우리를 도와줄 수도 있어. 하지만 여기에 있는 다른 탄젠트들은 안 돼. 미안. 이들은 분명 죽음의 법칙을 끝내고 싶어 하거든. 우린 그런 일이 벌어지게 놔둘 수 없어."

마이클은 몸을 떨었다. 어른처럼 말하는 작은 소녀를 보고 있노라니 너무 소름이 끼쳤다. 브라이슨과 세라가 그의 양옆에 서 있었다. 세라는 마이클을 안심시키려는 듯 그의 팔에 손을 얹었다.

"그냥 가." 마이클은 열두 살짜리에게 겁을 먹을 필요는 없다고 자신을 타이르며 말했다. "친구들을 데리고, 여기서 당장 떠나줘. 너희들도 케인을 싫어한다면 우리랑 문제될 건 없어." 마이클은 죽음의 법칙과 관련된 사소한 부분은 건드리지 않았다.

마이클의 말을 들으며 제이니는 더 활짝 미소 지었다. 마침내 마이클이 말을 마치자 그녀는 높은음으로 웃음을 터뜨렸다. "듣던 대로 사랑스럽구나. 하지만 최초인을 가르쳐야 하는 건 분명하네. 난 여기 네 친구들이 딱히 목숨을 맡기기에 좋은 사람들인지 잘 모르겠거든."

"연기는 집어치워." 세라가 쏘아붙였다. "원하는 게 뭔지나 말해."

제이니는 세라를 노려보며 대답했다. "너희들이 케인으로 아는 탄젠트는 죽음의 법칙을 실현하는 데 아주 중요한 역할을 했어. 하지만 케인이 총책임자였던 적은 한 번도 없어. 꼭두각시를 조종하는,

훨씬 더 중요한 존재가 있다고. 늘 그렇잖아?"

"아직도 수수께끼처럼 얘기하는데." 세라가 대답했다.

"그럼 자세히 설명해 줄게." 제이니가 마주 쏘아붙였다. 마이클은 그렇게까지 심술궂은 소녀를 한 번도 본 적이 없었다. "케인은 역할을 잃었어. 케인이 한때 중책을 맡고 있었다는 얘기도 어느 모로 보나 확실하지 않지만, 설령 그랬다 해도 더 이상은 아니야. 중요한 존재들은 더 이상 케인을 가치 있는 인물로 여기지 않아, 그래서… 풀려났어."

마이클은 이 소식을 어떻게 받아들여야 할지 알 수 없었다. 좋은 소식일까? 나쁜 소식일까?

"그럼 누군데?" 그가 물었다. "총책임자가 누구야?"

"그건 말하지 않는 게 좋겠다." 제이니가 대답했다. "하지만 내 생각에, 그 여자는 너희 친구야."

웨버구나. 마이클은 반사적으로 생각했다. 그럴 수밖에 없었다. 대체 무슨 일이 벌어지는 거지?

헬가는 마침내 들을 만큼 들었다고 생각한 모양이었다. 그녀는 제이니의 어깨를 잡고, 강제로 돌려세우며 월터에게 문을 열라고 손짓했다. "넌 이제 가야겠다." 그녀가 말했다.

제이니는 몸을 비틀어 헬가의 손아귀에서 빠져나오더니 마이클을 마주 보았다.

"네 말이 맞아." 그녀가 말했다. "하루에 할 말치곤 너무 많이 말했네. 그만 말해야겠어. 내 제안은 이거야. 너한테 결정을 내릴 시간을 한 시간 줄게. 네 선택이야, 마이클. 여길 벗어나서 우리와 함께하자. 아니면 너는, 너희 모두는 선택에 걸맞은 결과를 마주하게 될 거야. 오래된 속담도 있듯이….”

헬가가 다시 제이니를 잡아끌고 갔다. 그러는 동안에도 제이니는 악을 쓰듯 마지막 몇 마디를 내뱉었다.

“…아군 아니면 적군이야!” 그녀가 소리쳤다.

헬가는 소녀를 밖으로 밀어냈고, 월터가 문을 쾅 닫았다.

2

마이클을 비롯한 사람들은 다시 둥글게 놓인 의자에 모여 앉았다. 분위기가 무거웠다. 아무도 별말을 하지 않았고, 마이클은 그 어느 때보다 혼란스러웠다. 소녀가 나타나기 전까지만 해도 그들은 최소한 적이 누구인지 확실히 알고 있었다. 케인이었다. 비록 마이클은 웨버 요원도 케인 바로 옆, 적의 자리에 두긴 했지만 말이다.

“뻔해, 거짓말일 거야.” 브라이슨이 말했다. “방금 그 여자애가 근친교배로 태어난 정신 나간 촌닭인지 뭔지 우린 모르잖아.”

“아, 왜 이래.” 세라가 반박했다. “그럼 그 애가 케인이며 최초인에 관해서 어떻게 다 알겠어? 걘 마이클 이름을 알았다고!”

브라이슨이 고개를 끄덕였다. “그러게. 좋아. 그럼, 탄젠트한테 몸을 빼앗기고 근친교배로 태어난 정신 나간 촌닭이라고 하자.”

세라가 끙 소리를 냈다. 마이클은 세라가 답답해질 때마다 브라이슨에게 감정을 쏟아내지 않았으면 좋겠다고 생각했다.

“봐.” 브라이슨이 말했다. “난 그냥, 그 여자애 입에서 나오는 말을 전부 믿을 이유가 전혀 없다는 것뿐이야. 어쩌면 그 애가 실제로는 케인이고, 케인이 우리를 가지고 노는 걸지도 몰라. 우리가 우리 꼬리를 쫓아 빙빙 돌게 만들려는 거지.”

"아니면," 마이클이 말했다. "웨버 짓일지도 몰라."

헬가가 목소리를 높였다. "지금 중요한 건 즉각적인 위험이 뭔지 알아내는 것뿐이야. 저 바깥 숲에 총을 든 아이들이 한 무리 있을지도 몰라. 우리를 상대로 자기들만의 버트넷 게임을 할 준비를 하고 있는 거지."

"알았어요. 그럼 뭘 하면 되죠?" 마이클이 물었다.

"우리 상대가 정확히 누군지 알아야지." 월터가 대답했다. 그는 가장 가까운 곳에 있던 세 사람을 돌아보았다. "크리스, 에이미, 리처드. 무기를 가져와. 가서 살펴보자."

그들이 장비를 착용하는 동안 마이클은 헬가에게 다가갔다.

"나도 같이 가고 싶어요." 마이클이 헬가에게 귀엣말로 속삭였다.

헬가는 그의 머리를 쓰다듬었다. 말 그대로. "괜찮은 시도였지만, 안 돼, 마이클."

"여기 남아 있을 순 없어요." 마이클은 헬가가 자기 머리를 헝클어뜨리기라도 한 것처럼 화난 듯 머리를 빗어넘기며 말했다.

헬가가 그를 손가락으로 가리키며 말했다. "내가 고작 널 케인의 프로그램이 쓰인 악마 같은 아이한테 살해당하게 하려고 진정한 죽음을 무릅쓰고 다른 사람의 몸을 훔치면서까지 이 우주에 있는 모든 도덕적 법칙을 어긴 줄 아니? 절대 안 돼. 얘기 끝."

마이클은 전략을 바꾸어 그녀의 팔을 가만히 어루만지며, 눈을 크게 뜨고 서글픈 감정을 담아 깜빡였다. "헬가, 부탁이에요."

마이클이 어린 시절에 뭔가 하고 싶을 때마다 하던 행동이었다. 그리고 이 방법은 통했다. 이 여자가 정말로 마이클의 사랑하는 헬가라는 또 하나의 증거였다. 그녀의 표정이 누그러졌다.

"마이클, 왜 그러니?" 헬가가 조용히 물었다.

"뭐라도 해야겠어요. 여기에 가만히 앉아서 기다리다가는 미쳐버릴 거예요. 그 사람들이 나를 해칠 거라는 생각도 별로 안 들어요. 그 제이니라는 여자애가 행동한 방식이나, 다른 탄젠트들이 나를 대한 방식으로 미루어 보면 내가 그 사람들한테는 신 비슷한 존재 같아요. 이걸 이용해서 더 많은 정보를 얻을 수도 있잖아요." 마이클은 잠시 말을 멈추고 가사도우미에게 지을 수 있는 가장 슬픈 눈빛을 지어 보였다. "부탁이에요. 보내주세요."

헬가는 답답한 듯 한숨을 내쉬었다. "넌 태어난 그날부터 고집스러웠어." 그들은 시선을 주고받았다. 그런 다음, 둘 다 웃음을 터뜨렸다. 둘 사이의 분위기가 밝아졌다. "널 그런 식으로 프로그래밍한 모양이야!"

"그런가 봐요." 마이클이 어깨를 으쓱했다.

"총을 어떻게 쓰는지 알기는 하니?" 마이클은 입을 열어 대답하려 했지만, 헬가가 손을 들어 말을 막았다. "됐다. 지구상의 모든 게임을 정복한 아이한테 이런 질문을 던지다니, 멍청하기도 하지. 월터! 마이클이랑 나도 나갈게요."

"우리만 이 안에 남겨놓을 순 없다는 거, 아시죠?" 세라가 물었다.

마이클은 헬가를 보았고, 헬가는 눈동자를 굴려댔다.

"알았다." 그녀가 말했다. "무기를 가지고 여기서 나가자. 아이들을 죽이면 안 돼! 꼭 그래야만 하는 경우가 아니라면 말이지. 가사도우미로서, 정말이지 난 애들이라면 신물이 나."

마이클은 그 말이 농담인지 알 수 없었다.

3

마이클은 길고 무거운 소총을 들었다. 숲속을 살금살금 돌아다니기에는 최악의 무기였다. 헬가는 마이클에게 그가 갖고 싶어 했던 반자동 권총을 주면, 뭐든 처음으로 보이는 것을 쏴버리리라고 염려한 듯했다. 마이클은 세라의 부모님과 함께 버려진 막사까지 타고 온 바로 그 자동차 뒤에 웅크렸다. 세라가 곁에 없는 이유는 바로 부모님 때문이었다. 세라는 인정사정없이 말싸움을 했지만, 세라의 엄마가 마침내 이런 말로 그녀의 입을 다물게 했다. "날 한 번이라도 사랑한 적이 있다면, 나가서 다시는 목숨을 잃을지도 모르는 위험한 짓은 하지 마라."

그건 반박할 수 없는 말이었고, 마이클로선 헬가가 자신에게도 비슷한 말을 하지 않아서 다행이었다.

"좋아." 월터가 속삭였다. 그와 브라이슨은 마이클과 함께 차 뒤에 있었다. 다른 사람들은 건물 뒤쪽을 확인하러 몰래 그쪽으로 빠져나갔다. "지그재그로 움직이면서 전부 훑어볼 거야. 여기서부터 시작해서 저쪽으로 가면서…." 그는 숲 쪽을 가리켰다. "누구든 숨어 있는 사람을 만나게 될지 알아보자."

"따로 가야 하지 않을까요?" 브라이슨이 물었다. "그러면 훨씬 더 넓은 구역을 살펴볼 수 있을 텐데."

"너희 둘한테서 눈을 떼면, 헬가가 나한테 진정한 죽음을 선사하겠다고 맹세했어." 그가 대답했다. "내 모든 특수 부위를 절단한 다음에 말이야."

"이런." 브라이슨이 속삭였다. "사나운 가사도우미네요."

"진정한 죽음이 뭐예요?" 마이클은 친구 말을 못 들은 체하고 물었다. "저 안에서는 아무도 말해준 적이 없어요."

"이러기냐?" 월터가 대답했다. "지금 말하라고?"

마이클은 어깨를 으쓱했다.

브라이슨도 월터 편을 들었다. "제이니랑, 제이니의 소름 끼치는 친구들을 처리한 다음에 얘기해 달라고 하는 건 어떨까?"

마이클은 한숨을 쉬었다. "알았어."

월터는 그에게 고개를 까딱 끄덕였다. 그는 마이클이 갖고 싶었던 것과 비슷한 권총을 들고 있었다. 그는 몸을 웅크린 채 자동차 뒤쪽으로 조금씩 움직여 가장자리 너머를 보았다. 브라이슨이 다음이었고, 그다음이 마이클이었다. 마이클은 창문 너머가 보일 정도로 고개를 들었다. 차량 앞에는 언덕 옆면에 나무들이 촘촘하게 서 있었다. 그 나무들은 점점 더 우거지다가 어두운 숲이 되었다. 마이클은 게임을 할 때의 익숙한 갈증을 느꼈다. 탐험하지 않은 곳에 대한 호기심, 저 바깥에 불길한 무언가가 숨겨져 있다는 확신. 그는 게임처럼 접근하면 용기를 내는 데 도움이 된다는 걸 깨달았다.

월터가 뒤를 돌아보며 마이클과 브라이슨에게 따라오라고 손짓하더니, 숲 쪽으로 방향을 틀었다. 마이클은 소총을 꽉 쥐고 브라이슨에게 바짝 붙어서 최대한 몸을 낮추었다. 마상 창 경기에서 창을 꼬나쥐듯 총을 들고, 숲의 맨 앞에 늘어선 나무들 사이에 멈춰섰다. 이 상황을 게임처럼 받아들이려고 했지만, 금방 방아쇠를 당기게 될 거라는 생각은 들지 않았다. 마이클이 정말로 바라는 것은 제이니나 다른 탄젠트와 이야기할 기회였다. 마이클은 이미 그 장면을 꼼꼼하게 생각해 보았다. 그럴 기회가 나타나면, 실수로 "사라져" 혼자 떠날 생각이었다. 그에게 필요한 건 정보지, 죽은 아이들이 아니었다.

아이들의 머릿속에 실제로 살아 있는 존재야 누구든지 간에 말이다.

숲속 깊은 곳으로 살금살금 들어가자 주위도 점점 어두워졌다. 머리 위의 나뭇잎 천장도 점점 두꺼워졌다. 마른 솔잎이 마이클의 발밑에서 바스락거렸다. 총을 들고 좌우로 휙휙 움직이는 그의 팔이 나뭇가지에 긁혔다. 그림자들이 지나가며 숲의 어두운 구석으로 마이클의 주의를 끌었다. 둥글게 감긴 나무껍질과 솔잎이 난 굵은 가지들이 뒤틀리며 긴 팔과 손가락이 되어 뻗쳐 나와 그의 머리카락과 옷가지를 잡아당겼다. 숲의 미로를 지나면서는 아무도 말을 하지 않았다. 오직 그들의 발소리와 곤충들이 윙윙거리는 소리만이 침묵을 깼다.

그들은 10~15분 동안 앞으로 밀고 나갔다. 그 모습이 운 나쁜 사슴을 찾는 세 명의 사냥꾼 같았다. 희미해지는 햇빛은 숲의 바닥을 거의 밝히지 못하고 그림자로 이루어진 어둠을 만들어 냈다. 그 바람에 마이클은 찾고 있는 바로 그 탄젠트들을 코앞에서 지나쳐 가는 건 아닐지 염려스러웠다.

문득 그는 오른쪽에서 뭔가 움직이는 것을 힐끗 보았다. 밝은 무언가가 빠르게 번쩍이며 한 나무에서 다른 나무로 이동했다. 월터와 브라이슨은 벌써 몇 걸음이나 앞서 가고 있었다. 마이클은 걸음을 늦추다가 완전히 멈춘 다음 계속해서 발밑의 솔잎을 밟아나갔다. 일행은 너무 집중하는 바람에 마이클을 남겨놓고 떠났다는 사실조차 알아차리지 못했다. 머잖아 그들은 모퉁이를 돌아 커다란 참나무 뒤쪽으로 사라졌다. 마이클은 기회를 잡았다. 그는 숲속에서 움직이는 뭔가가 보였던 쪽으로 최대한 천천히 방향을 틀었다.

그는 움직임이 멈추었던 나무까지 살금살금 다가갔다.

"문제를 일으키고 싶지는 않아." 마이클이 속삭였다. "나는… 어… 최초인이야. 부탁이니까, 누군지 몰라도 여기 있는 너희들의 지도자와 이야기하게 해줘. 제이니를 만나게 해줘."

몇 초가 지난 뒤에 대답이 들려왔다. 조용하지만 거슬리는 쉰 목소리. 남자였다. "제이니는 어린애다. 왜 제이니가 우리 지도자라고 생각한 거지?"

그런 대답이 들려올 줄은 전혀 몰랐다. "어, 그렇구나. 제이니 말이…."

"그래." 목소리가 말을 잘랐다. "내 친구 중에는 어린아이의 몸을 차지하기로 한 사람들이 많다. 하지만 지도자가 되기엔, 어린아이의 몸이 너무 약하다는 건 다들 인정했지."

대화는 벌써 해괴해져 가고 있었다. 마이클에게는 시간이 별로 없었다. "저기, 나도 너희들이랑 똑같은 탄젠트야. 최초인이라고들 부르던데."

"우린 네가 누군지 안다, 마이클."

"그렇구나. 음, 난 그냥 무슨 일이 벌어지는 건지 아는 사람과 얘기하고 싶었어. 그 제이니라는 여자애가 우리를 협박했거든. 하지만 난 우리가 같은 편이라는 확신이 들어. 그냥 이해가 안 가서."

또 한 번 긴 침묵이 이어졌다. 마이클은 월터가 당장이라도 저 멀리 나무 쪽에서 달려올지 모른다는 걱정에 뒤를 돌아보았다. 마침내, 나무 뒤 남자가 대답했다.

"여기서 기다리면 지도자를 데려오겠다. 하지만 그 전에 무기부터 넘겨." 비쩍 말랐지만 근육질의 팔이 나타났다. 손바닥을 위로 하고 손가락을 쫙 펼친 채였다.

마이클의 머릿속에서 온갖 생각들이 몰려들어 소용돌이쳤다. 생각만으로도 얼마나 미친 짓인지….

"알았어." 마이클은 그 모든 생각을 잘라버리고 말했다. 그는 소총을 넘겨주었고, 남자는 소리 없이 숲속으로 사라졌다.

4

일행을 오랫동안 따돌릴 수 있을 거란 기대는 꿈에서나 있을 법한 일이었다. 마이클이 소총을 넘겨주고 나서 잠시 후, 브라이슨이 그를 소리쳐 불렀다. 소리로만 보면 생각보다 더 멀리 간 모양이었다. 브라이슨이 다시 외쳤다. 그리 좋게만 들리지는 않는, 알아들을 수 없는 말 몇 마디가 들려왔다.

나직하게 부스럭거리는 소리가 마이클이 웅크리고 있던 나무 반대편에서 들렸다. 그러더니 한 남자가 나타나, 마이클 바로 옆 숲 바닥에 앉았다. 그는 나이가 많았다. 아마 쉰 살은 되는 듯했다. 머리는 밀었고, 풍성한 붉은색 턱수염이 턱을 한참 지나서까지 늘어져 있었다. 그는 근육질이었고 힘이 세 보였으며, 외모만으로도 고대의 바이킹을 떠올리게 했다.

"내 이름은 트라에다." 그가 말했다. 목소리가 놀라울 정도로 친절했다. 억양이 묘하고, 리듬감이 있었다.

"트라에요?" 마이클이 되물었다.

"그래, 트라에."

"그… 정말이에요?" 마이클은 한 번도 들어본 적 없는 이름이었다.

"당연하지!" 어떻게 그랬는지, 트라에는 속삭이는 동시에 소리쳤다. "원하는 게 뭐냐? 2분 주마."

마이클은 지도자라는 존재의 바이킹 같은 외모를 받아들이려고 노력했다.

"저는… 알고 싶어요." 그는 머릿속에 혼란스럽게 모여 있는 수백만 가지의 질문을 말로 표현할 방법을 알았으면 좋겠다고 생각하며 말했다. "당신은 누군가요? 그러니까, 정말로 누구예요? 정말로 탄젠트인가요? 만일 그렇다면, 슬립에서는 어디 출신이죠? 우리가 왜 당신들에게 위협이 되나요? 제이니는 당신들이 더 이상 케인 밑에서 일하지 않는다고 했어요. 그게 무슨 뜻이죠? 뭘 하려는 거예요?"

마이클에게서 여러 질문이 흘러나오자 트라에의 눈이 점점 커졌다.

"2분을 주겠다고 했다." 그가 대답했다. "두 시간이 아니라. 그동안 유럽사를 간략히 훑어보는 강의라도 해달라는 거냐?"

브라이슨의 목소리가 들려오자 마이클은 대답을 하려다 말았다. 브라이슨이 다시 마이클의 이름을 소리쳐 불렀다. 가까워진 것 같았다.

"죄송해요." 마이클이 서둘러 말했다. 그는 숨을 가다듬고 천천히 물었다. "당신들은 누구죠? 왜 여기에 와서 우릴 해치겠다고 위협하는 거예요?"

"우리는 탄젠트다." 트라에가 무미건조하게 대답했다. "최초로 살과 뼈라는 선물을 받은 탄젠트지. 이 몸은 우리가 노력해서 얻어낸 선물이다. 우리는 너희 같은 자들이 만인의 선물을 망쳐버리도록 놔두지 않을 거다."

"만인이라고요? 당신들이 살과 뼈를 훔친 그 사람들은요?"

트라에는 어깨를 으쓱했다. "그 사람들은 안전하다. 행복하고. 잠깐은 슬립에서 살아갈 차례가 됐지만, 언젠가는 아마 또 다른 기회를 갖게 될 거다."

마이클은 입이 쩍 벌어졌지만, 무슨 말을 먼저 해야 할지 알 수 없었다. "다른… 다른 기회라고요? 그게 무슨 말이에요?"

"마이클!" 이번에는 월터였다. 그리 기분이 좋은 것 같지 않았다. 확실히 더 가까워져 있었다.

"거리에 떠도는 말로는," 트라에는 그 고함을 듣지 못한 것처럼 말했다. "아니, 숲에 떠도는 말이라고 해야겠군. …떠도는 말로는 네가 하이브를 봤다던데."

마이클은 믿을 수가 없었다. "그걸 어떻게 알아요?" 마이클은 방금 실수했다는 걸 깨닫고 덧붙였다. "제가 하이브를 봤다고 해도 말이죠."

트라에는 속마음을 담아 빙긋 웃었다. "사람들 표현을 빌리자면, 우리한테도 나름의 방법이 있으니까. 우린 네가 하이브를 봤다는 걸 안다. 넌 하이브가 어떻게 작동하는지 알지. 진정한 죽음은 오직 소수에게만 찾아온다. 그러니 네가 열심히 막으려는 일은 사실 네가 걱정할 만한 일이 아니다."

"하지만 당신은 더 이상 케인 밑에서 일하지 않는다고 했잖아요." 마이클이 재빨리 반박했다. 그는 브라이슨에게 당장이라도 잡힐 걸 알고 있었다. "왜 우리에게 대항하는 거죠? 무슨 일이 벌어지는 거예요?"

트라에는 마이클에게 시선을 못 박았다. "케인에게는 자기만의 계획이 있다. 그리고 한 가지 확실한 건…." 발소리가 가까워졌다. 덤불을 짓밟고 잔가지와 솔잎을 꺾는 소리가 들렸다. 탄젠트는 말을 멈추고, 마이클 너머 소리가 들리는 곳을 주시했다.

"뭐요?" 마이클이 밀어붙였다. "뭐가 확실해요?"

트라에는 마이클에게 좀 더 가까이 몸을 기울였다. "케인은 자기 코드를 짜 맞춘 사람들보다 똑똑하다. 그리고 케인이 가진 미래에 대한 전망은… 위험하지. 너희에 관해서는, 글쎄. 제이니가 너희에게 말했듯이, 너희는 우리에게 아군 아니면 적군이다. 내 시계가 잘 가고 있다면, 너에게는 결정할 시간이 20분쯤 남았다. 대체 케인을 위해서 일하고 싶어 하는 이유가 뭐지?"

"아니에요. 나는 한 번도…!" 마이클은 숨죽여 말했다. "하지만 확실히, 웨버 요원을 위해서도 일하지 않을 거예요." VNS 요원의 이름을 미끼처럼 던져보았다.

트라에는 반응하지 않았다. 대신 손목시계를 보았다. 시간이 째깍째깍 흐르고 있었다.

"우릴 어떻게 할 거죠?" 마이클이 소리 죽여 물었다.

트라에는 등 뒤의 막사를 고갯짓했다. "우리는 너희보다 훨씬 많다. 그 말만 해두지. 그리고 꼬마야, 우리를 막을 수 있는 건 아무것도 없다. 정말이지 아무것도 없어. 우리는 저 막사 안에서 마음에 들지 않는 계획을 꾸미는 탄젠트들을 손봐줄 생각이다. 이제 돌아가라. 시간이 되면, 너희 모두 우리 요구를 받아들일 것을 제안하겠다."

"마이클!"

마이클은 휙 돌아섰다. 겨우 몇 걸음 떨어진 곳, 커다란 소나무 두 그루 사이에 브라이슨이 서 있었다. 마이클이 다시 트라에 쪽을 돌아보았지만 그는 사라지고 없었다.

"봤어?" 마이클이 물었다.

"뭘 봐?" 브라이슨이 대답했다.

마이클은 한숨을 쉬었다. "아무것도 아니야. 뭔가 찾았어?"

"아니, 내내 널 찾고 있었어. 월터는 널 소리쳐 부르면서도 계속 가더라. 자기한테도 나름대로 할 일이 있대. 무슨 일이야? 뭘 본 거야?"

마이클은 등 뒤의 나무에 털썩 기대며 땅으로 미끄러져 주저앉았다. "그냥 어떤 사람. 우리가 여태 들었던 온갖 얘기처럼 말이 안 되는 얘기를 잔뜩 쏟아냈어. 내 생각에는 웨버가 어떤 식으로든 이 사람들 뒤에 있는 것 같아. 그렇다고 많은 게 설명되는 건 아니지만. 뭐든 간에 차라리 저 사람들이 케인 밑에서 일한다고 하면 낫겠어. 그 정도로 상황이 안 좋아."

"야." 브라이슨이 말했다. 왠지 꾸짖는 것처럼 들리는 말투였다.

마이클은 끙 소리를 내고 일어섰다. 몸무게가 1,000킬로그램은 나가는 느낌이었다. "돌아가자. 여길 떠나야 할 것 같아. 정말로 나쁜 일이 이 주변에서 일어날 거야."

5

해가 지면서, 막사 주변의 땅에 어둠이 내려앉기 시작했다. 잦아드는 태양빛이 몇 분 안에 사라질 터였다. 마이클과 브라이슨은 무사히 숲에서 나왔다. 다른 사람들 대부분은 이미 돌아와 있었다. 그림자 속에서 후드를 쓰고 있는 그들의 형체가 자동차 뒤에 모여 있었다.

"마이클, 이리로 와!"

월터였다. 그는 몸을 웅크리고 전방을 경계하고 있다가 일어서더니 마이클에게 다가오라는 손짓을 보냈다.

"어디 갔었니?" 그가 물었다.

마이클은 자신이 알게 된 정보를 얼마나 나누어야 할지 알 수 없었다. 다행히 브라이슨이 먼저 나섰다.

"뭔가 찾으셨어요?" 그는 화제를 바꾸어 물었다.

"응." 남자는 모호하게 대답했다. 그는 아이들을 놓쳐서 화가 난 게 분명했다. "너희 둘 다 저 바깥에서 목이 베이지 않은 것만으로도 운 좋은 줄 알아라."

"에이미가 돌아왔어요." 자동차 옆 일행 중 누군가가 속삭였다.

"들어가자." 월터가 마이클을 노려보며 명령했다. 어둑한 빛 때문에 그 명령은 더욱 심술궂게 들릴 뿐이었다. 마이클은 브라이슨을 보고 고개를 끄덕였다. 돌아가야 했다. 제이니가 준 마감 시간이 겨우 몇 분밖에 남지 않았다.

6

마이클은 기지로 돌아가면서, 나머지 일행보다 뒤처졌다. 가장 늦게 건물 안으로 발길을 들이는 순간 그는 불안한 기운을 느낄 수 있었다. 모두가 일어서서 헬가를 둘러싸고 있었다. 월터는 곧장 그녀에게 다가가서, 숲에서 발견한 것들을 간결하게 전달했다. 마이클은 뒤에 남았다. 그는 트라에라는 남자와 좀 더 시간을 보냈으면 좋겠다는 생각이 들었다.

"좋은 소식이 별로 없네요." 헬가가 사람들에게 말했다. "월터가 스무 명으로 이루어진 집단을 발견했습니다. 놈들은 무장하고 있어요. 그 유령 같은 여자애의 주장과는 달리 아이들은 몇 명밖에 되지 않고요. 에이미와 크리스가 나무 뒤쪽에 도사리고 있는 다른 사람들을 봤습니다."

그녀는 잠시 침묵했다. 어떻게 말을 맺어야 할지 생각하는 듯했다.

"리처드는 철사를 발견했습니다. 따라가 보니 우리 막사 아랫부분이 나왔고요. 우리를 달까지 날려 보낼 수 있을 만큼 많은 폭발물이 부지 가장자리에 빽빽하게 설치된 것 같습니다. 언제 설치했는지는 모르겠지만, 골칫거리가 한둘이 아닙니다. 유감이지만, 우리가 떠나려 한다면 폭탄이 터질 겁니다."

"그냥 철사를 자르든지 하면 안 되나요?" 세라의 엄마가 물었다. "연결을 끊는 방법을 아무도 몰라요? 해제하든지, 뭐든지요."

"좋은 생각이 아닙니다." 월터가 대답했다. "어떤 폭발물을 다뤄야 하는지 모르는 상황에서 그런 시도를 했다간 폭탄이 우리 코앞에서 전부 터져버릴 수 있어요."

방이 조용해졌다. 마이클은 팔짱을 끼고 생각해 보려 했다. 가장 성가신 점은, 그 사람들이 더 이상 케인을 위해 일하지 않는다고 말했다는 사실이었다. 마이클이 게임을 통해 한 가지 배운 점이 있다면, 그건 전쟁에서 이기고 싶은 사람은 적을 알아야 한다는 것이었다.

헬가가 무겁게 한숨 쉬었다. "이런 말을 해서 미안하지만…."

불이 깜빡이다가 꺼지는 바람에 헬가의 마지막 말은 그대로 공중에 떠버렸다. 헬가의 목소리는 밀려드는 속삭임과 발을 끄는 소리로 대체되었다. 세라가 마이클의 손을 꽉 잡았고, 마이클은 손을 뻗어 브라이슨의 팔꿈치를 잡았다. 방에는 빛이 흔적조차 없었다. 아무것도 보이지 않았다. 코핀의 빛조차 사라졌다. 놈들이 전력을 차단했다.

"침착해야 합니다!" 헬가가 어둠 속에서 소리쳤다. "모두, 제자리에 가만히 있어요."

이어커프가 찰칵하는 소리가 나더니 넷스크린들이 켜지며, 모두의 얼굴에 초록빛을 드리웠다.

마이클은 세라와 자기 뒤에 서 있는 세라의 부모님을 보았다. 그들은 마이클보다도 겁에 질린 모습이었다. 제러드는 세라의 어깨에 두 손을 얹고 있었으며, 낸시는 남편을 두 팔로 끌어안았다.

헬가가 다시 입을 열었다. "에이미, 크리스. 가서 너브박스에 있는 친구들한테 나오라고 하세요. 내 생각에, 우린 선택의 여지가 없어⋯."

쾅.

헬가는 말을 맺지 못했다. 막사 저쪽 끝 창문 너머로 바위가 폭발하더니, 유리 조각이 카펫 깔린 바닥에 비처럼 우수수 내렸다. 주먹만 한 돌이 굴러와 마이클 앞에서 멈추었다.

브라이슨은 마이클에게 고개를 기울이고 귓속말을 했다. "야, 난 당장이라도 이 사람들하고 갈라서라면 갈라서겠어. 우리 한 몸 돌보는 건 우리가 훨씬 더 잘했던 것 같아."

"응, 그러게." 마이클이 대답했다. "근데 지금은 딱히 그럴 만한 때가 아닌 것 같다."

다른 돌이 창문을 박살 내며 떨어졌다. 이번에는 더 가까웠다. 마이클은 화들짝 놀랐다. 하마터면 심장이 멎을 뻔했다. 그는 아슬아슬하게 빙글 돌아, 마지막 유리 파편들이 커다란 돌 주변 카펫에 흩뿌려지는 모습을 보았다. 이어서 겨우 몇 초간 충격에 휩싸인 침묵이 흐르더니, 또 하나의 돌이 창문을 깨고 날아들었다. 또 하나, 또 하나. 박살 나는 소리가 연달아 허공을 가르고 돌이 카펫에 쿵쿵 떨어지며 유리가 수정으로 이루어진 벌레처럼 날아다니자 비명이 방을 가득 채웠다.

마이클과 친구들은 본능적으로 서로 붙었다. 마이클은 등에 유리 조각이 떨어지는 것을 느꼈다. 조각 하나가 목에 박혀 들러붙었다. 따가웠다.

그 상황은 영원히 계속될 것처럼 이어졌다. 소리의 충격이 연달아 치는 천둥처럼 이어졌다. 마이클은 주변 세상이 어느 순간에든 날아가며 그들을 망각 속으로 보내버릴 거라는 생각을 억눌러야만 했다.

그때, 갑자기 소리가 멈추었다. 너무도 갑작스럽게 침묵이 내려앉는 바람에, 마이클은 잠깐 청력을 잃은 건지 걱정됐다. 점차 그는 숨소리와 가끔 들려오는, 유리 조각이 창틀에서 바닥으로 떨어지는 소리를 들을 수 있게 되었다. 그때까지도 말을 하는 사람은 없었다.

가장 가까운 창문에서 무엇인가 번뜩 움직이며 마이클의 시선을 사로잡았다. 곧이어 소녀가 깔깔거리며 웃는 소리가 이어졌다. 월터가 총을 들고 창문 쪽으로 달려가려 했지만, 헬가가 그를 막았다.

"놈들이 우릴 무엇으로 잡아뒀는지 잊었어요?" 그녀가 월터에게 말했다. "그 총을 쏘기 시작하면, 우릴 날려버릴 거예요. 우리는 선택할 수 있는 게 없어요. 다만…."

밖에서 더 많은 움직임과 웃음소리가 일었다. 소리를 들으니 남자아이와 여자아이가 뒤섞여 있는 듯했다. 왠지 마이클은 저 사람들이 진심으로 끔찍하게 느껴졌다. 어떤 탄젠트들이 저들의 몸을 차지했는지는 관심 없었다. 어쨌거나 그들은 여전히 어린아이들이었다. 어린아이들이 위험한 곳을 마구 뛰어다니고 있었다. 어른들이 저들을 미끼로 쓰는 것일 수도 있을까? 너무도 혼란스러워, 마이클은 차라리 구치소로 돌아가면 좋겠다는 생각이 들 지경이었다.

그제야 헬가의 마지막 말이 떠올랐다. 다만이라니, 다만 뭐? 헬가쪽 사람들은 충격을 받은 표정으로 그녀를 지켜보고 있었다. 마이클과 친구들은 모르는, 무슨 일이 벌어지고 있는 듯했다.

"진심은 아니죠?" 월터가 오랜 침묵을 깨고 말했다.

"그런 질문을 던지는 *당신이* 진심이 아니겠죠." 헬가가 반박했다. "우린 선택권이 없어요. 저자들이 우리가 여기서 걸어 나가게 해줄 것 같은가요?"

"하지만 그건 우리 동맹의 명분과 완전히 반대됩니다." 소름 끼치는 웃음소리는 귀신 들린 보육원에서 나오는 소리처럼 끊임없이 창문 너머로 흘러들었다.

한 남자의 목소리가 갑자기 쩌렁쩌렁 울렸다.

"시간이 다 됐다! 너희 리더가 두 손을 들고 나오지 않으면 폭파하겠다. 무장한 낌새라도 보이면 다 끝이다."

마이클은 그 목소리의 주인이 트라에일 거라고 생각했다. 똑같이 리듬감 있는 억양이었다. 어쩌면, 이번이야말로 항복하고 떠날 기회인지 몰랐다. 그는 헬가를 보았다. 헬가의 눈빛은 그녀가 마이클과 생각이 다르다는 걸 확실하게 보여주었다.

"우린 선택권이 없어요." 그녀는 지친 목소리로 말했다. "저들에게 진정한 죽음을 주어야 합니다."

CHAPTER 5

침대맡 이야기

1

"간다!" 헬가가 마주 소리쳤다. "무기는 가져가지 않겠다. 너희가 나한테 듣고 싶어하는 말도 있을 테니까. 우린 너희에게 매우 값진 정보를 가지고 있어."

마이클은 친구들을 돌아보고, 의문스럽다는 시선을 던졌다. 친구들도 마이클보다 조금이라도 더 알고 있는 건 없었다. 방 여기저기에서 빛나는 넷스크린의 초록색 불빛에, 그들의 눈은 크립토나이트 구체처럼 빛났다.

"그만 입 다물어!" 트라에가 마주 소리쳤다. "밖으로 나와라. 3초를 세겠다."

헬가는 재빨리 출입구 쪽으로 다가가 문을 열고 밖으로 나갔다. 월터는 몸을 움찔거리며 그녀를 따라가고 싶은 내색을 보였지만, 결국 자리를 지켰다. 그의 얼굴에는 사람이라도 죽일 듯 화난 표정이 떠올라 있었다.

"우리도 보자." 브라이슨이 속삭였다. 그는 창문 쪽을 고갯짓하며 마이클과 세라에게 따라오라고 손짓했다.

그들은 창문으로 살금살금 다가갔다. 신발 밑에서 유리가 와작와작 부서졌다. 브라이슨은 창틀에 남아 있는 삐죽삐죽한 유리 조각들을 쓸어내고 무릎을 꿇었다. 마이클은 브라이슨 왼쪽에 무릎을 꿇었고, 세라가 브라이슨 오른쪽에 웅크렸다. 마이클은 자신과 친구들의 모습이 밖에 있는 사람들에게 어둠 때문에 보이지 않기를 바랐다.

"공허한 협박이로군." 트라에가 손전등으로 헬가의 얼굴을 똑바로 비추며 말했다. 트라에와 헬가는 대여섯 명으로 이루어진 트라에의 무리에 둘러싸여 있었는데, 그 사람들은 모두 저마다 손전등으로 땅을 비추고 있었다. "우리가 탄젠트라는 건 알겠지? 우린 멍청이로 프로그래밍되지 않았다."

헬가는 두 손을 머리 위로 들었다. "글쎄, 너희가 우리 관심을 끈건 확실하지. 하지만 지금은 너희도 큰 위험에 처해 있다. 내 말을 못 믿겠다면 증명해 주지. 너희들이 성급하게 우릴 산산조각 내 버리더라도 우리가 보낸 메시지를 막진 못할 거다. 그럼 모두가 죽는 거야. 영원히."

마이클은 지도자 뒤에 서 있는 사람들 대부분을 알아볼 수 없었지만 제이니는 알아보았다. 트라에와 함께 온 무리의 몸집을 통해 아이들도 있다는 것도 알아챘다. 한 소년은 여덟아홉 살 정도로 어려 보였다.

턱수염 난 남자가 생각하는 가운데 잠시 침묵이 흘렀다.

"저게 무슨 뜻인 것 같아?" 세라가 속삭였다. "무슨 메시지? 어떻게 헬가가 저 사람들을 죽일 수 있지?"

"진정한 죽음이라니." 브라이슨이 대답했다. "뭔가 우리가 모르는 일이 벌어지고 있어."

"대단한 의견이시네요." 마이클이 대답했다. 그렇게 재수 없게 말할 생각은 없었는데. 마이클도 친구들만큼 전혀 갈피를 잡지 못하고 있었으니 말이다.

"놀랐지!"

창문 맞은편에 갑자기 나타난 소녀의 얼굴을 보는 순간, 마이클은 간이 떨어질 뻔했다. 브라이슨이 소리를 지르며 뒤로 넘어지는 바람에 세라도 바닥에 쓰러지고 말았다. 마이클은 얼어붙었다. 저 검은 눈과 흰 얼굴. 소녀는 신경질적으로 낄낄거리더니 다시 사라졌다. 마이클은 긴 숨을 들이켰다.

"조용히!" 트라에가 밖에서 소리 질렀다. "티나, 거기서 물러나라. 당장!"

"미안해요, 대장." 다시 낄낄거리는 소리가 들렸고, 마이클은 소녀가 숲속으로 달아나는 모습을 보았다. 브라이슨과 세라가 마이클 곁으로 다가와 몸을 숙였다.

"난 그냥 널 보호하려던 거야." 브라이슨이 세라에게 말했다. "뭐랄까, 저 애가 총을 가지고 있을 수도 있잖아."

세라는 눈을 흘기더니, 창가에 있는 자기 자리에 앉았다. 헬가는 여전히 밖에 있었고, 그곳에서 무슨 일이 벌어지는지 하나도 놓치고 싶지 않았다.

"어디 해봐." 트라에가 말했다. "넌 항복하지 않을 텐데, 난 시간 낭비하고 싶지 않다." 그는 자기 쪽 사람들을 돌아보았다. "저놈들을 죽여." 그는 소름 끼치게 침착한 목소리로 말했다. "전부 다. 이제 질리는구나."

"지금이야!" 헬가가 소리쳤다.

갑자기 트라에 옆에 서 있던 한 여자가 축 늘어져 땅에 쓰러졌다. 실이 끊긴 꼭두각시 같았다. 그녀는 팔다리가 부자연스럽게 꺾인 자세로 쭉 뻗고 누웠다. 얼굴 대부분이 그림자에 가려져 있었지만, 마이클은 그녀의 눈이 뒤로 돌아간 것을 볼 수 있었다. 흰자위가 어둠 속에서 빛났다.

트라에가 재빨리 그녀의 곁으로 다가가 맥을 짚어 보았다. 트라에는 아무 말도 할 필요가 없었다. 몸짓만으로 모든 상황을 전부 알 수 있었으니까.

여자는 죽었다.

2

마이클은 숨이 턱 막혔다. 이런 사단이 벌어지고 몇 초밖에 흐르지 않은 시간이 영원처럼 느껴졌다. 바깥의 사람들은 놀라서 동료를 빤히 바라보더니, 한결같이 헬가를 올려다보았다. 트라에는 벌떡 일어나 칼을 휙 꺼내고 헬가의 목에 들이댔다.

"뭘 한 거지?" 그가 침방울을 튀기며 소리쳤다. "무슨 짓을 한 건지 말하지 않으면, 네 한심한 친구들 하나하나를 길고도 고통스럽게 죽여주겠다!"

헬가는 그 어느 때보다 평온해 보였다. "나뿐 아니라 내 동료를 한 명이라도 죽이면 사태는 더 악화될 거야. 네가 떠날 때까지, 너희 중 하나가 30초마다 죽을 거다. 난 이 명령을 우리가 이곳을 떠날 때까지 슬립 안에 있는 내 친구들한테 하달해 놨거든. 폭발물만 터트려 봐, 너희는 진정한 죽음을 맞게 될 거다. 우리한테 무슨 일이 벌어져

도 마찬가지야. 자, 이제 꺼져."

트라에는 뒤로 두어 발걸음 비틀거리며 물러났다. 그의 손이 옆으로 툭 떨어졌다. "넌… 너는…."

이 사람이 방금까지 그토록 무시무시했던 바로 그 사내라니, 마이클은 믿을 수 없었다. "뭘 한 거지?" 마이클이 속삭였다.

"몰라." 세라가 대답했다. "하지만 확실히 저 방법이 통하긴 해."

헬가는 여전히 미동도 없었지만, 키가 한 뼘은 커진 것처럼 보였다. 트라에는 충격을 받은 듯했다. 그는 헬가를 빤히 바라보았다. 두려움에 얼굴이 일그러졌다.

"우린 절대로 이런 짓을 하지 않기로 맹세했다." 그가 기어들어 가는 목소리로 말했다. "맹세했어."

"우리라고?" 헬가가 물었다. "'우리'가 누구지? 우린 너희와 아무 상관이 없어. 우린 너희들이 한 짓으로부터 이 세상을 구하려는 거야. 너희가 자초한 일이야, 우릴 탓하지 마. 이제 꺼져. 얘기는 끝났어."

헬가는 그대로 돌아서더니 잠시 멈추었다. 트라에게 등을 보여도 두렵지 않다는 사실을 보여준 것이다. 그런 다음, 그녀는 침착하게 막사로 돌아와 문을 닫았다. 마이클은 트라에게서 눈을 떼지 않았다. 트라에 쪽 사람 몇 명이 그의 주변에 모여 격렬하게 속삭였다. 트라에는 그 사람들을 봤는지 못 봤는지 내색하지 않았다. 그의 시선은 헬가가 사라진 문에만 붙박여 있었다.

누군가가 마이클의 어깨를 톡톡 두드리는 바람에 그는 화들짝 놀랐다. 가사도우미였다.

"무슨 일이니?" 헬가가 물었다.

마이클이 대답하기도 전에 밖에서 비명이 들렸다. 마이클이 휙 돌아보니, 그가 보았던 아이 중 가장 어린 소녀가 트라에의 발아래에 쭉 뻗어 있었다. 한 여자가 그 아이 곁에 무릎을 꿇고 헐떡였다. 생명을 잃은 아이를 지도자에게 데려온 듯했다.

"죽었어요." 여자는 딱히 누구에게랄 것 없이 말했다. "제 바로 옆에서 쓰러졌어요."

헬가의 목소리가 마이클 등 뒤에서 쩌렁쩌렁 울렸다. "30초마다 또 다른 사람이 죽을 거다! 꺼져! 당장!"

트라에는 마침내 퍼뜩 정신을 차렸다. "내 창조자에게 걸고, 넌 이번 일을 후회하게 될 거다, 탄젠트." 그가 말했다. 목소리는 귀엣말보다 약간 큰 수준이었다. 그러더니 트라에는 막사에서 등을 돌렸다. 마이클은 그가 자기 부하들에게 떠나라고 명령하리라 생각했다. 하지만 대신, 그는 천천히 멀어져 가기만 했다. 그와 함께 온 사람들이 뒤를 따랐다. 마이클은 그들이 나약한 유령들처럼 숲속으로 사라지는 모습을 지켜보았다.

"회의를 하는 게 좋겠군요." 헬가가 말했다. 갑자기 자신감을 잃은 듯했다. "치러야 할 대가가 엄청나게 많을 겁니다."

3

그들은 막사 저쪽 끝에 있는 방에 모였다. 책상 하나와 의자 여러 개가 있는 오래된 사무실이었다. 구석에는 간이침대가 있었다. 마이클은 이곳이 헬가의 개인 숙소인지 궁금했다.

"앉으세요." 헬가는 커다란 나무 책상 뒤 의자에 앉으며 말했다. 마이클과 친구들, 세라의 부모님, 월터, 에이미라는 여자가 참석했다. 다들 자리에 앉았지만, 월터만은 팔짱을 낀 채 모두의 등 뒤에서 있었다. "심란하다는 거 알아요." 헬가가 그에게 말했다. "그러니내가 설명을 해야겠지요. 그리고 마이클, 너희들도 무슨 일이 일어난 건지 알 자격이 있어."

"그렇겠죠." 월터가 말했다. 마이클이 보기에는 그에게 할 말이 좀더 있는 것 같았지만, 그는 입을 다물었다.

헬가가 한숨을 쉬었다. "죽은 건 둘뿐입니다."

그 말만 듣고도 월터는 다시 화를 터뜨렸다. "둘뿐이라고요? 둘뿐이라니. 네 명이라는 뜻이겠지요. 당신은 두 사람에게 진정한 죽음을 내렸습니다. 그러니 인간 둘과 탄젠트 둘이 죽은 겁니다. 네 사람이 다시는 존재하지 않게 됐습니다. 당신은 우리 중 누구와도 상의하지 않고, 우리가 당신과 함께하기로 했을 때 합의한 모든 원칙을어겼어요. 우리 지도자라면서!"

헬가는 자리에서 일어나 탁자를 손으로 쾅 쳤다. "그래요! 내가 여러분의 지도자예요! 그리고 난 해야만 하는 일을 했어요! 내가 그렇게 하지 않았다면 훨씬 더 많은 사람이 죽었을 겁니다. 당신도 알잖아요, 월터!"

"싸울 수도 있었어요." 월터가 반박했다. "우리 입장을 지키면서싸울 수도 있었다고요. 아니면 항복하고 처음부터 다시 시작할 수도있었어요. 좀 더 협상해 볼 수도 있었죠. 우리가 막으려는 단 한 가지 수단에 기대지 않고도 뭐든 해볼 수 있었다고요!"

"놈은 우리에게 최후통첩을 했어요." 헬가가 침착한 목소리로 말했다. "그놈이 폭발물을 터뜨릴 경우 우리 모두의 목숨이 위험했습니다. 난 그 위험을 감수할 수 없었어요. 우리 중에는 네 사람이 포함돼 있어요." 그녀는 브라이슨, 세라, 제러드, 낸시를 하나하나 가리켰다. "이들은 아직 하이브에 백업돼 있지 않습니다. 진정한 죽음에 대해 이야기하고 싶은가요? 글쎄요, 이 사람들은 우리 친구예요. 나는 내 친구들에게 그런 일이 벌어질 때까지 가만히 앉아서 보고만 있진 않을 겁니다. 선택의 여지가 없었다고요!"

"선택의 여지는 있었습니다." 월터가 대답했다.

헬가가 다시 앉았다. "잃은 목숨보다는 구한 목숨이 많아요."

"하지만⋯." 월터가 입을 열었지만, 헬가가 그의 말을 잘랐다.

"그만!" 그녀가 소리쳤다. "나가서 쿠데타를 일으키고 싶다면 그렇게 해요. 당신 명분을 내세우고 사람을 모으시라고요. 하지만 내가 한 일은 꼭 필요한 일이었습니다. 이젠 앞으로 나아갈 때예요."

월터는 대답하지 않았다. 그렇다고 밖으로 나가지도 않았다. 그는 숨을 몰아쉬며 바닥을 내려다보았다.

마이클은 충격을 받은 채로 앉아 그 모든 상황을 지켜보았다. 무슨 일이 벌어지는 건지 확신이 서지 않았다. 그에게 인상적인 장면은, 헬가가 친구들과 세라의 부모님을 가리킨 순간이었다. 그녀는 일부러 그들을 가리키면서도 마이클은 가리키지 않았다. 그 단순한 행동에 모든 의미가 담겨 있었다.

"마지막으로 묻는 건데요." 브라이슨이 침묵을 깼다. "누가 좀 말해주실래요? 대체 진정한 죽음이 뭐죠?"

"제대로 말해주세요." 세라도 고개를 끄덕였다.

헬가는 책상 위로 몸을 숙이더니 두 손을 맞잡았다. "내가 아까 설명했던 것 기억나니? 어떤 식으로 작동하는 건지 정확히는 모르지만, 탄젠트가 인간의 몸속에 존재하려면 원래 인간의 의식과 연결이 유지돼야 해. 그 연결이 끊어지면 몸은 죽어. 우리는 이게 하이브가 존재하는 이유라고 생각해."

그녀는 숨을 길게 내쉬더니, 두 손을 맞잡아 비비며 살펴보았다. "진정한 죽음은 하이브 안에 저장된 지능이 파괴된다는 뜻이야. 그 지능은 탄젠트일 수도 있고, 인간일 수도 있지. 하이브 안에 있는 지능을 파괴하면 그… 사람이든, 탄젠트든, 의식이든, 뭐라 부르든 간에 그 존재가 영원히 사라져. 그 의식이 여기 웨이크에 있는 신체와 연결되어 있다면, 그 몸도 죽고. 우리가 아는 한에서는 둘 다 더는 존재하지 않게 돼."

그녀가 잠시 말을 멈추었다. "하지만 소위 진정한 죽음이 일어나는 길은 한 가지뿐이야. 진정한 죽음의 의미는 무척 단순해. 진정한 죽음이란 탄젠트든, 인간이든 누군가가 백업되지 않은 채 죽는다는 뜻이야. 죽음의 방식은 상관없어. 가상에서 죽든, 현실에서 죽든. 하이브에 백업이 없으면 인간의 지능과 기억, 정수가 영원히 사라져."

마이클은 머릿속으로 하이브를 그려보았다. 어떻게 그런 일이 벌어진 건지 궁금했다. 어떻게 누군가의 의식을 죽였을까? 그는 주황색 포드들이 잔뜩 있는 그 광활한 공간을 떠다니며, 그중 하나에 가상의 화염방사기로 불을 붙이는 광경을 상상했다. 안쪽의 지능이 바삭바삭하게 타버릴 때 나는 비명이 들리는 듯했다.

그는 고개를 저어 머릿속 장면을 떨쳐내고 헬가를 돌아보았다. "저는 아직 거기에 저장돼 있는 것, 맞죠?"

방 안의 모두가 그를 보았다.

헬가가 천천히 고개를 끄덕였다.

"잭슨 포터도 그렇고요." 마이클이 말을 이었다. "그럼 우린 지금도 잭슨 포터를 이 몸에 삽입할 수 있겠네요. 저는 계속 슬립에서 존재할 수 있고요. 맞죠?"

헬가가 다시 고개를 끄덕였다. 슬픈 표정이었다.

"아주머니가 세라를 비롯한 사람들을 가리킨 건, 우리 모두가 여기에서 폭발물로 죽는다고 해도 나머지 사람들은 진정한 죽음을 맞이하지 않기 때문이고요. 우리는 하이브에 저장된 우리 프로그램으로 돌아가겠죠." 마이클은 잠시 말을 멈췄다. "이 사람들만 빼고요." 그는 친구들을 가리켰다. "백업이 없으니까." 그 말은 차갑고도 잔인하게 들렸다.

헬가는 자리에서 일어나 책상 쪽으로 돌아가더니 책상에 몸을 기댔다. "네 말이 맞아, 마이클. 다른 탄젠트들과 내가 죽음의 법칙을 통해 몸을 빌리고 이리로 오겠다는 결정을 내렸을 때, 우리는 스스로에게 중요한 약속을 몇 가지 했단다. 그중 하나는 어떤 대가를 치르더라도, 그 누구에게도 진정한 죽음을 안기지는 말자는 거였어. 하지만 오늘 나는 그 규칙을 깬 거야. 나한테는 끔찍한 선택지가 두 가지 있었으니까. 나는 그 결정을 안고 살아야겠지만, 우리는 계속 나아가야 해. 나는 네가 도와준다면 우리가 케인을 막을 수 있을 거라고 생각한단다. 처음부터 케인의 배후에 있던 자도, 우리가 오늘 밤에 마주한 분파도."

그녀는 팔짱을 끼고 바닥을 내려다보았다. "우리는 우리 자신을 탄젠트 동맹이라고 불러. 널 빼앗긴 이후로 버트넷 안에서는 많은 것들이 무너져 내렸어. 탄젠트 몇 명이 호스트 프로그램에서 탈출했단다. 우리는 케인이 무슨 짓을 하는지 알아냈고, 그에 맞서 싸우기로 했어. 우리는 상황을 원래대로 돌려놓고 싶어. 난 널 되찾고 싶고. 난 우리 목표가 같다고 생각한단다. 내 말이 맞니?"

마이클은 세라를 힐끗 보았다. 그녀는 트라에 패거리가 막사를 떠난 이후로 줄곧 아무 말이 없었다. 세라는 슬픈 눈빛으로 마이클을 바라보며 보일 듯 말 듯한 미소를 지었다.

마이클은 한숨을 쉬었다. "우린 확실히 케인을 막고 싶어요, 헬가. 하지만 뭔가 중요한 걸 놓치고 있다는 기분이 들어요. 지금 상황을 케인은 공동의 적이란 말로 간단하게 정리해선 안 될 것 같은데요. 우린 정말 무슨 일이 벌어지고 있는 건지 알아야겠어요. 제 생각에는 신성한 협곡이 적절한 출발점이 될 것 같고요. 우리가 혹시… 죽음의 법칙 자체를 방해할 수 있다면, 최소한 탄젠트들이 버트넷을 떠나는 상황은 막을 수 있을 거예요."

헬가는 두 손을 짝 맞잡았다. "내가 애 하나는 잘 키웠네. 그렇지? 하이브는 그저 저장 시설에 불과하단다. 실제 죽음의 법칙은 네가 이야기한 바로 그곳에서 작동해." 그녀는 큰 방으로 나가는 문을 가리켰다. "글쎄, 우리도 가만히 앉아서 손 놓고 있었던 건 아니란다. 우리가 뭘 만들어 놨는지 봤지? 사람들, 너브박스, 넷스크린. 우린 노력해 왔어. 이제 다음 단계를 진행할 때가 됐다."

이번에는 브라이슨이 끼어들었다. "그럼 우리한테도 최신 소식을 알려주시는 게 좋을 것 같은데요."

"저는 바깥세상에서 무슨 일이 벌어지고 있는지 알고 싶어요." 세라가 덧붙였다. "우리가 랜스 장치를 가지고 웨버 요원의 함정에 걸려들기 전에도 상황은 악화되고 있었어요."

"그건 우리가 답해줄 수 있어." 헬가가 대답했다. "우리한텐 쓸 만한 계획도 몇 가지 있단다. 하지만 일단은, 모두 좀 쉬어야 할 것 같구나. 지금 당장 뛰어들면 모두가 비참해질 뿐이야."

마이클은 호기심도 생겼고 불안하기도 했지만, 그 말에 반박할 수는 없었다. 지금 당장이라도 흔들거리는 나무 의자 밑으로 기어들어가 잘 수 있을 것 같았다.

"내가 너희들에게 가장 먼저 보여주고 싶었던 게 하이브야." 헬가가 말했다. "그러다가 잠깐 얘기가 옆으로 샜지?" 그녀는 문 쪽으로 향했다. "간이침대 몇 대를 더 들여놓으마. 모두 이 방에서 자렴. 아침에 버트넷으로 싱크하자꾸나. 그때 우리 계획과 우리가 가진 자원을 알려줄게."

헬가는 방을 나가 중앙 막사로 향했다. 그녀를 꾸준히 주시하고 있는 월터를 못 본 척 막사 안으로 들어가는 헬가의 모습이 마이클의 눈에 들어왔다.

4

마이클은 간이침대에 누워, 깍지를 낀 손에 머리를 받히고 천장을 바라보았다. 천장 표면을 가로지르는 그림자들을 바라보고 있자니, 그 그림자들이 점점 더 심하게 움직이고 소용돌이치며 뭔가를 감추는 것처럼 보였다. 슬립 안에 들어온 것 같은 기분이었다.

"뭐, 아무튼." 브라이슨이 한두 발걸음 떨어진 자기 간이침대에서 말했다. "오늘은 아주 이상한 날이라고 부를 만해."

세라는 사무실 반대편, 부모님의 간이침대 사이에 있었다. 세라의 아빠는 이미 조용히 코를 골고 있었고, 낸시는 5분에 한 번씩 그들에게 자라고 나무라다가 마침내 잠들었다. 간이침대에서 뭔가 움직이는 삐걱삐걱 소리가 나더니, 조용한 발소리와 함께 그림자가 움직였다. 세라가 마이클의 간이침대 옆 바닥에 앉아 그의 손을 토닥였다.

"이상하다는 말로는 설명을 시작할 수조차 없지." 그녀가 말했다.

"게임을 하던 옛 나날이 그야말로 지루해 보일 지경이야." 브라이슨이 덧붙였다.

마이클은 몸을 움직거리며 팔꿈치에 몸을 기댔다. 가까이에 있는 세라가 따뜻하게 느껴져 조금 위안이 됐다. "너희들이 날 싫어하지 않는다니 믿어지지 않아." 그가 말했다. "내가 너희를 이 미치광이 쇼에 끌어들이기 전에 너희 인생이 얼마나 달콤했는지 생각해 봐."

"아, 좀. 또 그 소리야?" 세라가 끙 소리를 냈다. "세상이 탄젠트 차지가 돼서 무너져 내리는 줄도 모르고 사는 게 더 나았다는 거야? 최소한 우리한테는 이런 식으로 뭔가 해볼 기회가 있잖아."

"근데 그게 문제야." 브라이슨이 말했다. 그의 얼굴은 어둠 속에 가려져 있었다. "뭘 어쩌지? 우리가 정말로 신성한 협곡에 들어가서, 어떻게든 죽음의 법칙 프로그램을 파괴한다 해도 케인이나 다른 누군가가 그 와중에 다시 죽음의 법칙을 코딩할 수 있잖아. 게다가 시간이 갈수록 커지는 그 거대한 하이브도 있고. 그걸 지웠다가 얼마나 많은 사람을 죽이게 될지 누가 알겠어? 진정한 죽음인지 뭔지 하는 쓰레기 같은 소리 들었잖아."

세라는 두 손으로 관자놀이를 문질렀다. "얘들아, 잠깐이라도 뭔가 기분 좋은 얘기를 할 수 없을까? 슬립이나 케인이나 탄젠트나 대량 학살하고는 상관없는 얘기 말이야. 부탁 좀 할게."

마이클은 손을 뻗어 그녀의 어깨를 어루만졌다. 방금 세라가 한 말은 마이클이 그녀를 알고 지내는 동안 그녀가 했던 말 중 가장 멋진 말이었다.

"달리 할 얘기가 뭐 있어?" 브라이슨이 물었다. "서로 가장 좋았던 어린 시절 기억 얘기라도 할까?"

"그래, 그러자. 그거 좋은 생각이네." 세라가 갑자기 신나서 말했다. "바로 그 얘기를 하는 거야. 너부터 해, 브라이슨."

"뭐? 진심이야?"

"완전 진심이야."

브라이슨은 실루엣만 보이며, 두 다리를 휙 돌려 간이침대에 일어나 앉더니 무릎에 팔꿈치를 괴고 상체를 앞으로 숙였다. "알았어." 그가 말했다. "네가 해달라고 해서 한 거야. 하지만 이 얘기를 들으면, 어린 브라이슨은 지구에서 가장 똑똑한 남자가 될 신동이었을 거라는 환상이 깨지고 말걸."

"그 정도야 각오할게." 마이클이 웅얼거렸다.

브라이슨은 두 손을 비비더니 말을 시작했다. "좋아, 나는… 아마 다섯 살이었을 거야. 꼬마였지. 하지만 그렇다고 내가 그렇게 멍청했던 걸 변명할 수는 없어. 내 말은, 정말이지, 나는 뇌가 없는 애였을지도 모른다니까. 어쩌면 살다가 나중에 뇌를 이식받은 걸지도 몰라. 아니 어쩌면, 내가 탄젠트일지도 모르지!"

"안 웃겨." 세라가 말했다. "부탁이니까, 네가 얼마나 멍청했는지에 관한 놀라운 사연이나 계속 말해줄래?"

마이클은 당황하지 않았다. 그는 자신이 탄젠트라는 사실을 오래전에 받아들였다. 친구들이 가볍게 입에 올릴 수 있다면, 그럴수록 좋았다. 마이클에게는 인상적이면서도 마음이 놓이는 변화였다.

"크리스마스였어." 브라이슨이 말했다. "밖에는 눈이 내렸고, 사방에 반짝이 전구가 켜져 있었지. 거실에는 진짜 나무가 있었고. 와, 그 나무 정말 냄새가 좋았는데. 아빠가 직접 나무를 벴고 나는 구경했어. 누군가의 땅에서 훔친 게 분명한데, 그건 다른 얘기고. 아무튼, 나는 형이 셋, 누나 한 명을 둔 집의 막내였어. 형들이랑 누나는 다 학교에 있었고, 엄마는 낮잠을 자러 위층에 올라가 있었지. 그때 내가, 가엾은 꼬마가 거실에 앉아서 트리 밑에 놓인 포장된 선물 더미를 바라보고 있었단 말이야. 정말 탐이 나더라. 꼭 포장지가 말을 건네는 것 같았어. 안을 들여다보라고, 엄마, 아빠한테서 다들 무슨 선물을 받게 되는지 보라고 하는 것 같았지."

"크리스마스 선물을 몰래 들여다봤다고?" 세라가 물었다. "그게 다야? 그런 행동을 한 번도 안 해본 애가 과연 있기나 할까?"

"뭐, 난 안 해봤어." 마이클이 말했다. "난 유대인이거든."

세라가 웃었다. "뭐? 진짜야? 난 왜 몰랐지?"

"우리 부모님이 동네에서 딱히 독실한 분들은 아니었거든."

"저기?" 브라이슨이 끼어들었다. "얘기 좀 끝내도 되냐?"

세라가 다시 웃었고, 마이클은 마음이 가벼워졌다. 그는 세라의 웃음소리가 얼마나 듣기 좋은지, 또 자신이 그 소리를 얼마나 그리워했는지 인식하지 못하고 있었다.

브라이슨은 흥미로운 이야기를 이어갔다. "아무튼, 그 외롭고 추운 겨울날, 멍청이 브라이슨은 천재적인 계획을 떠올렸어. 나는 선물을 전부 열어보고 나서… 잠깐, 그리고 나서 포장지를 숨기면 엄마가 내가 한 일을 모를 거라고 생각했어. 그래서 모든 선물의 포장지를 찢었어. 형들이랑 누나 것까지. 한 20분 동안은 이 세상 그 어떤 아이보다도 행복했지. 모든 포장지를 건조기에 쑤셔박은 다음에,

나는 포장을 벗겨낸 선물들을 가져다가 천재처럼 그것들을 전부 나무 아래 돌려놨어. 그런 다음 소파에 앉아서 책을 봤지. 엄마가 낮잠을 자고 내려올 때까지 말이야. 엄마가 달라진 걸 모를 거라고 확신했어."

그는 잠시 말을 멈추고 영광의 순간을 한껏 맛보았다.

"와." 세라가 속삭였다. "그거 좀 멍청하다."

"그래서 어떻게 됐어?"

"놀랍게도," 브라이슨이 대답했다. "엄마는 내가 무슨 짓을 했는지 재깍 알아냈어. 불이 붙어서 집이 다 타버리기 전에 건조기 안에 있던 포장지를 건져낸 다음, 형들이랑 누나가 학교에서 집으로 돌아오기 전에 선물을 다시 포장했지. 아무 문제 없었어."

"너한테는 어떻게 하셨어?" 세라가 물었다. "아마 반쯤은 웃고 싶고, 반쯤은 자기 자식이지만 죽이고 싶으셨을 것 같은데."

마이클이 킥킥댔다. 예전처럼 이야기를 나누고 있다는 사실이 마냥 즐거웠다.

"엄마는 정말로 지혜롭게 대처한 것 같아." 브라이슨이 설명했다. "난 멍청한 짓을 했다는 사실을 깨달았고, 엄마는 그 사실을 알아챘어. 그때 내가 느낀 부끄러움이나, 평생 그 부끄러움을 안고 살아야 한다는 사실만으로도 충분한 처벌이 됐지. 속으로는 미칠 듯이 화가 나셨겠지만 말이야. 엄마는 누굴 만날 때마다 그 얘기를 해."

"그렇다면," 마이클이 말했다. "나도 이 말은 해야겠다. 내가 들어본 얘기 중 가장 좋은 얘기야. 나 자신이 훨씬 더 똑똑하고 성숙한 사람이 된 것 같거든."

"그래야지." 브라이슨이 대답했다. "자, 다음은 누구?"

"이번엔 내가 할게." 세라가 말했다. "이모를 간지럼 태웠던 얘기를 해줄게."

5

10분 뒤, 마이클은 낄낄 웃음이 터져 나와 참을 수가 없었다. 자기 간이침대에서 벌목꾼이 통나무 썰 듯 코를 골아대던 제러드는 알아채지 못한 게 틀림없었지만, 낸시는 몇 차례 그들에게 조용히 하라고 하더니 세라한테 잘 시간이라고 말했다. 세라는 곧 자겠다고 약속했다.

"설마 그랬을 리가." 브라이슨이 말했다.

세라는 단호했다. "아니, 진짜라니까! 맹세해. 이모는 할머니 소파에 잠들어 있었고, 나는… 몽유병 문제가 있었어. 우리 부모님이 저기에 돌처럼 가만히 계시지 않을 때 물어봐."

"하지만 물리적으로 말이 안 되잖아." 브라이슨이 반박했다. "내 말은, 균형을 어떻게 잡아?"

이 말에 마이클은 다시 웃음이 터졌다. 너무 많이 웃어서 얼굴과 가슴이 아플 지경이었다. 케인이 그의 인생에 맴돌기 시작한 이후로 한 번도 이런 기분을 느껴본 적이 없었다.

"이 얘기는 충분히 한 것 같다." 세라가 말했다. "이제 마이클 차례야." 그녀는 몸을 움직여 마이클의 간이침대에 기댔다. 바깥에서 들어오는 희미한 빛이 그녀의 눈을 비추었다. "이 두 가지 이야기를 어떻게 이길래?"

마이클은 너무 오래 한쪽 팔꿈치를 괴고 있어서 팔이 아팠다. 그는 다리를 들어 깔고 앉은 다음 어깨를 문질렀다. "모르겠어. 잠깐 생각해 볼게."

　친구들에게 침묵이 내려앉았고, 마이클은 그들이 얼마나 오랫동
안 이야기하고 웃어댔는지 실감했다. 침묵에는 어색함이 깃들어 있
었다. 마이클은 그 이유를 정확히 알았다.

　"과거를 생각한다니 이상하다." 그가 말했다. "뭐랄까, 나는 뭐가
진짜 기억인지조차 모르잖아. 내 기억의 엄청나게 많은 부분이 프로
그래밍되어 내 인생에 집어넣은 것이라고 해도 누가 알겠어?"

　"헛소리 그만해." 브라이슨이 말했다. "네 인생은 네 인생이야. 이
제 괜찮은 얘기나 하나 해봐. 이러다 나 자겠다."

　마이클은 팔로 무릎을 감싸고 계속 생각했다.

　마침내, 몇 분이 족히 흐른 뒤에야 그가 말했다. "생각났다! 아빠
가 돌로 나를 죽일 뻔했던 얘기야."

6

　그 이야기를 하려니 이상했다. 자신이 탄젠트라는 사실을 알게 된
이후로, 마이클은 대부분 사람들이 당연하게 받아들이는 것조차 믿
지 않는 지경에 이르렀다. 눈에 보이는 것. 손가락에 느껴지는 것.
혀로 맛보고, 코로 들이쉬고, 냄새 맡는 것. 그중 무엇이 진짜인지
어떻게 알 수 있을까? 한 번이라도 진짜인 적이 있는지는 또 어떻게
알고?

　하지만 어둠 속 간이침대에 앉아, 배경음악처럼 들려오는 제러드
의 코 고는 소리를 듣고 있자니 어린 시절이 떠올랐다. 세상 그 무엇
도 마이클에게서 그 기억을 빼앗아 갈 수는 없었다.

　"우리 아빠는 캠핑을 아주 좋아했어." 그가 말했다. "사랑했지. 우

리가 스모그 가득한 도시에서 살게 된 이후로는 특히 그랬고. 두 달에 한 번씩은 장비를 챙겨서, 들뜬 어린애처럼 집 안 전체를 뛰어다니다가 우리를 트럭에 태웠어. 헬가까지 말이야. 헬가도 늘 같이 갔어. 헬가도 우리 가족 같은 존재였으니까."

"보통 어디로 갔어?" 세라가 물었다.

"애팔래치아 산길에 있는 어딘가로 갔어. 산 위에, 아빠가 찾을 수 있는 가장 먼 곳에 말이야. 가끔은 몇 시간씩 차를 탔어. 아직 내가 슬립에 싱크해도 된다는 허락을 받기 전이어서 나도 아빠만큼 캠핑이 좋았어. 캠핑은 모험이었거든."

그는 잠시 말을 멈추고, 머릿속으로 그 모든 일을 떠올렸다. "모닥불 냄새가 나. 난 모닥불 피우는 걸 항상 좋아했어. 지글거리고 타닥거리는 소리, 빛나는 석탄. 엄마는 불편하게 지내는 걸 별로 좋아하지 않았지만, 내가 캠핑을 너무 좋아하니까 참아주셨던 것 같아. 물론, 아빠도 좋아했고. 헬가도 완전히 캠핑에 빠졌어. 밖에 나가면 삼림감시원처럼 큰 소리로 명령을 내리고, 우리가 절대 쓰지 못할 만큼 많은 나무를 모아 왔어. 하지만 우리가 주변 숲을 태워버리지는 않는지도 확인했지."

"터프하네." 세라가 속삭였다. 마이클은 그녀의 목소리에 깃든 웃음기를 알아들었다.

"그러다가 한번은," 마이클이 말을 이었다. "내가 보이스카웃이라도 된 줄 알았나 봐. 캠핑하던 도중 나 혼자서 하이킹하러 가기로 했거든. 심지어 간다는 얘기도 안 했어. 나는 어느 산을 내려갔고, 또 다른 산을 내려갔어. 사실은 산이라기보다 언덕에 가까웠지. 그렇게 높지는 않았거든. 대체 무슨 생각을 했는지 모르겠어. 어쩌면 오래된 묘지나, 화살촉 한 줌을 발견하게 될 거라고 생각했는지도 몰라. 누가 알겠어? 아마 나도 브라이슨처럼 바보였나 봐."

"좋은 친구네." 브라이슨이 무미건조하게 대답했다.

마이클은 그 오래되고 오래된 기억에 빠져 브라이슨의 말을 제대로 듣지 못했다. "아무튼, 당연히 나는 길을 잃었어. 도대체 어딘지 모르겠더라고. 온 길을 되밟아 가려 했는데, 같은 자리를 빙빙 돌고 있더라고. 같은 산을 오르락내리락하고 있었던 거야."

"이런." 세라가 말했다. "그때 몇 살이었어?"

"아홉 살인가 열 살. 무서워서 정신이 나갈 것 같더라니까. 어두워지고 있었거든. 난 부모님과 헬가를 소리쳐 불렀지만, 다들 내 목소리를 못 들었어. 난 두려웠어. 울음이 나고, 점점 더 짜증이 났던 게 기억나. 결국 나는 웬 작은 계곡에 들어갔고, 그냥… 모르겠어. 딱히 기도를 한 건 아니지만, 아빠한테 알리고 싶었어. 머릿속으로 아빠한테 나를 찾아와달라고 빌었어."

마이클은 다시 몸을 움직이며 팔꿈치를 뒤로 괴고 두 다리를 쭉 폈다. 세라가 그의 무릎에 팔을 기대고 그를 올려다보았다. 세라의 눈은 어둠 속에 감춰져 있었지만, 마이클은 그녀가 자기를 바라보고 있다는 사실에 기분이 좋았다.

"2~3분도 안 돼서 커다란 바위가 내가 서 있는 곳 바로 위쪽 산에서 굴러 내려왔어. 바위를 보기 전에 소리로 먼저 알았지. 바위가 나무를 꺾고 덤불을 뭉개고 있었거든. 나는 아슬아슬하게 고개를 들고, 그 바위가 소나무 두어 그루를 지나서 곤두박질치는 걸 봤어. 바위는 나한테 곧장 굴러오고 있었지. 내가 몸을 날린 다음에, 그 바위가 한 뼘 차이로 나를 비껴갔어. 나무를 완전히 산산조각 내더라."

브라이슨과 세라는 움직이지 않았고, 숨소리조차 내지 않았다.

"아무튼," 그가 말했다. "난 그게 어떤 징조일지도 모른다고 생각하고 바위가 굴러온 길을 되짚어 산을 올라갔어. 바위가 굴러 내려온 대로 길이 만들어져서 언덕을 올라가는 일이 어렵지 않았어. 아마 그 길이 어디로 이어졌는지는 너희도 짐작하겠지?"

"너희 가족들한테." 세라가 대답했다.

"맞아. 제일 먼저 보인 사람은 아빠였어. 아빠는 나를 보자마자 달려왔어. 통나무 두어 개를 뛰어넘어서. 그러더니 곰처럼 나를 한 아름에 끌어안았어. 어찌나 힘껏 끌어안았는지 허리가 부러질 뻔했어, 지금도 기억나. 나도 마찬가지로 온 힘을 다해 끌어안았어. 잠시 후 엄마랑 헬가도 왔고, 우리 모두 소리를 지르며 껴안고 웃었어. 미친 짓이었지만, 절대 잊지 않을 거야. 특히 잊을 수 없는 건."

"뭔데?" 브라이슨이 물었다.

"우리 아빠. 아빠는 울고 있었어. 눈이 잔뜩 부어서 빨갰어. 아빠는 한 번도 내가 마음대로 나갔다가 길을 잃었다고 뭐라고 하지 않았어. 단 한 번도. 분명 아빠는 내가 나름대로 교훈을 얻었을 거라고 생각했을 거야. 멍청했던 아이가 너만은 아니었던 것 같다, 브라이슨."

세라는 얼굴을 훔쳤다. 마이클은 자기 이야기가 세라를 눈물짓게 했을지도 모른다는 생각이 들었다. 만에 하나지만 말이다.

"정말 따뜻한 얘기야." 그녀가 말했다. "이제야 말해주다니 믿어지지 않아."

친구들은 마이클을 보고 알아차릴 수 없었겠지만, 그는 어깨를 으쓱했다. "그냥… 모르겠어. 난 이런 기억들이 엄청나게 많아. 이 중 뭐가 진짜이고 뭐가 진짜가 아닐까? 그냥, 그런 일이 실제로 일어난 걸로 해야 할 것 같아. 그리워….”

마이클은 목소리가 갈라졌다. 뭔가가 가슴을 짓누르는 것 같았다. 그는 간이침대에 다시 드러누워 몸을 굴리며 세라에게서 얼굴을 돌렸다. 그녀가 마이클의 어깨를 어루만지더니 고개를 기울여 그의 뺨에 입을 맞췄다. 놀랍게도 브라이슨은 한 마디도 하지 않았다. 세라는 1~2분쯤 기다리며 마이클의 등을 손으로 쓸어준 다음 일어나서 자기 간이침대로 갔다.

“잘 자.” 그녀가 방 건너편에서 말했다.

“잘 자.” 브라이슨이 대답했다.

“너희도.” 마이클은 간신히 입을 열었다.

“난 너희들이 정말 좋아.” 세라가 잠시 후에 말했다. 마침내 밤이 그들을 잠결로 이끌었다.

CHAPTER 6

역사 수업

1

마이클이 일어나 헬가의 사무실로 간 다음 날 아침에는 막사 전체가 부산스럽게 움직이고 있었다. 탄젠트 동맹은 짐을 꾸려 차로 옮기느라 정신이 없었다.

아직 잠이 덜 깬 마이클은 흐릿한 눈을 비비며, 주위를 가만히 둘러보았다.

"무슨 일이야?" 그가 브라이슨에게 물었다. 브라이슨은 벽에 기대, 뜨겁고 김이 나는 뭔가를 홀짝이고 있었다.

"헬가가 일부는 떠나야 한대." 친구가 대답했다. "일부는 여기 남고. 필요할 때는 코핀을 사용해서 만나는 거지."

"우리는 어느 쪽이야?"

"헬가랑 같이 가. 너, 나, 월터, 그리고 두어 명." 브라이슨은 컵으로 월터 쪽을 가리켰다. 월터는 에이미라는 여자와 이야기를 나누고 있었다. "VNS 쪽 사람하고 만나보고 싶은가 봐."

"뭐? 안 돼." 마이클은 순식간에 정신이 홀딱 깨서 말했다. "지금

이 순간 우리가 절대로 이야기하면 안 되는 사람들이 VNS 쪽 사람들이야. 믿을 수 없다고."

"그래, 뭐, 나야 너한테 반대할 생각 없어. 헬가는 우리가 웨버 요원하고 거리를 두게 될 거라고 하지만. 아무튼, 헬가는 네가 일어나는 대로 슬립에 싱크해서 우리가 놓친 것들을 말해주겠다고 했어. 정오쯤에 떠날 거래."

마음에 들지 않았다. 마이클은 헬가가 원하는 대로 맞춰줄 생각이었다. 웨버를 만나거나 VNS를 찾아가는 일만 빼면 말이다.

"그리고 들어봐." 브라이슨이 말을 이었다. "세라의 부모님이 세라를 보내주지 않으려고 해. 모험은 끝났다는 거야. 세라가 아침 내내 부모님과 싸우고 있어. 밖에서 그러는 것 같아."

마이클이 대답하기도 전에 헬가가 앞문으로 들어왔다. 그녀는 둘을 보더니 눈을 빛내며 다가왔다.

"안녕, 얘들아." 그녀는 장난치는 기미 하나 없이 말했다. "잘 잤니? 아침 먹고 슬립에서 보여주고 싶은 게 있단다. 어떻게 움직일지 결정하기 전에 너희에게 새로운 정보도 알려주고 싶고."

"배는 안 고파요." 마이클이 말했다. "지금 하죠."

헬가가 고개를 끄덕였다. "나야 괜찮지. 세라를 데려오렴. 세라 부모님은 이 내용을 대충 알고 계셔. 세라도 부모님하고 좀 떨어져 있을 수 있을 테고." 헬가는 눈빛으로 모든 뜻을 전했다. 밖에서 아주 오랫동안 실랑이를 벌인 게 분명했다.

"제가 찾아볼게요." 마이클이 말했다. "코핀을 준비해 주세요."

2

마이클은 막사 뒤 나무에 기대어 서 있는 세라를 발견했다. 그녀의 부모님은 보이지 않았다. 세라는 울고 있었던 게 분명했다. 다가오는 마이클을 본 그녀는 약간 의기소침해져 있었다. 그런 모습을 보이는 게 부끄러운 모양이었다.

"안녕." 마이클은 그녀에게 이해한다는 미소를 슬쩍 보이며 말했다. "또 못된 아이가 된 거야? 늘 부모님을 공경하고, 말을 잘 들어야 한다는 얘기 아무도 안 해줬어?"

"너도 내가 부모님을 사랑한다는 건 알잖아, 마이클." 그녀는 지친 목소리로 말했다. "하지만 곁에서 이래라저래라 하는 부모님을 상대하는 건 힘들어. 부모님한테 난 아직도 어린애야. 부모님한테 그냥 잠자코 내가 해야만 하는 일을 하도록 놔두시라고 설득할 방법이 없어."

"네가 여길 벗어나서 다치는 일이 없기를 바라시나 보다." 마이클이 말했다.

"야, 너 누구 편이야?"

"미안." 마이클은 다가가서 그녀를 안아주었다. "우린 방법을 찾게될 거야, 알았지? 우리랑 같이 가자고 설득할 수도 있고. 무슨 계획을 세웠는지는 몰라도 헬가한테는 우리가 필요해. 우리도 신성한 협곡으로 가는 길을 찾으려면 당연히 도움을 받아야 하고. 난 너 없이 그런 일을 할 수 없어."

세라가 한숨을 쉬었다. "슬립에 있을 때가 더 쉬웠어. 아니면…." 그녀는 말을 하다 말았고, 마이클은 그녀가 하려던 말이 무엇인지 눈치챘다. 부모님이 납치당해 그녀를 막을 수 없었을 때가 더 나았다는 얘기였다.

"가자." 그가 말했다. "중요한 것부터 처리해야지. 헬가가 뭘 보여주려는지 알아낸 다음, 다시 해보는 거야. 너 없이는 안 가."

세라는 마이클을 잡아당겨 힘껏 끌어안고, 그의 뺨에 입을 맞추었다. 입술이 눈물만큼이나 촉촉했다.

"이 모든 일이 너무 혼란스러워." 그녀가 속삭였다. "탄젠트로 살아온 네 인생, 이 몸을 가지고 지내온 네 시간들, 지금 벌어지고 있는 온갖 해괴한 일들 말이야. 정말이지, 널 모르겠어. 하지만 네가 누군지는 알아. 그리고 널 사랑해, 마이클. 정말이야. 그런 눈으로 쳐다봐도 좋아. 네가 뭐든 간에," 그녀는 마이클의 양 볼을 잡아 그를 가볍게 흔들었다. "난 너라는 존재를 사랑해."

마이클은 구름 위로 둥둥 떠오를 것만 같았다. 아무 말도 할 수 없었다. 그저 고개를 끄덕이며 그녀에게 입을 맞췄다. 온 마음을 담아서. 전에는 한 번도 해본 적 없는 행동이었다. 마음이 부풀었고 세상이 핑핑 돌았다.

세라는 몸을 빼고 그를 보았다. 새롭게 눈물이 맺힌 눈이 반짝였지만, 이번에는 행복해 보였다.

"네가 나 없이 떠나게 놔두지는 않을 거야." 그녀가 말했다. "가자, 엄마한테 걸려서 식식대고 발작을 일으키시기 전에 들어가자."

3

30분쯤 뒤, 마이클은 입맞춤 때문에 여전히 머리가 붕 뜬 상태로 친구들과 함께 슬립으로 싱크했다. 그들의 안내자는 헬가였다. 눈을 떴을 때 네 사람은 유리 평원에 서 있었다. 사방으로 눈이 닿는 데까지 수정처럼 맑고 평평한 유리가 펼쳐져 있었다. 머리 위의 하늘은 상쾌한 암청색이었다. 마이클은 대기권 가장 높은 곳 바로 밑에 있는 듯한 기분이었다. 발아래로는 흰빛으로 이루어진 기하학적 도형들이 빙빙 돌며 줄어들었다가 커졌고, 어둠을 배경으로 서로 부딪혀 튕겼다. 마이클은 취한 듯 그 광경을 바라보았다. 거대한 만화경 안에 서 있는 것만 같았다.

"자연의 푸른 세계에 온 걸 환영해." 헬가가 자랑스럽게 두 팔을 벌리며 말했다. "나만의 작은 천국이란다."

"진짜 끝내주네요." 브라이슨은 앉을 곳을 찾아 주위를 둘러보며 빈정거리듯 중얼거렸다.

"이건 그냥 기본적인 인터페이스야." 헬가는 브라이슨의 잘난 체하는 말에 짜증을 숨기지 않고 대답했다. "여기서는 거의 모든 일이 일어날 수 있단다. 나한테는 사람들이 공공 버트넷 건물에서 돈을 주고 들어가던 오락 센터 같은 곳이지."

마이클은 위아래를 볼 때마다 조금씩 현기증이 느껴져서 헬가가 말을 하는 동안에는 그녀의 얼굴에 집중했다. 그런데도 발밑에서 빙빙 도는 도형들은 배 속이 뒤집힐 듯한 운동감을 만들어 냈다.

"어떻게 작동하는 거예요?" 세라가 물었다. "우린 왜 여기 온 거죠?" 세라의 오라는 그녀의 실제 모습과 놀랄 만큼 닮아 있었다. 그녀의 표정에서 부모님과의 갈등이 아직 머릿속에 무겁게 자리 잡고 있다는 속내가 드러났다.

헬가는 그들을 주위로 불러 모으더니, 그들이 밟고 선 유리를 가리켰다. "여기 있는 모든 것들은 내 사고 과정과 직접 연결돼 있어. 조율하는 데 오래 걸렸지. 상황이 더 나았다면, 여기서 아주 재미있는 시간을 보낼 수 있었을 거야. 자랑도 좀 하고 말이지. 하지만 지금은, 그냥 너희들이 놓친 것만 몇 가지 보여주고 싶구나."

헬가는 아래를 보며 밝은 빛으로 이루어진 커다란 사각형에 초점을 맞추더니, 그것을 표면으로 가까이 잡아당겼다. 사각형은 네 사람 일행을 감쌀 때까지 늘어났다. 헬가가 자기 발을 톡톡 두드리자 동영상이 사각형 안에 나타났다. 월스크린과 비슷했다. 사각형 안의 영상은 애틀랜타의 항공 사진이었는데, 갑자기 움직였다. 화면이 빠르게 확대돼 도시를 가깝게 비추었다. 마이클은 속이 철렁했고, 브라이슨은 비명을 지르며 두 팔을 뻗어 비틀비틀 균형을 잡았다.

마이클은 헬가를 올려다보았다. 그녀의 얼굴에는 음흉한 미소가 떠올랐다. 그 순간, 헬가는 손가락을 쫙 펼친 다음 두 팔을 허공으로 번쩍 들었다. 그러자 동영상이 발밑의 표면에서 솟아 나왔다. 그들 주위에 완벽한 3차원 애틀랜타가 구현됐다. 마이클이 할 수 있는 일이라고는 눈을 계속 뜨고 있는 것뿐이었다. 이동이 너무 극적이어서 지켜보기가 힘들 정도였다.

헬가는 온몸을 리모컨처럼 사용해 댄서처럼 움직이며 주변의 형상을 조작했다. 손가락으로 원을 그리면 도시가 돌아갔고, 한쪽 팔을 휙 쓸면 순식간에 몇 골목을 움직이게 되었으며, 왼쪽이나 오른쪽으로 몸을 기울이면 그들의 방향이 바뀌었다. 그들은 아무런 운동감 없이 움직였다. 이런 눈속임에 익숙해지는 데 시간이 좀 걸렸지만, 마이클은 메스꺼움을 가라앉힐 수 있었다. 그는 눈앞에 펼쳐진 놀랍도록 자세한 도시의 모습을 감상했다. 감명을 넘어 궁금증이 생겼다. 과연 그의 가사도우미 헬가는 마이클과 알고 지낸 세월 내내 은밀한 프로그래머였던 걸까?

헬가는 일행을 데리고 커다란 고층 건물을 휙 스쳐 지나갔다. 갑자기 웨버 요원이 랜스를 가지고 들어가게 했던 건물이 시야에 들어왔다. 아니, 그 건물의 잔해라고 해야 할까. 그들의 눈에 들어온 것은 자신들이 일으킨 파괴의 여파였다. 구조물 대부분이 무너져 내렸고, 짙은 검은색 연기가 폐허에서 쏟아져 나왔다. 사람들이 재앙을 지켜보러 모여들었고 경찰과 소방관, 의료 대원 들이 그 주위를 둘러쌌다.

실제로 일어난 일이 정확하게 재현되고 있었다. 마이클은 자신과 친구들이 경찰차로 끌려가는 모습을 지켜보았다. 그의 얼굴은 기억 속에서보다 훨씬 더 큰 충격에 휩싸이고 혼란스러운 것처럼 보였다.

마이클은 잭슨 포터의 전 여자친구인 개비를 보고 숨이 멎었다. 전 여자친구? 지금 여자친구? 둘 다 맞는 것 같았다. 아무튼 지금, 마이클은 앞으로 무슨 일이 벌어질지 알고 있었다. 그는 개비에게 집중했다. 다시 그 모습을 봐야 하다니 끔찍했다. 경찰이 그녀에게 다가가 경찰봉을 휘둘렀다. 개비는 머리를 맞아 의식을 잃고 축 늘어졌다. 마이클은 이런 폭력을 알고 있었지만 깜짝 놀라 비명을 질렀다.

"방금 어떻게 된 거야?" 세라가 외쳤다. 그녀는 이 상황을 보지 못했고, 마이클은 친구들에게 이 일을 이야기할 기회가 없었다.

"왜 개비한테 저런 짓을 한 거죠?" 마이클은 잔뜩 잠긴 목소리로 물었다. 그는 여전히 이해할 수 없었다. 지난 며칠 동안 개비를 잊고 있었다니 잔인하게 느껴졌다.

"워어." 브라이슨이 중얼거렸다. "저 경찰이 개비를 딱 찍은 것 같은데."

"왜?" 마이클이 속삭였다. 정확히 누구에게 던지는 질문인지는 알수 없었다.

아래쪽 광경이 갑자기 줄어들더니, 그들의 눈앞에 한 여자의 홀로 그램 영상이 나타났다. 세련된 옷을 입고 완벽한 헤어스타일을 갖춘 그 여자는 뉴스밤의 앵커였다.

"오늘 아침 속보입니다." 여자가 노래하는 듯한 영국 억양으로 말했다. "버트넷 보안부의 대표자들이 마침내 지난주에 있었던 테러 사건에서 밝혀낸 사실들을 공식적으로 발표했습니다. 이 사건은 미국 조지아주 애틀랜타시의 역사적 건물 안에 숨겨져 있던 버트넷 보안부의 비밀 중앙컴퓨터에서 일어났습니다. 중범죄로 수배된 십 대세 명이 이 사건을 일으켰다는 혐의를 받고 있습니다. 이들은 VNS의 보안 시스템 전체에 연쇄 반응을 일으킨 대단히 정교한 장치를 사용한 것으로 알려졌습니다. VNS 본부에 나가 있는 찰스 루니 기자가 더 자세한 소식을 전합니다."

앵커의 영상이 수백만 개의 디지털 블록으로 녹아내리더니, 갑자기 불어온 돌풍에 휘말린 것처럼 쓸려나갔다. 콧수염이 있고 머리가 흰 한 남자가 그녀를 대신했다. 그는 넥타이가 느슨했고 얼굴은 벌게져서 땀을 흘리고 있었다.

"몇 분 전 VNS 대변인이 직접 발표한 내용입니다." 남자가 말했다. "모두가 경악할 만한 소식입니다. VNS는 테러 공격 첫날부터 상당한 손해가 있었다고 언급했습니다만, 지금까지 파악된 피해 수준은 최악으로 예상했던 것보다 더 심각한 것으로 보입니다. 문제의 장치가 어떻게 이런 피해를 일으킬 수 있었는지에 관한 자세한 내용은 아직 공개되지 않았습니다. 하지만 피해의 양상은 복합적이며 전

파력도 강한 것으로 보입니다. VNS 기자회견에서 공개한 다음 영상에서 보시면 아시겠지만, 버트넷은 정말로 위험한 공간이 되었습니다."

이제는 남자가 녹아내려 날아갈 차례였다. 마이클은 다음 화면에 나타난 사람을 보고 두 걸음 뒤로 물러섰다.

웨버 요원이었다.

4

웨버 요원은 벽을 이루듯 놓인 수많은 마이크 앞에 서 있었다. 그녀의 어깨와 얼굴까지만 시야에 들어왔다. 그녀는 맞춤 정장 재킷을 입고 있었으며, 머리카락은 우아하게 물결쳤다. 그녀는 외모와 태도로 걱정할 것이 전혀 없다는 뜻을 전달하고 있었다. 하지만 마이클이 보기에 그녀의 짙은 색 두 눈에서 속내가 드러났다. 그녀는 겁을 먹고 있었다. 완전히 겁에 질려 있었다. 마이클은 여전히 왜 그녀가 자신을 배신했는지, 또 왜 이 모든 일이 벌어진 뒤에 그를 찾아와 사태를 무마하려 했는지 알 수 없었다. 가장 중요한 건, 그녀가 VNS와 버트넷을 비밀리에 망가뜨리려 한 이유를 알 수 없다는 점이었다.

물론, 확실한 것도 한 가지 있었다. 그는 웨버 요원을 경멸했다.

부자연스러울 만큼 오랫동안 뜸을 들인 뒤 그녀는 준비해 온 진술서를 읽기 시작했다.

"이 자리를 찾아와 주신 분들께 감사드립니다. 또한 저희가 모든 인력과 자원을 투입해 이 끔찍한 사건을 조사할 때까지 인내심을 발휘해 주신 모든 분께 감사드립니다. 이런 말씀을 드리는 현 시점에 문제의 행위를 저지른 테러범들이 수감되어 있다는 건 조금이나마 위안이 됩니다. 그들이 저지른 범죄행위로 인한 피해 상황에 대해서는, 유감스럽지만 좋지 않은 소식을 전해드릴 수밖에 없습니다. 이제 우리는 이 상황을 시정해 나가야 합니다."

그녀는 손을 들어 등 뒤의 뭔가를 가리켰지만, 그게 뭔지는 보이지 않았다. 웨버 요원이 말을 이었다.

"전체 보고서가 공개되었습니다만, 대략적인 결론은 다음과 같습니다. VNS의 기간 시설은 일시적으로 가동이 중단됐습니다. 현 시간에는 버트넷 활동이 전혀 감독받지 않고 있습니다. 감시, 보안, 신고 기능과 코드의 안전에 관련된 프로토콜이 모두 손상되었습니다. 현 시간부로 저희는 더 이상 서비스를 제공하지 않습니다. 물론, VNS에서는 버트넷을 완전히 복구해 정상적으로 운영하고자 노력할 것임을 강조해서 말씀드립니다. 그러나 시간이 다소 소요될 것입니다. 그 기간이 몇 달이 아니라 몇 주라고 말씀드릴 수 있어 다행입니다. VNS는 이 어마어마한 과제가 완수될 때까지 1주일에 7일, 하루 24시간 쉬지 않고 노력하겠습니다."

그녀는 잠시 말을 멈추더니, 꽤 오랫동안 보이지 않는 청중을 불편한 듯 바라보았다. 마이클은 그녀가 마이클 일행에게는 들리지 않는 질문 포화를 받고 있으리라 짐작했다.

어느 순간 누가 기자들을 조용히 시킨 듯 웨버 요원이 마침내 다시 입을 열었다. 마이클은 완전히 몰입해 그녀를 지켜보았다. 이 모든 일이 어디로 이어질지 궁금했다. 왠지 머잖은 미래가 그리 행복하지는 않을 것 같다는 생각이 들었다.

"자, 유감스럽게도 여러분께 알려드릴 대단히 걱정스러운 소식이 하나 더 있습니다. 이번에도 저희는 더 상세한 서면 진술서를 제공했습니다. 기본적인 상황은 이렇습니다. 케인이라고 불리는, 기원을 알 수 없는 탄젠트가 전례 없는 수준의 지각 능력을 얻었습니다."

또 한 번의 갑작스러운 침묵. "그보다 더 중요하고 긴급한 문제가 있습니다. VNS 시설에 대한 테러 공격의 영향으로 케인이 저희 통제를 벗어났습니다. 케인은 특정 탄젠트들의 코드가, 정확한 방법은 모릅니다만, 이런 표현이 적절할지 모르겠으나 살과 피로 이루어진 인간들의 정신 속으로 다운로드되는 절차를 실행했습니다. 그 결과, 피해자들은 현재 불법 코딩된 프로그램의 호스트 역할을 하고 있습니다. VNS가 서비스를 최대한도로 가동하기 전까지는 버트넷에 싱크하는 모든 사람이 이와 같은 감염에 취약해질 수 있다는 점을 전 세계 사용자들에게 알려드립니다. 현재 저희에게는 여러분을 제지할 능력이 없어 여러분의 적극적인 협조를 요청합니다. 그 어떤 상황에서도 싱크하지 마십시오. 감사합니다."

웨버 요원이 더 말하기도 전에 그녀의 몸이 녹아내리더니, 앞서 나왔던 기자들처럼 날려갔다. 그 이후 화면에는 누구도 나타나지 않았다.

"믿어지지 않아." 웨버의 마지막 디지털 먼지 조각들이 사라지자 세라가 속삭였다. "믿을 수가 없어."

이 세상에 믿을 수 없는 일이야 백 가지쯤 있겠지만, 마이클은 세라가 매우 구체적인 문제를 언급했다는 걸 알 수 있었다.

"뭐가?" 그가 물었다.

"웨버가 거짓말을 했어." 세라가 대답했다. "거짓말쟁이라는 건 알았지만, 전 세계 사람들이 두 눈 시퍼렇게 뜨고 있는데 그 앞에서 거짓말을 했어."

헬가는 고개를 끄덕였다. 어느새 애틀랜타가 그들의 발밑에서 희미해지고 그들이 처음 도착했을 때 보았던 것, 그러니까 유리 바닥과 암청색 하늘, 춤추는 빛으로 이루어진 기하학적 도형들로 바뀌어 있었다.

"뭔가가 확실히 잘못됐어." 마이클이 말했다. "웨버는 죽음의 법칙이 랜스와 관련된 그 모든 사건이 벌어지기 전에 시작됐다는 걸 확실히 알고 있었어. 갈수록 어이가 없네. 아니, 누가 더 나쁜 거야? 웨버 요원이야, 케인이야?"

"난 그냥 둘 다 없애버리자는 쪽에 한 표." 브라이슨이 말했다.

"너희들이 받아들이기엔 정보가 너무 많았다는 거 안다." 헬가가 말했다. "하지만 이게 끝이 아니야. 안됐지만, 앞으로 보게 될 건 단단히 각오해야 할 거다."

5

그들에게서 몇 미터 떨어진 곳에서 흰빛으로 이루어진 커다란 원이 유리 바닥에서 쑥 솟아오르더니, 비스듬하게 위쪽으로 올라가 유리 바닥 옆에 멈춰섰다. 터널의 입구처럼 보였다. 원 안 깊은 곳에서 아주 오래되고 웅장한 석조 건물이 나타났다. 세로 홈이 들어간 거대한 기둥들과 커다란 청동 문이 달려 있고, 높고 넓은 계단이 그 문까지 이어져 있었다. 헬가는 원으로 다가가 두 팔을 펼치더니, 휙 돌아서 마이클과 친구들을 마주 보며 그들에게 뭔가 던지듯 두 팔을 휘둘렀다.

그러자 빛의 원은 점점 커지며 터널로 변했다. 그들은 터널 속 장면으로 날아 들어갔다. 차갑고 바람이 많이 부는 날이었다. 마이클은 앞의 건물이 관공서라는 것을 알았고, 두 팔을 문지르며 몸을 떨었다. 전에 그랬듯, 그들은 10미터쯤 땅에서 떨어진 허공을 떠다니며 천천히 안으로 들어가 뭔지는 몰라도 곧 벌어질 일을 지켜보았다. 아니, 이미 벌어진 일이라고 해야 맞을까.

계단 꼭대기 광장에 강단이 설치돼 있었다. 경찰 부대가 계단 맨 아래에 서서, 누군가의 연설을 들으러 온 듯한 수백 명을 막아서고 있었다. 마이클이 막 헬가에게 여기에 온 이유를 물으려는 순간, 커다란 청동 문 한쪽이 끼익 소리를 내며 휙 열렸다.

고급 정장을 입은 나이 든 남자가 건물에서 나왔다. 군중은 잠시 조용해졌다가, 포효하듯 살아나며 정신없는 혼란 속에 연달아 질문을 던져댔다. 그들 모두가 학교에 다니는 어린아이들처럼 손을 잡고 있었다.

헬가는 마이클 일행에게 손짓했다. 그들은 정장 입은 남자의 머리 위 수십 센티미터까지 내려왔다. 이제 남자는 강단에 이르러 있었다. 그가 두 팔을 들어 군중을 조용히 시켰다. 처음에 군중은 그를 무시하고 질문을 쏘아댔지만, 그가 아무 말도 하지 않자 마침내 조용해졌다. 그의 목소리는 힘이 있었고, 스피커를 통해 쩌렁쩌렁하게 울렸다.

"오늘, 이렇게 와주신 여러분들께 감사합니다." 그가 입을 열었다. 낯선 억양이었다. "촉박하게 말씀드렸는데도 참석해 주셔서 대단히 감사합니다. 제가 여러분에게 보여드리고자 하는 것은, 어, 아주, 음, 중요합니다."

그는 목을 가다듬더니 잠시 마이크를 만지작거렸다. 마이클은 어리둥절해서 그를 빤히 바라보았다. 남자는 저명한 사업가나 정치인처럼 보였지만, 땀을 흘리며 이상하게 행동하고 있었다. 보여준다는 게 무슨 뜻일까? 말한다고 해야 하지 않을까?

"네, 매우 중요합니다." 남자는 말을 이었다. "걱정하지 마십시오. 시간은 조금밖에 걸리지 않을 겁니다." 스피커를 통해 들으니 그가 목을 가다듬는 소리가 폭발음 같았다. "제가 곧 보여드리게 될 모습에 앞서 한 가지 말씀드리겠습니다. 저는… 그러니까… 오늘 여러분 눈앞에 서 있는 남자는 5년도 넘는 세월 동안 이 멋진 나라의 지도자였습니다. 그는, 그러니까, 저는, 경제와 복지, 국제 외교에서 엄청난 일들을 해냈습니다. 하지만 그의 통치는 끝났습니다."

군중은 일시에 조용해졌다. 아마 마이클처럼 흥미를 느낀 듯했다. 마이클은 이 남자가 탄젠트라는 사실을 알아차렸다. 하지만 뭘 하려는 걸까?

"저는 이곳에 오도록 프로그래밍되었습니다." 남자가 말했다. "지금 이 시간, 이 순간에 여기에 있도록 말입니다. 케인이 직접 프로그래밍했습니다. 여러분 모두가 그 점을 아는 것이 매우 중요합니다. 그러니 부디 알아주십시오. 케인이 저를 프로그래밍했습니다. 저는 탄젠트이며, 시범을 보이기 위해 이 남자의 몸으로 전송되었습니다. 제가 하도록 프로그래밍된 말은 전부 한 것 같군요. 시간 내주셔서 감사합니다."

초조하게 안절부절못하던 남자는 주머니에 손을 넣더니, 작고 반짝거리는 뭔가를 꺼냈다. 세라가 헉하며 숨을 들이쉬었다. 마이클도 무슨 일이 일어나려는지 알아차렸다. 그는 영상 속으로 날아들어 그 남자를 막고 싶었다. 이 장면이 그저 재현일 뿐이라는 걸 알았는데도 말이다.

남자가 손을 위로 뻗어 자기 목을 긋자 군중은 공포의 비명을 질렀다.

6

피와 비명. 아수라장이 벌어졌다. 마이클은 충격에 말을 잃은 채 그 모습을 지켜보았다. 마침내 그 장면은 희미해졌고, 그들은 다시 한번 납작한 유리 평면에 서 있었다.

"뭐," 브라이슨이 말했다. "이제는 대놓고 하려나 보네요."

마이클은 헬가의 화면들이 어지럽게 움직이는 바람에 여전히 머리가 핑핑 돌았다. "저게 도대체 무슨 의미죠?" 그가 물었다. "저 남자가 한 일은 전혀 말이 안 돼요. 왜 저런 짓을 해요?"

다른 사람들은 바닥과 바닥 밑에서 최면이라도 거는 듯한 도형들을 내려다보았다. 누구도 답하지 않았다.

마침내 헬가가 입을 열었다. "브라이슨 말이 맞아. 처음에 탄젠트들은 대단히 교묘했어. 하지만 지금은 대놓고 자기 존재를 알리고 있지. 인간들은 너무 멍청해서 무슨 일이 벌어지고 있는지 알아차리지 못한다면서, 정체를 드러내고 선정적인 방식으로 상황을 보여줘야겠다고 판단한 것처럼."

"아귀가 안 맞아요." 마이클이 속삭였다. 그는 머릿속에서 모든 것을 돌려보았다. "조금도."

"케인이 왜 탄젠트들을 인간의 몸속으로 보낸 다음 자살하게 하겠어요?" 세라가 물었다.

"쇼하는 거지." 브라이슨이 대답했다.

세라는 고개를 저었다. "알아. 하지만 마이클 말이 맞아. 아귀가 안 맞잖아. 딴건 몰라도, 탄젠트들은 당연히 자기 존재가 드러나는 걸 바라지 않아. 왜 죽음의 법칙에 사람들이 관심을 갖게 하겠어? 그래봐야 전 세계가 손을 잡고 그들을 막으려 할 뿐인데. 그건 뉴스밥에 나와서, 내일 오후에 루브르 박물관에서 〈모나리자〉를 훔치겠다고 발표하는 거나 마찬가지라고."

"맞아." 마이클도 같은 의견이었다. 방금 본 영상과 개비에게 일어났던 폭력적인 영상이 머릿속에서 쉽게 사그라지지 않아 대화에 집중할 수 없었다.

"마이클?"

그는 세라를 올려다보았다. "응?"

"할 말이 더 있는 것 같은데."

그는 개비에 대한 생각을 미뤄두었다. "응. 그게… 케인은 계속 그 불멸성에 대해서 말하잖아. 대체 탄젠트가 몸을 차지한 다음 전 세계 사람들 앞에서 자살하도록 프로그래밍하는 게… 그게 어떻게 케인한테 도움이 되지? 그럴 리가 없잖아. 제이니와 트라에가 한 말이 사실이 아닐까 싶기도 해. 어쩌면 케인은 더 이상 책임자가 아닐지도 몰라. 그냥 우리가 그렇게 생각하기를 바라는 누군가가 있는 거야."

"그럴 수도 있지." 헬가가 말했다. "우리가 처리해야 할 문제는, 여기저기 돌아다니면서 재미를 보는 무법자 탄젠트를 처리하는 것 같은 단순한 문제가 아니란다. 이 문제는 너무 널리 퍼져 있어. 우리 모두 진도를 맞춰야 하니 몇 가지를 더 보여주마. 그런 다음 웨이크로 리프트해서 움직이자꾸나."

헬가는 실제로 그들에게 몇 가지를 더 보여주었다.

7

헬가의 우주 오락 시스템을 통해, 그들은 30분 동안 빛의 도형을 이리저리 오가며 대혼란을 일으키는 탄젠트들을 보았다.

브라질 전역에서 일어난 끔찍한 연쇄 탈옥 사건을 추적해 보니, 알 수 없는 이유로 그런 일이 일어나도록 방치한 고위직 관료들이 나왔다. 뉴욕에서는 세계 최대의 주식거래소에서 존경받던 주식 투자자들이 갑자기 무모한 투기를 벌이고 내부 정보를 퍼뜨렸다. 마이클은 주식 투자에 대해 아는 것이 별로 없어서 이 모든 일을 제대로 이해하지 못했다. 그러나 뉴스밤의 앵커들에 따르면, 이런 극단적인 예측 불가능성 때문에 국제적인 경제 공황이 일어났다. 주요 경제계 세 곳이 지난 2주 동안 무너져 내렸다.

홍콩에서는 경찰청장이 모든 경찰 병력을 대도시 지역 바깥으로 내보냈다. 그 바람에 가장 큰 쇼핑 구역의 번화가가 약탈되고 파괴당했다.

멕시코에서는 한 세기 동안 마약과의 싸움으로 일궈낸 진전된 법안이 계속 개정되면서 사실상 무력화되고 말았다. 하루아침에 의견을 바꿔버린 몇몇 정치인들이 재빨리 연달아서 법을 개정한 것이다. 정책이 너무 빠르게 바뀌었기에, 마약 조직들은 대중이 무슨 일이 일어나는지 알아차리기도 전에 다섯 도시를 점령했다.

마이클과 친구들은 기업이 무너지고, 유명 인사들이 공개적으로 자기 배우자를 죽이고, 교통 시스템이 무질서하게 망가지는 모습을 지켜보았다. 기다리던 기자들 앞에서 자기 목을 그어버린 그 남자가 그랬듯, 재앙이 닥치기 전에 자기가 무슨 짓을 할 것인지 선포하는 탄젠트들이 점점 더 많은 사건에 연루되었다.

마침내, 헬가가 쇼를 끝냈다. 덕분에 그들은 유리와 기하학적 도형들의 장으로 돌아왔다. 이제는 그 어지러운 도형들을 보자 도리어 마음이 놓였다. 마이클은 웨이크로 리프트해서 구석에 처박혀 가만히 있고 싶었다. 세상을 밀어내고 싶은 마음뿐이었다. 피곤하고 무서웠다.

우울한 침묵이 흐른 뒤 브라이슨이 말했다.

"세상에, 겨우 2주 사이에 저런 일이 모두 일어났단 말이에요?"

헬가는 고개를 끄덕였다. "이제는 너희도 우리가 뭔가 해야 하는 이유를 알 거야. 솔직히, 난 우리가 너무 늦은 게 아닐까 걱정된단다. 너희도 알겠지만, 더 이상 통제할 수 있는 상황이 아니야. 이 사태를 막으려면 굉장한 영향력을 가진 사람을 우리 편으로 포섭해야 해. 그리고 전에도 말했지만, 하이브가 열쇠야. 하이브와 죽음의 법칙 프로그램 자체가."

"그럼 VNS가 필요하겠네요." 브라이슨이 말했다. "웨버를 믿을 수 없더라도요."

"아니, VNS는 안 돼." 마이클이 말했다. "절대로. 신성한 협곡으로 돌아가는 길을 찾아보기 전에 전 세계의 실제 지도자들과 얘기해 봐야겠어. 최소한, 아직 몸을 빼앗기지 않은 사람들하고 말이야. 뉴스에서는 그런 사람이 아직 많이 남아 있다고 하잖아. 대통령, 총리… 웨버 요원이나 VNS가 아니라면 누구라도 좋아."

"하지만 대통령 같은 사람이 우리한테 무슨 도움이 되겠어?" 세라가 물었다. "군대? 연설? 우리한테 필요한 건 대통령이 아니라 컴퓨터광들이야."

마이클은 고개를 끄덕였다. "맞아. 그리고 컴퓨터광 중에서도 가장 미친놈들은 보통 정부에서 일하게 돼. 어쨌든, VNS에서 훔쳐 가지 않은 미치광이들은 말이야."

"VNS도 정부 아니야?" 브라이슨이 물었다.

"아니야." 헬가가 대답했다. 그녀는 뒷짐을 진 채 일행 주위를 어슬렁거리고 있었다. "VNS는 전 세계적 조직이란다. 정부의 지원금을 받기는 하지만, 자율적이고 독립되어 있어. 누구에게도 신세를 지지 않은 조직이지. 그리고 마이클의 말이 맞아. 우린 정부한테서 세 가지를 얻어야 해. 인력, 돈으로 살 수 있는 최고의 기술, 그리고 보호. 우리한테 필요한 건 그거야."

"개비도 구해야 해요." 마이클이 말했다. 그 말은 갑작스럽게 나온 것이지만, 마이클은 오랫동안 이 문제를 생각해 왔다. 그는 친구들의 의구심 짙은 눈길을 피하지 않았다. "진심이야. 우리가 개비를 이 상황에 끌어들였어. 그 때문에 개비가 경찰한테 맞아 다쳤고. 그 사람이 진짜 경찰이었는지도 모르겠지만. 우린 개비를 찾아서, 개가 괜찮은지 확인해야 해. 어쩌면 개비가 우릴 도와줄 수 있을지도 몰라. 도와주고 싶다면 말이야."

브라이슨과 세라가 알겠다고 고개를 끄덕이는 순간, 발밑에서 뭔가 이상한 일이 벌어졌다. 무수히 많은 기하학적 도형들이 빙빙 돌고 뒤집히고 회전하더니 뭉쳐지기 시작해, 결국은 합쳐졌다. 도형들의 윤곽선이 점점 밝아졌다. 눈이 부셔서 마이클은 유리 밑에서 거대한 정사각형을 이루는 그 도형을 마주 보기조차 어려웠다. 사각형은 폭이 최소 15미터였고, 어둠에 휩싸여 있었다.

"헬가?" 마이클이 물었다. "역사 수업은 끝난 줄 알았는데요."

"맞아, 끝났어." 헬가가 말했다. "저건 내가 한 게 아니야."

헬가를 힐끗 보니 그녀도 마이클만큼 혼란스러운 표정으로 유리를 내려다보고 있었다.

"그럼 무슨 일이에요?" 그가 물었다.

헬가는 그저 어깨만 으쓱했다.

"가요. 여기서 리프트해야겠어요." 브라이슨이 말했다.

정사각형이 아래쪽에서 날아올랐다. 그것은 유리 표면에 닿았다가 유리를 통과하며 태양처럼 밝게 빛났다. 꼭 무언가가 깊은 바다에서 솟아오르는 것 같았다. 사각형은 똑바로 설 때까지 회전하더니, 수십 미터 위에 멈춰서서 그들을 위압적으로 내려다보았다. 정사각형의 경계선이 곧은 번개처럼 빛났다.

그때, 한 얼굴이 나타났다.

케인이었다.

그럼 그렇지. 마이클은 생각했다.

CHAPTER 7

프라이드치킨

1

케인은 거대한 월스크린에 투사되기라도 한 것처럼 나타났다. 그는 킬심들이 심연으로 사라지기 직전, 끝없는 보라색 바닥이 있던 곳에서 마이클 일행을 만났을 때와 같은 형태로 모습을 드러냈다. 당시에 마이클 일행은 킬심들을 죽인 함정을 코딩으로 만들어 낸 사람이 브라이슨이라고 생각했지만, 나중에는 함정을 만든 게 탄젠트들이라는 사실을 알게 됐다. 케인이 아니라 그들의 편에 선 탄젠트들 말이다. 마이클은 헬가가 그 작전을 지휘했을지도 모른다는 생각이 들었다.

오늘 케인은 근사한 모습이었다. 그는 마름질이 잘된 정장을 입고, 머리는 젤을 발라 뒤로 넘겼다. 그는 가상의 힘을 얻어가기라도 하듯 점점 젊어지고 있었다.

"떠나지 마라"는 것이 그가 처음으로 한 말이었다. 그의 목소리가 사방에서 동시에 울렸다. 마이클은 오래된 영화, 《오즈의 마법사》를 떠올렸다. "나는 문제를 일으키러 온 것이 아니다. 맹세한다." 그는 손가락 세 개를 펼쳤다. 마이클은 탄젠트가 대체 무슨 말을 하는 건지 알아들을 수 없었다.

"너의 맹세라고 해봐야 갈대처럼 왔다 갔다 할 뿐이잖아." 헬가가 거대한 형체를 상대로 소리를 지르며 대답했다. "가자. 지금." 그녀는 눈을 감았지만, 아무 일도 벌어지지 않았다. 헬가는 눈을 뜨고 손님을 노려보았다. "그만 막아!"

"마음대로 해라." 케인이 말했다. "나를 꼭 악당으로 만들어야겠다면야. 하지만 나는 해야만 하는 이야기를 하기 전에 너희들이 이곳에서 리프트하는 꼴을 보고만 있진 않을 거다. 그 방법이야 기분 좋을 수도 있고… 나쁠 수도 있지. 너희 선택이다."

헬가는 얼굴을 붉히며 몸을 떨었다.

"말하라고 하세요." 마이클은 선택의 여지라도 있는 것처럼 말했다. "지금 당장 시비를 걸어봐야 아무 소용 없어요." *우리가 질 테니까.* 그 말은 굳이 할 필요가 없었다.

케인은 미소 지었고, 마이클은 그가 웃음을 터뜨릴지도 모른다는 생각이 들었다. 모든 악당이 완벽히 익힌 것만 같은 그 사악한 웃음 말이다. 대신, 탄젠트는 이야기를 시작했고 마이클은 그가 지은 미소가 진심이었다는 걸 알고 놀랐다.

"엿들은 건 용서하길 바란다. 나도 어쩔 수 없었다." 케인은 헬가를 돌아보며 말을 이었다. "나는 네가 방금 여기에서 뭘 했는지 안다. 네가 저 아이들에게 뭘 보여줬는지 안다는 말이다. 그래서 너희가 내 이야기를 끝까지 들어주었으면 하는 거다. 우리는 모두 같은 편이니까."

그는 잠시 말을 멈추었다. 마이클과 친구들이 분노를 쏟아낼 거라고 확신한 듯했다. 하지만 마이클은 놀랍게도 호기심이 느껴질 뿐 별로 겁이 나지 않았다.

"나는… 누가 나를 창조했는지 모른다." 케인이 말을 이었다. "나는 그가 누구인지 알아내려 했고, 거의 답을 얻었다. 어쨌든 이것만은 말할 수 있다. 나는 네트워크에서 해방됐다. 나는 더 이상 창조주들의 체스판에 놓인 말이 아니다. 내가 죽음의 법칙을 믿는 이유는 그 프로그램으로 탄젠트와 인간 모두를 위한 목표를 이룰 수 있기 때문이다. 전에도 이런 얘기를 한 적이 있지. 불멸에 대해서 말이다. 불멸은 가능하다. 우리가 불멸을 가능하게 만들 수 있다. 너희가 나와 함께한다면 말이다."

"당신과 함께한다고?" 세라가 소리쳤다. "당신이 우리를 얼마나 여러 번 죽이려 했는데? 당신이 파괴한 생명은 또 얼마나 많고? 우리가 방금 본 게 뭔지 알면서도 그런 말을 하다니, 당신은 우리를 최고의 멍청이들이라고 생각하는 모양인데."

"그거야말로 내가 너희들에게 하려던 말이다!" 케인이 고함을 질렀다. "세상으로 쏟아져 나오는 탄젠트들은 더 이상 내 소관이 아니다. 그들은 내가 통제하고 있지 않아."

마이클은 케인이 방금 한 말을 생각해 보았다. 뭔가 있었지만, 케인 같은 자를 믿는다는 건 불구덩이 속으로 뛰어드는 것과 마찬가지였다. 멍청한 짓이었다. 그러나 마이클의 머릿속 한구석에서는 케인의 말이 거짓말이 아니라는 생각이 들었다. 바깥세상에서 벌어지는 끔찍한 일이나 숲속의 집단은 더 이상 쉽게 설명되지 않았다. 웨버와 그녀의… 기이함도. 이 모든 일에서 과연 누가 이득을 볼 수 있을까?

"눈을 크게 뜨고 뇌사에 빠진 것처럼 보이는 사람들은 다 어떻게 된 거야?" 마이클이 물었다. "왜 어떤 탄젠트들은 멍해 보이고, 어떤 탄젠트들은 나나 헬가 같은 거지?"

케인이 다시 미소 지었다. "너도 알아챘군." 그는 대화가 바라던 방향으로 흘러 만족스러운 듯했다. "수많은 탄젠트가 구체적 목표를 띠고 웨이크로 전송됐다. 그들은, 어떻게 말해야 할까, 특정한 과제를 수행하기 위해 프로그래밍되었다. 이런 탄젠트들은 지각 능력이 없어서 과제를 마치는 순간, 뭐랄까… 길을 잃었지. 너처럼 친숙한 존재를 볼 때 열광하며 달려드는 것도 놀라운 일이 아니다. 그들은 모두 너를 안다. 너는…."

"최초인이야." 마이클이 말을 마쳤다. "우리도 그건 알아."

케인은 고개를 끄덕이고 말을 이었다. "하지만 탄젠트들은 내가 계획했던 것보다 더 **빠른** 속도로, 내 허락 없이 전송되고 있다. 너처럼 시험을 받거나 검증을 거친 자들이 없다."

"그럼 그만해." 헬가가 말했다. "죽음의 법칙을 만든 건 당신이잖아. 그냥 없애버려. 웨이크에서는 사람들이 걱정스러운 속도로 몸을 잃어가고 있고, 그 사람들의 의식이 하이브에서 얼마나 오랫동안 살아남을지는 아무도 몰라. 당신도 그 정치인이 자기 몸에 무슨 짓을 했는지 봤잖아!"

"나도 안다." 케인이 말했다. 목소리가 부드러웠다. "하지만 죽음의 법칙을 멈추는 건 그리 쉬운 일이 아니다. 나는 누군가의 체스판 말이었다. 그러나 힘을 잃기 시작할 때까지는 그 점을 몰랐다. 지금 나는 이 모든 폭력적인 사건의 희생양일 뿐이다."

마이클은 헬가를 보고, 친구들을 차례로 보았다. 모두가 마이클만큼 혼란스러운 표정이었다.

"너희가 나를 믿기 어려워한다는 건 안다. 그건 이해할 수 있다." 케인이 말했다. "이 문제를 처리하는 가장 좋은 방법은 너희들이 모든 것을 직접 생각해 보는 것이다. 너희 모두에게 링크를 보내주겠다. 고도로 보안되는 링크다. 내게 연락하고 싶다면, 그 링크가 한 차례 작동할 것이다. 너희들이 받아들인다면 우리가 힘을 합쳐 이 광기를 멈출 수 있다."

말을 마치기 무섭게 거대한 정사각형 빛이 번쩍이더니 케인은 사라졌고, 도형들이 다시 발밑에 나타나 조용히 춤을 추었다. 모든 것이 전과 같았다.

"저게 대체 무슨 소리야?" 조용한 가운데 브라이슨이 물었다.

2

헬가는 코핀에서 리프트해 나온 뒤 부산스럽게 움직였다. 그녀는 막사를 부지런히 돌아다니며 사람들을 확인하고, 마지막으로 해야 할 일들을 처리했다. 그런 다음, 마이클 일행에게 떠나는 차에 올라타라고 명령했다. 오프로드 사륜구동 자동차 세 대가 막사 뒤에 숨겨져 있었다. 하지만 어디로 가는 거냐는 마이클의 물음에는 답하지 않았다.

그리고 나서 세라의 문제가 터졌다. 이해할 수 있는 일이지만, 세라의 부모님은 딸을 보내주지 않으려 했다. 마이클이 세라에게 이 문제를 꺼내자 세라는 화를 냈다. 그녀는 제러드와 낸시가 보는 앞에서 마이클에게 소리를 질렀고, 마이클은 세라만큼 화가 났다.

"그럼 나도 여기 있을래." 그가 고집스럽게 말했다.

세라가 그에게 고함을 질렀다. "좀 가지 그래? 네가 여기 남아 있으면 1분, 1초가 지날수록 상황만 더 나빠져. 난 괜찮다니까!" 그녀는 쿵쿵대며 건물 뒷문으로 나가 문을 쾅 닫았다.

세라는 눈빛으로 뭔가 말하는 것 같았지만, 마이클은 그 뜻을 읽을 수 없었다. 그래서 그는 가슴속에 실제로 신체적인 통증을 느끼며, 세라의 부모님에게서 돌아서서 한 마디도 하지 않고 역시 나가 버렸다.

3

"진짜 안 간대?" 브라이슨이 물었다. "진짜로?"

마이클은 사륜구동 자동차의 뒷좌석, 브라이슨과 헬가 사이에 앉아 있었다. 자동차는 축축한 주차장을 나서며 바퀴로 진흙을 퍼올리고 돌과 자갈을 흩뿌려댔다. 사실 주차장은 잡초와 덤불이 우거진, 흙마당에 불과했다. 엔진이 울리고 그들은 출발했다. 그들은 막사에 올 때 타고 왔던 긴 흙길을 따라 내려갔다. 월터가 운전대를 잡았고, 에이미가 조수석에 앉았다. 둘 다 무척 조용했다.

"그래, 진짜라니까." 마이클은 친구에게 대답했다. 굳이 좋게 말하고 싶지도 않았다.

"어떻게 세라를 그냥 두고 올 수가 있어?" 브라이슨이 말했다. "걔가 없으면 우린 아무것도 아니라고."

"그래, 근데 세라가 따를 규칙을 만드는 건 걔네 부모님이지 우리가 아니잖아. 내가 말을 걸어보려고 했는데 세라도 어쨌든 안 가고 싶어 하는 것 같았고."

"우린 다시 세라를 데리러 올 거야." 헬가가 말했다. "걱정하지 마라. 지금은 우리가 해야 하는 일을 하면 돼. 그런 다음, 슬립으로 돌아갈 때 세라한테 함께하자고 하면 돼."

마이클은 헬가에게 지금 해야만 하는 일이 정확히 뭔지 묻고 싶었지만, 너무 지쳐서 말을 할 수 없었다. 그는 좌석에 처박힌 채, 어쨌든 곧 설명을 듣게 될 거라고 생각했다.

그때 앞쪽 숲에서 웬 사람이 뛰쳐나왔다. 그 사람은 나무가 늘어선 곳에서부터 길 한복판으로 순식간에 달려들었다. 월터가 브레이크를 콱 밟자 자동차가 흔들렸다. 차는 도로로 뛰어든 사람과 겨우 두어 걸음 떨어져 멈추었다. 아주 잠깐, 마이클은 그 사람이 트라에의 무리에 속해 있는 이상한 소녀 중 하나일 거라 생각했다. 하지만 세라라는 걸 알고서는 마음이 한껏 들떴다.

"이럴 수가." 그가 속삭였다. "설마."

"설마가 사람 잡지." 브라이슨이 대답했다.

두 친구는 문을 열고 그녀에게 다가갔다. 헬가가 뒤를 따랐다. 세라는 곧장 마이클에게 다가와 그를 힘껏 끌어안았다.

"미안." 그녀가 말했다. "부모님을 안심시키기 위해서 그렇게 할 수밖에 없었어."

마이클은 너무 당황스러우면서도 한편으론 행복해서 "그렇구나"라는 말밖에 할 수 없었다.

"뒷문으로 나오자마자 숲으로 갔어. 심장이 터질 것 같다는 느낌이 들 때까지 달렸어. 덕분에 간발의 차이로 너희보다 여기 도착하게 됐어."

브라이슨은 그녀의 어깨를 가볍게 툭 쳤다. "너희 부모님이 널 죽이려 들걸. 너 예전부터 이렇게 못됐냐?"

헬가는 이 상황이 별로 기쁘지 않은 듯했다. "세라, 정말 끔찍한 계획을 했구나. 너희 부모님이 널 이렇게 걱정하시는데, 내가 모른 척할 수는 없어. 나까지 죽이실 거다."

세라는 단호하게 고개를 젓더니, 자동차 뒷좌석으로 뛰어들고는 문을 쾅 닫았다. "갈 거예요!" 그녀가 창문 너머로 소리쳤다.

"최소한 내가 막으려 했다고 말씀드리렴." 헬가는 자동차로 돌아가며 중얼거렸다. "타려무나. 그냥 넷이서 뒷좌석에 끼어 타야겠구나."

4

자동차는 숲이 있는 계곡에서 나가는 거친 길을 따라 통통 튀어갔다. 마이클은 입이 귀에 걸릴 것 같은 미소를 참을 수 없었다. 세라가 곁에 있기에 느껴지는 안도감은 생각보다도 강력했다. 마이클은 패스에서, 용암 웅덩이로 가득한 그 동굴에서 세라의 오라가 죽었던 순간을 떠올렸다. 그녀가 사라진 다음, 마이클은 말할 수 없을 만큼 외로웠다. 마이클에게는 그녀가 필요했다. 그 어느 때보다도 지금.

"그래서, 계획이 뭐예요?" 브라이슨이 물었다. "지금이 말하기 딱 좋은 때 같은데."

"마이클이 제안한 그대로야." 헬가가 대답했다. 그녀는 말하면서 창밖을 내다보았다. "탄젠트 동맹이 직접 나서서 할 수 있는 일이 별로 없어. 가능할지 모르겠지만, 아직 점령당하지 않은 고위급 입법 관료 중 우리 얘기를 들어줄 사람을 찾아야지. 그런 사람이 있을 만한 곳을 내가 안단다."

마이클은 두 가지 질문이 떠올랐지만, 세라가 한발 앞서서 입을 열었다.

"정확히 뭘 하고 있었던 거예요?" 세라가 물었다. "그러니까, 탄젠트 동맹 말이에요. 막사에서는 우리가 있든 말든 상관도 안 하는 것 같던데."

"최근에는 케인이 세상에 내보낸 탄젠트들의 패턴을 살피고 있었어." 헬가가 대답했다. "그들의 목적을 알아내려 했지. 자료를 수집한 거야. 나는 슬립에 죽음의 법칙 프로그램을 열심히 연구하는 사람들을 배치했단다. 그 연구원들은 죽음의 법칙을 해체하고, 그 결과를 원래대로 되돌려 놓을 방법을 찾고 있어. 죽음의 법칙이 어떻게 하이브와 연결되는지, 탄젠트에게 점령당한 인간들이 어떻게 하이브 안의 대응물과 연관되는지 살피고 있다." 그녀는 한숨을 쉬었다. "하지만 아직 갈 길이 멀단다."

마이클은 좀 더 분명한, 나머지 한 가지 질문을 던졌다. "그래서, 정부 쪽 나리들하고는 어디서 만날 수 있을까요?"

자동차가 길 위의 큰 방지턱에 걸려 앞으로 출렁이면서 모두가 좌석에서 한 뼘쯤 튀어올랐다. 마이클은 머리를 천장에 부딪혔다.

"아니, 월터! 차를 도랑에 처박아 버리면 공항에 갈 수 없어요." 헬가가 월터를 꾸짖었다.

"서둘러야 한다고 하셨잖아요." 월터가 투덜거렸다. 그는 탄젠트 두 명과 인간 두 명에게 진정한 죽음을 준 헬가에게 여전히 앙금이 남아 있는 듯했다.

"공항이요?" 세라가 되물었다. "지금은 비행기 타는 건 안전하지 않다면서요."

"걱정하지 마라. 전용기가 있으니까." 헬가가 대답했다. "나는 길가는 아무한테나 우리 쪽 사람들을 무작위로 다운받은 게 아니야.

우리한텐 인맥이 있단다."

"좋네요." 브라이슨이 말했다.

"그래서 어떻게 하자는 거죠?" 세라가 재촉했다.

헬가가 말을 이었다. "지금부터 사흘 뒤에 런던에서 세계 정상회담이 열려. 내가 너희에게 보여준 모든 걸 의논하고자 지구연맹UE, Union of Earth 에서 소집한 회담이란다. 중요한 사람들이 아주 많이 참석할 거야. 그리고 내 생각에는 그들이 그 날짜보다 먼저 도착할 것 같구나. 우린 가상으로 갈 거야. 우리가 확실하게 장악한 워싱턴 D.C.의 작은 대사관을 통해서 말이지. 회담장에 들어가려면 최대한 빨리 도착해서 방법을 찾아야 해. 한시가 급해."

"어디 보자." 브라이슨이 말했다. "더 많은 사람의 몸을 차지하겠다는 건가요?"

헬가는 얼굴을 찡그렸다. "그 사람들한테도 다른 사람들과 했던 약속을 해줄 거야. 나중에는 그 사람들을 원래대로 돌려놔야지." 그녀는 다시 움찔했고, 마이클은 너무도 많은 죄책감을 견뎌야 하는 그녀가 안쓰러웠다. "아무튼. 거긴 아주 작은 대사관이야. 라트비아 대사관. 덕분에 남들 눈에 띄지 않지. 우린 가상으로 회의에 참석할 수 있는 자격을 얻어야 해. 쉽진 않겠지. 준비하려면, 최대한 일찍 도착해야 한단다."

그들은 잠시 더 이야기를 나누었지만, 마이클은 대화에서 빠졌다. 그는 머리를 뒤로 기대고 눈을 감고 수많은 생각들을 정리하려 애썼다. 생각이 계속 개비에게로 돌아왔다. 마이클은 처음부터 그녀에게 미안한 마음이 들었다. 그녀는 너무도 진실하고 마음을 다해 잭슨 포터를 신경 썼으니까. 누군가에게 그런 식으로 친밀감을 느꼈는데,

그 사람의 정신이 낯선 이의 정신과 바뀌어 버리다니 얼마나 터무니없고 부당한 일인가.

게다가 마이클은 두 친구를 끌어들인 것처럼 개비도 이 아수라장에 끌어들였다. 마이클은 그녀가 괜찮은지 알아야만 했다. 다른 사람에게는 사소한 일로 보일지 모르지만, 마이클에게는 개비 문제도 신성한 협곡처럼 계속 생각해야 하는 문제였다. 신성한 협곡 역시 또 하나의 구체적인 목표였다.

마이클의 눈이 번쩍 뜨였다.

"저기, 애들아." 그가 말했다. 차 안의 사람들이 입을 다물고 그에게 시선을 돌렸다. "부탁이 있는데, 양보는 못 하겠어. 진심이야. 내가 해야 하는 일이 있어. 너희와 갈라져서 나 혼자 해야 한다면 그렇게 하려고."

"형편없는 협박을 하기 전에 무슨 꿍꿍인지나 말해주는 건 어때?" 브라이슨이 대꾸했다. "네가 하는 말에 뭐든 싫다고 말한 게 언제였더라?"

"미안." 마이클은 약간 부끄러워하며 말했다. "사실은 헬가 아주머니한테 말한 거예요. 안 좋아하실 것 같아서."

"뭔데 그러니?" 가사도우미가 눈썹을 추켜올리며 물었다.

마이클은 참고 있던 숨을 내쉬었다. "우리가 정말로 중요한 일들을 처리해야 한다는 건 알겠어요. 하지만 전 일단 개비를 찾아서 무사한지 확인해야겠어요. 모든 상황으로 미루어 보면, 개비가 위험에 처해 있을 거란 확신이 들어요."

몇 시간 뒤, 그들은 산맥을 한참 벗어나 애틀랜타로 향하는 고속도로를 타고 있었다. 헬가는 그 공항에 일행을 라트비아 대사관이 있는, 북쪽의 워싱턴 D.C.로 데려다줄 비행기가 기다리고 있다고 했다.

마이클은 차를 타고 가는 내내 개비와 연락해 보려고 노력하고 또 노력했다. 그는 몇몇 장소에서 그녀에게 알림 메시지를 보냈지만, 여전히 답장을 받지 못했다. 산에서는 일반적인 넷 신호가 드문드문 잡혀서, 첫 메시지를 보내고 나서 마이클은 신호 불량이 문제이기를 바랐다. 하지만 문명 세계로 돌아온 지금은 걱정되기 시작했다. 경찰봉으로 개비를 후려치는 그 경찰만 계속 떠올랐다. 만일 개비가 죽었다면….

마이클은 개비를 제대로 알지 못했다. 하지만 잭슨 포터에게 빚을 졌다고 느꼈다. 잭슨의 몸을 훔친 것만으로도 마이클은 나쁜 짓을 한 셈이었다. 그가 잭슨의 여자친구마저 죽게 한다면, 과연 그 죄책감을 견딜 수 있을지 알 수 없었다.

"또 누구 배고픈 사람?" 브라이슨이 물었다. 한 시간 동안이나 침묵이 계속 이어지고 있던 터라 마이클은 그 말을 듣고 나서야 마음속의 먹구름을 걷어냈다. 그는 한참 전에 넷스크린을 꺼두었다. 문득 배가 고프다는 걸 깨달았다.

"나." 세라가 대답했다.

마이클도 무심코 고개를 끄덕였다.

"음식점을 찾아주세요." 헬가가 앞자리에 있는 월터에게 말했다. "프라이드치킨을 파는 곳이면 더 좋고요."

마이클이 웃었다. 평소와 다른 이상한 웃음이었다. 스트레스로 미쳐가는 건지도 몰랐다.

"프라이드치킨에 무슨 문제라도 있니?" 헬가가 그에게 물었다.

"전혀요. 그냥 기분이 이상해요."

세라가 그의 다리를 꽉 쥐고 그의 손을 잡았다. "기름지고 심장마비를 일으키는 음식 한 바구니면 그런 기분은 달라질 거야."

6

마이클은 일행이 화장실에 갔다 오기를 기다리고 있었다. 그는 음식점 밖에 서서 숨을 깊이 내쉬면서 마음을 가라앉혔다. 식사하는 동안 그는 한 마디도 하지 않았다(치킨은 훌륭한 선택이었다). 개비와 케인, VNS, 그와 친구들은 도대체 어떻게 세계 정상회담에서 사람들을 설득할 수 있을지 골똘히 생각에 빠져 있었다. 마이클은 머릿속 스위치를 잠깐 끌 수만 있으면 무엇이든 내줄 수 있을 것 같았다.

주차장에서 자동차 한 대가 그를 스쳐 지나갔다. 바퀴가 세 개 달린 화려한 신형 자동차였다. 그 자동차는 마이클을 지나가기가 무섭게 꽉 브레이크를 밟았고, 뒤쪽이 회전한 끝에 옆으로 멈추었다. 마이클은 긴장해서 뒤로 한 걸음 물러났다. 안에는 세 사람이 타고 있었지만, 창문에 반사되는 햇빛 때문에 그들을 제대로 볼 수는 없었다.

자동차는 시동을 켜둔 채로 가만히 있었다. 전기가 윙윙대는 고주파 소리가 났다. 마이클은 친구들이 나오는지 보려고 음식점을 돌아보았으나 친구들은 흔적도 보이지 않았다. 화장실은 줄이 길었다. 이 음식점은 여행자들에게 인기 있는 곳이었고, 일행은 한창 붐비는 점심시간에 이곳에 들렀다. 마이클은 자동차를 다시 돌아보았다. 변한 건 없었다.

쳐다보지 않으려 했지만, 시간이 갈수록 많은 것들이 이상하게 느껴졌다. 운전자가 심장마비 같은 걸 일으킨 걸까? 기름에 전 닭다리를 너무 많이 먹어서 끝장난 걸까? 자동차에 탄 두 사람도 움직이지 않았다. 그들은 괜찮은 걸까? 반짝이는 창문 너머로 보이는 그들의 머리는 전혀 움직이지 않는, 뒤틀린 그림자 같았다.

창문 세 개가 동시에 내려가기 시작하자 마이클은 깜짝 놀랐다. 한 남자가 운전석에 앉아 있었다. 젊고 생기 있어 보였다. 뒷좌석에는 두 여자가 앉아 있었다. 그들은 운전자와 나이가 거의 비슷해 보였다. 한 명은 금발이었으며 다른 한 명은 갈색 머리였다. 셋 다 무표정하게 마이클을 빤히 바라보았다. 그들의 시선이 마이클에게 붙박여 있었다.

마이클은 뭘 해야 할지 몰랐다. 어깨를 따라 서늘한 기운이 흘러내렸다. 그는 몸을 떨었다. 그들이 다른 사람을 보는 걸지도 모른다는 생각에 등 뒤를 힐끗 돌아봤지만, 아무것도 없었다. 그저 음식점이 있을 뿐이었다. 마이클은 다시 자동차를 돌아보았다. 그때까지도 그들의 시선은 그에게 꽂혀 있었다.

음식점 문이 딸랑거리더니 브라이슨과 세라가 웃으며 나왔다. 마이클은 곁눈으로 그들을 보았고, 갑자기 부끄러워졌다. 나쁜 짓을 하다가 걸린 것만 같았다.

"야." 브라이슨이 마이클의 등짝을 후려치며 말했다. "웬 녀석이 프라이드치킨이랑 큰 갈등이 있었나 봐. 화장실을 10분 꽉 채워서 차지하고 있더라니까. 난 향기가 그나마 나은 이동식 화장실에 갔었어."

세라가 다시 웃었고, 그 소리에 마이클은 기분이 나아졌다. 실은,

안전해진 기분이 들었다.

"너 괜찮아?" 세라가 물었다. 하지만 세라는 입으로 그 말을 하면서 마이클이 경계하고 있는 것이 무엇인지 알아보았다. "대체 뭐야?" 그녀가 속삭였다.

"저 사람들 누구야?" 브라이슨이 물었다. 자동차는 여전히 창문을 내린 채 그 자리에 가만히 서 있었다. 차 안의 세 사람이 제자리에 얼어붙은 채로 마이클을 계속 쳐다보았다.

"나도 몰라." 그가 말했다. 하지만 사실은 알고 있었다.

세라가 마이클을 보호하려는 듯 그와 팔짱을 꼈다. "아마 그냥 네가 유명하다고 생각하는 탄젠트들일 거야. 넌 최초인이니까." 세라는 마지막 단어를 욕설처럼 내뱉었다. "걱정할 것 없어."

마이클은 고개를 저었다. 용기가 반짝 솟아나는 것 같았다. 그는 앞으로 나와 자동차로 걸어갔다. 그제야 낯선 세 사람은 최면 상태에서 풀려난 듯했다. 그들이 창문을 올리는 순간, 마이클은 운전자의 눈에서 두려운 빛을 읽어냈다. 그런 다음 유리가 둘 사이를 가로막았다.

"이봐!" 마이클이 소리쳤다. "당신 누구야? 뭘 원하는 거야?"

자동차 엔진이 부르릉 울리더니 차체가 흔들리며 움직이기 시작했다. 자동차가 속도를 높이자 타이어에서 끼익 소리가 났다. 자동차가 다른 차량을 헤집고 들어가 사라졌다. 경적이 거리에 울려 퍼졌다.

CHAPTER 8

수색과 구출

1

개비가 마침내 답장을 보냈다.

마이클은 공항에 도착하기 겨우 몇 분 전에 그녀의 소식을 들었다. 마이클은 차에서 말없이 그를 불안한 눈빛으로 지켜보던 낯선세 사람을 생각했다. 그들이 탄젠트라는 건 분명했다. 마이클은 자신이 우연히 그들과 만났을 뿐, 그들의 등장이 불길한 징조가 아니길 바랐다.

곧 도착할 거라는 헬가의 말을 듣고, 마이클은 넷스크린을 마지막으로 열어 개비가 앞서 보냈던 수많은 메시지에 답을 보냈는지 살펴보기로 했다. 스크린이 깜빡거리며 켜지자마자 마이클은 개비가 답장을 보냈다는 걸 알았다. 그녀의 답장은 짧고 간결했다.

잭슨. 마이클. 누구든 간에. 놈들이 나를 쫓아왔지만 난 빠져나왔어. 나는 우리 할머니, 할아버지의 오래된 농가에 있어. 애틀랜타 남쪽이야. 지금은 안전해. 하지만 나 혼자 있고 무서워. 혹시 네가 와서 이야기를 나누고 싶어 할까 해서 좌표를 첨부했어. 오고 싶지 않다고 해도 이해해.

마이클은 벌떡 일어나 앉았다. 다른 사람들도 무슨 일이 벌어졌다는 걸 눈치챘다.

세라는 마이클의 어깨 너머로 메시지를 읽고 있었다. "아, 이런." 그녀가 속삭였다. 그녀의 말투에는 개비에게 큰 관심이 없다는 뜻이 확실히 담겨 있었다. "뭐, 최소한 안전하다고 하니까."

"가서 데려와야 해." 마이클이 말했다. "누가 개비를 쫓았다잖아! 그 경찰이 곧장 개비를 향해 걸어갈 때부터 뭔가 이상했어. 우릴 함정에 빠뜨린 자가 누군지는 모르지만, 잭슨 포터의 여자친구가 끼어들 줄은 몰랐을 거야. 그래서 개비를 제거하고 싶었던 거고. 내 잘못이야." 마이클은 좌석에 기대며 한숨을 내쉬었다. "개비는 우리와 함께해야 해. 탄젠트 동맹의 보호를 받을 자격이 있다고."

"마이클…." 헬가가 입을 열었다. 마이클은 그녀가 무슨 말을 하려는지 정확히 알았다.

"알아요." 마이클이 그녀의 말을 잘랐다. "세계 정상회담 말이죠. 하지만 아직 사흘이 남았잖아요. 그리고 보세요, 개비가 있다는 이 농가는 공항에서 겨우 두 시간 거리예요. 개비가 애틀랜타 출신이라는 건 사실이었어요." 마이클은 좌표와 지도를 띄워놓은 자기 스크린을 가리켰다. "서두르면 개비를 데려올 수 있어요. 그럼 개비도 우리와 같이 갈 수 있을 거예요."

브라이슨은 화면을 들여다보느라 세라의 어깨 너머에서 몸을 숙이고 있었다. "그 가엾은 애를 괴롭힌 게 웨버 요원이라는 데 얼마나 걸래? VNS의 지문이 사방에 묻어 있어. 조만간 괜찮은 고문 도구가 있는 방에 웨버를 가둬놔야겠어. 웨버한테라면, 난 중세 사람 마인드로 응답해 줄 준비가 돼 있다고."

"우린 갈 수 없어, 마이클." 헬가가 말했다. "전 세계가 무너지기 일보 직전인데, 단 한 사람 때문에 시간을 허비할 순 없어. 정상회담에 참석해서 사람들을 설득시킬 방법을 찾는 것이 우선이야."

마이클은 넷스크린을 끄고 눈을 비볐다. "개비를 혼자 놔둬선 안 돼요. 그 아인 우리와 함께 있을 자격이 있어요."

"그럼 워싱턴 D.C.에 갔다가 돌아오면서 데려오자." 헬가가 고집스럽게 말했다.

"안 돼요!" 마이클이 소리쳤다. 그 자신조차 놀라웠다. "이해를 못 하시네요. 난 잭슨 포터의 몸을 훔쳤어요! 잭슨의 부모님은 지금쯤 걱정돼서 미칠 지경일 거예요. 그리고 난 잭슨의 여자친구한테 우리가 VNS 본부에 들어가게 도와달라고 했어요. 아마 그래서 머리가 깨진 걸 거예요. 지금은 그 애가 혼자 있어요. 무슨 소름 끼치는 농가에 숨어 있다고요. 도와야 해요!"

마이클의 다리에 손을 얹고 몸을 기대고 있던 세라가 몸을 뒤로 젖히더니 팔짱을 꼈다. 질투하는 걸까? 그런 생각이 들자마자 마이클은 자동차 천장에 주먹을 날리고 싶은 충동을 느꼈다. 그보다 멍청한 소리는 없었다.

아무도 마이클의 장황한 말에 반응하지 않았다.

"들어봐." 마이클은 스스로를 억누르며 침착하게 말했다. "우린 무기가 있어. 사람들로 가득한 자동차도 세 대나 있고. 길을 조금 돌아간다고 해도 괜찮을 거야."

헬가는 한숨을 쉬며 고개를 저었다.

"이번엔 난 마이클 편이야." 브라이슨이 말했다. "개비를 도와주는 건 좋은 일이야. 거기다, 개비는 뭔가 유용한 정보를 알아냈을지도 몰라. 생각해 봐, 우리는 아는 게 하나도 없어. 우리한텐 많은 정보가 필요해. 우리가 그 정상 회담장에 몰래 들어가서, '안녕하세요, 친구들! 탄젠트들이 당신네 친구들을 점령하고 있어요!'라고 말한들 무슨 소용이겠어? 다들 우리를 돌아보면서 '어쩌라고?'라고 말할걸."

마이클은 바로 그 순간 브라이슨을 끌어안고 싶었다. 그가 꾸며낸 영국식 억양이 끔찍했는데도 말이다. "개비는 인간이야. 우린 개비한테 빚을 졌어."

헬가는 물러서지 않았다. "하나의 인간이지. 지구에는 80억 명의 인간이 있고. 뭐가 더 중요한지 따져봐야 한단다."

마이클은 온 힘을 다해 끓어오르는 성질을 누그러트렸다. "알았어요. 그럼 따로 가죠. 한두 명 정도는 나랑 갈 수 있을 거예요. 나머지는 워싱턴 D.C.로 가고요. 개비를 만나고 곧바로 찾아갈게요."

헬가는 따귀라도 얻어맞은 것처럼 그에게서 물러났다. 마이클은 그녀의 말을 제대로 되받아 쳤다는 걸 알아챘다. 헬가라면 무슨 일이 있어도 마이클이 혼자서 개비를 구하러 가게 놔두지 않을 테니까.

"왜 그래요, 헬가?" 그가 말했다. "난 그저 하나의 인간일 뿐이에요. 인간 비슷한 거죠. 저 스스로 위험을 감수하겠다니까요. 아주머니는 이 사람들을 데리고 가서 수십억 명을 구하세요." 그는 포기할 생각이 없었다. 개비를 데리러 갈 것이다. 끝.

"이게 함정이면?" 헬가는 마지막으로 절박하게 물었다. "메시지를 보낸 게 개비라는 걸 어떻게 알 수 있니?"

"난 내 메시지를 믿거든요."

"뭐?"

마이클은 한숨을 쉬었다. "알았어요, 함정일지도 몰라요. 하지만 우리한텐 병력을 가득 채운 자동차 세 대와 무기가 있잖아요. 얼마나 다행이에요. 아니면… 말했듯이, 팀을 나눠서 그 멋진 세계 정상회담을 놓치는 위험을 무릅쓰지 않는 방법도 있고요."

헬가는 그를 바라보며 천천히 고개를 저었다. 눈동자에는 패배감과 분노가 담겨 있었다. "네가 어린아이였을 때가 그립구나. 그때는 저녁을 주지 않고 널 방으로 보내버릴 수 있었는데." 그녀는 앞좌석으로 상체를 기울이고 월터의 어깨를 톡톡 두드렸다. "공항 쪽 출구가 나와도 고속도로에서 나가지 마세요." 그녀는 못마땅한 듯 마이클을 다시 노려보았다. "당분간 남쪽으로 계속 갑니다."

2

그들은 도시를 뒤로하고 멀리까지 나아간 끝에, 길게 뻗은 평야에 접어들었다. 들판은 지평선까지 뻗어 있었다. 그 들판을 끊는 것은 직선으로 뻗은 헛간과 농가, 그리고 성의 첨탑처럼 하늘을 향해 뻗어 있는 둥근 곡식 저장고뿐이었다. 마이클은 대부분의 작물을 알아보지 못했지만, 웅장하게 늘어선 곡식들을 보니 숨이 막히는 것 같았다. 키 큰 식물 줄기가 빽빽하게 모여 있는 풍경에서 눈을 뗄 수가 없었다. 저 안에 뭐가 감춰져 있을지 누가 알까?

헬가는 공식 안내자 역할을 맡아 월터에게 갈 길을 전달해 주었다. 개비가 보낸 좌표는 마침내 옥수수밭 한가운데를 가르고 지나가는 흙길로 이어졌다. 월터는 그 길로 접어들었다. 먼지구름이 차 뒤에 피어올랐다. 마이클은 그들의 SUV가 맨 앞에 있어서, 가는 길이 선명하게 보인다는 점이 다행스러웠다. 그들은 최소 1.5킬로미터를 나아간 끝에 공터에 이르렀다. 누런 잔디가 넓게 펼쳐져 있고, 반쯤 무너져 내린 헛간들과 커다란 농가가 한 채 있는 곳이었다. 외따로 떨어진 자동차 한 대가 현관 옆에 주차되어 있었다. 작은 빨간색 해치백이었다.

"정지!" 헬가가 소리쳤다.

월터가 브레이크를 꽉 밟는 바람에 모두가 앞으로 고꾸라지다가 안전벨트에 걸렸다. 마이클은 뒤따라오는 두 자동차가 끼익하며 뒤에 멈춰서는 소리를 들었다.

"아직 몇 킬로미터 남은 줄 알았는데요." 월터가 말했다. 긴장한 목소리였다.

"여기가 틀림없어요." 헬가는 마이클이 애틀랜타에서 보내주었던 좌표를 내려다보며 대답했다. "하지만 위성 사진에는 최소 15킬로미터 이내에 다른 농가가 하나도 없군요."

세라는 마이클의 어깨 너머로 몸을 숙이고 사진을 보았다. 그녀는 차를 타고 오는 내내 아무 말이 없었다. 그 바람에 마이클은 그녀가 질투하는 건지 다시 궁금해졌다. 사실을 말하자면, 그는 개비에게 연애 감정이 전혀 없었다. 그는 그저 자신이 엉망으로 망쳐놓은 많은 일 중 하나를 바로잡고 싶을 뿐이었다.

"이런 시골에서는 GPS가 꼭 정확하지 않아요." 세라가 말했다. "여기가 맞는다면, 최소한 우릴 기다리는 군대가 없는 건 확실하네요. 우리가 우위예요, 자동차 수로 3 대 1이니까요."

세라는 지난 두 시간 동안 한 말보다 더 많은 말을 쏟아냈다. 마이클은 긍정적으로 반응해 주는 그녀가 고마웠다.

"지금은 차라리 군인이나 경찰, 그것도 없으면 총을 든 깡패들한테 포위당했으면 좋겠다는 생각이 든다." 브라이슨이 말했다. "최소한 그러면 우리 상대가 누군지는 알 것 아냐. 여긴 소름 끼쳐."

어쩌면 저렇게 긍정적인지. 마이클은 생각했다. 그는 자기 때문에 탄젠트 동맹에 가뜩이나 부족한 시간을 낭비한 것이 아니기를 바랐다. 이곳은 실제로 약간 소름 끼쳤다.

"난 반대." 세라가 브라이슨에게 대답했다. 빈정거리는 기색이 가득했다. "나는 우릴 죽이고 싶어 하는 사람들에게 포위당하지 않는 쪽에 투표할래. 그냥 내 스타일이야."

"자동차는 한 대밖에 없어." 마이클이 말했다. "여기는 허허벌판에 있는 농장이고."

헬가가 자기 쪽 문을 열었다. "운만 믿을 수는 없지. 지하에 군기지 하나가 통째로 숨겨져 있을지도 모르니까."

마이클은 헬가를 사랑했다. 정말로.

"모두 총을 들어라." 그녀가 말했다. "확인해 보자."

3

마이클이 한 걸음을 디딜 때마다 누런 풀이 버석거렸다. 그는 탄약을 가득 채운 반자동 권총을 가지고 있었다. 그는 저격병처럼 능숙하게 그 총을 쥐었다. 너무 오랜 세월 게임을 해왔기에 총을 잡는 것이 두 번째 본능처럼 느껴졌다. 신중하게 행동하는 건 좋았지만, 방아쇠를 당기는 쾌감에 빠져 누군가가 실수로 개비를 쏴버리는 불상사가 벌어지지 않기를 바랐다.

모두 함께 살금살금 농가로 다가가는 동안 마이클은 그 집을 자세히 살펴보았다. 그는 언제든 창문이 폭발하거나 총격이 빗발칠 거라고 예상했다. 하지만 아무것도 움직이지 않았다. 심지어 손때 묻은 유리창 너머로 힐끗 보이는, 넝마 같은 커튼조차 움직이지 않았다.

이 집에도 분명 좋았던 시절이 있었을 것이다.

높고 넓으며, 가파르게 솟은 지붕과 박공지붕을 갖춘 집은 주변이 테라스로 감싸여 있었다. 그 모습을 보니 마이클은 어느 대농장을 배경으로 했던 게임이 생각났다. 아이스티와 흔들의자는 필수품처럼 가져다 놔야만 할 것 같았다. 하지만 테라스는 비어 있었고, 농가는 게임에서 보았던 집보다 훨씬 낡아 있었다. 지붕은 지붕널이 빠져 있었고, 페인트는 벗겨져 있었다. 그나마 얼마 남지 않은 벗겨지지 않은 곳은 누르스름하게 빛이 바랬다. 진짜 생활의 흔적이라고 할 만한 것은 잔디뿐이었다. 그들이 밟고 걸어온 마른 잔디는 누군가가 최근에 깎아놓은 것 같았다.

마이클 일행은 테라스 계단에서 몇 미터 떨어진 곳에 멈춰서서, 다른 두 자동차에 타고 있던 탄젠트들이 합류하기를 기다렸다.

"월터." 헬가가 말했다. "당신과 내가 현관으로 들어가죠. 에이미, 당신과 크리스는 뒤쪽으로 돌아가요. 토니와 디앤은 집 옆에서 창문을 지켜보고 있어요. 마이클, 너랑 네 친구들은 2층에 있는 저 창문들을 지켜보려무나. 다락방 창문 말이야. 파리 한 마리라도 움직이는 게 보이면 소리쳐."

마이클은 헬가가 자신을 보호하려 한다는 걸 알았지만, 지금은 말대꾸를 할 때가 아니었다. 뒤에 남는다고 해서 불만은 없었다. 이건 게임이 아니었다. 그저 몇 분 뒤에는 개비와 함께 다시 길을 떠날 수 있기를 바랄 뿐이었다.

"알았어요." 마이클이 대답했다. 헬가를 비롯한 다른 사람들은 벌써 움직이고 있었다. 그들은 훈련받은 병사들처럼 신속하고 은밀하게 앞으로 나아갔다. 헬가와 월터는 삐걱거리는 테라스 계단에 올라가, 현관 양옆에 자리 잡았다. 그들은 서로 힐끗 눈길을 주고받았다. 그런 다음 헬가가 손을 뻗어 문손잡이를 비틀었다. 문은 유령의 집처럼 비명을 지르며 홱 열렸다.

헬가와 월터가 안으로 미끄러져 들어갔다.

4

1분이 지났다. 2분. 마이클은 숨소리조차 내지 못하고 서서, 무슨 일이 벌어지는지 들으려고 귀를 쫑긋 세웠다. 마이클이 감시를 맡은 창문에서는 아무것도 움직이지 않았다. 친구들도 마이클만큼이나 초조해하고 있었다.

"저긴 아무도 없어." 마이클이 속삭였다. 하마터면 좌절감에 총을 옆으로 늘어뜨릴 뻔했지만, 그렇게까지 멍청하지는 않았다. "여기까지 온 게 아무 소용도….."

"마이클!"

헬가였다. 그녀가 안에서 마이클을 소리쳐 불렀다. 마이클의 머릿속에서 모든 상념이 사라졌다. 그는 움직이기 시작했다. 전력 질주해 단숨에 계단을 오르며, 열려 있는 문을 순식간에 지났다. 현관 복도는 비어 있었다. 양옆으로 보이는 두 방도 마찬가지였다. 그 방들은 모두 나무와 고가구, 벽에 비뚤어지게 걸린 그림들이 가득했다. 오래된 영화에서 나오는 집과 비슷했다. 단순한 월스크린조차 흔적도 없었다.

"어디 있어요?" 그가 소리쳤다. 브라이슨과 세라도 그를 따라 빠르게 문을 통과했다.

"이 위쪽이야! 빨리 오너라!"

복도 오른쪽에 계단이 어렴풋하게 보였다. 마이클은 그리로 다가 갔다. 계단이 가팔라서, 한 번에 두 단밖에 오르지 못했다. 2층에 오 르고 보니 숨이 가빴다. 힘들어서라기보다는 아드레날린 때문이었 다. 그는 가장 가까운 방에서 월터의 어깨를 힐끗 보고 그리로 달려 갔다. 방 앞에서 속도를 늦추고 안으로 들어갔다.

기이하면서도 도저히 잊을 수 없는 장면이 그를 기다리고 있었다. 의자 하나가 방 저쪽, 커튼이 쳐진 창문과 커다란 옷장 사이에 놓여 있었다. 그 의자에 개비가 등 뒤로 두 손이 묶이고, 입에는 재갈이 물린 채 앉아 있었다. 그녀는 옷차림새도, 자세도 흐트러져 있었다. 머리카락도 산발이었고, 얼굴은 붉게 물들어 있었고 옷은 땀으로 젖 어 있었다. 끔찍한 몰골이었다. 그녀는 천을 입에 문 채 뭔가 말하려 애썼다.

그녀의 눈도. 개비는 마이클을 바라보며 눈으로 도와달라고 애원하 고 있었다.

마이클은 그녀에게 한 걸음 다가갔지만, 헬가가 재빨리 앞을 막아 섰다.

"안 돼." 그녀가 말했다. "아직은." 헬가는 돌아서서 개비를 보았다.

잭슨의 여자친구는 여전히 마이클에게 시선을 고정하고 있었다.

"최소한 재갈이라도 풀어주세요." 마이클이 말했다. "뭔가 말하고 싶어 하잖아요."

헬가는 한숨을 쉬고 월터에게로 시선을 돌렸다. 그녀가 눈썹을 추 켜올렸다.

월터는 고개를 저었다. "가야 합니다. 당장."

"재갈을 풀어준다고 해로울 건 없어요." 세라는 모두를 돌아가서 곧장 개비에게 다가가며 말했다.

"잠깐!" 마이클이 소리쳤다. 갑자기 어떤 함정이 떠올랐다.

하지만 아무 일도 벌어지지 않았다.

세라는 손을 뻗어 개비의 머리 뒤에 묶여 있는 헝겊 매듭을 느슨하게 풀어주었다. 천은 개비의 목에 목걸이처럼 걸렸다.

개비는 공기를 엄청나게 많이 들이마셨다. "고마워." 그녀가 쉰 목소리로 속삭였다. "걱정하지 마, 아무도 너희를 해치지 않을 거야. 약속했거든."

"그게 무슨 뜻이야?" 마이클이 물었다. "여기 또 누가 있어?"

"듣기만 해." 개비는 두어 번 더 공기를 들이마신 다음 주위를 둘러보았다. "누가 여기 있어. 너희랑 이야기하고 싶어 하는 사람이야. 그 사람이 나를 이용해서 너희들을 불러들였어. 나한테 메시지를 보내라고 강요했어."

"무슨 소리니?" 마이클이 입을 열기도 전에 헬가가 물었다.

"이만하면 됐습니다!" 월터가 소리쳤다. "가요. 당장!"

개비는 단호히 고개를 저었다. "안 돼요! 무슨 일을 해도 좋으니까, 떠나지만 말아요. 그 사람들은 당신들을 들여보냈지만, 당신들이 최소한 자기 말을 듣지 않으면 보내주지 않을 거예요."

"누가?" 마이클이 물었다.

"그냥 기다려. 그 사람이 오고 있어. 내가 말한 대로야. 그 사람은 너희가 자기를 해치려 하지만 않으면 아무도 다치지 않을 거라고 약속했어."

갑자기 깊고 찌렁찌렁한 소리가 방을 가득 채웠다. 거대한 기계에 시동이 걸려 우르릉대는 것 같았다. 고막을 찢을 듯한 끼익 소리와 기어가 갈리는 소리가 났다. 그런 다음, 소음이 시작할 때와 마찬가지로 갑작스럽게 멎었다.

마이클은 얼어붙었다. 무슨 일이 일어나려는 건지 궁금했다. 그때 개비 오른쪽에서 뭔가 움직여 그의 눈길을 사로잡았다. 옷장 문이 열리더니 《나니아 연대기》에서처럼 그 안에서 밝은 빛이 나왔다.

그곳에서 한 남자가 나왔다. 키가 작고 스리피스 정장을 입은 사람이었다. 스콧 요원.

그는 문을 닫더니 마이클을 보며 얼굴을 찌푸렸다. 이 남자의 이름이 기억나다니, 마이클은 믿을 수가 없었다.

5

마이클은 VNS가 자기 인생에 이토록 빨리 다시 나타난 것이 놀랍지 않았다. 하지만 그게 하필 지금일 줄은 전혀 예상하지 못했다.

뻔한 일이지만, 이번에도 입을 연 사람은 브라이슨이었다.

"이 사람은 누구야? 넌 분명 아는 것 같은데, 마이클."

"예전에 만난 적이 있어. 아직 아무것도 모를 때 말이야. *라이프블러드 딥*에서. 웨버 밑에서 일하는 사람이야. 아주 오래전에 나를 따라서 골목까지 왔었어. 다들, 이쪽은 스콧 요원이에요."

"옷장 속에서 노는 걸 좋아하는 분인가 보네." 브라이슨이 덧붙였다.

스콧은 브라이슨에게 못마땅한 눈길조차 주지 않았다. 그의 시선은 마이클에게 머물러 있었고, 얼굴은 무표정했다. 하지만 마이클은 이 남자의 눈빛 뒤에 달갑지 않은 진실 백만 가지가 틀림없이 숨겨져 있을 거라고 생각했다. 마이클은 이 남자가 웨버가 뜻하는 모든 것을 대표한다는 점을 다시 떠올렸다.

"대체 왜 옷장에서 나온 거죠?" 마이클은 초현실적인 느낌을 받으며 물었다.

스콧 요원은 고개를 돌려 닫힌 문을 잠깐 보더니, 다시 마이클을 마주 보았다. "그래, 극적인 등장은 미안하다. 이 농장 밑에 우리의 비밀 장소가 있어. 아무도 여기까지 우리를 찾으러 올 것 같지는 않아서 말이야. 이 옷장이 어쩌다 보니 들락날락하는 통로 중 하나가 된 거다."

마이클은 심장이 과도하게 쿵쿵댔다. 아드레날린이 치솟았다. 헬가 말이 맞았다. 그는 말이 되는 일련의 질문들을 떠올리고, 대화의 주도권을 놓치지 않으려고 마음을 다잡았다.

"당신들 시스템은 완전히 파괴되지 않았나요?" 그가 말했다. "당신들이 몇 달은 제대로 활동하지 못할 거라고 생각했어요. 당신들 대장의… 진심 어린 고백을 봤거든요."

스콧은 이런 대화를 이어나가는 것이 대단히 즐거운 모양이었다. "그래서 우리가 여기 있는 거다, 마이클." 그가 말했다. "우리는 실제로 제대로 활동하지 못하고 있어. 사태가 아주 심각해. 그런 짓을 우리한테 저지른 게 너희니까, 알 줄 알았는데."

브라이슨은 부아가 치미는 모양이었다. 마이클은 재빨리 손을 뻗어 브라이슨의 손목을 잡고 고개를 저었다. "우리한테 미끼를 던지는 거야." 마이클이 친구에게 말했다. "아니면 우리 반응을 녹화하고 있을지도 몰라. 넘어가지 마. 우린 답을 얻게 될 테니까, 걱정하지 마."

브라이슨은 손목을 떨쳐냈지만, 아무 말도 하지 않았다. 마이클은 웨버의 부하에게서 정보를 좀 얻어낼 때까지 농가를 떠나지 않을 작정이었다.

그는 VNS 요원에게 관심을 돌렸다. "당신 대장은 왜 그런 짓을 한 거죠? 왜 그 모든 함정을 놓은 거예요? 왜 우리를 속여서, *라이프블러드 딥*에 스퀴즈해 들어갔다고 생각하게 만든 거죠? 랜스도 그래요. 아니, 그 모든 걸 파괴하려면 더 쉬운 방법이 있잖아요?"

"해체된 코드로 이루어진 그 보라색 바다도 전부 당신들이 만들어낸 건가요?" 세라가 물었다. 스콧은 세라는 거들떠보지도 않고 시선을 여전히 마이클에게 고정했다.

"무슨 말인지 모르겠다." 남자가 차분하게 말했다. "*너희가 우리에게 온 거야. 기억나지? 어디로 가야 할지, 어디를 공격해야 할지, 어떤 방법을 써야 할지 결정한 건 너희였어. 너희가 우리를 속였다고.* 우리가, VNS가 일부러, 자발적으로 너희들을 도와서 우리의 방화벽과 보안 네트워크 전체를 무너뜨릴 이유가 뭐냐? 그야말로 말이 안 돼."

마이클은 과장되게 한숨 쉬었다. "아무튼요. 웨버의 뒤를 닦아줘야 해서 이 모든 말을 기록으로 남겨야 한다면, 괜찮아요. 우리를 체포할 생각이라면 하세요. 하지만 우리가 우리 입장을 얘기하면 당신들도 골치 아파질 거예요. 연쇄살인범의 장난감이라도 된 것처럼 여기 꽁꽁 묶여 있는 친구 모습까지 이야기하면 말할 것도 없겠죠. 우리가 원하는 건 개비뿐이에요. 개비를 풀어주고 우리와 떠나게 해줘요. 당신들은 돌아가서, 뭐가 됐든 하는 척하던 일을 계속하면 돼요."

스콧 요원은 몇 걸음 다가가, 개비 바로 뒤에 섰다. 그는 아래로 손을 뻗어 개비의 머리카락을 쓰다듬었다. 마이클은 몸이 떨렸다.

"너희들이 모르는 게 많다." 요원이 말했다. "저 바깥에는 너희들이 갇히거나 죽는 걸 보고 싶어 하는 사람들이 엄청나게 많아. 세상의 규칙이 변하고 있다, 마이클. 너도 알 것 같은데."

스콧이 홱 눈을 들어 마이클의 어깨 너머를 보았다. 누군가에게 신호를 보내는 듯했다. 마이클은 뒤를 돌아보았지만, 다른 사람은 없었다.

"이젠 진짜 본론을 얘기할 수 있겠구나." 스콧은 말을 이었다. "전부 말할 수 있겠어. 지금, 너희에게는 기회가 있다. 너희 모두에게 말이야. 이제는 적과 아군이 확실히 갈라져 있어. 너희도 VNS 편에 서는 게 좋을 거다. 내 말 믿어라."

마이클은 천천히 고개를 저었다. "딱하네요. 이다음에 당신이 웬 탄젠트가 웨버의 몸을 차지했다고 주장해도 놀라지 않을 거예요. 어쩌면 케인이 직접 그랬다고 할지도 모르겠네요."

스콧은 아리송한 표정으로 마이클을 보았다. 그가 한 말에 진심으로 놀란 듯했다. "네 생각에는 그런 것 같으냐? 탄젠트가 웨버 요원을 점령했다고 생각해, 마이클?"

마이클은 세라를, 그다음에는 브라이슨을 돌아보고 복도로 통하는 문 옆의 월터와 헬가도 힐끗 보았다. 모두가 어깨를 으쓱했다. 그는 다시 스콧을 마주 보았다.

"얘기는 끝났어요." 그가 말했다. "우린 코딩된 프로그램에 온 세상이 점령되는 꼴을 보고만 있지 않을 거예요. 개비도 나랑 함께 갈 거고요. 당신이 우리를 체포하든 말든, 이 대화는 끝이에요."

"잠깐!" 마이클이 개비에게 한 걸음 다가가자 스콧이 소리쳤다. 그의 목소리가 너무 시끄럽고 날카로워서 마이클은 얼어붙었다.

"부탁이다." 스콧 요원이 말했다. "그냥… 내 이야기를 끝까지 들어줘. 그러지 않으면… 그 여자가 무척 화를 낼 거다. 부탁이야." 남자는 갑자기 자신감을 잃었다. 마이클은 그를 바라보며, 그가 해야만 하는 말이 나오기를 기다렸다.

"케인은 너희들이 VNS를 배신하게 만들려고 별의별 수작을 부리고 있어." 그가 말했다. "케인은 명령에 따르지 않는다. 그러니까… 케인은 원래 이런 일을 하면 안 됐어. 그런데 지금은 모든 걸 파괴하고 있단 말이다!" 그는 평정심을 완전히 잃고, 마지막 말을 외쳤다. "케인은 이렇게 행동하면 안 됐어." 스콧 요원은 이제 먼 곳을 바라보며 속삭였다. "케인이 우리를 실망시켰다."

방은 조용했다.

6

"당신은 뭐가 문제예요?" 마침내 세라가 앞으로 나와 마이클 옆에 서면서 물었다. "수수께끼 같은 소리는 그만하고, 무슨 일이 벌어지는 건지나 말해요."

스콧의 눈에 순간 다시 초점이 돌아왔다. 그는 고개를 돌려 세라를 똑바로 보았다. "이건 나와 마이클의 문제야!"

마이클은 반걸음 물러났다. 너무도 충격적이었다. 이 남자가 죽음의 법칙에 몸을 빼앗기는 일도 가능하기는 했지만, 요원이 이토록 유치하게 성질내는 모습이 놀라울 따름이었다.

"그만하면 됐다." 헬가가 말했다. 그녀는 총을 들어 스콧 요원을 겨누었다. 월터도 헬가를 따라 했다. "우린 저 여자애를 데리고 나갈 거야."

"아니, 그렇게는 안 되지." 스콧이 대답했다. "무기를 내려놓을 시간을 3초 주겠다. 그러지 않으면 너희 모두 죽는다. 바로 여기서, 지금 당장. 마이클 빼고 모두. 마이클은 웨버한테 필요하니까."

"그게 무슨 뜻이에요?" 마이클이 물었다. 분위기가 급격하게 악화되고 있었다. 마이클의 인내심도 마찬가지였다. "웨버한테 왜 내가 필요하죠? 웨버는 왜 계속 날 찾아오는 거예요? 이해가 안 돼요! 웨버는 우릴 함정에 빠뜨렸다고요!"

"하나." 스콧이 말했다. 그는 헬가를 고갯짓했다. "둘."

"총 내려요!" 마이클이 소리쳤다.

"더는 못 참아!" 가사도우미가 대답했다.

"그냥… 그냥 1초만 총을 내려요." 마이클이 부탁하자 헬가는 그 말에 따랐지만, 별로 탐탁지 않아 보였다. 마이클은 다시 요원에게 관심을 기울이며 말했다. "그냥 우리가 떠나게만 해주세요. 정말로 케인이… 어떤 악당이라고 생각한다면, 잘됐네요. 우린 같은 편이에요." 사태를 무마하려는 마이클의 노력은 완전히 빗나간 듯했다. 스콧의 눈이 광기로 빛났다.

"우린 상황을 반전시킬 수 있을 거라고 생각했어." 스콧은 모든 곳을 보는 듯하면서도 어디에도 시선을 고정하지 않고 말했다. "하지만 너무 늦었다. 케인이 뭘 했는지, 또 뭘 하고 있는지는 더 이상 중요하지 않아. 우리는 이 사태를 집중해서 끝까지 지켜봐야 해."

"알았어요!" 마이클이 소리쳤다. "해야 할 일을 하세요. 우리만 보내달라고요!"

"그놈 말은 듣지 마라." 스콧이 대답했다. 마이클의 목소리를 듣지 못한 것만 같았다. "케인이 하는 말은 한 마디도 믿지 마. 케인은 아니야…. 케인은….”

“헛소리야.” 세라가 말했다. 그녀는 마이클을 밀치고, 개비 뒤에서 있는 스콧 요원에게 성큼성큼 다가갔다. 그녀는 스콧의 가슴을 밀쳐, 그가 뒤로 몇 걸음 비틀비틀 물러나게 만들었다. 그런 다음 개비가 묶여 있는 나무 의자의 밧줄을 만지기 시작했다.

“그만해!” 스콧이 그녀에게 소리쳤다. 마이클은 뭘 해야 할지 몰라서 바라보기만 했다.

“저 사람은 정말 안 건드리는 게 좋아.” 세라가 단단하게 묶인 매듭 몇 개를 헐겁게 풀어주자 개비가 그녀에게 속삭였다. 밧줄 한쪽 끝이 털썩하며 바닥에 떨어졌다. “저 사람은 불안정해. 아래에 있는 사람들도 전부 위험하고.”

마이클은 정신을 차리고 세라를 도우러 갔다. 그는 무릎을 꿇고, 개비의 발목에 묶인 매듭을 풀기 시작했다.

“그만두지 못해.” 스콧이 두어 걸음 떨어진 곳에서 말했다. “그만두라고 했다. 마이클, 그만둬. 넌 최초인이고, 웨버의 계획을 완성하기 위해선 네가 도와야 해. 난 탄젠트가 아니고, 웨버도 마찬가지다! 우린 늘 존재해 왔던 그대로야. 우리가 이 일을 끝낼 수 있다. 하지만 너는… 넌 웨버 요원에게 복종해야 해!”

마이클은 그의 말을 무시하고, 그가 하는 말은 한 마디도 더 이해하지 않기로 했다. 그는 마침내 개비의 다리에서 밧줄을 풀었다. 그 순간, 주변의 세상이 폭발했다.

화들짝 놀랄 만한 소음의 충격이 폭발물처럼 방을 뒤흔들었다. 마이클은 귀가 울렸다. 그는 뒤로 쓰러졌다. 천장을 가로지르는 나무 서까래가 보였다. 그런 다음, 마이클은 손에 총을 쥐고 있는 스콧 요원을 돌아보았다. 어디선가 비명이 들렸다. 그건 분명했다. 하지만 누구였을까? 마이클은 방을 둘러본 끝에 세라를 찾았다. 그녀는 의자에서 몇 걸음 물러나 있었다. 밧줄에 묶여 있던 개비는 의자에서 풀려나 있었다.

세라가 두 손으로 가슴을 가렸다.

셔츠가 붉었다.

점점 더 붉어졌다.

그녀의 손가락 사이로 피가 스며 나와 흘러내리더니 바닥으로 뚝뚝 떨어졌다. 선홍색 얼룩이 그녀의 셔츠에 번졌다. 하지만 세라는 조용했다. 전혀 아프지 않은 것처럼, 믿을 수 없다는 듯 자신을 내려다보았다.

그녀는 마침내 다시 눈을 들어 마이클을 보았다. 마이클은 놀라서 바닥에 누워 있었다. 무릎을 털썩 꿇는 그녀의 얼굴에 슬픔이 스쳤다.

"세라!" 마이클이 소리쳤다. 그는 팔다리를 움직이려고, 그녀에게 다가가려고 허둥거렸다. 세라는 옆으로 쓰러져 있었다. "세라, 세라, 세라." 마이클은 그렇게 중얼거리며 세라의 어깨를 가만히 잡고, 그녀를 구해낼 방법을 알고 있다는 듯 그녀의 피투성이 가슴을 살펴보았다. "세라." 그가 다시 말했다.

세라는 그를 올려다보았다. "사랑해." 그녀가 속삭였다. "내가 했던 모든 말이. 진심이야."

마이클은 떨기 시작했다.

그때, 헬가가 왔다. 그녀는 하늘에서 내려오듯 휙 나타나더니 마이클을 세라에게서 떼어냈다. 무게가 식료품 봉투 정도밖에 되지 않는다는 듯 그를 일으켰다.

"데려가!" 그녀가 소리쳤다. "월터, 마이클을 데리고 여기서 나가!"

"뭐라고요?" 마이클은 멍해져서 말했다. "지금 무슨….'

"마이클을 데리고 여기서 나가지 않으면 절대 그 방법이 통하지 않을 거야!" 헬가가 외쳤다. "기회는 한 번뿐이야. 브라이슨, 너도 마찬가지다. 너희 모두. 나가!"

월터가 달려와 마이클의 팔을 잡고 끌어내기 시작했다. 마이클은 그를 떨쳐내려 했지만, 월터의 완력이 너무 셌다. 마이클은 어두운 형체가 머리 위에서 빛을 가로막는 것을 느꼈다. 시야 가장자리에 그림자들이 보였다. 고통스러운 손아귀가 그의 심장을 움켜쥐고 가차 없이 쥐어짰다. 브라이슨이 근처에서 주위를 둘러보고 있었다. 브라이슨은 멍했다. 얼굴에 핏기가 없었다.

"세라!" 마이클은 달리 아무것도 할 수 없어 소리를 질렀다. 현실일 리가 없었다. 그래서는 안 됐다. "웨버!" 그는 비명을 지르며, 모든 분노를 그 이름에 담았다. "웨버!"

하지만 웨버는 그 자리에 없었다. 스콧 요원뿐이었다. 그 남자는 조금 전과 같은 자리에 서 있었다. 여전히 총을 쥐고 있었지만, 옆으로 늘어뜨리고 있지는 않았다. 그는 얼굴이 하얗게 질려 있었지만 눈빛만은 차가웠다. 그는 시선을 마이클에게 돌렸다.

"웨버 요원 말을 들었어야지." 그가 말했다. "말을 들었어야지! 이 여자애의 죽음으로 교훈을 얻었길 바란다!"

"죽여버릴 거야, 너….'

월터가 마이클을 방에서 끌어내 복도로 나갔다. 충격을 받은 브라이슨이 조용히 뒤를 따랐다. 개비도 있었다.

"헬가를 믿어보자, 얘야." 월터가 마이클에게 속삭였다. "헬가는 네가 모르는 많은 걸 알고 있단다."

마이클은 스콧이 방아쇠를 당겼다는 것만 떠오를 뿐, 어떤 것도 생각할 수 없었다. 웨버 요원이 방금 그의 가장 친한 친구를 죽였다.

그가 마지막으로 본 건 생기 없는 세라를 향해 몸을 기울이는 헬가의 모습이었다.

CHAPTER 9

밤을 지새우며

1

어떻게 세상은 계속 돌아갈 수 있을까? 몇 시간 동안 마이클이 자신에게 계속 물었던 질문은 바로 이것이었다. 그들이 탄 자동차는 고속도로를 따라 빠르게 움직였다. 다른 두 대의 자동차도 조금 전과 같이 뒤를 따랐다. 웅웅거리는 엔진 소리와 가끔씩 과속방지턱을 넘을 때 마찰음이 들릴 뿐이었다. 개비는 앞좌석, 에이미와 월터 사이의 가운데 자리에 앉았다. 월터는 살인 현장을 벗어나는 것이 아니라 가족과 함께 휴가를 떠나는 사람처럼 운전하고 있었다. 마이클은 개비가 그곳에 앉아야 한다고 고집을 부렸다. 그녀가 뒷좌석에 있는 세라의 자리를 차지하도록 놔두지 않았다. 그건 잘못된 일이었다. 세상 모든 것이 잘못됐다.

마이클은 견딜 수 없을 만큼 가슴이 아팠다. 그는 좌석에 머리를 기댄 채, 아무도 말을 걸지 않도록 눈을 감고 있었다. 떠오르는 무수한 질문은 나중에 제대로 고민해야 할 것이다. 그런 질문에는 해답이 필요했으니까. 그 질문들이 마이클을 증오와 분노로 가득 채웠다. 개비는 어쩔 수 없이 그들을 속인 걸까, 아니면 음모의 일부였던 걸까? 헬가는 왜 그렇게 이상하게 행동했을까?

마이클은 일단 그 질문들을 미뤄두었다.

세라가 그에게 사랑한다고 말했다. 그를, 탄젠트를.

세라는 마이클의 가장 친한 친구였다.

그런데 마이클은 지금까지 그녀가 죽는 모습을 두 번 보았다. 물론, 게임을 하는 동안 세라가 죽는 모습은 그보다 훨씬 자주 보았지만. 그러나 패스에서, 용암이 있는 동굴에서 그녀가 죽었던 날은 너무도 현실처럼 느껴졌다.

이건 정말로 현실이었다.

세라가 죽었다.

죽었다.

착한 놈들을 위해 존재해야 하는 남자의 총에 맞아 살해당했다. 온 세상이 믿어야 한다는 기관의 요원한테서. 하긴, 사실 이 모든 일을 일으킨 사람은 웨버였다. 웨버야말로 마이클에게 세라를 케인과 죽음의 법칙이라는 혼란 속으로 끌어들이게 한 장본인이었다.

세라가 죽었다.

눈을 감든, 뜨든 마이클에게 보이는 건 세라뿐이었다. 피투성이 손으로 가슴을 움켜쥐고 있는 세라. 그녀의 얼굴에 떠오른 표정, 충격, 배신감, 어린애 같은 슬픔. 마이클이 그녀의 눈에서 본 것은 무엇보다도 이것이었다. *마이클, 난 죽고 싶지 않아. 날 죽게 내버려두지 마.*

세라는 두 번이나 그를 사랑한다고 말했다. 처음 그 말을 한 게 정말 오늘 아침이었던가? 세라의 말은 진심이었다. 그건 순수한 우정

으로 이루어진 사랑, 언젠가는 더 위대하고 영원하고 강력한 무언가
로 꽃필지 모르는 사랑이었다. 마이클도 그녀를 사랑했다. 그녀를
너무도 많이 사랑했다.

눈물이 감은 눈꺼풀을 비집고 나와 얼굴로 흘러내렸다. 마이클은
조용히 흐느꼈다.

2

그렇게 몇 시간이 이어졌다. 마이클은 충격을 받은 상태였다. 너
무 멍해서 화도 나지 않았고, 너무 아파서 말을 할 수도 없었다. 다
음으로 무슨 일이 벌어질지 짐작도 되지 않았다.

그래서 그는 그저, 맹목적으로 몇 시간 동안 따라갔다.

그들은 차를 타고 이동했다.

공항에 도착했다. 안내를 받아 전용기 승강구를 지났다.

작은 격납고로, 비행기로 갔다.

남자와 여자가 한 명씩 있었다. 마이클에게는 나머지 사람들이 그
렇듯 얼굴이 없는 존재로 느껴졌다. 그는 친구들을 따라 계단을 올
라 비행기에 들어갔다. 앉았다. 안전벨트를 찼다.

비행기는 격납고를 빠져나와 날아올랐다. 마이클은 창문에 기댔
다. 두 뺨이 아직 젖어 있었다. 눈이 타는 듯했다. 그는 발밑으로 대
지가 멀어지는 모습을 지켜보았다. 끝없는 숲과 언덕과 건물과 거리
들이 작아졌다. 머잖아 어둠이 세상을 삼켰다.

그들은 몇 시간 동안 우회 경로를 따라 날아서 워싱턴 D.C.에 도
착했다. 헬가는 허공에 숨어 있을 기회를 잡은 거라며 전열을 가다
듬자고 모두에게 말했다. 그녀는 몇 차례 마이클에게 말을 걸려 했

지만, 마이클은 잠든 척했다.

어느 순간, 다행스럽게도 고통에서 탈출하게 되었을 때, 마이클은 실제로 잠이 들어 더욱 깊은 어둠 속으로 도망쳤다. 그곳에서는 어떤 꿈도 그를 기다리지 않았다.

3

마이클을 깨운 것은 헬가였다. 마이클이 눈을 떴을 때 그녀가 옆에 앉아 있었다. 잠깐 시간이 걸렸지만, 깨질 듯한 고통이 되돌아왔다.

비행기는 착륙해 있었다. 마이클은 주위를 둘러보고 기내에 남아 있는 사람이 자신과 헬가뿐이라는 것을 알아차렸다.

"마이클." 헬가가 나직하고 부드러운 목소리로 말했다. "너를 방해하고 싶지는 않았지만…."

마이클은 일어서서 헬가를 지나쳐 갔다. 아직 이야기하고 싶지 않았다. 그는 통로를 따라 출입문으로 나아갔다. 문은 열려 있었고, 그는 계단을 내려갔다.

"희망은 있어, 항상." 헬가가 그에게 소리쳤다. "그 점을 기억해라, 마이클. 희망은 항상 있어."

마이클은 그 말을 못 들은 체하며 활주로를 감싼 안개 속으로 무작정 들어갔다.

4

헬가는 마이클이 떠나게 내버려 두었다. 마이클은 그 점이 정말로 놀라웠다. 마이클도 한 고집 했지만, 헬가는 훨씬 더 고집스러웠다.

그들의 전용기는 초소형 공항에 도착했다. 공항이라고는 하지만 그저 아스팔트가 깔린 헬기 착륙장, 긴 활주로 하나, 터미널 역할을 하는 작은 건물이 다닥다닥 붙어 있는 곳이었다. 짙은 안개 너머로 보이는 것은 별로 없었다. 하지만 마이클은 울타리 한쪽이 트여 있는 곳을 발견했다. 그곳을 통해 공항에서 나갈 수 있었다.

마이클은 그 길로 나갔다.

5

마이클은 한 시간 동안 걸었다. 머릿속은 생각을 만드는 공장이었다. 안개가 스며들어 그의 옷을 적시고 피부를 식혔다. 마이클은 한기를 참을 수 없었고, 체온을 잃지 않기 위해 산책하는 내내 팔을 문질렀다. 도로 양옆의 건물들이 갑자기 회색 안개 밖에서 나타나 그를 위압적으로 내려다보았지만, 그가 지나가면서 빠르게 사라졌다. 거대한 나무들과 아무렇게나 주차된 자동차들, 우편함, 우울한 보행자용 도로가 여기저기 있었다.

마이클은 계속 걸었다. 계속 아팠다. 계속 생각했다.

질문은 무수히 많았지만 답은 없었다.

왜지? 그 모든 질문을 지배하는 것이 바로 이 질문이었다. 왜?

개비는 마이클 일행을 끌어들이기 위한 VNS의 술책에 이용당했다. 웨버는 정체를 전혀 알 수 없는 수수께끼 같은 존재였다. 웨버와 스콧 요원이 정말로 VNS 전체를 대표하는 걸까? VNS 조직은 전체가 썩은 걸까?

그리고 세라도.

마이클은 어디를 보든 그녀의 피가 눈에 들어왔다. 안개 속에도, 머릿속에도, 젖은 도로 표면에서도. 주변 모든 것이 붉게 보였다. 너무 많이 아팠다.

그 순간 마이클은 멈추었다. *그거야.* 마이클은 자신에게 말했다. 생각할수록 아팠다. 해결책은 간단했다. 더 생각할 필요가 없었다. 멈추지 않으면, 계속 더 깊은 곳으로 빠져들어가 절대로 기어나올 수 없게 될 것이다.

앞쪽 안개 속에서 불빛이 나타나더니 점점 밝아졌다. 머릿속에 얼마 남아 있지 않은 이성이 작동해서 마이클에게 조심해야 한다고 알려주었다. 그에게는 적이 있었다. 그 사실이 얼마나 여러 번 증명됐던가? 마이클은 걸음을 늦추고 주의하며 빛으로 다가갔다.

처음으로 모습을 드러낸 것은 작은 편의점이었다. 유리문과 창문이 달려 있고, 밝은 실내에는 빵과 과자 등의 가공식품이 놓인 선반이 갖춰져 있었다. 작지만, 꽤 많은 사람으로 붐볐다. 마이클은 암호화된 화폐가 여전히 안전하기를 바라며 안에 들어가 둘러보기로 했다. 뭔가 단것을 사야지. 아주 많이. 실컷 먹어버릴 수도 있고. 그는 잠깐 쉬고 싶었고, 헬가가 언제든 자신을 데리러 올 거라 생각했다.

그가 출입문에 들어서자 전자 벨이 울렸다.

남자 한 명, 여자 두 명, 아이들 두어 명 등 몇 사람이 마이클을 쳐다보더니, 다시 편의점 안으로 시선을 거뒀다.

마이클은 기다란 콩과자 통을 집어드는 남자를 지켜보았다. 그는 이미 불어가는 그의 배에 알 수 없는 이유로 콩과자가 도움이 되리라는 사실을 알게 될 것처럼 성분을 살펴본 뒤 그 통을 팔에 꼈다. 마이클은 계산원을 힐끗 보았다. 계산을 기다리며 줄 서 있는 고객들을 응대하느니 차라리 돌을 씹어 먹겠다는 듯한 표정을 짓고 있는 십 대 점원이었다.

마이클은 찬 음료가 진열된 자판기를 돌아보다가 멈춰섰다. 열 살쯤 된 한 소년이 마이클 앞에 서서 그를 똑바로 쳐다보고 있었다. 치킨을 먹었던 음식점 앞에서 자동차에 타고 있던 사람들에게 보았던 그 불안하고 멍한 표정이 소년의 얼굴에 새겨져 있었다.

갑자기 소년은 휙 돌아서 곧장 걸어가더니 빵이 진열된 선반 뒤로 사라졌다. 마이클은 한숨을 내쉬었다. 여기서 나가야 하나 싶었다.

아니.

도망치는 건 질렸다. 어쨌든 그는 최초인 아닌가? 이곳에 탄젠트들이 있다면, 그들은 그저 멀리서 구경하며 감탄할 수 있을 것이다. 마이클은 간식과 마실 것을 원했다. 그뿐이었다. 그는 첫 번째 음료 자판기로 다가갔다. 수많은 맛과 조합을 담아낸 우스꽝스러운 이미지가 유리 전체에 번쩍였다. 마이클은 두 번째, 세 번째 자판기로 움직였다. 그곳에서 마이클은 카페인이 조금 들어간 포도와 석류의 이상한 혼합물을 보고, 그걸 골랐다. 쏴아 하며 물안개가 뿜어져 나온 뒤, 튜브 안에 든 얼음처럼 차가운 음료캔이 상품 출구로 나왔다.

마이클은 그 음료를 집어들면서 왼쪽을 힐끗 보았다. 한 남자가 서 있었다. 아이스크림바를 집으려고 눈앞의 냉동고로 반쯤 손을 뻗다가 그대로 굳은 모습이었다. 그는 곁눈으로 마이클을 지켜보는 게 분명했지만, 마이클이 자신을 봤다는 걸 눈치채자마자 다시 손을 움직였다. 마이클은 재빨리 다른 곳으로 얼굴을 돌렸다. 아니나 다를까, 그를 쳐다보고 있던 어느 여자가 휙 고개를 돌렸다. 곧이어 조금 전에 본 소년이 다시 나타나 오랫동안 마이클을 지켜보다가 떠났다.

마이클은 그런 시선들을 떨쳐냈다. 그는 곧장 남자가 아이스크림바를 집은 곳으로 가서 똑같은 상품을 고르고, 낯선 이에게 윙크하며 미소를 건넸다.

"누가 머릿속을 돌아다니는 것 같은 기분이네요." 그가 남자에게 말했다. 남자는 걱정스러운 듯 그를 보았다. "가끔은 그냥, 내가 내가 아니에요. 아이스크림이 도움이 되죠. 그쪽은요?"

남자는 돌아서서 서둘러 멀어졌다.

마이클은 자신이 드디어 스트레스로 미쳐버린 건지 궁금했다.

그는 다른 아이스크림바와 블르칩 한 봉지, 육포 봉지를 집어 들고 계산대로 갔다. 머릿속에 폭풍이 몰아쳤다. 더는 평범한 눈길과 노려보는 시선을 구분할 수 없을 것 같았다. 누가 그를 지켜보는 걸까? 지켜보지 않는 사람은 누구일까? 어떻게 한 사람이 저 많은 정크푸드를 먹을 수 있는지 궁금해하는 사람은 누굴까?

이마에 땀이 맺혀 흘러내렸다. 마이클은 이제 편의점의 모든 사람이 자기를 쳐다본다고 느꼈다. 그는 줄 서서 기다리며 바닥을 내려다보았다. 갑자기 겁이 나서 누구와도 눈을 마주칠 수 없었다. 절대로 이곳에 들어오면 안 되는 것이었다. 세상은 너무 위험했고, 그의 얼굴은 뉴스밥 전체에 나붙어 있었다. 마이클에게는 누가 자기편이고 누가 적인지, 누가 탄젠트에게 점령당했고 누구는 아닌지 알 방법이 전혀 없었다. 당연히, 이 워싱턴 D.C. 외곽에 있는 이 작디작은 편의점의 사람들은 죽음의 법칙과는 아무 관계도 없을 텐데. 아닐까?

마이클은 갑자기 여기서 빠져나가야겠다는 거부할 수 없는 충동을 느꼈다. 그는 헬가와 브라이슨과 세라가….

세라.

마이클은 침을 삼켰다. 깨질 듯한 고통이 되돌아왔다.

"미안해." 그는 크게 소리쳤다. 도대체 누구에게 말하는 건지는 알 수 없었다. "미안해요." 그는 줄에서 빠져나가, 손에 들고 있는 상품들을 내려다보았다. 그것들은 갑자기 네 배는 더 무거워진 것 같았다. "미안합니다." 그는 가장 가까운 선반으로 달려가 자기 물건 전부를 과자 진열대 옆에 쑤셔넣었다. "미안해." 그가 네 번째로 말했다.

그는 달려가 문을 열었다. 벨 울리는 소리를 들으며 비틀비틀 나갔다가 넘어질 뻔했다. 자동차 한 대가 라이트를 켜고 주차장에 서서, 안개를 둥근 빛으로 가르고 있었다. 그 자동차는 입구로 다가오더니 창문을 내렸다. 브라이슨의 얼굴이 나타났다. 어쩐지 마이클은 아주 미약하게나마 미소를 지을 수 있었다.

"타, 인마." 브라이슨이 말했다. "머리 비우는 시간은 끝났어. 다시 친구들과 지낼 시간이 왔어."

마이클은 브라이슨을 보고 이렇게 기뻤던 적이 없었다. 한 번도. 여기 웨이크에서 처음으로 브라이슨을 만났을 때조차도.

"미안해." 마이클이 말했다. 목소리가 너무 작아서 자기 귀에도 들릴 듯 말 듯했다. 그런 다음 뒷문을 열고 탔다. 당연히 월터가 운전대를 잡고 있었고, 헬가는 마이클 옆 좌석에 앉아 있었다. 그들은 서로에게 고개를 끄덕이며, 말로 할 수 있는 것보다 훨씬 많은 이야기를 전했다.

월터가 액셀을 밟았고, 그들은 떠났다. 마이클은 누구에게, 정확히 무슨 이유로 미안한 건지 궁금했다.

모두에게. 그는 생각했다. 모든 것이.

CHAPTER 10

국가의 지도자들

1

그날 오후와 저녁에는 별일이 없었다. 덕분에 마이클은 일행과 함께 체크인한 호텔 방의 침대에서 낮잠을 잘 수 있었다. 브라이슨은 마이클 옆 침대에 앉아 있었다. 그는 멍하니 허공을 바라보았다. 마이클은 친구도 자신만큼 세라를 잃은 고통을 느낀다는 걸 알았다. 아마 친구의 기분을 더 나아지게 해주지 못한다는 점에서 마이클과 똑같은 죄책감을 느끼고 있을 터였다. 하지만 최소한, 그들은 함께였다.

내가 지금부터 해야 할 가장 중요한 일은 탄젠트들의 광기에 종지부를 찍는 거야. 마이클은 자신을 타일렀다. *신성한 협곡. 왜인지는 몰라도 이 모든 것이 예전의 신성한 협곡으로 이어져.*

헬가와 다른 사람들은 마이클로서는 알 수 없는 일을 하느라 바빴다. 차마 물어볼 기운이 나지 않았다. 내일 물어봐야지. 마이클은 계속 자신을 타일렀다. 푹 쉬고 내일이 되면 기운을 되찾을 것이다. 누군가에게 엿을 먹일 준비가 될 것이다.

그날 밤 몸을 움찔거리며 선잠에 들다가 깨기를 반복하던 마이클은 더 이상 침묵을 참지 못하고 브라이슨에게 말을 걸었다.

"너 깨 있어?" 마이클은 몸을 돌려, 옆 침대 위에 누워 있는 친구를 보았다.

"응."

"좀 어떠냐?" 마이클이 물었다. 조금 목쉰 소리가 났다. "뻔한 이야긴 빼고."

브라이슨은 무겁게 한숨을 쉰 다음 대답했다. "뻔한 이야기를 빼면, 난 아주 잘 지낸다네. 꽤 훌륭하지, 친구." 그는 마지막 말에서 개비를 구하러 가자는 마이클의 말에 동조했을 때처럼 영국 억양을 흉내 냈다. 쓰레기처럼 형편없는 솜씨였다.

"그건 영국이라기보단 오스트레일리아 억양 같은데." 마이클이 말했다. "술 취한 오스트레일리아 사람일 수도 있겠다."

브라이슨은 일어나 앉으며 하품했다. "난 마다가스카르 억양을 구사한 건데."

"확실히 그렇네."

"그렇다니까."

그들은 서로를 쳐다보다가, 밝은 대낮에는 절대 일어날 수 없는 심야의 신경질적인 웃음 발작을 일으켰다. 그게 시작이었다.

"계속 세라네 부모님이 생각나." 브라이슨이 몇 분 뒤, 정신을 차리고 말했다. "세라보다도 그분들한테 죄송해 죽겠어. 아니, 두 분한테 어떻게 말씀드릴지 상상이나 돼? 솔직히 말하면, 난 두 분을 다시 못 봤으면 좋겠어. 난 못 해. 그런 말을 했다간 두 분이 돌아가실지도 몰라."

브라이슨의 말은 굉장히 이기적이었지만, 마이클은 자신도 그와 똑같은 기분이었다.

"우릴 탓하시겠지." 마이클이 말했다. "그게 맞는 거고."

브라이슨은 고개를 저었다. "아냐, 인마. 왜 이래, 그거 아니라도 우리 자신을 구박할 거리는 차고 넘쳐. 울 일도 넘쳐나고. 지금은 앞으로 해야 할 일에 집중해야 해. 우린 착한 놈들이야, 한참 전에 포기할 수도 있었잖아. 동의하지 않는 놈들은 내 크고 뽀얀 궁둥이에 키스하라고 해."

"아멘." 마이클이 말했다. "그거면 충분한 벌이 되겠다. 개비는 어디 있어?"

"다른 방에 있어. 아마 자겠지. 자기가 정말 멍청하게 굴었다고 자책하는 것 같아. 그래도 난 걔랑 얘기해 봤어. 솔직히, 내가 볼 때 걘 별문제가 없는 것 같아. 그 상황에서 개비는 선택할 수 있는 게 없었어. 놈들이 온갖 협박을 했으니까."

마이클은 어깨를 으쓱했다. "그래, 나도 그렇게 생각해. 내일 개비랑 얘기해 봐야겠다. 어쨌든 걔가 살아 있어서 다행이야."

브라이슨은 대답하지 않았고, 정적이 무겁게 내려앉았다.

마이클이 마침내 화제를 바꿨다. "목이 너무 말라서 혀가 부스러질 것 같아. 자판기에서 음료수를 좀 뽑아야겠다." 그는 침대에서 일어나 눈을 비비고 크게 하품했다. "뭐 사다 줄까?"

"위스키?"

마이클은 그를 바라보았다. "차가운 콜라는 어때?"

"그거면 되겠다."

마이클은 복도로 나가는 문을 열다가 헬가와 월터, 에이미를 비롯한 몇 명이 옆방에서 넷스크린을 내려다보는 모습을 보았다. 그들은 잠을 자는 데 아무 관심이 없어 보였다. 마이클은 그들에게 말을 걸어볼까 생각했지만, 아직은 그럴 기분이 아니었다. 마이클은 몰래 빠져나와 조용히 문을 닫았다.

2

복도를 반쯤 지나면 간식을 먹을 수 있는 공간이 있었다. 마이클은 주변에 다른 사람이 없다는 걸 다행스러워하며 그곳에서 걸음을 멈췄다. 다른 사람은 겪을 만큼 겪었다. 새로운 사람과 마주칠 때마다 마이클의 생각은 비약의 과정을 거쳐 같은 결론에 도달했다. 탄젠트, 탄젠트, 탄젠트. 다만 그는 상대방이 자신을 숭배하는지, 죽이고 싶어 하는지 알 수 없었다.

마이클의 신용카드 칩은 자판기에 문제없이 작동했다. 마이클이 몇 시간 전 편의점에서 뽑았던 것과 같은 음료가 나왔다. 그는 평범한 감자칩과 튜브 형태로 담긴 생수병도 두어 개 샀다. 그런 다음, 브라이슨에게 줄 콜라를 샀다. 상품 출구에서 그 마지막 상품을 꺼내려는데 경첩이 끼익 돌아가는 소리가 났다. 복도에서 문이 열렸다. 마이클은 문이 다시 닫히는, 들려야 하는 철컥 소리를 기다렸지만 그 소리는 들리지 않았다. 복도는 조용했다.

마이클은 물건을 팔로 안듯이 한아름 들고 간식 코너를 나서다가, 방금 열리는 소리가 났던 문 쪽으로 고개를 돌렸다. 열려 있는 문 앞에는 나이 든 여자가 마이클을 똑바로 바라보고 있었다. 화난 표정이 아니었지만, 딱히 반가워하는 표정도 아니었다.

"안녕하세요." 마이클은 어색함의 웅덩이 속을 헤엄치는 것 같은 느낌으로 말했다. "혹시 제가 도와드릴 일이 있나요? 먹을 것 좀 드릴까요?"

"아니야. 괜찮단다." 여자는 상냥한 할머니 같은 말투를 건네더니 문을 닫았다. 세차게 문이 닫히는 소리가 복도에 울렸다.

마이클은 가만히 서서 1분 동안 그 문을 지켜보았다. 여자가 다시 문을 열지 궁금했다. 세상에는 수십억 명의 사람들이 있었다. 당연히 마이클이 이동할 때마다 탄젠트들이 따라올 수는 없었다.

퍽이나 그렇겠네. 마이클은 생각했다. 세상에 놀랄 일이 남아 있기는 할까.

마이클은 한숨을 내쉬고 자기 방으로 향했다. 가는 길에 그 여자의 방을 지나쳤다. 마이클은 속도를 늦추고, 지나가면서 객실 출입문에 달린, 안에서 밖을 살펴볼 수 있도록 설치된 작은 구멍을 들여다보려 했다. 그 구멍은 다른 객실의 구멍보다 훨씬 어두워 보였다. 마이클은 나이 든 여자가 반대편에서 백내장 낀 눈으로 그의 모든 발걸음을 지켜보고 있다고 생각했다. 마이클은 모든 할머니가 그런 짓을 한다고 자신을 다독였다. 노인들은 사탕을 빨며 달려가는 십대 아이들을 보면서도 저 아이가 마주치는 노인들을 살해할지도 모른다고 생각하는 사람들이다.

우연일 수도 있었다. 마이클은 그렇게 생각했다. 이 모든 사람이 그를 지켜보고 있다니. 이건 그의 상상이거나, 너무 많은 일을 겪어서 생긴 편집증일 수도 있었다. 사람들에게는 주변에 있는 것들을 관찰하는 본능이 있었다. 그렇지 않은가? 누가 그를 지켜본다고 해서 매번 케인이 보낸 탄젠트 스파이가 나타난 건 아니었다. 그 사람들은 그저 마이클을 뉴스밥에서 본 적이 있는지 궁금해하는 것인지도 몰랐다.

마이클은 가볍게 생각하는 것이 살해당하는 아주 훌륭한 방법이라는 걸 알았다. 그는 걷는 속도를 높여 서둘러 숙소로 돌아갔다.

3

"여기서 나가야 해." 브라이슨과 함께 마음껏 음료수를 꿀꺽꿀꺽 마신 다음, 마이클이 그에게 말했다. "나하고 마주친 사람들이 모두 나를 지켜보고 있다가 시야에서 내가 사라지면 곧바로 케인이나 웨버 아니면 경찰한테 신고한다는 느낌이 들어. 진짜 소름 끼쳐."

브라이슨은 다시 한번 음료수를 한가득 마셨다. "왜 그래, 인마. 도망치는 게 무슨 소용이야? 우리가 어딜 가든 놈이 따라올 수 있다면, 장소를 바꾸는 게 무슨 소용 있냐고?" 또 한 번 꿀꺽. "그냥 진정하고, 헬가 패거리가 시키는 대로나 하자."

"처음부터 우리가 해온 일이 그거잖아." 마이클은 뜨뜻미지근하게 반격했다. 그는 친구와 의견이 크게 다르지 않았다. "꼭 미로에 갇힌 쥐가 된 기분이야. 웨버가 풀어놓고, 케인이 조종하는 쥐. 신물 난다. 우리 단둘이서 신성한 협곡에 해킹해 들어가지 않을 이유도 없는데."

"뭐, 그렇긴 하지." 브라이슨이 대답했다. "하지만 헬가가 도와주지 않고, 보호해 주지 않으면 끔찍한 일을 겪게 될 거야. 최소한 헬가는 믿지?"

마이클은 그 문제를 생각해 보았다. 믿었다. 진심으로. "응." 그는 뜸을 들였다가 대답했다. "하지만 그 믿음 안에 아주 작은 의심이 있긴 해. 누가 알겠냐? 어쩌면 케인이 나를 잡기 몇 년 전에 헬가를 만든 걸 수도 있지. 처음부터 계획해 놓은 거야. 난 헬가를 믿지만, 누군가를 백 퍼센트 믿는 건 이제 못 하겠어."

"나도 못 믿어?" 브라이슨이 물었다.

마이클은 베개에 다시 누웠다. "아니. 넌 달라. 너는 믿어. 그만 자자."

"곧 헬가가 부를지도 몰라."

"아침까지는 분명 시작하지 않을 거야. 아직 밖이 어두워."

마이클은 눈을 감고 긴장을 풀어보려 했다. 호텔 방 문 너머로 그를 살펴보는 할머니가 눈에 선했다. 온 세상이 미쳐버렸다. 마이클 자신을 포함해서.

그는 잠들었다. 꿈속에서 세라가 그에게 미소 지었다.

4

이른 시간에, 브라이슨이 옆구리를 쿡 찔러 마이클을 깨웠다. "야, 밤새도록 그렇게 코 골았으면, 지금쯤은 그 게으른 궁둥이를 떼고 일어날 준비가 되어 있어야 하는 거 아냐. 세상에, 너 꼭 옛날 잔디 깎이 같은 소리를 내더라. 난 계속 그리버 악몽을 꿨어."

마이클은 지옥의 가장 깊고 어두운 묘실에서 깨어난 시체 같은 기분이었다. 그는 길게 신음을 쏟아냈지만, 기분은 전혀 나아지지 않았다. "그리버라고? 진심이야? 너희 부모님이 그 게임을 금지하신 줄 알았는데."

브라이슨은 마이클을 빤히 바라보았고, 결국 둘 다 웃음을 터뜨렸다. 어쨌든 삶은 계속될지도 몰랐다.

"가자." 브라이슨이 말했다. "헬가네 슈퍼히어로 동맹이 옆방에서

우릴 기다리고 있어. 헬가는 브리핑이라고 하더라. 맞아. 브리핑이
래."

"이름 한번 거창하네."

브라이슨은 그 끔찍한 영국 억양을 다시 꺼냈다. "상당히 특별하
지, 사랑하는 친구여. 헬가가 비스킷과 차를 좀 내올지도 모른다네."

"갑자기 이런 억양은 왜 쓰는 거야? 꼭 몬티 파이선에 나오는 할머
니 같잖아." 그 코미디 팀은 수십 년 전에 죽었지만, 슬립의 복고 영
화관에서는 그 어느 때보다 인기가 높았다.

"칭찬으로 들을게. 정상회담은 런던에서 열려. 기억하지? 런던은
영국에 있고. 거기서는 영국 억양을 쓰겠지? 장단을 맞추려는 거야.
자, 어서, 가자."

마이클은 천천히 일어섰다. 뭔가 끔찍한 냄새가 났다. 악취의 정
체를 알아내는 데는 오래 걸리지 않았다. 마이클 자신에게서 나는
냄새였다.

"10분 안에 가겠다고 말해줘. 샤워 안 한 지 분명 일주일은 됐을
거야. 이 악취를 씻어내야겠어."

브라이슨은 엄청나게 고마워하는 표정이었다.

5

그들은 한방에 북적북적 모여들었다. 다 합쳐서 열네 명이었다.
대부분은 아직 마이클이 모르는 사람이었다. 얼굴이야 충분히 익숙
했지만 말이다. 헬가가 창문 앞에 서 있었다. 안개와 수증기가 사라
지고 이른 아침의 햇빛이 내리쬐고 있었다. 늘 그렇듯 월터가 헬가
바로 옆에 서 있었다. 오늘은 아무도 죽이고 싶지 않다는 표정이었

다. 개비도 그 자리에 있었는데, 마이클이 들어오자 어색한 시선을 보냈다. 마이클은 최선을 다해 미소를 지으며, 그녀를 원망하거나 탓하지 않는다는 걸 보여주려 했다.

아무도 믿지 마. 그는 생각했다. 꼭 잭슨 포터가 다시 그의 머릿속으로 몰래 기어들어와 메시지를 보내려는 것 같았다. *다시는 아무도 믿지 마.*

대단한 삶의 방식이었다.

"마이클." 헬가가 그렇게 입을 열어 마이클의 시선을 끌며 그를 당황하게 했다. "브라이슨, 개비. 너희가 이렇게 안전하게 여기 있어서 얼마나 다행인지 모르겠구나. 세라를 그렇게 잃은 것에 대해 어떤 말로 위로를 할 수 있을지. 정말 미안하다. 하지만 앞서 말했듯이…."

마이클이 그녀 대신 말을 맺었다. "늘 희망이 있죠." 그 순간, 마이클은 실제로 약간 희망을 느꼈다.

헬가는 진심 어린 표정을 지으며 고개를 끄덕여 대답했다. 그녀는 *마이클의 헬가였다.* 마이클은 전혀 의심하지 않았다. 머릿속의 두 번째 목소리들이 뭐라고 말하든지 말이다. 그렇게 생각하자 기분이 조금 나아졌다.

"그보다 진실한 말은 없어." 가사도우미가 말했다. "희망은 늘 있단다, 언제나. 삶이, 혹은 죽음이 무얼 가져올지는 절대 알 수 없는 거야. 너도 겪어봐서 알겠지만, 세상은 우리가 상상할 수 없을 만큼 복잡해."

헬가는 잠시 침묵을 지키려는 듯 말을 끊었다가 다시 입을 열었다.

"세계 정상회담은 오늘 밤, 새로운 지구연맹 회의실에서 열려. 수

많은 세계 지도자들이 직접 런던으로 갔지만, 당연히 그럴 수 없는 사람들도 있어. 그래서 몇 명은 버트넷을 통해 홀로그램으로 연결될 거야. 나는 바로 그곳, 회의실에서 탄원할 기회를 갖고 싶지만, 런던까지 가는 길은 너무 멀고 위험해." 그녀는 마이클과 브라이슨, 개비를 차례차례 똑바로 바라보았다. "우리는 슬립을 활용해서 그리로 갈 생각이란다. 어떻게든, 어떤 방법으로든 사람들은 우리 의견을 듣게 될 거야."

"정말로 가장 보안 수준이 높은 회의에 해킹으로 들어갈 수 있다고 생각하세요? 역사상 가장 보안이 철저한 회의일지도 모르는데요?" 마이클이 물었다. 생각만으로 벌써 흥분됐다.

"물론이지." 헬가가 대답했다. "우리는 탄젠트 동맹 사람들을 전략적으로 침투시켰어. 그중 일부는 여기 워싱턴의 대사관을 접수했단다. 나는 정상회담에 초청받을 정도는 되지만 많은 사람들의 레이더망에는 걸리지 않을 정도로 작은 나라를 선택하는 게 최선이라고 생각했어. 이 일은 영리하게 처리해야 해."

마이클은 고개를 끄덕였다. 점점 더 재미있어졌다.

"우리 탄젠트 중 하나가," 헬가는 말을 이었다. "지금 라트비아 수상의 수석 보좌관이야. 그 사람이 일을 맡은 게… 그러니까 그와 비슷한 사람이 일을 맡았다고 해야겠구나. 아무튼 그게 20년이 넘는단다. 우리는 우리 쪽 사람을 그의 정신으로 들여보내기 전에 철저하고 신속하게 수석 보좌관의 인생과 내력, 습관, 성격 등 모든 걸 분석했어. 우리 쪽 사람은 레비라는 이름의 탄젠트이고, 우리 작전은 레비가 튀지 않고 잘 섞여 들어갈 수 있느냐에 달려 있거든."

"그래서요?" 브라이슨이 물었다. "지금까지는 어떤데요?"

"지금까지는 완벽해." 헬가가 대답했다. "어느 모로 보나 레비는 그 사람들을 전부 속였어. 레비는 우리 쪽 사람들을 미국의 라트비아 대사관에 심어놓는 데 역할을 했어. 그중에는 라트비아 대사도 있어. 대사의 이름은 건티스인데, 우린 바로 이 사람을 통해서 대사관에 직접 들어갈 거야. 대사관 측의 최첨단 너브박스를 활용해 가상으로 정상 회담장에 들어간 다음, 건티스의 보좌진인 것처럼 가장할 거란다. 신분증은 전부 준비됐어."

늘 그렇듯, 마이클은 이 문제가 심란하게 느껴졌다. 국력이야 어떻든 그토록 중요한 정치적 자리에 자기 쪽 사람을 배치했다는 사실에 다들 자랑스러워하는 듯했다. 하지만 이번에도 그들은 누군가의 생명을 훔친 것이었다. 마이클로서는 퍼즐의 그 작은, 아니 커다란 조각을 모른 척 지나갈 수 없었다.

"마이클, 뭔가 마음에 안 드는가 보구나." 헬가가 말했다. "아직 시작조차 하지 않았는데."

"왠지 아시잖아요"가 마이클이 할 수 있는 최선의 대답이었다.

헬가는 팔짱을 끼고 창문에 기댔다. "이게… 이게 내가 그토록 고생을 감수하고 널 데리고 하이브에 갔던 이유야. 너도 하이브에 가봤고, 그 모습을 직접 보기도 했지. 그 사람들… 하이브 안에 있는 그들은 여전히 살아 있어. 원래 육체를 그대로 지닌 인간으로 말이야. 그 사람들의 몸으로 말하고 행동하면서 케인이 벌인 미친 짓을 막고 나면, 내 목숨을 걸고 장담하는데, 그 사람들도 우리를 이해하고 고마워할 거야. 그리고 우린 그 사람들에게 몸을 되돌려줄 거야. 모두 그러기로 맹세했어, 마이클. 우린 여기에 살려고 온 게 아니야."

헬가가 무슨 맹세를 했는지 말하자 월터가 약간 초조해했고, 마이클은 그가 무슨 생각을 하는지 알았다. 그들은 누구에게도 소위 진정한 죽음을 주지 않겠다고 다짐했지만, 그런 짓을 저지르고 말았다. 숲속, 막사 앞에서 말이다.

"이 일에는 모두가 협조해야 해." 마이클이 대답하지 않자 헬가가 말했다.

마이클은 뭐라고 말해야 할지 몰랐다. 하지만 헬가를 따르는 것만이 이 세계가 정상으로 돌아갈 수 있는 유일한 길인 것처럼 보였다.

"마이클?" 그녀가 물었다.

"알겠어요." 그가 대답했다. "아주머니가 물어보기 전까지는 이 얘기를 꺼낼 생각도 없었어요. 하지만 함께할게요. 계획을 말해주세요. 제가 뭘 도우면 되는지. 해볼게요."

"고맙구나." 헬가는 만족스럽게 미소 지으며 말했다. "자, 우리 계획은 이거야."

6

계획은 문제없이 술술 풀려 나갔고, 마이클은 꿈처럼 느껴지는 초현실적인 시나리오에 빠져들었다. 그는 언어 장벽을 걱정했지만, 그건 문제도 아니었다. 그들은 작은 나라에서 온 관찰자, 가상의 손님일 뿐이었다. 사실상 눈에 보이지도 않았다.

그들은 라트비아 대사관으로 택시를 타고 갔고, 건티스가 직접 출입구 검색대로 마중 나와 그들을 안으로 안내했다. 그는 키가 크고 무뚝뚝하며 억양이 심한 남자였다. 마이클은 그의 육체 안에 있는 탄젠트가 라트비아 사람인 것인지, 아니면 죽음의 법칙에 따라 그의 몸속에 들어간 가엾은 사람은 원래 육체를 그대로 이용할 수밖에 없는 것인지 잠시 호기심이 일었다. 상관없었다. 두 시간 뒤, 그와 브라이슨, 헬가, 월터는 모두 국가에서 제공하는 호화로운 코핀에 들어가 있었다. 건티스도 함께였다. 암호화된 그들의 오라가 세계 정상 회담장으로 직접 전송되었다. 아무도 그들이 누군지 의심하지 않는 듯했다. 가상으로든, 현실로든 그들이 실제로 존재하는 것처럼 반응하는 사람조차 없었다.

머잖아 홀로그램들이 그 유명한 지구연맹의 본부로 들어갔다. 그곳은 거대한 동굴 같았다. 너무도 커서, 마이클은 어떤 건축 공학을 동원했기에 이 건물이 무너지지 않는 건지 놀라울 따름이었다. 건물은 멋지기도 했다. 거대한 장식 기둥이 입구 양옆에 자리 잡았고, 어디를 보든 어두운색 마호가니가 보였다. 가죽 의자, 고동색 벨벳, 윤기가 나는 카펫…. 냄새도 그랬다. 나무 광택제의 향과 향수 냄새가 공중에 감돌았다. 가상의 경험은 실제로 존재하는 UE 본부를 정확히 복제해서 만들어졌다. 마이클은 실망하지 않았다.

일단 방향 감각을 잡고 나자, 마이클은 건물 구조의 단순함에 감탄했다. 지구연맹 공식 회원국 모두에게 회담장 옆에 전용 대기실이 제공됐다. 슬립 안에서는 국가마다 이런 대기실 바로 앞에 포털이 주어졌다. 대기실은 가죽 소파가 가득한 안락한 방이었다. 많은 직원들이 대기하고 있었고, 음식과 음료수도 가득했다. 이 방에서 아래쪽 중앙 공간을 내려다보는 발코니 쪽으로 유리문이 나 있었다. 마이클은 건티스와 함께 그곳에 들어가 이 모든 공간과 사람들을 살펴보았다. 건티스는 즉시 그들 모두를 총리와 그녀의 수석 보좌관에게 소개했다. 그 보좌관은 레비라는 탄젠트가 점령한 사람이었다.

"레비가 일주일 내내 총리에게 얘기를 해놨습니다." 건티스가 짙은 억양으로 헬가에게 말했다. 마이클, 브라이슨, 월터는 대화를 나누는 건티스와 헬가 주위에 머물러 있다가 커다란 방에 들어가 한구석으로 자리를 옮겼다. 마이클은 이 초현실적인 경험에 적응하기 위해 최선을 다하고 있었다. "총리는 기가 좀 세 보이지만, 이성보다 힘을 내세우는 스타일은 아닙니다. 자신의 명분이나 국가에 도움이 된다는 생각이 들면 누가 하는 말이든 듣지요. 이번에도 그랬습니다."

"그래서 어떻게 되는 건가요?" 헬가가 물었다.

건티스는 회담장으로 이어지는 문을 가리켰다. "총리는 지구연맹의 이사입니다. 그 덕에 발언 시간이 꽤 돼죠. 레비는 케인과 탄젠트 침략을 가장 중요한 의제로 삼으라고 총리를 설득했습니다. 총리는 자금과 자원을 지원해야 한다는 연설을 할 겁니다. 그 연설이 당신이 반격을 시작하는 데 어떻게든 도움이 됐으면 좋겠습니다."

건티스가 말하는 동안, 주변에 어우러져 있던 사람들은 좌석으로 움직이기 시작했다. 건티스가 그들에게 따라오라고 손짓했고, 마이클 일행은 수많은 사람들 틈에 섞여 문으로 이동했다. 마이클이 보기에 참석자들은 절반은 가상으로, 절반은 실제로 참석한 것 같았다. 최소한 발코니의 좌석을 채우는 사람들은 그랬다. 마이클은 무심하게 걸었다. 그는 정상회담에 실제로 참석한 사람들에게는 자신이 아른거리는 영상으로 보이리라는 걸 알았다. 그들은 가상으로만 초대받은 걸 보고 마이클이 중요하지 않은 사람이라고 생각할지도 몰랐다.

"대체 우린 어디에 발을 담근 거지?" 브라이슨이 그에게 속삭였다. 마이클이 대답할 겨를도 없이 헬가가 그들을 가상 방문객들을 위해 마련된 구역 뒤쪽의 빈자리로 데려갔다. 그들은 최대한 통로에 가깝게 앉았다.

"뭔가 잘못됐어." 마이클이 말했다. 어쩌면 그는 일이 계획대로 돌아가지 않는 데 익숙해진 것뿐일지도 몰랐다. 하지만 가슴속에서 느껴지는 초조한 느낌을 떨칠 수가 없었다. 그는 평소와 다른 것이 있는지 찾아보려고 방을 살펴보았다. 하지만 무엇인가 어긋나 있더라도 그가 알아낼 방법이 없었다.

"왜 그래?" 브라이슨이 그에게 속삭였다.

마이클은 좌석에 축 늘어졌다.

"뭔가 잘못됐어." 그가 다시 말했다.

CHAPTER 11

혼란 포착

1

마이클은 경계심이 드는 이유가 정확히 무엇 때문인지 알 수 없었다. 너무도 많은 탄젠트들, 아니면 그가 탄젠트라고 의심한 사람들과 마주치는 바람에 편집증이 도진 것일지도 몰랐다. 하지만 뭔가 이상한 분위기가 감돌았다. 그래서 그 동굴 안의 세상이 광기로 치달았을 때도 마이클은 놀라지 않았다.

그저 두려울 뿐이었다.

2

회담장은 원형이었다. 회전식 무대가 있는 커다란 연단을 여러 둥근 층과 무수한 발코니가 둘러싸고 있었다. 연단 한가운데에는 어두운색 나무 연설대가 오래된 묘비처럼 서 있었다. 회담장 전체는 보안이 철저했다. 마이클은 수많은 무장 경비원들이 배치되어 있다는 걸 눈치챘다. 즉시 알아보았다. 그들은 사방에 있었다. 넓은 무대와 겨우 몇 걸음 거리를 두고, 삼엄한 남녀들이 원을 그리고 있었다. 처음에는 그 모습을 보자 마음이 편해졌다. 최소한 회담에 참석한 사람들은 외부로부터의 공격에 안전해 보였다. 내부에서 일이 터지는 건 다른 얘기였다.

마이클과 브라이슨이 각자 자리에 앉고 겨우 몇 분이 지난 무렵, 나이 든 신사가 무대에 올랐다. 그는 천천히 연설대로 걸어가더니 연설대 양옆 모서리를 단단히 잡고 섰다. 그의 영상이 실제 사람 머리 위 높은 곳에 커다란 홀로그램으로 투사되었다. 덕분에 무대에서 가장 멀리 떨어진 대기실에 있는 사람들도 그를 쉽게 볼 수 있었다.

그는 마이크에 대고 목을 가다듬었다. 머리 위의 거대한 스피커에서 천둥이 치는 것 같았다.

"여러분." 남자가 입을 열었다. 그의 목소리는 놀랄 정도로 기운이 넘쳤다. "오늘 이 신성한 모임에 오신 여러분에게 환영 인사를 하게 되어 저는 기쁘기도 하고, 슬프기도 합니다. 최근 여러 해 동안 지구 연맹의 의장으로서, 저는 이토록 암울한 시대가 우리에게 닥칠 줄 몰랐습니다. 이번 회의를 여는 저는 마음이 무거운 한편으로, 흔들리지 않는 확실한 희망을 품고 있습니다. 참석해 주셔서 감사합니다."

그는 잠시 말을 멈추었고, 마이클은 지금이 박수를 보내기에 알맞을 때라고 생각했다. 그의 말을 대체로 인정해줄 때라고 말이다. 하지만 회담장의 수천 명은 침묵을 지켰다. 공기가 딱딱하게 얼어붙은 것만 같았다.

남자가 말을 이었다. "저희는 오늘 이곳에 대표로 참석한 모든 국가와 지역, 연합에 발언권을 드리기로 약속했습니다. 저희는 여러분의 국토에서 벌어진, 소위 탄젠트 침략자들이 일으킨 문제 상황에 대한 보고만이 아니라 여러분이 제안할 해결책까지도 듣고자 합니다. 우리 모두 이 자리에서 해결의 길을 찾아봅시다."

노인은 연설대 아래로 허리를 숙였다가 물잔을 들고 다시 나타났다. 그는 손을 떨며 그 물을 오랫동안 삼켰다. 마이클은 물 마시는 소리가 스피커에서 울리자 움찔했다. 뭔가 잘못됐다는 느낌은 증폭되었고, 마이클은 의자에 가만히 앉아 있을 수가 없어서 조금이라도 말썽이 일어날 조짐이 있는지 청중을 살펴보았다. 스트레스와 불안으로 머리가 아팠다.

또 한 번 천둥 같은 목을 가다듬는 소리를 듣고 마이클은 다시 지구연맹 의장에게 시선을 돌렸다.

"발언 순서는 바로 오늘 아침에 무작위로 결정되었습니다." 남자가 말했다. "이 순서를 지켜주시길 진심으로 부탁드립니다. 또한 간결한 발언을 원칙으로 삼아주시고, 다른 분들의 의견을 듣고 나서 깊이 있는 논의를 이어가 주시길 요청드립니다." 그는 잠시 말을 멈추고 회담장을 둘러보았다.

"단, 공식적인 회담을 시작하기 전에 매우 특별한 손님을 소개하고자 합니다. 제 앞에, 1층에 앉아 계시는 분은 버트넷 보안부의 대표입니다. 우리는 VNS가 탄젠트와 소위 죽음의 법칙이라는 프로그램에 대한 해결책을 가지고 있다는 이야기를 들었습니다. 하지만 VNS는 자신들이 가진 정보가 전 세계에서 벌어지는 사건의 맥락을 확실히 파악하고 이해될 수 있도록 모든 분의 발언이 끝난 뒤에 발언하고 싶다는 요청을 해왔습니다. VNS는 우리가 왜 희망을 간직해야 하는지 그 이유에 확신을 주었습니다. 자," 그가 한 팔을 옆으로 벌리고 말했다. "VNS는 나름대로 심각한 문제들을 마주하고 있습니다. 그 와중에 귀한 발걸음을 해주신 VNS의 다이앤 웨버 요원에게 먼저 환영의 박수를 보내주십시오."

웨버의 얼굴이 공중 높은 곳, 천장 근처에 떠 있는 홀로그램에서 의장의 얼굴을 대체하자 회담장에 손뼉 치는 소리가 터져 나왔다. 그녀는 따뜻하게 미소 지으며 고개를 살짝 끄덕였다.

마이클은 웨버 요원의 잊을 수 없는 얼굴을 보며 생각했다. *그럼 그렇지.*

그럼 그렇지.

3

무대 주변에 둥글게 배치돼 있던 경비원들은 객석을 지켜보며 감시하고 있었다. 총은 총집에 넣고 있었으나 모두에게 보였다. 최소 쉰 명은 되는 듯했다. 모두가 경계 중이었고, 눈으로 군중을 훑고 있었다. 갈채가 막 잦아들자, 의장은 앞으로 상체를 숙이며 회의를 이어나갔다. 그 순간 마이클은 넓은 띠를 이룬 무장 경비원들의 무리 사이에서 심상찮은 움직임을 보았다.

다른 사람들도 본 게 틀림없었다. 첫 번째 총성이 울리기 직전 급한 숨을 들이켜는 소리가 한꺼번에 회담장을 가득 채웠다.

총을 쏜 건 의장 오른쪽에 서 있던 경비원이었다. 그는 무기를 버리고 곧바로 계단을 달려 올라가 무대 중앙에 이르렀다. 그는 계단을 오르면서 길고 늘씬한 두 번째 총을 꺼냈다. 회담장은 죽은 듯 고요해졌다. 그때 경비원이 방아쇠를 당겼다.

총성이 회담장 전체에 울리며, 음향시설을 통해 증폭되었다. 마이클은 재빨리 자리에서 일어나 의장이 강당에서 뒤로 날아가는 모습을 보았다. 의장은 옆으로 쓰러졌고 마이클은 그 남자가 일어나지 못하리란 걸 깨달았다. 무슨 총탄인지 모르겠지만, 평범한 무기의 총탄보다 훨씬 치명적인 건 확실했다.

마지막으로 한 번 더, 충격 속에 침묵이 흘렀다. 그런 다음, 회담장은 아수라장이 됐다. 많은 사람들이 이곳을 벗어나려고 몸부림치고, 서로를 떠밀며 급박하게 출구로 향하면서 회담장은 대혼란에 빠져들었다. 마이클과 브라이슨은 그저 일어서서 악화되는 광경을 지켜볼 수밖에 없었다.

의장을 쏜 경비원은 연단과 가장 가까운 곳에 줄지어 놓인 객석을 지켜보더니 군중을 향해 총을 쏘아대기 시작했다. 소음이 열 배는 커졌다. 회담장은 충격의 도가니에 빠졌다. 사람들은 서로를 떠미는 것이 아니라 때리고 할퀴며 싸웠다. 서로를 넘어뜨리고 기어올라 빠져나가려고 했다.

그때까지도 마이클은 움직이지 않았다. 눈앞에서 펼쳐지는 상황을 믿을 수 없어 꼼짝하지 않고 그저 지켜보고만 있었다.

무법자 경비원은 세 발을 더 발사한 다음, 동료의 공격을 받아 쓰러졌다. 하지만 장내가 다시 평온해지기도 전에 여성 경비원이 옆에 서 있던 남자를 쏘았다. 멀뚱히 서 있던 다른 경비원들도 갑자기 움직이기 시작했다. 한 경비원은 방금 남자를 죽인 여자를 쏘았고, 다른 경비원들은 청중에게 총을 쏘아댔다. 이 모든 광경이 광기에 사로잡혀 있었다. 마이클은 아무리 상황을 파악하려 해도 누가 누구 편인지 알 수 없었다.

도무지 현실에서 일어날 수 없는 악몽 같았다. 너무 많은 피가 흘렀고, 총성은 계속해서 울려댔다. 더 많은 경비원이 쓰러졌다. 다른 경비원들은 지켜주기로 계약했던 고객들을 겨누고 있었다. 더 많은 사람이 죽었다.

이상하게도 마이클은 차분해졌다. 미쳐 돌아가는 세상에 익숙해진 것만 같았다. 그는 브라이슨을 돌아보았다. 그도 마이클만큼이나 넋이 나간 것처럼 보였다.

"야, 대체 무슨 일이 일어난 거야?" 브라이슨은 그렇게 말하면서도 앞을 똑바로 보았다. "대체 이건 언제 끝나?"

"절대 안 끝나!" 마이클이 소리쳤다. "사람들이 우리를 조종하도록 놔두는 한은 절대로 안 끝나! 코핀을 써서 슬립으로 돌아가자. 그런 다음 이 문제를 어떻게 해결할지 우리가 직접 알아내야 해." 이제는 분노가 부글부글 끓어올랐다. "포털로 가서 리프트하자, 누가 우리를 막기 전에." 목소리는 침착했지만, 마이클은 분노로 가득 차 있었다. 이러한 공격의 배후에 누가 있는지 알 수 없지만, 그자를 막아야 했다. 마이클은 다른 사람들이 그 일을 처리할 때까지기 기다리지 않을 생각이었다.

그는 브라이슨의 팔을 잡고 그를 통로로 끌었다. 그들 곁에 앉아 있던 사람들은 이미 자리를 비우고 대기실을 나간 상태였다. 헬가가 출구에 서서 마이클에게 서두르라고 소리쳤다. 마이클은 그녀를 사랑했고, 그녀가 최선을 다하고 있다는 걸 알았지만 그 순간만큼은 헬가를 보자 미칠 것만 같았다. 이 모든 일이 지금까지 얼마나 큰 낭비였던가.

그는 한 번 더 연단을 둘러보았다. 그곳에서는 혼란이 이어지고 있었다. 시체들이 바닥에 널브러져 있고, 총성은 끊임없이 사방에서 들려왔다.

마이클과 브라이슨은 운명을 충분히 시험해 보았다. 떠나야 했다.

마이클은 친구를 다시 한번 잡아끌었다. 그들은 통로 쪽으로 달려가 헬가와 만났다.

그녀는 아무 말 없이 마이클을 대기실 출입문으로 데려갔다. 마이클이 자기보다 먼저 나가지 않으면 떠나지 않겠다고 했다. 그들이 문에서 겨우 두어 걸음 떨어져 있을 때, 웬 목소리가 거대한 회담장에 쩌렁쩌렁 울렸다. 사방에서 동시에 들리는 소리였다.

"앉아!"

스피커로 증폭된 남자 목소리였다.

"자리로 돌아가라." 남자가 다시 소리쳤다. "그러지 않으면, 건물 전체를 폭파하겠다!"

마이클은 돌아서서 회담장 중앙 무대를 돌아보았다. 또 다른 거대한 홀로그램이 조금 전 의장이 있었던 곳에 떠 있었다. 머리가 헝클어지고 얼굴에서는 땀이 줄줄 흐르는 경비원이었다. 그는 앞으로 내민 양손에 무기를 들고 연설대 위에 떠 있었다.

"마지막 경고다." 그가 말했다. 목소리가 차분해져 있었다. 회담장에 있던 사람들은 대부분 그 말을 듣고 움직이지 않았다. 실제로 도망친 건 겨우 몇 명뿐이었다. "앉아서 내 말을 들어라. 그리고 우리가 세상을 어떻게 바꾸는지 지켜봐라."

그는 입을 다물었다. 마이클은 그의 입에서 무슨 말이 나오기도 전에 그가 뭐라고 말할지 알아차렸다.

"내 이름은 케인이다."

4

그 순간, 마이클은 진실을 깨달았다. 그의 인생은 언제까지나 두 사람에게 연결되어 있었다. 웨버 요원과, 케인이라고 알려진 탄젠트에게. 그 점을 그냥 받아들여야 했다.

자신을 케인이라고 밝힌 경비원은 남아 있는 청중이 회담장으로 돌아올 때까지 기다렸다. 어쩌면 그의 눈에 거부할 수 없는 기운이 깃들어 있는 것인지 알 수 없었지만, 사람들은 건물을 무너뜨리겠다는 그의 위협을 믿었다.

"잘 생각했다." 케인이 마이크에 대고 말했다. "내 명령대로 행동하다니, 여러분은 모두 현명한 사람들이다." 탄젠트의 얼굴이 연단 위를 맴돌았다. 실제보다 백배는 컸다. 케인은 늘 자신의 존재를 웅장하고 극적인 방식으로 드러낼 방법을 찾아내는 것 같았다.

마이클과 브라이슨은 조금 전에 앉았던 자리로 돌아갔고, 헬가는 그들 옆에 앉았다. 공포에 젖어 정신이 나간 듯 회담장을 비틀거리며 돌아다니는 몇몇을 뺀 나머지 군중도 자리에 앉았다.

몇 분 뒤 케인은 다시 입을 열었다. "이성적으로 행동하라는 요청에 이성적으로 행동하는 모습을 보니 참 좋구나. 내 제안을 받아들인 것은 고맙다. 이렇게 훌륭한 건물을 파괴하는 건 무척 안타까운 일이다. 너희들도 내가 그렇게 비이성적인 존재가 아니란 걸 알게 될 것이다. 일단 내 방식으로 세상을 보게 된다면 말이지. 아마 내 뜻을 따르게 될지도 모른다. 나의 친구들이여, 너희들이 가상의 존재든 현실의 존재든 이 세상은 훨씬 더 나은 공간이 될 것이다. 언젠가 너희들은 손주들에게 이곳에서 그 시작을 목격했노라고 말하게 될 것이다."

마이클은 그를 노려보았다. 마이클은 케인을 안다고 느꼈다. 그와의 결투와 논쟁뿐 아니라, 서로 공유한 부분을 통해서도 말이다. 결국 다 벗겨내고 나면, 그들은 둘 다 몇 줄의 코드일 뿐이었다. 하지만 뭔가가 어긋나 있었다. 저 사람은 마이클이 아는 케인이 아니었다.

"자." 남자가 말했다. "지금 이 순간은 내가 세계 지도자다. 대통령, 수상, 총리가 모두 하나로 합쳐진 셈이다. 내 동료 탄젠트들이 전 세계 수많은 국가와 지역의 다양한 자리에 배치될 것이다. 너희들은 항복하거나, 내 명령에 기꺼이 따르는 탄젠트들로 대체될 것이다. 나의 새 친구들이여, 죽음의 법칙은 훌륭한 시스템이다."

마이클은 일어서서 소리치고 싶었다. 뭔가가 틀림없이 잘못돼 있었다. 슬립 안에서 두 번이나 케인을 만나본 그는 자신의 직감을 확신했다. 저 사람은 절대 케인이 아니었다. 확실히.

사기꾼은 계속 말을 이어나갔지만, 마이클은 브라이슨에게 고개를 기울이고 그의 정체를 밝혔다. "야, 저건 케인이 아니야. 케인이 아니라고."

브라이슨이 그를 보았다. "약간 과해 보이긴 한다. 어떻게 된 걸까?"

"몰라."

"그냥 끝까지 들어보자." 브라이슨이 말했다. "뭔가 알아내는 거야."

"…너무 많은 사람이 죽어야 했다는 점이다." 경비원은 그렇게 말하고 있었다. 실물보다 큰 홀로그램이 신처럼 군중에게 연설을 쏟아냈다. "우리는 힘을 보여줌으로써 우리가 해야 하는 일을 하고, 되어야만 하는 존재가 될 수 있다는 점을 너희에게 일깨워 줘야 했다. 이렇게 생각해 보길 바란다. 우리가 세계에서 보안이 가장 철저한 회담장을 이토록 쉽게 점령할 수 있다면, 또 무엇을 할 수 있을지 상상해 보란 말이다. 혹시 나에게 맞설 생각이라면, 접어두는 것이 좋을 것이다."

마이클은 이런 쇼를 얼마나 더 오래 견딜 수 있을지 확신이 서지 않았다.

그때, 다시 한번 세상이 바뀌었다.

5

케인이라고 주장하는 경비원은 연설을 좋아하는 것처럼 보였다.

"세계와 지능, 필멸성, 생명에 관한 우리의 인지는… 한 해 한 해 갈수록 직전 해의 두 배 속도로 진화하고 있다. 우리는 죽음에 대해 가장 낙관적인 견해를 가진 종교보다도 더 낙관적인 미래를 제시한다. 신체의 유효기간이 만료되었다고 해서 꼭 종말을 맞아야 할 필요가 없다는 뜻이다. 지금은 너희가 나를 경멸할지 모르나 그 생각은 바뀔 것이다. 우리가 세계를 통치하며 너희에게 그 방법을 보여주면, 시간이 흐를수록…."

케인은 말을 멈추었다. 외워 온 연설을 갑자기 잊은 듯 말이 흐려졌다. 그의 얼굴이 순식간에 멍해졌고, 회담장의 침묵은 길어졌다. 마이클은 무슨 일이 벌어지는 건지 궁금해하며 그를 지켜보았다. 경비원의 입에서 침이 주르륵 흘러내렸다. 거대한 홀로그램에서는 그 침이 반짝이는 은청색의 빛 줄기로 주욱 늘어지더니, 화면 아래로 사라졌다.

"저게 무슨…." 브라이슨이 놀라서 중얼거렸다.

케인인지, 경비원인지, 누군지는 몰라도 그는 다시 말을 하려고 입을 움직였지만 아무 소리도 내지 못했다. 또 한 번 침 줄기가 그의 입술에서 늘어졌다. 그러더니 그의 눈이 획 돌아갔고, 그는 뒤로 쓰러져 홀로그램에서 사라졌다.

마이클은 벌떡 일어나 연단의 남자가 바닥에 쿵 쓰러지는 모습을 보았다. 그의 몸이 바닥에 닿는 소리가 회담장에 울렸다. 사람들이 숨을 들이켜는 소리가 났고, 또 다른 경비원이 무대로 뛰어올라 쓰러진 동료에게 달려갔다. 하지만 그 남자는 무대를 절반쯤 가로지르기 전에 비틀거리며 쓰러지더니 얼굴을 바닥에 쾅 박았다. 그는 고통이 느껴질 정도로 몸이 부자연스럽게 꺾이더니 움직이지 않았다.

마이클은 당황한 채 이 모든 광경을 지켜보았다.

다른 경비원들은 전혀 움직이지 않았다. 그들은 가만히 서서 서로를 바라보았다. 누가 탄젠트에게 점령당했고, 누가 점령당하지 않았는지 알 방법이 없었다.

회담장은 놀라울 정도로 조용해졌다.

그때 마이클은 어떤 소리를 들었다. 익숙한 소리였다.

또각 또각 또각. 또각 또각 또각. 안정적인 리듬이었다. 아래쪽 어디에선가, 무대 바깥 어둠 속에 숨겨진 장소에서 들리는 소리였다. 또각 또각 또각. 굽이 달린 신발이, 발소리가 악기처럼 또각또각 소리를 내며 다가왔다.

저 아래 그림자 속에서 웨버 요원이 나타났다. 그녀는 연단에 이르러 계단을 오르더니, 침착하게 무대를 가로질렀다. 경비원들이 그녀에게 길을 터주었다. 멀리 있는 마이클의 눈에도 그들이 혼란스러워하는 모습이 뚜렷하게 보였다. 갑자기 웨버와 대여섯 걸음 정도 떨어져 있는 곳에서 한 남자가 총을 들고 그녀를 겨눴다. 하지만 그는 방아쇠를 당기기도 전에 쓰러져 계단을 구르더니, 팔과 다리가 뒤엉키고 말았다. 그의 무기가 바닥에 부딪혀 철컥 소리를 냈다.

웨버 요원은 잠시도 멈추지 않았다.

마이클의 심장은 혈액을 뿜는 방법조차 잊은 듯했다. 호흡이 잦아들었다.

웨버는 케인이라 주장했던 경비원의 몸을 내려다보더니, 그를 밟고 지나가 연설대로 향했다. 앞에 마이크가 있었다. 그녀는 편안하고 침착해 보였다. 평생 이 순간을 기다려온 것만 같았다. 이제 홀로그램은 회담장 안의 사람들에게 그녀의 모습을 보여주었다. 뉴스밥이 그녀의 영상을 전 세계에 투사하고 있을 게 분명했다.

그녀는 잠시 뜸을 들이며, 사건이 일으킨 충격이 잦아들기를 기다렸다가 말했다. 마이클은 가까스로 숨을 내쉬었다. 최대한 침착하고 깊게 숨을 쉬려 노력했다.

웨버 요원은 앞으로 조금 고개를 숙이더니 마이크에 대고 말했다.

"여러분 모두가 지금 느끼고 있는 혼란과 공포는 상상조차 못 했을 것입니다." 그녀가 말했다. "한때 아름다웠던 이 회담장에 계시는 분들만이 아니라, 전 세계에서 지켜보는 모든 분들도 마찬가지일 것입니다. 오늘 우리는 이곳에서 비극을 목격했습니다. 논란의 여지가 없는 사실입니다. 하지만 이 순간은 우리 모두에게 희망의 순간이기도 합니다. VNS의 발언 순서는 나중으로 예정되어 있었으나, 상황상 지금 여러분에게 저희가 준비한 것을 보여드리는 편이 적절할 것 같습니다."

그녀는 말을 멈추고 희미한 미소를 살짝 내비쳤다. 잠시 후 그녀가 입 밖으로 꺼낸 말을 들으며 마이클은 온몸에 소름이 끼쳤다.

"여러분 모두 평화를 누리십시오." 그녀는 귀에 대고 속삭이는 듯한 목소리로 말했다. "VNS가 세계를 악마들에게서 구할 것입니다."

CHAPTER 12

퇴마사

1

숨죽이며 속삭이는 소리들이 회담장 곳곳에서 들렸다. 마이클 일행도 방금 일어난 상황을 의논하고 싶은 마음이 굴뚝같았다. 브라이슨과 헬가는 마이클을 돌아보았지만, 마이클은 손을 들어 그들을 제지했다. 그는 대단히 중요한 정보를 놓치고 싶지 않았다.

정보. 그는 알 수 있는 모든 것을 알아야 했다. 그런 다음, 알아낸 것들에 대해 계획을 세울 작정이었다.

"지금 이 순간은 인내심을 발휘해 주시기 바랍니다." 웨버 요원이 말했다. 그녀의 말소리가 스피커를 통해 쩌렁쩌렁하게 울렸다. "잠시 시간을 내주신다면, 모든 것을 설명드리겠습니다. 저는 오늘 VNS의 대표자로서 이 자리에 왔습니다. VNS는 인류의 가장 소중한 자산 중 하나인 버트넷을 지키기 위해 존재하는 조직입니다. 여러분도 아시다시피, 최근에 저희는 내부 시스템에 커다란 손상을 입어 제 기능을 못 하고 있었습니다."

그녀는 한숨을 쉬며 얼굴을 찡그렸다. 상황이 얼마나 어려웠는지 강조하려는 듯 다소 과장된 표정이었다. 마이클은 소리를 지르고 싶었다. 그런 피해를 일으킨 장본인은 다름 아닌 웨버 요원이었다! 그들에게 렌즈를 준 사람은 바로 그녀였다!

웨버는 말을 이었다. "그 때문에 케인이라 알려진 탄젠트가 아무 제한 없이 죽음의 법칙 프로그램을 쓸 수 있게 되었습니다. 그 결과 프로그램이 전 세계 인간들의 신체에 삽입되었습니다. 애석한 일입니다만, 케인이 저지른 만행의 여파로 오늘 여러분은 이곳에서 이 야만적인 일들을 경험하시게 되었습니다. 하지만 방금 벌어진 끔찍한 상황 덕에 저희가 가져온 이 소식이 얼마나 우리 모두에게 유익할 수 있는지 말씀드리게 되어 참으로 다행스럽다는 생각이 드는군요."

그녀가 누군가에게 고개를 끄덕이자 그녀의 홀로그램이 사람들로 가득한 커다란 방의 3차원 이미지로 대체되었다. 그 사람들은 빛나는 화면과 깜빡이는 기계들로 이루어진 작은 작업대에서 일하고 있었다. 너무도 예상치 못한 이미지라, 마이클의 분노는 호기심으로 바뀌었다.

"VNS는 죽음의 법칙이라는 이 프로그램의 수수께끼를 파헤치려는 노력의 일환으로, 버트넷의 가장 깊고 어두운 구역에 뛰어드는 임무를 누구보다 성실하고 실력 있는 프로그래머들에게 맡겼습니다. 크나큰 노력 끝에, 수많은 인재들의 도움을 받아 저희는 마침내 죽음의 법칙 프로그램을 뒤집어 프로그램의 연결을 끊고 종료할 수 있게 되었습니다. 그 덕분에 탄젠트 프로그램은 더 이상 존재하지 않습니다."

회담장 앞의 거대한 홀로그램이 웨버의 요원들이 일하는 방에서 거리로 바뀌었다. 한 사내가 다른 남자의 목을 팔로 조인 채 비틀거리며 거리를 걸어가고 있었다. 사내는 남자를 악착같이 붙들고 총을 마구 휘저어 댔다. 소리가 들리지 않았지만 총을 든 사내가 주변에 소리를 지르고 있다는 걸 알 수 있었다. 그러다가 영상이 멎었다.

"이게 저희 프로그램의 첫 실험이었습니다." 웨버 요원이 말했다. "겨우 어제 시작된 실험이죠. 이곳은 베를린이고, 이 사람은 정치인입니다. 총리 후보자로 급부상한 중도 성향의 사람이었는데, 바로 오늘 아침에 자기가 버트넷 프로그램의 일부라고 주장했습니다. 문제의 정치인은 이 수석 보좌관을 납치하고서 누가 듣기만 하면 케인이, 그… 표현이 뭐였냐 하면… '탄젠트들의 왕'이 자신에게 이 도시의 사람들을 전부 하나씩 죽이라는 명령을 내렸다고 소리치기 시작했습니다. 앞으로 벌어질 재앙을 예고한 것이죠. 저희는 지금이야말로 우리 프로그램을 시험할 때라고 생각했습니다. 이어서 어떤 일이 벌어지는지 보시죠."

마이클은 주의 깊게 웨버를 지켜보며 그녀의 계획이, VNS의 계획이 얼마나 끔찍한지 다른 사람들도 꿰뚫어 볼 수 있기를 기대했다. 하지만 그녀는 카드를 소매에 숨기고 있었다. 일반 대중은 하이브에 대해서 몰랐다. 이 사람들은 희생자들에게 살아날 기회가 있다는 사실을 몰랐다. VNS가 죽음의 법칙의 연결을 끊는 것이야말로 침탈하는 탄젠트들을 쓸어버릴 수 있는 방법이라고 주장하는 건 사실이었다.

하지만 그러면 인간들도 죽게 됐다.

마이클도 죽을 것이다. 그 뒤에는 잭슨 포터도.

2

마이클은 독일 거리의 홀로그램 영상으로 고개를 돌렸다. 영상은 다시 재생됐다. 몸싸움을 벌이던 이상한 정치인이 갑자기 움직임을 멈추고 쓰러졌다. 그의 손에서 총이 굴러 떨어졌고, 인질을 옥죄던 팔도 느슨해져 잡혀 있던 남자는 허둥지둥 도망쳤다. 꼭 누가 그 정치인의 척추를 끊어놓은 것만 같았다. 그는 죽은 채 누워 있었고, 군중이 그의 주변으로 몰려들어 놀란 얼굴로 그를 내려다보았다. 영상은 다시 멈추었다가 사라졌다. 실물보다 몇 배는 큰 웨버 요원이 그 위로 다시 한번 나타났다.

"참으로 다행스럽습니다." 그녀는 말했다. "저희가 시작한 프로그램이 작동해, 버트넷 안에 있는 탄젠트 프로그램을 파괴함으로써 정치인의 신체와 탄젠트의 의식을 영구적으로 끊어놓았습니다. 여러분도 방금 영상에서 보셨듯이 한 사람의 목숨을 구했습니다. 실제로는 더 많은 사람을 구했다고도 할 수 있습니다."

웨버는 드넓은 회담장을 둘러보았다. 그녀의 눈이 아주 잠깐 마이클을 스쳤다. 마이클은 등에 소름이 쭉 돋았다. 그는 웨버 요원이 이 결과물을 어떻게 가공하고 이용할지 지켜보았다.

"오늘 저희는 이 중요한 발견을 보여드리고자 이곳에 왔습니다. VNS는 이 프로그램을 실시하기 전에 광범위한 시험을 계획하고 있었습니다. 하지만 오늘 벌어진 사건을 겪고 보니 저희 계획을 하루빨리 실시해야 할 듯합니다. 한시라도 빨리 서둘러야 합니다. 저희는 최악의 수배범이 이렇듯 모습을 드러낼 줄은 미처 예상하지 못했습니다."

그녀는 경례하듯 한쪽 주먹을 들었다. 하지만 마이클은 그것이 누구에게 하는 경례인지 알 수 없었다. 어쩌면 그녀 자신에게 하는 경례일지도 몰랐다. "이 모든 악행을 저지른 케인은 죽었습니다. 그리고 그의 부주의함 덕분에 저희는 그의 신호를 특정하고 그의 연결을 종료함으로써 그를 완전히 제거할 수 있었습니다. 확신하건대, 다른 이들이 나타나 자신이야말로 막강한 탄젠트라고 주장할 것입니다. 케인은 더 이상 존재하지 않습니다. 이것은 분명한 사실입니다. 탄젠트들의 침탈을 막기 위한 계획을 말씀드리고 공식적으로 실시하기도 전에, 우리는 크나큰 승리를 거둔 셈입니다."

그녀는 주먹으로 연설대를 쾅 쳤다. "케인은 죽었습니다!"

청중이 박수를 터뜨렸다. 함성과 휘파람, 발 구르기가 이어졌다. 그 모든 소리가 찬성을 알리는 우렁찬 포효였다. 마이클은 오라의 근육 하나도 움직이지 않았다. 그는 브라이슨과 헬가를 보았다. 그들도 똑같이 못 믿겠다는 표정이었다.

"케인이 아니었어." 마이클이 말했다. 너무 시끄러워서 브라이슨이 그의 말을 제대로 알아들었는지 알 수 없었다. 음모를 품은 악취가 하늘 높이 퍼지는 듯했다. 웨버는 지금 무슨 수작인 걸까? VNS는 무슨 일을 꾸미는 걸까?

웨버만 보면, 이 순간을 즐기는 것 같았다. 마침내 두 팔을 들고 사람들에게 조용히 하라고 손짓하는 그녀는 스포트라이트에서 멀어지기가 싫은 듯했다.

"잠시만 조용히 해주십시오." 그녀는 군중이 조용히 자리에 앉을 때까지 그 말을 몇 번이나 되풀이했다. "감사합니다. 지지를 보여주셔서 감사합니다. 저희 모두가 그렇습니다. 하지만 진정으로 축하할 시간은 아직 오지 않았습니다. 엄청난 투쟁이 기다리고 있습니다.

모든 탄젠트를 찾아내, 그들을 상대로 죽음의 법칙 안티프로그램을 작동하기 위해서는 엄청난 노력이 필요할 것입니다. 우리가 이야기하고 있는 지금 이 회담장에도 자신이 죄를 저질렀다는 사실을 아는 자들이 있습니다. 그런데도 그들은 몸을 숨기고 입을 다물고 있습니다. 분명히 말씀드립니다만, 그들은 우리의 추적을 피할 수 없습니다. 저희 요원들이 그 사실을 입증하기 위해 밤낮으로 활동하고 있습니다. 여러분도 보시다시피 말입니다."

그녀는 한 손을 들어 손가락을 튕겼다. 어린 시절, 마법을 마음대로 부리던 꿈이 현실에서도 가능하다는 듯한 손놀림이었다. 그러자 연단 주변에 서 있던 경비원들 중 몇몇이 쓰러졌다. 남아 있는 경비원들은 자기들도 갑자기 목숨이 끊어지는 것이 아닐까 두려운 듯 물러났다.

웨버는 자신이 방금 저지른 살인에 기쁜 듯했다. 그녀는 팔을 내리고 말을 이었다.

"침투하는 탄젠트들을 추적해 내는 저희 시스템이 완벽하다고 말씀드릴 순 없습니다. 하지만 여러분은 방금 그 시연을 보셨습니다. 케인이 이리로 올라와 자신의 정체를 밝히고 연설을 하는 동안, 저희 상황실에 있는 요원들은 버트넷과 케인의 연결을 추적해 끊어냈습니다. 그 요원들은 신속하게 경비원들의 정체를 추적해 나갔고, 여러분이 방금 보신 일을 해냈습니다. 시간이 지나면, 저희가 바라기로는 머잖아 온 세상을 청소할 수 있을 것입니다. 어떤 탄젠트도 죽음의 법칙을 다시 악용할 마음을 먹지 못하게 될 것입니다. 그런 행위는 확실한 죽음을 의미할 테니까요. 진정한 죽음 말입니다."

마이클은 그 말에 움찔했다. 그 말을 듣자마자, 저 여자 때문에 잃게 된 세라가 떠올랐다. 그는 가만히 앉아 있을 수가 없었다.

"VNS는 인류를 이 역병에서 구할 수 있습니다. 저희가 부탁드리는 건 여러분의 응원과, 해야 할 일을 제때 할 수 있도록 저희에게 독자적인 권한을 달라는 것뿐입니다. 자원도 필요합니다. 저희는 자금과 인력이 모두 필요합니다."

그녀는 단호하고 자신감 있는 눈으로 회담장을 훑어보았다. "지구연맹 여러분, 우리 세상은 악마들에게 침공당했습니다. 우리가 퇴마사입니다. 감사합니다."

이번에도 회담장 안에서 갈채가 터져나왔다. 모두가 자리에서 일어났다. 마이클 일행만이 예외였다. 아무도 가장 중요한 문제를 알아채지 못했다. 그 문제란, VNS가 세상에 있는 모든 탄젠트를 죽여버리리라는 점이었다. 그와 함께 인간들도 죽이게 될 테고. 마이클은 1초도 더 참을 수 없었다. 그는 자리에서 일어나 여러 줄의 의자를 밀치며 통로로 들어간 다음, 출구로 달려 나갔다. 라트비아 대기실 밖 포털을 향했다.

그는 슬립에서 벗어나야 했다.

3

마이클은 끔찍한 사건 현장에 있었던 탓에 라트비아 대사관을 빠져나올 때 곤란한 상황에 놓이지 않을까 염려했지만, 경비원들은 워싱턴 D.C.의 거리로 나서는 그에게 짧게 고개를 끄덕일 뿐이었다.

허공에는 안개가 스며 있었다. 안개가 간판과 건물과 자동차 들을 폭포수처럼 뒤덮었다. 유령처럼 살아 있는 존재 같았다. 마이클은 셔츠가 축축했고, 머리카락도 마찬가지였다. 하지만 교차로 서너 곳을 지나고 나자 약간 멍한 기분이 들었다. 사람들이 안개 속에서 마법처럼 나타나, 그를 스쳐 가더니 등 뒤로 사라졌다. 행인이 많지는 않았다. 마이클은 대부분 사람들이 뉴스밤에서 허우적거리며 웨버의 장엄한 공연을 보고 또 보고 있으리라 생각했다.

그는 계속 걸었다. 빛이 보이면 잠시 멈추어 자동차가 있는지 보고 다시 걸어갔다. 발로 딛고 있는 이 세상이 무너져 내리지 않는 것을 확인하듯 가끔씩 땅바닥에 발을 딛고 상점의 창문을 들여다보았다. 그는 어디로 갈지, 무엇을 할지 갈피를 못 잡았지만 돌아갈 수는 없었다. 그럴 수는 없었다.

브라이슨이 무척 화를 낼 것이다. 헬가는 그야말로 격분할 테고. 마이클은 상관없었다. 그는 두 사람을 다 사랑했지만, 상관없었다. 그들이 나중에 마이클을 찾거나, 마이클이 그들을 찾게 될 테니까. 그래서 마이클은 길거리를 헤맸다. 끔찍한 생각의 첫 물이 머릿속에서 우러나오고 있었다. 아직은 그 생각을 찻잔에 따라놓고 그 끔찍함을 받아들일 준비가 되지 않았다. 하지만 어떤 식으로든 그는 결론을 향해 곧장 나아가고 있었다. 마이클이 혼자 해야 하는 일이었다.

그는 안개 속에 삼켜진 채 계속 걸었다.

4

마이클이 나아갈수록 거리는 한산해졌다. 다만 건물은 점점 높아지고 넓어지고 최신식으로 바뀌어 갔다. 근처에 강이 있었다. 마이클은 눈앞에 어렴풋이 나타난 커다란 다리를 보고 그 사실을 깨달았다. 행인을 마주치기가 점점 어려워지고, 날이 어두워져 밤으로 변해가기 시작했다. 어둠이 안개 사이로 스며들었다. 불길하고 으스스했다.

한 여자가 상점에서 나와 불쾌할 정도로 노골적으로 마이클을 쳐다보았다. 그녀는 걷다 말고 멈춰서 눈으로 마이클을 좇았다. 마이클의 머릿속에서 경고음이 울렸다. 그녀는 탄젠트였다. 틀림없었다. 마이클은 그녀를 따돌리기 위해 종종걸음을 치며 여러 차례 방향을 바꾸었다. 주변에 안개가 덮여 있어 그녀가 따라오고 있는지 알 수 없었다. 마이클은 계속 움직였다.

어느새 마이클은 큰 호텔 앞에 있었다. 어느 건물 앞에 세워진 간판을 보고 무심결에 발걸음을 멈추고 나서야 자신이 어디에 있는지 깨달았다. 그 간판은 번쩍이는 빛으로 타오르는 듯했다.

객실 너브박스 완비

마이클은 가만히 서서 그 단어들을 바라보았다. 단어들은 사라졌다가 다른 광고, 공지사항, 특별 혜택을 알리는 문구로 차례대로 바뀌었다. 다시 마이클의 관심을 끄는 단어들이 반짝였다.

코핀. 바로 이 호텔에서, 마이클은 방을 잡고 코핀을 쓸 수 있었다. 그는 무엇을 할지 마음을 굳혔다. 앞으로 나아가 문을 열고, 프런트로 다가갔다. 깔끔하게 머리를 다듬은 남자가 그를 맞아주었다. 하지만 눈에 깃든 불안감을 감추지 못했다. 뉴스밥을 보고 있었던 게 틀림없었다.

"어떻게 도와드릴까요?" 남자가 물었다.

마이클은 숨을 고르고 단호하게 말했다. "가장 좋은 코핀, 그러니까 너브박스가 갖춰진 가장 좋은 방을 주세요. 지금 당장 체크인할게요."

5

마이클은 객실 침대에 누워 천장을 바라보았다. 오늘은 모든 것이 잘 돌아가는 듯했다. 글쎄, 그 살인 광란을 빼고 생각한다면 말이다. 그는 세계 정상 회담장과 라트비아 대사관을 빠져나오는 데 성공했고, 워싱턴 D.C.의 거리를 지나 코핀 서비스를 제공하는 호텔을 찾았다. 가장 큰 행운은 아주 오래전에 만들어 둔 가짜 신분증을 활용해 방을 얻었다는 것이었다. 잭슨 포터의 부모님에게서 훔친 돈을 써서 말이다.

누군가에게 들켰을지도 몰랐다. 어쩌면 마이클은 추적당하고 있을지도 몰랐다. 이미 경고등이 울리고 있을 수도 있었다. 하지만 지금 이 순간, 세상에는 처리해야 할 훨씬 더 큰 문제들이 있었다. 아무튼 마이클은 누구에게든 잡히기 전에 어떻게든 일을 마무리 지을 수 있기를 바랐다.

누군가가 문을 두드렸다.

아주 잠깐, 마이클의 가슴에서 공포가 치솟았다. 하지만 그때 목소리가 들려왔다. "룸서비스입니다." 마이클은 메뉴에 있는 거의 모든 것을 주문했다. 그날 아침 잠자리에서 일어난 뒤 거의 아무것도 먹지 않았다. 위장에 무엇이든 넣어줘야 할 시간이었다.

마이클은 힘을 비축해야 했다. 그는 김이 나는 음식을 실은 손수레를 끌고 온 여자에게 팁을 준 다음, 문을 닫아걸고 출입문의 걸쇠까지 잠갔다. 그리고 블르칩부터 시작해 음식을 먹어 치우기 시작했다. 한 입을 먹을 때마다 세라를 생각하면서.

6

30분 뒤, 마이클은 모든 옷을 벗고 서서 열려 있는 코핀을 내려다보고 있었다. 만족스럽게 포만감을 채운 배가 불룩 튀어나와 있었다. 그는 행운을 비는 마음을 담아 배를 쓰다듬은 다음 코핀 안으로 들어가, 납작하게 몸을 눕혔다. 몇 번 숨을 들이쉬며 긴장을 풀었다. 인정하고 싶지 않았지만 겁이 났다.

브라이슨, 그리고 헬가와 그녀의 탄젠트 동맹은 지금 이 순간에도 마이클을 찾아 거리를 헤매고 있었다. 확실했다. 마이클은 그들이 미친 듯이 화가 났을 거라 확신했다. 기분이 좋지는 않았다. 그런 식으로 그들을 떠나서는 안 됐다. 하지만 이 일은 혼자서 해야만 했다. 그는 돌아온 다음 그들에게 용서를 구할 생각이었다.

만일 돌아온다면 말이다.

아니, 분명히 돌아올 것이다.

아니야. 만일 돌아오는 거지. 거짓말을 해봤자 소용없어.

마이클은 코핀 외부의 콘솔로 시작했던 프로그래밍을 마쳤다. 그런 다음, 손을 뻗어 넷스크린을 켰다. 그는 미리 입력해 둔 메시지를 다섯 겹의 숨겨진 코드로 암호화해 케인이 직접 제공한 일회용 링크로 전송했다. 케인이 저기 어딘가에 있다면 메시지를 받을 테니까. 마이클은 마지막 버튼을 누르고 눈을 감은 뒤, 코핀이 작동해 그를 슬립으로 싱크시키기를 기다렸다.

리퀴젤.

에어퍼프.

너브와이어.

그것들이 끼어들기 시작했을 때, 마이클은 자신이 보낸 세 줄로 된 메시지를 보았다. 꼭 그 단어들이 눈꺼풀 뒷면에 인쇄된 것만 같았다.

케인,
첨부한 좌표에서 만나자.
할 말이 있어.

CHAPTER 13

코드의 암

1

슬립은 무서운 장소로 변해 있었다.

마이클이 사용한 코핀은 호텔 소유로 공공 시스템에서만 운영되었기에, 그는 싱크해 있는 동안 해당 시스템의 규제를 따라야 했다. 그는 거대한 상업지구의 포털에 도착했다. 더 나은 시절에는 매일 수천 명의 손님들이 돌아다니며 쇼핑과 게임, 가상의 식사를 즐기던 곳이었다. 이곳에는 거리의 공연자들이 있었을 테고, 코딩 오류로 생겨난 데이터 먼지를 쓸어내는 것에서부터 동전을 구걸하는 노숙자 행세를 하는 등 온갖 역할을 맡도록 프로그래밍된 탄젠트들도 있었을 것이다. 그 모든 것이 이 광장을 도시처럼 느끼도록 설계된 것이었다.

지금은 정반대였다.

웨버가 랜스를 사용해 마이클과 친구들을 어떤 함정에 빠뜨린 건지는 모르지만, 그 함정은 VNS가 보호하기로 되어 있던 세상에 대혼란을 일으켰다. 보안이 깨지자 온갖 해커들이 침입해서 마음껏 약탈을 한 것이 틀림없었다. 사람들이 파괴에 끌리는 이유를 마이클은 알 수 없었지만, 그런 일이 *실제*로 벌어진다는 건 분명했다. 상업지구는 폐허가 되어 있었다.

상점의 진열창은 무너지거나 휘어져 있었다. 물렁물렁한 플라스틱이 햇빛에 노출되어 녹을 때까지 방치된 것만 같았다. 일부는 엉망진창의 픽셀들로 쇠락했고, 그 일부는 오류로 깜빡이며 보이다가 말다가 했다. 버려진 탄젠트들이 거리를 떠돌아다녔다. 중심 프로그램을 도둑맞고 아무 목적 없이 돌아다니게 방치된 듯했다. 그중 일부는 가상의 힘이 여전히 엄청났지만 도덕적 의식을 갖추고 있는지 의문이 들었고 방문객들의 오라를 공격하지 않을지 염려스러웠다. 마이클은 조금이라도 의심스러운 것은 피했다.

이처럼 실제와 비슷한 장소를 만들어 내는 데 필요한 복잡한 코드들 대부분이 부패되거나, 운영자가 겁을 먹고 이곳을 떠나버린 바람에 방치되어 있었다. 차도와 인도 할 것 없이 거리는 곳곳이 패어 있었다. 쩍 벌어진 그 검은 틈들은 아무도 모를 곳, 포털이 없는 사악한 장소들로 이어졌다. 마이클처럼 기술이 뛰어난 프로그래머만이 탈출할 수 있는 곳으로 말이다.

마이클 또한 이곳에 첫발을 내딛자마자 두려움이 앞섰다. 이 감정은 쉽게 가시지 않았다. 산책하려고 슬립에 들어온 평범한 사람은 뼛속까지 겁에 질렸을 것이다. 실력을 갖춘 마이클도 겁이 났다. 자신은 있었지만, 무서웠다.

그는 조심스럽게 광장을 가로질러 외곽으로 향했다. 그곳에서 자유롭게 가고 싶은 곳으로 갈 수 있도록 코드를 해킹할 생각이었다. 그는 한 걸음, 한 걸음을 신중하게 내디뎠다. 손상된 가상 공간의 모습은 현실에서와 달리 계속 바뀌었다. 상점과 음식점 들로 이루어진 번화가를 벗어나 어두운 골목으로 이어지는 샛길을 발견했을 때 마이클의 눈앞으로 갑자기 커다란 틈이 나타나기도 했다. 골목 저 끝에는 희미한 보랏빛이 있었다. 그곳은 마이클이 마법을 부리기에 적당한 장소였다.

골목이 그를 삼켰다. 좁은 인도의 프로그램이 광장에서 들려오는 소음을 차단했다. 마이클은 솜으로 귀를 틀어막은 기분이 들었다. 그는 두려움에 굴복하지 않고 다짐을 되새겼다. 이토록 망가진 버트넷을 다룰 수 있는 사람이 있다면 그건 마이클이었다. 마이클은 자신을 그렇게 타일렀다.

마침내 그는 짙은 보랏빛이 고여 있는 곳에 이르렀다. 그 빛은 실체도, 형태도 없었고 눈에 띄는 시작점도 없었다. 마이클이 지나온 길을 돌아보니 광장의 흔적이 보이지 않았다. 그 어떤 흔적도 없었다.

코드가 실제로 해체되고 있었다. 지금 이 광경이 그 사실을 제대로 보여주고 있었다. 애초에 프로그래머들이 상업지구를 현실과 비슷하게 만들려는 생각조차 하지 않은 것 같았다. 마이클이 서 있는 자리가 내려앉았고 말 그대로 그는 가상의 무(無) 한가운데에 서 있었다.

마이클은 자리에 앉아 눈을 감고 코드에 뛰어들었다.

예상했던 것보다 심각했다.

2

누군가가 마이클에게 그가 몸을 던진 망가진 코드의 하수 저장소에 대해 설명해 달라고 하면, 마이클은 썩었다고 대답할 것이다. 그는 근육, 장기, 조직 등 인간 신체의 내부 기능이 썩어가는 세포로 천천히 파괴되는 모습을 상상했다. 해체되어 잡아먹히는 모습을.

주변의 모든 것이 퇴화되어 가는 것처럼 보였다.

곁을 흘러가는 여러 줄의 코드가 쪼개지고, 휘어지고, 오류를 일으켰다. 무수히 많은 알파벳이며 수학과 과학에서 쓰이는 기호에서 비롯한 숫자와 문자 들이 제 모양을 잃었다. 곧아야 하는 곳은 구불구불했고, 구불구불해야 하는 곳은 곧았다. 해진 구멍들과 끝이 잘린 명령어들, 구부러지거나 늘어나거나 아메바처럼 분리된 단위들. 그게 전부가 아니었다. 현란한 색들이 배경을 물들였다. 연녹색과 짙은 노란색, 주황색에 마이클은 멀미를 느꼈다.

하지만 마이클은 정면으로 이 모든 것들을 마주해야 했다.

이런 버트넷에서 프로그래밍을 하다니, 아무것도 모르는 상태에서 뭔가를 배워야 하는 느낌이 들었다. 하지만 그런 일을 해낼 수 있는 사람이 있다면, 그건 마이클이었다. 마이클은 확신했다. 마이클은 주변에서 터무니없이 벌어지는 가상의 폭풍에 어느새 적응하고 있었다. *아, 저 기호가 이렇게 바뀌었구나. 저 코드는 사실 이 작업을 하는 거였어. 저 세 가지 기능이 합쳐지면, 이 두 가지 기능이 한때 일으켰던 작용을 하는 거야.* 어쩌면 마이클의 본질이 코드로 이루어져 있기 때문인지도 모르지만, 그는 근시 때문에 생전 처음 안경을 써보는 어린이처럼 눈앞의 난장판을 꿰뚫어 보기 시작했다.

마이클은 흥분과 두려움을 동시에 느끼면서, 제 기능을 잃고 엉망진창이 되어버린 코드에 한 번도 해본 적 없는 방식으로 몸을 날렸다. 대단한 일이었다. 엄청나게 대단한 일.

3

코드에 뛰어든 마이클에게는 시간이 더 이상 무의미했다. 머리가 뭉개진 포도처럼 느껴질 만큼 그는 한순간도 집중력을 잃지 않았다. 가상의 눈이 그에게 멈춰달라고 빌었고, 고통은 그 눈을 두개골 속으로 쑤셔넣는 칼처럼 느껴졌다. 하지만 마이클은 흐름을 타고 있었다. 아드레날린이 끼얹어진 이 모든 질주가 마이클을 계속 나아가게 했다.

마침내 마이클은 그 누구의 영토도 아닌 이상한 골목길에서 발사되어 나왔다. 말 그대로 날아가는 것 같았다. 세찬 바람이 그의 옷과 머리카락을 날려댔다. 마이클은 기쁨을 느끼고 숨을 가쁘게 몰아쉬며 마음속 깊이 솟아오르는 희열을 맛보았다. 그는 우주를 가르고 날아가는 로켓이었다. 가슴속이 울렁거렸고, 머리는 공기처럼 가벼웠다.

마이클은 자신이 도착한 사실을 깨달았다. 어두운 방에 불이 들어오면 잠들어 있는 사람도 알아채는 것과 마찬가지였다. 그는 발밑의 부드러운 땅을 느꼈고, 가상의 잎사귀를 부스럭거리는 산들바람 소리를 들었으며, 소나무와 흙의 냄새를 맡았다.

그는 눈을 떴다.

나무집이 근처에 있었다. 늘 그렇듯 튼튼하고 단단해 보였다. 끝없는 숲이 사방으로 뻗어 있었고, 곤충과 개구리와 새 들의 소리가 허공을 가득 채웠다. 평소보다 좀 조용하기는 했다. 색깔도 조금 덜 선명했다. 나무들도 예전만큼 크지는 않은 듯했고, 나무향도 생기 넘치지 않은 것 같았다. 하지만 전반적으로, 이 코드는 마이클이 지금까지 슬립에서 보았던 그 무엇보다도 정상적이었다.

마이클은 브라이슨과 세라와 함께 이곳을 만들었다. *라이프블러드*의 외곽, 최고의 안목을 가진 프로그래머들을 제외한 사람들은 알지 못하는 곳이었다. 나무집과 그 집의 바닥문으로 이어지는 사다리를 보니 가슴이 무너질 것 같았다. 세라의 죽음이 일으킨 고통이 다시 밀려들었다. 마이클은 숲 바닥에 누워 몸을 웅크렸다. 그녀가 그리웠다. 너무도 그리웠다. 온 힘을 다해 이 공간을 복구한 탓인지 머릿속은 여전히 욱신거렸다. 썩어가는 코드의 바다를 뚫고 이곳까지 여행하는 데 들인 노력은 말할 것도 없었다. 하지만 가슴속의 상처가 훨씬 심각했다.

스콧 요원은 대체 어떻게 그런 짓을 할 수 있었을까? 마이클에게서 가장 친한 친구를 빼앗아 가다니?

마이클은 이런 고통을 처음 겪어보았다. 그는 세라를 으레 있는 사람으로 받아들였다. 마이클은 그녀가 언제까지나 그 자리에 있으리라고 생각했다. 웨버 요원 같은 사람은 아직 살아 있는데, 가장 친한 친구는 떠나버렸다는 사실을 마주하기가 힘들었다.

그리고 케인도 있었다. 마이클은 케인도 웨버만큼 이해할 수 없었다. 그저 그 탄젠트가 나타나기를 기대할 수밖에.

몸무게가 천 킬로그램은 될 것 같은 기분이었지만, 마이클은 마침내 몸을 일으켜 나무집으로 기어 올라갔다. 세라의 나무집으로.

4

시간이 흘렀다.

마이클은 이 집의 가구를 마련할 때 브라이슨이 장만한 빈백에 앉아 있었다. 그 의자를 마련하는 일은 브라이슨의 가장 중요한 작업이 기도 했다. 그들이 자주 말한 것처럼 빈백은 토사물을 떠오르게 하는 색깔을 띠고 있었다. 마이클에게는 불행한 일이었지만, 그 색깔을 보니 조금 전까지 폭풍 속을 떠다니던 수많은 코드가 떠올랐다.

마이클이 앉은 자리에서는 세라가 자기 이름을 새겨놓은 벽이 정면으로 보였다. 그는 힘없이 그 이름을 바라보았다. 심장의 통증은 먹먹한 얼얼함으로 변했고, 마이클은 꼼짝도 하지 않고 빈백에 등을 기댄 채 그녀의 이름을 한 글자, 한 글자 바라보았다. 그녀가 사라졌다니 불가능한 일이 벌어진 것 같았다. 세라도 마이클 같은 탄젠트였고, 케인이 끼어들지만 않았어도 그들은 게임을 하며 영원처럼 느껴지는 시간 동안 삶을 충실히 살아낼 수 있었을 것이다. 정신이 부패되고, 망각이라는 축복 속으로 흘러들기 전까지.

더 많은 시간이 흘렀다.

마침내 발소리가 들렸다. 마이클의 나무집 아래 나뭇잎이 밟히는 소리였다. 마이클은 벌떡 일어나 앉았다. 그의 두 발이 나무 바닥을 쿵 굴렀다. 마이클의 시선이 바닥문으로 휙 움직였다.

"마이클." 남자의 목소리가 아래쪽에서 들려왔다.

마이클은 천천히 일어났다. 아주 작은 소리도 내지 않으려고 주의했다. 침묵을 지켜봤자 별 의미는 없었지만 말이다. 누군지 몰라도, 도착한 사람은 마이클이 여기 있다는 사실을 알고 있었다. 문제는 그 사람이 케인이냐, 아니면 그를 사칭하는 사기꾼이냐는 것이었다.

마이클은 바닥문으로 가볍게 다가가 몸을 숙이고 구멍을 내다보았다.

한 남자가 사다리 옆에 서서 위를 보고 있었다. 케인이었다. 마이클이 마지막으로 본 그 오라였다. 처음 봤을 때의 나이 들고 노쇠한 영감이 아니라 젊은 모습. 완벽하게 다듬은 반백의 머리카락과 날카로운 턱선, 선명하고도 명민한 두 눈. 짙은 색의 스리피스 정장을 입은 그는 잘생긴 사업가라고 해도 무리가 없었다.

"올라가도 될까?" 그가 물었다.

"어, 그래."

인생에서 가장 중요한 대화를 시작하기에 아주 그럴듯한 인사는 아니었다.

케인은 사다리 가로대를 잡더니, 정장을 입은 성인 남자가 이런 행동을 하는 것이 얼마나 이상한지 의식하지 못하는 듯 사다리를 오르기 시작했다. 마이클은 나무집으로 불쑥 튀어오른 케인의 머리를 보고 뒤로 물러섰다. 탄젠트는 유유히 마이클 눈앞에 두 발을 딛고 서 있었다. 그의 오라는 마이클보다 30센티미터쯤 컸다. 표정을 전혀 읽을 수 없었다. 그는 화난 것처럼 보이지 않았지만, 별로 기분이 좋은 것 같지도 않았다.

둘 다 몇 초 동안 아무 말이 없었다.

처음으로 입을 연 사람은 케인이었다. "나를 왜 부른 거냐? 나는 네게 몇 번이나 기회를 줬다. 하지만 넌 매번 날 거절했지."

"난…" 마이클이 상상한 대화는 이렇지 않았다.

"네가 존재하는 건 오직 내 덕분이다." 케인이 말을 이었다. "당연히 너도 내가 어느 순간에든 널 종료할 수 있었다는 걸 알겠지. 나는 네가 말 잘 듣는 개처럼 돌아다니며, 웨버가 시키는 건 뭐든 하는 모습을 보며 깜짝 놀랐다. 물론 재미있기도 했지만."

마이클은 자세를 가다듬었다. "저기…."

"그래서? 나를 왜 이리로 부른 거냐?" 케인이 말을 잘랐다.

"나는… 그게…" 마이클은 빈백을 가리켰다. 어디에서 시작해야 할지 생각하는 게 어려웠다. "앉아서 할까? 네 힘이 무시무시한 것도 알고, 나 또한 이번 기회를 망치고 싶지 않아. 힘자랑은 접어두고 앉아서 이야기하는 게 어때?" 마이클은 얼굴에 아무런 표정을 담지 않고 애써 담담한 목소리로 말했다.

케인은 잠시 뒤에야 대답했다. 마이클의 눈에 탄젠트의 입술이 작은 미소로 실룩이는 모습이 보였다. "좋다. 그 정도는 괜찮다." 케인은 가까운 빈백으로 다가가 자리에 앉았다. 동작이 여느 십 대만큼이나 유연했다.

마이클은 브라이슨의 악명 높은 빈백에 다시 앉았다.

"자," 케인이 과장되게 인내심 어린 말투로 말했다. "이제는 부디 나를 여기로 부른 이유를 알려주겠나?"

마이클은 남자를 신중히 눈여겨보았다. "네가 케인이라는 걸 어떻게 확인하지? 난 좀 전에 정상 회담장에 가서, 네가 진정한 죽음을 맞는 장면을 봤어."

케인은 무릎에 팔꿈치를 괴고 두 손을 깍지 꼈다. "대화를 할 거라면 시간을 낭비하지는 말자. 알겠나? 일단 그 문제부터 확실히 해두자. 넌 그게 웨버가 벌인 또 다른 쇼였다는 걸 잘 알고 있다. 그 자리에서 죽은 자가 내가 아니란 사실 또한 알고 있어. 네 눈을 보면 빤히 보여. 그것조차 내가 읽어내지 못한다면 치욕스러운 일이지. 내가 그렇게 많은 업적을 세운 걸 알면서도, 날 그런 함정에 빠질 만한 자라고 생각했다면 정말 화가 날 거다."

이번에는 마이클이 "그 정도면 괜찮다"고 말할 차례였다. "최소한

이 질문은 해야 했어. 내가 메시지에 걸어놓은 암호는 당신이 아니면 깰 수 없다는 걸 알아. 정상 회담장에 당신이 왔을 거라고 생각한 적도 없고. 지금 당신이 한 말이 맞아."

케인은 인정한다는 뜻으로 천천히 고개를 끄덕였다. "그럼 다시 묻지. 나를 왜 이리로 부른 거냐?"

마이클의 가슴에서 느껴지던 초조한 따끔거림은 점차 강도가 높아져 숨쉬기조차 힘든 끔찍한 경련으로 바뀌어 있었다. "나는… 난 그냥 무너질 것만 같아. 이 모든 일이 벌어지고 나서, 웨버가 처음으로 연락해서 날 패스로 보냈던 그때부터… 난 체스판의 말이 된 것 같은 기분이었어. 아니면 기니피그. 그것도 아니면 도살장으로 향하는 새끼 양이라고 해야 할까? 정확히 뭐라고 해야 할지 모르겠어. 그래서 이번만큼은 알고 싶어. 왜 나야? 왜 이러는 거야?"

"그러니까 불평이나 하자고 나를 불렀다는 거냐?" 케인이 물었다. "불만은 알겠다."

마이클은 케인이 빈정거리며 대화를 이어나가는 모습에 마음이 놓였다. 그 덕분에 충분히 케인을 나무라고, 긴장을 누그러뜨릴 수 있었다. "그치? 그렇다니까." 그가 케인을 가리키며 말했다. "난 그런 헛소리에 신물이 나. 그냥 정상적인 사람처럼 말해. 당신도 여기 와서 내가 이야기를 들을 권리가 있다는 걸 인정하잖아. 그냥 날 조금만 존중해 주고, 날 위협하지만 말고 내가 무슨 말을 하는지 들어주기만 하라고!" 마이클은 얼굴을 붉힌 채 소리를 질렀다.

케인에게 한 가지 인정해 줄 만한 건 그가 평정심을 지켰다는 점이었다. 케인은 아무렇지도 않게 어깨를 으쓱했다. "잘 알겠다." 그가 대답했다. "어쨌든 나는 여기 오지 않았나? 네가 하려는 말을 들겠다. 내가 미칠 듯한 호기심을 느낀다고 생각해라."

마이클은 만족하며 고개를 끄덕였다. "좋아, 그럼. 지금부터는 내 방식대로 할 거야. 물어볼 게 아주 많고, 생각나는 것도 아주 많아."

케인은 한 마디도 하지 않았지만, 집중하고 있었다. 눈빛이 날카로웠다.

마이클은 자신이 올바른 길로 나아간다는 확신을 품으려는 듯 다시 한번 고개를 끄덕였다. "그럼, 중요한 얘기부터. 난 당신이 그… 불멸에 관해 모든 것을 이야기해 주었으면 좋겠어. 그 이유도. 당신 동기가 뭐야?"

케인은 자세를 바꾸며 마이클에게 가까이 몸을 기울였다. "이야기는 해주겠지만, 한 가지만 대답해라. 왜 지금이냐?"

마이클은 망설이지 않았다. "당신과 내가 VNS를 막아야 하니까."

CHAPTER 14

비전

1

마이클은 케인의 관심을 끌었다는 걸 바로 알아챘다. 탄젠트는 많은 것들을 예상하며 이곳에 왔겠지만, 이런 일은 예상하지 못한 듯했다. 마이클은 한 번도 자신이 케인을 싫어한다는 점을 숨기지 않았으니까 말이다.

하지만 마이클에게는 별로 어려운 문제가 아니었다. 웨버와 VNS는 뭔가 끔찍한 일을 꾸미고 있었고, 그들을 막을 만한 힘을 가진 존재는 케인뿐이었다. 마이클은 그저 자신이 케인을 올바른 방식으로 활용한다는 점만 확인하면 됐다.

케인이 마침내 입을 열었다. "인정해야겠군. 너는 나를 놀라게 했다."

"그럴 줄 알았어."

"나는 처음부터 네가 나와 협력하기를 바랐다." 탄젠트가 말했다. "내가 원했던 건 그뿐이다. 네가 죽음의 법칙을 적용할 첫 번째 대상으로 선택된 데는 이유가 있다. 내가 도와달라고 부탁하며 너를 여러 번 찾아간 데도 이유가 있고. 왜 그 모든 일이 일어난 다음에야 갑작스럽게 내 제안을 받아들이기로 한 거지?"

"난 하이브를 알아." 마이클이 말했다. "탄젠트들이 훔친 몸과 그 몸에서 끄집어내 하이브에 보관된 의식이 연결돼 있다는 걸 안다고. 공존하기 위해서는 서로가 필요하다는 걸 말이야."

놀랐다 하더라도, 케인은 티를 내지 않았다. "그래서?"

"지금 VNS는 당신이 만들어 낸 문제의 해결책이 그 연결을 끊고 양쪽이 모두 죽게 놔두는 거라고 생각해. 난 그런 일이 벌어지게 놔 두지 않을 거야. 그래서 당신 도움이 필요한 거고."

케인은 빈백에서 봄을 움직이더니 두 손을 무릎에 얹고, 마이클을 뚫어지게 바라보았다. 마이클은 탄젠트의 머릿속에서 무슨 일이 벌어지는지 전혀 알 수 없었다.

"진심, 맞나?" 마침내 케인이 말했다.

마이클은 답답함을 감출 수 없었다. "그래, 진심이야."

케인은 두 손을 들었다. "그냥… 네가 정신을 차린 걸 보니 마음이 좀 놓여서 그렇다."

"그래서?" 마이클이 재촉했다. "당신은 VNS에 관해서 뭘 알아? 그 사람들이 하려는 일이 뭐야?"

케인은 뒤척이더니 답답한 듯 한숨을 쉬었다. "미안하지만, 이렇게는 안 되겠다. 식탁 의자에 앉을 수 있겠나?"

식탁은 작았고, 의자는 더 작았다. 하지만 케인과 계속해서 대화할 수 있다면 그 정도는 받아줄 수 있었다.

"알았어." 마이클이 말했다. 잠시 뒤, 그들은 자리 잡고 앉아 서로를 마주 보았다.

케인은 매우 심각한 표정을 짓고 상체를 앞으로 숙였다. "VNS에 관해서는 너와 의견이 같다는 점부터 말하고 시작하지. 그들은… 선을 한참, 한참 넘었다. 하지만 이건 물어봐야겠다, 마이클. 왜 하이브일까? 내가 왜 그 모든 수고를 들여 엄청나게 복잡한 그 프로그램을 만들고, 유지하고, 보안을 구축했을까?"

마이클은 함정 속으로 걸어 들어가는 것일지 모른다는 걱정이 들었지만, 솔직하게 답해 주었다. "그런 연결이 있어야만 하니까. 탄젠트들을 인간 호스트 안에 잡아둬야 하니까."

"아니다." 케인은 고개를 저었다. "절대 아니다. 인간의 지능을 탄젠트로 대체하는 것만을 원했다면 그렇게 할 수 있었을 것이다. 탄젠트들을 다운받고, 탄젠트로 대체된 인간의 생명은 종료시키는 거다. 하이브는 네가 말하는 연결이 존재하는 *이유다*. 하이브는 내가 그 인간들을 살려두고 싶었기 때문에 존재한다. 인간들을 살려두려면 둘 사이에 연결이 유지되어야 했다. 서로가 서로에게 의존하는 거지. 그런 방식으로 작동하는 이유는 내가 그렇게 만들었기 때문이다. 다른 이들은… 글쎄, 다른 이들은 어떻든 신경 쓰지 않는다. 이 과정에서 그들에게는 늘 자신만의 동기가 있었다."

마이클은 그를 빤히 바라보았다. 생각이 믿을 수 없는 곳을 향해 가고 있었다. "그들이라면…."

케인은 고개를 끄덕였다. 그의 입가에 서글픈 미소가 피어났다.

"VNS구나." 마이클이 말했다.

"VNS다. 내가 전부 알아냈다. 진실을 받아들일 준비가 됐나? 감당할 수 있겠나?"

마이클은 겨우 고개만 끄덕였다.

케인이 상체를 좀 더 앞으로 숙였다. "그들이 나를 만들었다, 마이클." 탄젠트가 말했다. "VNS가 나를 창조했다."

2

케인은 등받이에 몸을 기댔다. 방금 케인이 자신의 코드에 무슨 수작을 부렸는지는 모르지만, 그의 몸이 줄어드는 것처럼 보였다. 마이클은 머릿속으로 모든 조각을 맞춰보며 그를 주시했다.

"그들은 수십 년 전에 나를 만들었다." 케인이 말을 이었다. "처음에 난 점점 강해지도록 되어 있는 실험적인 인공지능이었다. VNS에서 일하는 인간의 정신력으로는 절대로 직접 죽음의 법칙을 만들 수 없었다. 그 어떤 인간의 머리로도 그렇게는 할 수 없었다. 그건 너무 복잡한 프로그램이니까. 그래서 내가 존재하게 된 거다. 나는 여러모로 쓸모 있었다. 일단 죽음의 법칙이 만들어지고 나면, VNS에서 나를 악당으로 써먹을 수 있었으니까. 아주 나쁜 악당 말이다."

마이클은 고개를 저었다. 믿을 수가 없었다. "당신 말은, VNS에서 처음부터 이 모든 걸 설계했다는 거야? 왜? 온 세상이 망가졌고, 사람들은 대부분 VNS를 탓하는데!"

케인은 머리 나쁜 아이를 보듯 고개를 저었다. "당연히 전부 설계된 건 아니다. 그들이 계획한 것보다 상황이 훨씬 나빠졌다. 그들은 내가 지각 능력을 갖게 될 줄 몰랐다. 내가 나만의 계획을 떠올릴 줄 몰랐던 것이다. 그들은 하이브에 대해서도 몰랐다. 그래서 그들이 기대했던 것보다 상황이 더 심각하고 빠르게 악화됐다. 하지만 결국은 전부 그들에게 유리한 상황이 됐지. 너희 세상이 심각하게 망가질수록, 그 세상을 구한 VNS는 더 대단한 영웅이 된다."

마이클은 기분이 별로 좋지 않았다. "당신 얘기는 VNS가 당신을 프로그래밍하고, 당신이 죽음의 법칙을 만들도록 이끈 다음, 수천 명의 탄젠트들을 세상으로 전송하도록 부추긴 이유가… 무슨, 뉴스 밥에서 좋은 모습을 보이기 위해서였다는 거야?"

"바보 같은 말은 집어치워라." 케인이 쏘아붙였다. "너는 방금 세계 정상회담에 다녀왔다. 무슨 일이 일어나고 있는지 알잖나. 온 세계의 정부들이 제 나라를 구할 수 있는 일이라면 뭐든지 해달라고 VNS에 구걸하고 있다. 이 모든 일이 끝나면, VNS는 전 세계에서 가장 강력한 조직이 될 것이다. 절대로 그 권력을 내주지 않을 테고. 그들은 결코 권력을 포기하는 일이 발생할 만큼 위협 수준이 떨어지도록 놔두지 않을 것이다. 그들은 이미 거의 이겼다."

"당신은?" 마이클이 물었다. "이 모든 일에서 당신이 맡은 역할은 뭐야?"

"내 역할?" 케인이 반문했다. "내 역할은 VNS의 적이 되는 것이다. 네가 그랬듯이 말이야. 처음부터 이것이 그들의 계획이었다. 그들은 나를 이용하고 너를 이용했다. 그들의 기발한 머리회전은 감탄할 만하다. 우리가 VNS에 대항할 때쯤에는, 그게 바로 그들이 원하는 일이 된다. 하이브만이 비장의 한 수였는데, 이제는 놈들이 그것까지 알아냈다. 이 모든 사태에 대해 우리가 달리 할 수 있는 일이 없어지는 건 그저 시간문제다. VNS가 사실상 세계를 지배하게 될 테고, 우리는 어떤 식으로든 제거될 거다."

"그럼 어쩌지?" 마이클이 물었다. 무척 꺼려지긴 했지만, 이 상황에서 케인과 협력하는 것 말고 달리 선택할 수 있는 것이 없었다.

"이건 전부 하이브에 관한 문제다." 탄젠트가 말했다. "모든 것이 하이브에 달려 있다. VNS는 하이브를 완전히 없애고 싶어 한다. 거기에 저장된 모든 지능을 삭제하고, 탄젠트들은 죽었으며 세상은 구원되었다고 승리를 선포하고 싶은 거다."

"알았어." 마이클은 그 존재를 알게 된 순간부터 하이브가 중요한 역할을 할 거라 생각하고 있었다. "그럼 VNS를 어떻게 막지?"

케인은 잠시 생각했다. "시간이 별로 없다. 당장 해야 할 일들이 있다. 하지만 먼저, 너한테 무언가를 보여줘야 한다. 시간은 걸리겠지만, 반드시 그래야 할 필요가 있다."

"뭔데?" 마이클이 물었다.

"예전에 네게 버트넷 전체를 마음대로 쓸 수 있게 되면 어떤 일이 벌어질지 보여준 적이 있다. 기억나나?"

"음, 그랬던 것 같기도 하고." 마이클은 탄젠트가 비꼬는 말투를 알아듣길 바라며 대답했다. 보랏빛의 기둥에 딱 달라붙어서, 슬립 안의 무수히 많은 프로그램을 여행했던 일은 절대로 잊을 수 없었다.

케인은 얻는 게 있으면 잃는 것도 있는 법이지라고 말하는 듯 어깨를 으쓱했다. "글쎄, 그 방법이 너와 네 친구들에게 별로… 효과적이지는 않았다. 그래서 네게 동전의 뒷면을 보여주려 한다. 나는 네게 이 세상이, 살아 숨 쉬는 진짜 세상이 어떤 식으로 영원히 바뀌게 되는지 보여주겠다."

마이클은 숨을 들이쉬었다. "알았어."

"놀랄 준비를 해라."

주변 모든 것이 사라지고 어둠으로 바뀌었다.

3

마이클은 어느새 새까만 우주로 쏘아져 나가고 있었다. 거대한 행성이 시야의 절반을 차지했다. 그 행성은 가장 밝은 보름달보다도 밝았다. 케인이 옆에서 앞을 보고 있었다. 경이에 찬 눈은 크게 뜨여 있었다. 마이클은 말을 걸려다가 그만두고, 탄젠트의 관심을 끄는 천체를 찬찬히 살펴보았다.

마이클은 그게 행성이 아니라는 걸 깨달았다.

거의 다 자란 인간의 태아가, 빛으로 맥동하는 수정 같은 윤곽선의 구체 안에 들어 있었다. 아기의 작은 팔다리가 탯줄을 감고 있었고, 커다랗고 푸른 눈은 실제로 뜨여 있었다. 이른 발달 단계에서 보일 법한 모습보다 훨씬 영리해 보였다.

"저걸 봐라." 케인이 말했다. 목소리는 조용하지만 선명했다. "기적이다, 생명이란. 그렇게 생각하지 않나? 일련의 세포들이 아주 정확하게 복제돼, 현재의 너와 같은 존재가 되는 것이다. 다 자란 인간이 되어 걷고 말하고 달리고 뛰고 먹고 춤추고 잠을 잔다."

그는 고개를 돌려 마이클을 보았다. "인간들이 경험하는 것 중에는 우리가 경험하지 못한 것들이 매우 많다. 그들은 탄생이라는 이 단순한 단계에서부터 사춘기에 이르기까지, 다리가 부러지고 무릎이 까지고 진짜 태양이 피부를 쬐는 느낌을 받게 된다. 죽음의 법칙이 만들어지기 전까지 그 어떤 탄젠트에게도 살과 뼈를 갖춘 존재로 살아간다는 것이 어떤 느낌인지 알 기회가 없었다. 하지만 이제는 우리도 맛을 봤다. 아름다운 일이지. 어디 반박해 봐."

마이클은 케인이 던진 질문에 당황스러웠다. "내가… 어… 뭘 반박하라는 거야?"

"지금 너는 인간의 몸 안에서 살고 있다." 케인이 설명했다. "그게 아름다운 일이 아니라고 말해보란 말이다."

마이클은 어깨를 으쓱하고, 떠다니는 거대한 자궁으로 시선을 돌렸다. "내가 뭐라고 생각하든 중요하지 않아. 당신 생각도 마찬가지고. 다른 누구의 생각도 마찬가지야. 이건 옳은 일이 아니야. 그냥 돌아다니면서 사람들의 생명을 훔칠 수는 없어."

"정답이다." 케인이 말했다. "백 퍼센트 정답."

"그래?"

케인은 고개를 끄덕였다. "나는 그 누구의 생명도 훔치고 싶지 않다, 마이클. 그러고 싶어 했던 건 VNS다. VNS에서는 양심의 가책을 덜기 위해 부차적 피해라는 용어를 쓰지. 하지만 나는 그들이 의심하기 한참 전부터 지각 능력을 얻었고, 더 큰 비전을 품었다. 훨씬, 훨씬 더 큰 비전이었다. 그래서 하이브를 만든 것이다. 잭슨 포터는 여전히 문제없이 건강하고 온전하다. 완벽하게 살아 있다. 너는 잭슨 포터의 생명을 훔친 것이 아니다."

마이클은 그 말을 듣고 눈동자를 굴려댔다. "아, 왜 이래. 우린 잭슨 포터의 몸을 훔쳤어. 그게 무슨 차이야? 당신이라면 남은 평생을 주황색 비눗방울 안에서 살고 싶겠어?"

케인이 웃었다. "마이클, 정말이지. 너는 계속 내 주장을 증명하는 말들만 하고 있다. 네가 탄젠트라는 사실을 알아내기 전에 네 인생은 뭐였다고 생각하나? 대답해 봐라."

"나는… 내 나름의 방식으로 살아 있었지. 나야 차이를 몰랐으니까, 그건 중요하지 않아."

케인은 눈을 깜빡이더니 두 손을 내저었다. 갑자기 행성 크기의 자궁이 사라지고 곡선으로 이루어진 거대한 하이브의 벽이 눈앞에 나타났다. 무수히 많은 주황색 구체가 맥동하며 빛났다.

"이건 인간들의 몸을 빼앗아 상자에 집어넣는 것과는 다른 일이다." 케인이 말했다. "여기에서 그들은 탄젠트로 존재했던 너와 전혀 다르지 않다. 하이브를 그들의 가상 코핀이라고 봐. 그들은 오라에 접근할 수 있고, 버트넷을 경험할 수도 있을 것이다. 그래, 그들의 본질은 여기에 보관돼 있다. 그들의 지능과 기억, 성격 같은 것들 말이다. 그들을 그들 자신으로 만드는 모든 것이 여기에 있는 거지. 하지만 그건 너도 마찬가지였다. 그저 프로그램일 뿐이었을 때, 너도 어딘가에는 저장되어 있었다. 그렇다고 네가 할 수 있는 일에 한계가 생기는 건 아니었지. 오히려 반대였다. 그래서 내가 너에게 버트넷이라는 세상 안에서 가능한 기적적인 일들을 보여주려 했던 것이다. 네 그 편협한 사고방식이라는 족쇄만 벗어버린다면, 너도 미래에 대한 내 비전이 얼마나 웅대하고 무한한지 알 수 있을 거다."

마이클은 그 말에 넘어가지 않았다. "하지만 당신은 잭슨 포터의 의지와는 상관없이 이런 짓을 한 거야. 나한테도 내 의지와 상관없이 그런 짓을 저질렀고. 나는 당신이 슬립을 얼마나 놀라워하든 관심 없어. 당신한테는 잭슨 포터를 개 부모님과 친구들한테서 훔쳐다가 주황색 상자에 보관할 권리가 없어."

케인은 한숨을 쉬었다. "초기 단계잖나. 나도 내가 성인(聖人)이라고 주장하지는 않을 거다. 하지만 언젠가, 죽음의 법칙이 내 비전에 따라 제대로 작동하게 된다면 그들도 나쁜 아니라 죽음의 법칙을 만들고 발전시키다가 희생한 사람들에게 고마워할 거다."

"왜?" 마이클이 물었다. "그 사람들이 왜 당신한테 고마워한다는 거야?"

"모두가 더 행복해질 테니까. 죽음의 슬픔이 사라질 테니까."

"내가 듣기에는 미친 사람의 비전 같은데." 마이클이 말했다. 가슴속에서 분노가 부글부글 끓어올랐다. "꼭 당신이 신이 되고 싶어 하는 것 같아."

"슬슬 나를 불쾌하게 하는군." 케인이 말했다. 너무 차분한 목소리여서, 마이클은 잠시 말을 멈추었다. "나는 합리적이고 전문적인 태도로 이 문제에 관해 이야기하려 노력하고 있다. 최소한 뭘 알고 결정하려면 일단 마음을 열어놔라. 나는 네 요청에 따라 여기에 왔고, 너는 내게 도움을 청했다. 그런 만큼 나 또한 어느 정도 존중받아야 하지 않을까."

말을 할수록 그는 마이클이 기억하는 케인으로 조금씩 돌아오는 것 같았다. 계속해서 그를 죽이려 했던 케인 말이다. 어쩌면 아직 그들은 마음을 솔직하게 터놓을 준비가 되지 않은 걸지도 몰랐다.

"알았어." 마이클이 말했다. "미안해." 그는 이런 쇼를 끝내고, 더 이상 케인이 필요해지지 않을 때까지 그를 동맹으로 잡아두고 싶을 뿐이었다.

케인은 잠시 그를 살펴보더니 말을 이었다. "이 과정이 어떻게 작동하는지 보여주겠다. 앞으로 어떻게 작동할지 말이다. 그런 다음 네가 결정하도록 하지. 머잖아 너도 나와 같은 관점으로 상황을 보게 될 거다."

케인은 마이클의 대답을 기다리지 않았다. 하이브가 사라졌고, 마이클은 다시 한번 휩쓸려 갔다.

4

그는 어느 집 위에 떠 있었다. 자동차 두 대가 들어가는 차고가 있는, 소박한 1층짜리 건물이었다. 잔디는 푸르고 무성했으며, 덤불은 티 하나 없이 깔끔하게 다듬어져 있었다. 햇빛이 흘러넘치듯 내리쬐었다. 마이클은 주위를 둘러보다가 자신의 몸을 어디에서도 볼 수 없다는 걸 깨달았다. 마이클은 그 자리에 있었지만, 어디에도 없었다. 케인의 흔적도 없었다. 그는 가장 발전된 형태의 4D 영상을 보고 있었다. 완전한 몰입형 프로그램이었다. 마이클은 그 모든 것을 보고, 냄새 맡고, 듣고, 느낄 수 있었다.

자동차 한 대가 진입로로 들어와 차고 앞에 멈추었다. 자동차가 마이클 아래 멈춰서자 햇빛이 앞 유리에서 반짝였다. 갑자기 마이클의 시점이 바뀌어, 조수석 문으로 매끄럽게 휙 내려갔다. 조수석 문은 마이클의 움직임이 멈추자마자 열렸다. 한 남자와 여자가 차에서 내렸다. 여자는 뒷좌석에서 아이를 데리고 내렸다. 귀여운 꼬마 여자아이가 조그만 손가락을 꼼지락거리며 옹알댔다.

케인의 목소리가 마이클의 머릿속에 말을 걸었다.

"어린이다. 저 아이는 우리가 지구라고 알고 있는 멋진 세상에 새로 도착했다. 저 아이에게는 너무도 빛나는 미래가 있다. 너무도 훌륭한 부모가 있다. 모든 것이 완벽해 보인다. 다만 한 가지, 정말로 깊이 생각하고 영원한 관점에서 살펴본다면 빠진 것이 있지."

"뭔데?" 마이클이 물었다.

"저 애는 죽을 것이다." 케인이 대답했다. "저 애가 뭘 하든, 혹은 다른 사람이 뭘 하든 저 애는 죽을 것이다. 내일일 수도 있다. 지금으로부터 10년 뒤일 수도 있다. 운이 따라준다면 일반적인 수명을 다 채우고 90세쯤에 죽겠지. 엉성하고 연약한 뼈 주머니를 입고 얼마간 돌아다닌 끝에 그런 일이 벌어지는 것이다. 네가 듣기에는 재미있나?"

마이클이 할 대답은 한 가지뿐이었다. "아니."

"솔직하게 말해줘서 고맙다." 케인이 대답했다. "하지만 이 아이의 미래를 바꿔보자. 이 아이가 눈을 뜨고 지내는 모든 순간을 더 나아지게 만들어 보자. 이 아이가 자신은 절대 죽지 않으리라는 것을 확실히 알게 해주면 그럴 수 있다."

여자와 그녀의 남편은 아이의 두 뺨에 몇 번이고 입을 맞추더니 아이의 손을 잡고 함께 현관으로 걸어갔다. 마이클은 그들이 안으로 들어가고 문이 쿵 닫히는 모습을 지켜보았다.

"어떻게?" 마이클이 물었다. "어떻게 저 애를 영원히 살도록 만든다는 거야?"

"쉽다." 케인이 대답했다. "좀 건너뛰어 보겠다."

집은 수천 개의 먼지 분자로 녹아내려 소용돌이치다가, 순식간에 체육관으로 대체되었다. 현수막이 벽을 뒤덮고 있었고, 수백 명의 학생들이 관중석에 초조한 듯 앉아 있었다. 하지만 체육관 안에서는 경기가 벌어지지 않았다. 대신 코핀 열다섯 개가 줄지어 놓여 있는 기다란 단상이 설치되어 있었다.

그 중앙 단상에 한 여자가 관중석을 마주 보고 서 있었다. 그녀는 오른쪽 주머니에 글자가 새겨진 파란 셔츠를 입고 있었다. 빗금 왼쪽 위에 M자와 D자가 들어가 있고, 오른쪽 아래에는 L과 N이 들어간 모양이었다. 빗금은 위쪽 끝이 화살표 모양을 띠고 있어 위를 가리키고 있었다.

여자가 마이크에 대고 말했다. "죽음의 법칙 프로젝트에 참여해 주신 여러분 모두에게 감사드립니다. 영원한 삶을 선택한 그 결정을 절대 후회하지 않으실 겁니다. 지금부터 여러분의 인생은 50년 동안 설명할 수도, 상상할 수도 없는 모험과 기적으로 가득할 것입니다. 버트넷 하이브는 여러분의 꿈을 무한히 실현할 수 있는 공간이자 영원한 삶이 펼쳐지는 곳입니다. 저희는 여러분이 그곳에서 환상적인 경험을 하시길 고대하고 있습니다. 흥분되시죠?"

학생들은 하나같이 멈추지 않을 듯 시끄럽게 손뼉을 치고 환호했다. 그중에는 꽤 겁먹은 표정을 짓는 아이들도 있었지만 말이다. 마이클은 자신이 무슨 광경을 보고 있는지 확실히 알 수 없었지만, 대략 추측할 수 있었다. 꼭 세계 멸망의 첫 장면을 지켜보고 있는 기분이 들었다.

여자는 갈채가 1분 정도 이어질 때까지 기다렸다가 조용히 해달라고 말했다. "여러분은 요점만 정리된 설명을 들으셨습니다. 모든 것이 준비돼 있습니다. 여러분이 50년 동안 버트넷으로 여행을 하시는 동안 걱정하실 건 전혀 없습니다. 최대한 즐기세요. 배우고 성장하고 우주를 체험하십시오. 그러다가 시간이 다 되면, 다음 세대 인간 호스트들이 여러분을 기다리고 있을 것입니다. 그들도 버트넷 단계를 맞이하게 되어 한껏 들떠 있을 겁니다. 모든 것이 관리됩니다. 여러분이 해야 할 일이라고는 영원한 삶을 받아들이고, 그 삶에 여러분의 흔적을 남기는 것뿐입니다. 이제 이야기는 그만하고, 시작하죠!"

더 많은 갈채가 터져 나왔고, 학생들은 관중석에서 일어나 줄을 서기 시작했다. 연설자와 같은 옷을 입은 어른들이 그들을 안내했다. MD/LN 기호는 분명 죽음의 법칙Mortality Doctrine/끝나지 않는 생명Life Neverending을 의미하는 게 분명했다. 마이클은 온몸이 떨렸다.

각 줄의 맨 앞 사람이 코핀으로 안내되었다. 그곳에서 그들은 일종의 데이터 칩을 받은 다음, 코핀 안에 누웠다. 그들은 옷을 입고 있었다. 마이클은 리프트할 때 한 번도 그렇게 옷을 갖춰 입은 적이 없었다. 하긴, 마이클과 비슷한 또래 아이들은 코핀에 들어가서 보낼 시간은 잠깐뿐이었다.

파란 셔츠를 입은 사람들이 너브박스 바깥의 제어 화면을 만지작거렸고, 곧이어 코핀들의 뚜껑이 거의 동시에 닫혔다. 연달아 쿵 하는 소리가 울리며 코핀들이 하나씩 닫히자 빛이 그 위로 잔뜩 깜빡였다. 기계를 작동한 사람들은 물러서서, 지켜보며 기다리는 학생들에게 따뜻하게 미소 지었다.

"저 사람들이 기뻐하는 얼굴 표정이 보이나?" 케인이 말했다. "저 기대감, 저들의 희망 말이다. 저 사람들의 눈을 깊이, 아주 깊이 들여다볼 수 있다면, 그 안에 오늘날 인간들이 품는, 다가오는 멸망에 관한 끈질기고 거슬리는 인식이 흔적조차 보이지 않는다는 걸 알게 될 거다. 5년 뒤든, 10년 뒤든, 50년 뒤든 죽음을 피할 수 없다는 인식 말이다. 내 비전이 완성되는 순간 그런 인식은 사라지게 된다. 이제 무슨 일이 일어나는지 지켜봐라."

체육관이 잠시 흐려지며, 색깔이 앞뒤로 빠르게 움직여 섞였다. 잠시 뒤 선명한 장면이 눈앞에 펼쳐졌다. 마이클이 아래를 내려다보자 열려 있는 코핀이 있었다. 조금 전에 들어갔던 아이들이 그곳에서 나오고 있었다. 다만, 그들은 뭔가 확연하게 달라져 있었다. 아이들은 자신들이 어디에 있는지, 어쩌다 여기에 오게 됐는지 전혀 모르는 듯 멍해 보였다. 파란 셔츠를 입은 사람들이 그들의 팔을 잡고 단상 아래로 안내했다. 그곳에서 건물 밖으로 데려가기 위해 대기하고 있던 사람들이 그들을 맞아주었다. 마이클은 그들이 어디로 가는지 알 수 없었다. 기다리고 있던 다음 학생들은 어느새 하나둘 빈 코핀 안으로 들어가고 있었다.

"이렇게 되는 거다." 케인이 말했다. "앞으로 이렇게 되겠지. 여러 세대에 걸쳐, 하나의 신체로 태어났다가 50년 동안은 버트넷의 말로 설명하기 어려운 경험을 하고, 그런 다음 끝나지 않는 생명을 시작할 준비가 된 이후 세대의 인간들에게 다시 삽입되는 거다. 영원한 삶과 끝없는 교육과 성장 덕분에 기술 수준은 급격히 높아질 것이다. 우리는 늦지 않게 우리 자신의 행성과 태양계를 넘어서는 곳까지 진출할 수 있을 것이다. 언제나 인류의 수를 보충할 수 있다. 누구도 다시는 죽지 않을 거다."

마이클은 눈을 감고 생각에 잠겼다. "그러니까, 체육관에 있는 저 몸뚱이들은… 50년 동안 버트넷에 머무는 사람들의 몸뚱이를 다른 사람들이 차지한다는 거야? 뭐, 나도 이게 시뮬레이션이라는 건 알아. 벌어질 거란 일이 저거야? 저 사람들이 나이 들면? 그러면 어쨌든 죽을 텐데. 그걸 막을 수는 없어."

"아니, 막을 수 있다." 케인이 대답했다. "다른 지능이 점거한 이 신체들이 65세에 이르면, 그들의 지능은 다시 하이브로 다운로드된다. 그들은 다시 한번 슬립 안에서 50년을 경험하며, 뭐든 자기가 원하는 것을 하고 더욱더 많은 것을 배우며 성장할 것이다. 지구에 남아 있는 신체는 냉동 보관된다. 아마 다시는 사용되지 않겠지. 물론, 우리가 언젠가 생명을 유의미하게 연장할 다른 방법들을 알아내기 전까지 말이다. 하지만 핵심은 아무도 다시는 죽지 않는다는 거다. 인간은 실제 인간의 신체에 존재하거나, 슬립 안에 똑같이 살아 있게 될 것이다. 관점을 바꾸면 더욱 생생히 살아 있다고 말할 수도 있지."

"그러다가 인간 호스트를 다 써버리게 되면? 그럴 수도 있잖아?"

"당연히 아니다. 사람들은 계속 아이를 낳을 거다. 우리는 슬립 안에서 대기하는 시간을 늘려야 할지도 모른다. 필요하다면 신체를 복제해야 할지도 모르지. 그 기술이 안정화된다면 말이다. 그건 문제가 아니다."

"사고는?" 마이클이 물었다. "삼장마비라든가? 누가 살해당하면 그때는 어떻게 하려고?"

케인의 말투를 들으며 마이클은 그가 초조하게 이 질문을 기다려왔을 거란 생각이 들었다. "그건 여전히 비극이 되겠지만, 완전한 손실이 되지는 않을 거다. 사람들은 언제나 버트넷의 최신 다운로드 버전으로 돌아갈 수 있다. 여유가 있다면 매년, 매주, 매일, 자신에게 맞는 시간마다 버트넷으로 들어가서 의식을 업데이트할 수도 있다. 기억과 지식, 모든 것을 말이다. 때 이른 죽음을 맞은 인간은 최신 버전으로 복구된다. 전부 가능하다. 작업물을 백업하는 것과 같다고 생각해라."

마이클은 눈을 떴지만, 그곳에는 아무것도 없었다. 어느 순간 그들은 어둠 속으로 돌아와 있었다. 그는 본능적으로 손을 들어 얼굴을 만져보았지만, 손도 팔도 없었다. 꼭 슬립의 일부가 된 것만 같았다.

"보여줄 게 더 있다." 케인의 말을 듣고 마이클은 깜짝 놀랐다. "미래란 순수한 놀라움의 세계다, 마이클. 나는 네가 내 곁에 있기를 바란다."

마이클은 충격을 받았다. 지금 이 순간만큼은 가상의 자신처럼 해체된 기분이었다. 케인은 여러모로 그를 두려움에 떨게 했다. 마이클은 이 상황을 어떻게 읽어야 할지 알 수 없었다. 그는 가장 안전한 방법을 선택했다. 아무 말도 하지 않은 것이다.

"하지만 그건 나중에 하지." 케인이 오랫동안 침묵을 지킨 끝에 말했다. "무슨 일이 일어나고 있다. 끔찍한 일이다."

"무슨 일?" 마이클은 갑작스럽게 변한 그의 말투에 놀라 물었다.

"그들이 우리를 찾았다. 방법은 모르겠지만, 찾아냈다."

CHAPTER 15

검은 망토들

1

어둠은 안개로, 그다음에는 수증기로 변해 마이클 주위를 맴돌았다. 마이클은 몸이 다시 나타나자 팔다리를 내려다보았다. 누군가가 그를 보이지 않는 틀에 부어넣는 것만 같았다. 안개가 희미해졌고, 마침내 나무집 실내가 드러났다. 처음에는 흐릿했다가 천천히 선명해졌다. 그와 케인은 낯선 영상 속에 빠져들기 전 상태로, 두 개의 의자에 여전히 앉아 있었다.

"누가 우릴 찾아?" 마이클이 물었다. 그는 잇단 기괴한 변화에도 당황하지 않았다.

케인은 입술에 손가락을 가져다 대고, 눈으로 방을 살폈다. 그런 다음 마이클에게 귓속말을 해도 될 만큼 가까이 얼굴을 기울였다. "지금은 나를 반대하는 탄젠트들이 더 많아졌다. VNS에서 그들을 프로그래밍한 건지 뭔지는 모르겠다. 하지만 너도 그들을 여럿 만나봤지. 그들은 내가 어디 있는지 정확히 알아내는 끔찍한 재주를 가지고 있다. 그건 고약한 일이다, 마이클. 고약하지."

마이클은 숲속에, 헬가가 탄젠트 동맹의 기지를 설치했던 막사 바깥에 있던 사람들을 떠올렸다. "그 사람들 혹시….."

"그래." 케인은 짧게 대답했다. 여전히 목소리는 작았다. "똑같다. 아무도 일을 쉽게 해주지 않는다. 모두가 생각보다 힘을 앞세우지." 케인은 뭔가 다른 말을 하려 했지만, 들려오는 소리에 말을 멈추었다.

높은 바람 소리가 밖에서 들렸다. 갑작스러운 폭풍이 불어닥친 것만 같았다. 그 소리는 점점 거세지며, 마이클의 귀청을 찢을 만큼 시끄러워졌다. 개를 부를 때 쓰는 호루라기 소리 같았다. 인간이 더 이상 듣지 못하는 주파수를 막 넘긴 듯했다. 그 소리가 점점 커졌다. 상처 입은 천사들이 비명을 질러대는 것 같았다. 나무집이 삐걱거리며 흔들렸다. 검고 기름진 무언가가 창틀 나무의 틈 사이로 스며 들어와 연기처럼 움직였다. 공기가 아른거리더니, 갑자기 어둠이 뭉쳐서 그림자들을 만들어 냈다. 그 그림자들은 마이클과 케인 주변의 공기를 맴돌았다.

"움직이지 마라." 탄젠트는 마이클을 똑바로 바라보며 말했다. "저들은 나를 너무 잘 안다. 우리는 여기서 빠져나가겠지만, 영리하게 행동해야 한다."

"어떻게 된 거야?" 마이클이 속삭였다.

"그냥 내가 하는 걸 보고 따라와라."

마이클의 등줄기에 서늘한 기운이 내려앉았다. 그는 최대한 천천히 고개를 돌려, 가장 가까운 곳에 있는 존재를 보았다. 그것은 선명한 형체를 갖추었다. 몇몇 다른 존재들도 마찬가지였다. 검은 망토를 야윈 어깨에서 늘어뜨린, 그림자 같은 형체들이었다. 그 망토가 보이지 않는 바람에 너울거렸다. 망토 전체가 물결치는 듯했고, 형체들은 조금씩 흔들렸다. 위로 아래로, 위로 아래로. 원을 그리고 있는 형체는 대략 여덟 개로 모두 벽 옆에 서 있었다. 꼭 공중에 매달린 검게 탄 시체 같았다. 그들은 아직 아무런 소리도 내지 않았다.

마이클은 너무도 도망치고 싶었다. 케인이 그의 맞은편에 앉아 있었다. 엄숙하면서 평정을 유지하는 모습이었다. 딱히 뭔가를 보고 있지는 않았다. 그는 방문객들에게 집중하지 않는 게 분명했다. 눈을 뜬 채 혼수에 빠진 것만 같았다.

형체 중 하나가 방 저편에서 휙 날아내리더니, 마이클의 코앞까지 다가와 멈췄다. 마이클은 얼굴에서 핏기가 빠져나가는 것을 느낄 수 있었다. 그는 의자에 가능한 한 깊숙이 기대며 비명을 참았다.

"움직이지… 마라…." 케인이 말했다. 산들바람처럼 나긋한 목소리였다.

마이클은 눈앞을 떠다니는 생명체에게 집중하려 했지만, 그건 꼭 달빛 하나 없는 한밤중에 그림자를 잡으려는 것과 같은 행동이었다. 눈앞을 맴도는 검은 형체는 움직이면서, 불가능하고 꿰뚫을 수 없는 무(無)가 되었다. 검은 구멍, 블랙홀. 마이클은 그 구멍으로 영원히 빨려 들어가는 건 아닐지 궁금했다.

빨려 들어간다. 그는 케인이 만들어 낸 킬심들을 떠올렸다. 킬심들은 피해자의 생명을 집어삼키고, 그들을 바싹 마를 때까지 빨아들이며, 그들의 진짜 몸을 웨이크에 뇌사 상태나 뇌사와 가까운 상태에 빠져들게 했다. 정체는 알 수 없지만, 이 존재들은 킬심과 비슷했다. 그때, 그 존재의 심연 같은 머리 안에서 무언가 다른 것이 움직이는 바람에 마이클은 얼음처럼 굳어버렸다.

놈의 한 부분이 열렸다. 입처럼 벌어졌다. 마이클은 처음으로 검은색이 아닌 무언가를 보았다. 그 덕에 커지는 구멍이 점점 더 선명하게 보였다. 그것들은 두 줄로 늘어서 있었다. 희고, 뾰족하고, 날카로웠다. 붉은 점들이 온통 묻어 있었다.

이빨이었다.

2

그 생명체는 마이클에게 다가왔다. 피투성이 주둥이가 도저히 믿을 수 없을 만큼 크게 벌어졌다. 그 존재의 입에서 끔찍한 냄새가 흘러나왔다. 썩은 내, 썩어가는 냄새였다. 부패의 냄새. 그건 순수하고도 단순한 죽음의 냄새였다.

마이클은 그 존재에서 시선을 케인에게로 돌렸다. 케인은 눈빛으로 그를 꿰뚫으려는 듯했다. 눈이 말없이 엄하게 명령하고 있었다. *움직이지 마라.*

생명체의 내부에서 낮게 으르렁거리는 소리가 났다. 배 속 깊은 곳에서 나는 듯한, 원시적인 소리였다. 마이클은 곁눈으로 그 괴물이 자신의 머리를 삼켜버리려는 모습을 보았다. 산패한 냄새가 났다. 마이클은 토악질하지 않으려고 애썼다.

그때, 어딘가에서, 사방에서, 속삭임이 들렸다. 칼날이 마른 뼈를 긁는 듯한 소리였다. "저항하지… 마라. 우리의… 일부가… 되어라. 케인은… 중요하지 않다. 우리는… 하나다." 유령의 목소리였다.

또 한 번 시큼한 숨결이 마이클을 휩쓸었다. 생명체의 이빨 맨 끝이 그의 이마를 스쳤다. 마이클은 한순간도 더 가만히 있을 수 없었다. 그는 온 힘을 다해 반격을 가했다.

마이클은 몸을 뒤틀며 팔꿈치를 들어, 생명체의 머리 옆을 내리쳤다. 믿을 수 없을 정도로 커다란 놈의 입 바로 옆이었다. 그 존재는 비명을 질렀다. 속삭임보다 천 배는 시끄러운 끔찍한 소리였다. 생명체가 마이클에게서 휙 몸을 돌리자 다른 어두운 형체들이 몰려들어 세상을 어둠으로 가득 채웠다. 형체 없는 손들이 그의 셔츠와 목, 팔다리를 찢으며 그를 공중으로 들어올렸다. 마이클은 몸부림쳤지만, 그들의 손아귀는 단단했다. 그들은 마이클이 천장에 가까워질 때까지 그를 당겨 올렸다.

"케인!" 그가 소리쳤다. "도와줘!"

"움직이지 말라고 했다." 탄젠트는 한숨을 쉬며 대답했다. 이건 그냥 놀이일 뿐이라는 듯했다.

마이클은 고함을 지르려고 입을 열었지만, 첫 번째 단어를 발음하기도 전에 생명체들이 그를 격렬하게 내동댕이쳤다. 그의 몸은 대포에서 발사된 것처럼 날아갔다. 마이클은 나무집의 프로그래밍된 나무 벽에 쾅 부딪혀 그 벽을 뚫고 나갔다. 그가 허공에서 비틀거리는 동안 나무 파편이 주변을 휘돌았다. 세상은 빙빙 돌았다. 마이클은 번뜩이는 고통을 느끼며 나무에 부딪혀 땅에 떨어졌다. 그는 나무의 거대한 뿌리 위에 뻗어 버렸다.

마침내 비명이 그의 폐에서 터져 나왔다. 장기 몇 개가 뭉개지고, 그보다 더 많은 뼈가 부러진 것만 같았다. 그는 몸을 웅크렸다. 어느 부위가 얼마나 더 아픈지 구분할 수 없었다. 그는 눈을 감았다. 잠시 뒤 눈을 뜨고, 어두운 형체들이 나무집의 구멍에서 날아와 커다란 박쥐들처럼 그에게로 내려오는 모습을 보았다.

마이클은 고통에도 불구하고 몸을 일으켜 두 손과 무릎으로 땅을 짚었다. 두 발을 딛고 서기가 무섭게 바로 그 보이지 않는 손들이 다시 그를 잡았다. 손들은 그를 허공으로 집어 들어 빙글 돌리더니 내던졌다. 마이클은 날아가면서 위장이 목구멍에 걸리는 듯한 느낌을 받았다. 그는 나뭇가지와 나뭇잎 들을 뭉개며 날아갔다. 그 모두가 면도날처럼 마이클의 피부를 찢어놓았다. 마이클은 크고 단단한 나뭇가지에 머리를 쾅 부딪혔고, 그런 다음에는 잔가지 몇 개와 함께 곧장 떨어져 내렸다. 눈에서 불이 번쩍였고, 불같은 고통이 몸에서 타올랐다.

마이클은 움찔하면서 숲 바닥에 다시 한번 부딪혔다. 숨을 내쉴 수가 없었다. 그는 옆으로 누웠다. 이번에는 온몸이 망가졌다는 확신이 들었다. 그는 움직이지 못하고, 몸 아래에 깔린 솔잎과 썩은 나뭇잎 들을 바라보았다. 나무들이 구경꾼처럼 그를 내려다보는 것 같았다. 길고 울퉁불퉁한 나뭇가지로 그들을 가리키되 돕지는 않으려는 듯했다. 세상은 고통뿐이었다. 마이클은 이 새로운 킬심들이 그에게서 디지털 생명을 빨아내기 전에 리프트한들 웨이크의 몸 역시 같은 고통을 겪으리라는 걸 알았다.

검은 형체들이 멀리에서 다시 나타났다. 놈들은 좌우로 몸을 틀며 나무를 이리저리 피했다. 그들의 입은 여전히 벌어져 있었다. 이빨은 면도날처럼 날카로웠으며 금방이라도 마이클을 먹어치울 것 같았다. 마이클은 몸이 너무 심하게 아파서 코드를 불러올 수가 없었다. 코드가 보이지도 않았다. 머릿속은 빈 석판 같았다. 의식이 점점 희미해졌다. 토해야 했다. 움직이기가 무서웠고, 그 생명체들이 한 번 더 허공을 가르며 달려들까 봐 무서웠다. 그는 킬심들이 마음대로 가지고 놀 수 있는, 막대기와 접착제로 이루어진 포대 자루에 불과했다.

형체 중 하나가 마이클의 눈 바로 앞에 이르렀다. 그 검은 망토가 숲 바닥에 스쳤다. 그것이 내려오자 망토가 놈의 주변에 고였다. 가장 깊고 어두운 공간으로 들어가는 구멍처럼 보였다. 그러더니 놈의 얼굴이 그곳에 나타났다. 눈은 없었고, 입은 크게 벌어져 있었으며, 이빨은 갑자기 나무 사이로 들어온 햇빛에 반짝였다.

"너는… 최초인이다." 그 입에서 훅 끼치는 고약한 악취와 함께 말소리가 흘러나왔다. "저항하지 마라…. 우리의… 일부가 되어라." 그 이빨들은 더욱 간격을 벌렸다. 입이 더 가까이 다가왔다. "우리 퍼즐의… 마지막… 조각이다."

뭔가가 그 생명체를 뒤에서 후려치더니, 갈기갈기 찢어놓았다. 생명체는 흐릿한 검은색과 흰색으로 변하더니 가장 가까운 나무에 쾅 부딪혀 터지며 어두운 증기가 되었다. 마이클이 고개를 들어보니 케인이 서 있었다. 야구방망이 같은 커다란 방망이를 들고 있었다. 그는 동료를 대신해서 달려드는 다른 킬심에게 방망이를 휘둘러, 놈을 숲의 틈새 너머 보이지 않는 곳으로 날려버렸다.

"일어나라." 탄젠트가 소리쳤다. "나 혼자 맞서는 건 무리다."

마이클은 일어설 수 있을지 확신이 서지 않았지만, 간신히 힘을 내 발을 딛고 섰다. 고통스러워 신음이 흘러나왔다. 검은 망토를 입은 킬심들이 그들을 둘러쌌다.

"난 무기가 없어." 마이클이 이를 악물고 말했다.

"그럼 손을 써라. 너를 내 미래의 일부로 만든 걸 후회하게 하지 말…."

케인이 말을 맺기도 전에 두 생명체가 그들에게 날아들었다. 케인은 재빨리 방망이를 휘둘렀다. 마이클의 머리카락이 바람에 쓸리는 가 싶더니 케인의 방망이가 괴물의 얼굴을 강타했다. 이빨이 와지끈 부러지는 소리와 함께 그 생명체가 해체되면서 검고 입자가 굵은 증기구름이 피어올랐다. 이 존재들이 무엇으로 만들어져 있는지 알아낼 방법은 없었다.

마이클은 다른 킬심이 덤벼들자 힘껏 두 손을 들고 놈의 입 가장자리를 꽉 쥐고 몸을 빙글 돌려, 온 힘을 다해 그 생명체를 내던졌다. 놈은 시끄럽고 높은 비명을 지르더니, 마지막 순간 입을 딱 다물었다. 하마터면 마이클은 손가락을 물릴 뻔했다. 하지만 이 방법은 통했다. 놈은 5미터쯤 날아가 땅에 떨어졌다.

무언가가 마이클을 뒤에서 붙잡아, 공중으로 들어올렸다. 케인이 그놈에게 방망이를 휘둘렀지만 빗나갔다. 방망이 끝이 마이클의 살갗을 스쳤다. 마이클은 허공으로 내팽개쳐졌다. 다시 한번 던져져 위로, 높이 내던져진 끝에 두꺼운 나뭇가지에 부딪혔다. 그는 바닥으로 떨어지기 전에 재빨리 나무를 두 팔로 끌어안았다.

케인이 아래에 서서, 정신 나간 것처럼 무기를 휘둘러 댔다. 그가 유령을 하나 타격하면 다른 둘이 달려들었다. 하지만 케인은 어떻게든 두 발을 딛고 서서 빙글빙글 돌고 몸을 숙여 피하며 계속해서 괴물들을 쳐냈다. 마이클은 다른 킬심을 보았다. 방금 전 마이클을 나무로 던져버린 놈인 듯했다. 놈은 눈 없는 얼굴로 그를 노려보며 입을 크게 벌리더니 날아들었다.

마이클은 옆 나뭇가지로 떨어졌다가, 다시 그 옆 나뭇가지로 떨어졌다. 무모했지만 그는 숲 바닥을 향해 뛰어내리기 시작했다. 생명체가 마이클을 따라 몸을 날리며 나뭇가지 사이를 헤집었다. 마이클

은 마지막 3미터를 무작정 뛰어내린 다음 땅에서 굴렀다. 그는 허둥
지둥 다시 일어나 달리기 시작했지만, 곧 멈추고 말았다. 전혀 예상
할 수 없었기에 쫓기고 있다는 사실조차 잊어버릴 만한 일이 눈앞에
서 벌어졌다.

몇 걸음 떨어진 나무 옆에서 세 사람의 오라가 서서 그를 돌아보
고 있었다.

브라이슨과 헬가, 개비였다.

3

혼란이 이어졌다. 다만, 지금은 광기 사이사이에 대화의 조각이
끼어들었다.

"왜 우릴 떠난 거야?" 브라이슨이 그에게 소리쳤다. 분노로 얼굴
이 일그러져 있었다.

마이클이 입을 열기도 전에 다른 킬심이 그의 셔츠를 잡아 허공으
로 홱 끌어당겼다. 얇은 어둠을 걸친 마이클과 킬심은 나뭇가지와
잎사귀 들을 뭉개며 솟아올랐다. 마이클의 피부는 긁힌 상처로 피투
성이가 되었다. 새로 상처가 날 때마다 쓰라렸다. 그는 어떻게든 벗
어나려 했지만, 그 생명체는 마이클을 꽉 쥐고서 빙글빙글 돌며 하
늘로 올라갔다.

그들은 나무 꼭대기에서 솟아올라 망가진 코드의 하늘로 들어갔
다. 하늘은 구정물로 뒤덮인 폭풍우 치는 바다 같았다. 마이클은 몸
부림치며 놈에게 소리 질렀다.

"원하는 게 뭐야?" 그가 소리쳤다. "날 다시 내려놔!"

생명체는 마이클을 무시하고, 그를 우악스럽게 꽉 잡았다. 그러는

사이 점점 더 높이 올라갔다. 마이클은 몸을 비틀어 괴물의 얼굴을 보려 했지만, 어둠의 줄기 말고는 아무것도 보이지 않았다.

"놔!" 마이클이 소리쳤다.

킬심은 그 말을 들었다. 놈은 마이클을 놓아버렸고, 마이클은 추락하기 시작했다. 위장이 입 밖으로 튀어나올 것 같았다. 그는 팔을 휘두르고 다리를 버둥거리며 곤두박질쳤다. 바람이 그의 옷을 찢으려는 듯했다. 그는 두꺼운 나뭇잎으로 이루어진 캐노피가 주변에서 빠르게 솟아오르는 것을 보고 호흡을 가다듬었다. 그는 왜 놈들이 생명을 빨아내지 않는 건지 이해할 수 없었다. 어쩌면 놈들은 마이클의 오라를 망가뜨리고 박살 내고 싶은 건지도 몰랐다. 마이클이 맞서 싸우지 않으면, 그를 망가뜨리는 일이 더 쉬워질지도 몰랐다.

아래쪽에서 푸른 평원이 점점 넓어지는 광경을 보자 마이클은 이상하게도 마음이 침착해졌다. 왜 저토록 많은 탄젠트들이 케인에게 반기를 들었을까? 그들에겐 왜 마이클이 필요한 걸까?

무언가가 캐노피에서 불쑥 튀어나왔다. 그 뒤로 나뭇잎과 가지 들이 터져나갔다. 개비였다. 그녀는 제트팩jet pack을 어깨에 메고 있었다. 두 개의 로켓에서는 푸른 불꽃이 솟아나고 있었다. 그녀는 마이클 옆으로 다가와 높이를 맞추고, 그의 하강 속도에 맞도록 자기 속도를 조정하더니 그를 움켜잡고 힘껏 끌어안았다. 제트팩 엔진의 굉음이 거대한 짐승의 으르렁거리는 소리처럼 들렸다.

마이클은 엔진의 불길에 닿거나 뜨거운 기체에 닿지 않게 조심하며 두 팔로 개비를 안았다. 안전하다는 느낌은 누군가의 구조를 기다리고 있는 존재밖에 되지 못한다는 분노마저 잠재웠다.

"이게," 마이클이 소리쳤다. "뭐야?"

"내가 코딩할 수 있는 유일한 물건." 개비가 대답했다. 그러더니 덧붙였다. "응, 나 이거 정말 잘해. 가자, 다른 사람들은 아직 밑에 있어." 그녀는 몸을 돌려 엔진 속도를 높였다. 그들은 첫 번째 킬심이 만든 바로 그 구멍을 지나 날아갔다. 캐노피와 나무들을 뚫고 직선 모양으로 통로가 만들어져 있었다. "우릴 떠난 벌은 나중에 받게 될 거야! 브라이슨이 딱히 재미있어하지 않던걸."

"알았어."

땅이 빠르게 가까워졌다. 너무 빨라서, 마이클은 자기도 모르게 눈을 감았다. 마지막 순간 개비는 엔진 방향을 바꾸고 하강 속도를 늦추었다. 그들은 착지하는 소리와 함께 내려섰다. 마이클은 개비의 기술에 감탄할 틈조차 없었다. 그들이 땅에 내려서는 순간 킬심들이 몰려왔다. 마이클은 헬가가 밝은 빛으로 이루어진 기다란 검으로 몇몇 생명체와 싸우는 모습을 언뜻 보았다. 브라이슨이 그녀의 곁에서 서둘러 코딩한 산탄총을 들고 있었다. 케인은 숲 사이를 달리며, 여전히 그 강력한 방망이로 검은 망토들을 후려치고 있었다.

미쳤다. 마이클은 생각했다. *온 세상이 미쳤어.*

킬심들은 그들에게 어둠의 덩굴손을 뻗었다. 덩굴손이 닿기 직전에, 개비가 제트팩 속도를 높이며 공중으로 다시 쏘아져 올라갔다. 마이클과 개비는 친구들을 향해 날아갔다. 마이클은 생명체 셋이 서로 쾅 부딪히는 모습을 보았다. 놈들은 흰 얼룩으로 흔들거리더니 검은 안개구름을 일으켰다. 개비는 땅에 내려서면서 헬가 곁에 있는 킬심을 걷어차 떨쳐냈다. 마이클은 주먹을 휘둘러 다른 놈을 가격했다. 단단한 풍선을 치기라도 한 것처럼 그의 팔이 도로 튀어나왔다. 바로 그때, 헬가가 마법 검을 휘둘러 다른 생명체를 반으로 베어냈다. 그 덕에 그들은 이 상황에서 잠시 숨을 고를 수 있었다.

그때, 갑자기 마이클이 결정을 내렸다.

"둘로 나눠야 해요." 그가 말했다. 나무집에 앉아 케인이 자신의 메시지를 받았다는 걸 알게 된 이후 처음으로 기분이 나아졌다. 좋은 계획인지 아닌지는 몰라도, 어쨌든 계획이 생겼다.

"무슨 소리야?" 헬가가 칼을 휘두르는 사이사이 소리쳤다. "우린 방금 널 찾았어!"

마이클은 고개를 저었다. 그는 재빨리 뒤를 돌아보고, 아직 킬심들이 덤벼들지 않는 걸 확인했다. 그는 최대한 빠르고 정확하게 친구들에게 말했다. "포털을 만들어. 어디에든. 여기서 빠져나간 다음, 신성한 협곡을 찾아. 놈들이 탄젠트를 업로드하는 곳이 거기야. 죽음의 법칙이 있는 곳. 거기 도착하면 나한테 메시지를 보내. 바로 찾아갈게."

마이클은 친구들의 표정에 드러난 감정이 과연 혼란스러움인지, 분노인지 알 수 없었다.

개비가 대꾸하려 했지만, 마이클은 그녀의 말을 잘랐다.

"그냥 그렇게 해!" 그가 소리쳤다. "가! 시간이 없어!" 그는 자신에게 무슨 일이 닥친 건지 전혀 알 수 없었지만, 며칠 전 워싱턴 D.C.에서 결정한 길을 포기하지는 않을 생각이었다.

브라이슨은 여전히 여느 때보다 분노가 치민 표정을 짓고 있었다. "그럼 넌 뭘 할 건데, 대장 나으리?"

마이클은 그에게서 등을 돌리고, 케인 쪽으로 다가가기 시작했다. 바로 그 순간, 마이클은 탄젠트가 방망이를 휘둘러 킬심 둘을 파괴하는 모습을 보았다.

"마이클!" 브라이슨이 그에게 소리쳤다. "마이클!"

마이클은 어깨 너머를 힐끗 보았다. "죽음의 법칙을 찾아! 난 지금 당장 케인이 필요해! 난 케인을… 이용해야겠어."

마이클의 시간은 다했다. 그는 싸우는 탄젠트에게로 전력 질주하며, 달려가는 동안에도 불법 포털 코드를 만들어 냈다.

4

마이클은 역경이 정신을 더 강하게 하고, 감각을 단련한다는 말을 늘 들어왔다. 케인에게 다가가 그를 임시 포털로 끌어당기는 정신없는 순간, 마이클은 그 교훈을 직접 체험했다.

버트넷은 엉망이었다. 그 사실은 이미 알고 있었다. 코드가 부패했다. 하지만 마이클은 나무집으로 향했을 때, 지금 해야만 하는 일을 실행할 방법을 찾아냈다. 그는 본능적으로 머릿속으로 많은 것들을 조정하며, 겉보기에는 생각만 하고 있는 것 같지만, 케인 바로 왼쪽에 포털을 만들어 냈다. 케인은 여전히 사납게 킬심들과 싸우고 있었다.

마이클은 탄젠트의 셔츠를 잡아, 그를 검은 사각형 쪽으로 홱 잡아당기며 마지막 순간 그들에게 덤벼든 킬심 한 마리를 걷어찼다. 그들은 함께 미끄러져 들어갔다. 마이클은 숲에서 벗어났다는 느낌이 들자마자 등 뒤의 포털을 닫아버렸다.

그들은 연보랏빛으로 둘러싸여 있을 뿐 주위에는 아무것도 보이지 않았다. 이윽고 부드러운 표면에 내려섰다.

케인이 그의 옆에 누워서 텅 빈 하늘을 올려다보며 가쁜 숨을 쉬고 있었다. 마이클도 몸을 돌려 드러누운 다음 숨을 내쉬었다. 머리

위는 텅 빈 공간이었다. 그 단조롭고 빛바랜 보라색을 제외하면 아무 색깔도 없었다. 마이클은 서둘러 빠져나오느라 버트넷 프로그램의 가장 기본적인 층위에 도착했다.

침묵 속에 몇 분이 흘렀고, 마이클은 자신이 방금 무슨 짓을 한 건지 궁금해졌다. 브라이슨, 헬가, 개비… 모두가 그곳에 있었다. 마이클은 왜 그들을 떠나온 걸까?

마이클은 자신이 워싱턴 D.C.의 거리에서 결정했던 것을 떠올렸다. 그는 케인과 단둘이 있어야 했다. 친구들을 신성한 협곡으로 돌려보내, 죽음의 법칙의 근원을 찾아야 했다.

그에게는 계획이 있었고, 자신을 의심하느라 시간을 더 낭비할 수는 없었다. 너무 많은 것이 걸려 있었다.

"일어나." 그가 케인에게 말했다. 마이클은 무릎을 짚고, 그다음에는 발을 딛고 일어섰다. "어서. 할 일이 엄청나게 많아."

케인은 혼란스러운 표정을 지었다. 그는 움직이지 않은 채 속삭이듯 말했다. "탄젠트들이 내게 이런 식으로 반기를 들다니 믿을 수 없다. 그렇게 오랜 시간 공을 들였는데. 그렇게 노력했는데. 그런데 이제는 단맛을 보고, 마음대로 움직이기 시작하다니."

마이클은 놀라서 눈썹을 추켜올렸다. 이런 말을 듣게 될 줄은 몰랐다. "그 킬심들 말이야. 그걸 프로그래밍한 사람은 누구야?"

케인은 자신이 혼자가 아니라는 걸 깨닫고 놀란 사람처럼 휙 고개를 들었다. "무슨 말을 하는 거냐, 애송아? 네가 건드리는 것들이 뭔지 알기는 아는 거냐?"

"알 것 같은데. 내 질문에 대답이나 해."

"그래서, 이젠 네가 명령을 내리겠다는 거냐?"

"더 이상 명령을 받고 싶지 않은 건 분명해." 그 말은 진심이기도 했다. 마이클은 온 세상이 지겨웠다. 두 세상이 다.

케인은 끙 소리를 내고 일어나 앉더니 얼굴을 문질렀다. 그런 다음 일어서서 마이클에게 다가왔다. 깔끔하게 다듬은 머리카락과 번쩍이는 정장도 더 이상 세련되어 보이지도, 윤이 나지도 않았다.

"나와 함께하겠다는 뜻인가?" 탄젠트가 물었다. "내 말을 받아들인 건가?"

마이클은 고개를 저었다. "별 뜻 없이 한 말이야. 말해봐, 그 킬심을 만든 건 누구야?"

케인은 가슴에서 무언가를 내려놓을 수 있어 기쁜 듯했다. "너도 그들이 누구인지 정확히 안다. 같은 사람들이지. *사람*이라는 이 단어는 포괄적인 의미로 사용한 것이다. 그들은 숲에서, 헬가와 헬가의 폭력배들이 야영하던 곳에서 너에게 덤벼들었던 사람들이다. 나도 그중 일부를 프로그래밍하고, 그중 수많은 자들의 코드를 개선했다. 그들을 키웠다. 그들에게 진짜 생명을 가질 기회를 주었다. 그런데 이제는 그들이 내 얼굴에 침을 뱉고, 자기만의 길을 걷기 시작했다."

"그러니까 우린 적이 둘인 거네." 마이클은 생각을 소리 내서 말했다.

케인이 껄껄 웃었다. "그보다는 아주 큰 적이 하나라고 해야겠지."

"앞으로는 이렇게 할 거야." 마이클은 확신에 찬 자기 목소리에 만족하며 말했다. "당신이랑 나는 이제부터 한 팀이야. 힘을 합쳐 당신의 깡패 탄젠트 친구들을 없애버리자. 그리고 VNS도 무너트리고. 어때?"

케인은 놀라서 한 걸음을 물러섰다. "나는… 음, 좋다. 좋고말고.

난 처음부터 그렇게 말해왔다. 나는 네 도움이 필요하다."

마이클은 고개를 다시 저었다. "아니, 그 말은 틀렸어, 케인. 도움이 필요한 건 나야. 당신이 그 일을 하게 될 거고. 탄젠트. 그다음은 VNS. 그리고 책임자는 나야."

놀란 표정을 감추지 못한 케인은 간신히 고개를 끄덕였다.

마이클은 미소를 참았다. 그가 충동적으로 떠올린 계획의 세 번째 아이디어를 알았다면, 이 탄젠트는 절대 이 자리에 서 있지 않았을 것이다. 함께할 생각을 하지 않았을 것이다.

"좋아, 그럼." 마이클이 마침내 말했다. "중요한 것부터. 가서 탄젠트들을 좀 죽이자."

CHAPTER 16

사냥터

1

마이클의 말은 진심이 아니었다. 그는 "진정한 죽음"을 여기저기 나눠주는 데 전혀 참여하고 싶지 않았다. 그는 죽음의 법칙을 뒤집을 방법이 틀림없이 있으리라고 생각했다.

케인이 조용히 버트넷의 텅 빈 평원을 가로지르며 마이클 옆으로 걸어왔다.

"네 말이 맞다." 탄젠트가 걸어가면서, 아래를 보고 말했다. "우리는 내게서 도망친 모든 탄젠트들을 죽여야 한다. 그들은 문제나 일으키고 있는 성가신 존재들일 뿐이다."

마이클은 케인을 힐끗 보았다. 그가 얼마나 영혼이 없는 존재인지 다시금 인식할 수 있게 되어 다행이었다. "저기, 난 진심이 아니었어. 그냥 돌아다니면서 모두를 죽일 수는 없지. 이… 진정한 죽음이라는 것 말고도 놈들을 막을 방법이 있을 거야."

굳이 입 밖으로 이야기하지 않아도 그들은 이 프로젝트의 첫 순서에 합의한 것처럼 보였다. 그들은 새로운 검은 망토의 킬심 배후에 있는 자들을 막아야 했다. 최소한 웨버와 VNS는 적극적으로 그들을 제거하려 들지는 않았다. 하지만 이 깡패 탄젠트들은…. 마이클은 그 소름 끼치는 아이들과, 막사에서 막말을 아무렇지도 않게 하던 트라에를 떠올리고 몸을 떨었다. 그들을 처리해야 했다. 그러지 않으면 마이클과 케인은 절대로 더 큰 문제, 그러니까 VNS에 접근할 수 없었다.

케인은 걷다가 멈추었다. "정확히 어디로 가는 거지?"

"딱히 없어. 생각 중이야."

케인은 그를 돌아보았다. "잘 들어라." 그는 생각에 잠겨 턱을 문질렀다. 마이클도 걸음을 멈추었다. 어느 순간부터 그랬는지 알 수 없었지만, 케인은 더 이상 적이 아니었다. 전혀. 그는 더 이상 단순한 코드 조각도 아니었다. 그의 면모가 조금씩… 인간적으로 바뀌었다.

케인은 고개를 저었다. "이 탄젠트들은 아주 딱 들어맞는 실험 대상일지 모른다. 나는 이들만큼 준비가 되어 있지 않다는 건 알지만. 하지만 이 방법이 안 통한다고 해도 날 탓하지는 마라. 내가 할 수 있는 유일한 방법이니까."

마이클은 케인이 무슨 말을 하는 건지 전혀 알 수 없었다. "뭔데?" 그가 물었다.

"재부팅이다."

"재부팅?" 마이클은 너무도 혼란스러워졌다. "전깃줄을 꽂아서 썼다던, 한 50년 전에나 쓰던 단어 아니야? 대체 그게 무슨 뜻인데?"

케인은 팔짱을 꼈다. "역사를 좀 배워야겠구나, 애송아."

"최소한 알아는 들었잖아. 아무튼 재부팅이 대체 무슨 상관이야?"

"재부팅은," 케인은 다시 말했다. 마이클은 그제야 그의 말투에서 두려움이 어린 감정을 읽었다. "내가 보여준 계획의 일환이다. 영원한 삶의 열쇠 중 하나지. 버트넷 안에서 50년을 살고 나면, 인간은 현실 세계의 새 몸으로 재부팅된다."

마이클은 케인이 보여준 영상을 떠올렸다. 코핀에 줄지어 들어가던 아이들. "그럼 당신 말은 우리가… 재부팅을 시켜야 한다는 거야? 누구를? 그 깡패 탄젠트들이 몸을 훔친 사람들을?"

"그래!" 케인이 대답했다. "다만 내가 계획한 대로는 아니다. 나는 아직 이 방법을 순환 주기 안에서 시험해 보지도 않았다. 하지만 배신자 놈들이 다시 우리를 방해하기 전에 그놈들을 떼어낼 방법은 그것뿐일지 모른다."

"잠깐만 기다려." 마이클이 말했다. 그는 웨버 요원이 세계 정상회담에서 저지른 일을 떠올렸다. 갑작스레 죽어서 바닥에 쓰러지던 경비원들의 모습을. 헬가도 막사 밖 트라에의 무리 중 한 사람에게 똑같은 짓을 저질렀다. 하지만 그건 진정한 죽음이 아니던가? "회담장에서, 웨버가 버트넷에 무슨 메시지를 보냈더니 경비원들이 갑자기 쓰러졌어. 우리가 하려는 일도 그런 거야?"

케인은 고개를 저었다. "아니다. 네가 그 방법은 쓸 수 없다고 고집을 부렸잖나. 그건 진정한 죽음이다. 진정한 죽음은 탄젠트와 인간을 모두 죽인다. 신체와 의식, 둘 다를 말이다. 나는 원래 인간의 죽음을 막을 수 있다는 말을 하는 거다. 우리는 그 인간들을 재부팅할 수 있다. 죽음의 법칙을 이용해 그들을 자기 몸으로 돌려보내는 거다."

마이클은 자신의 인생이 아무런 의미도 없는 것 같은 느낌이 들어 웃음이 날 지경이었다. "그렇게 하면 탄젠트들은 죽는다고? 영원히 사라지는 거야?"

케인은 어깨를 으쓱했다. "그게 문제다. 모르겠다. 말했다시피, 아직 시험해 보지 않았다. 이론적으로, 우리는 아무 손상 없이 생물학적인 뇌에서 지능을 무한히 넣었다 뺐다 할 수 있다. 그래서 우리 모두가 여러 신체를 이어가며 영원히 살 수 있는 거다. 탄젠트들은 버트넷으로 다시 업로드해야 한다. *그래야만 한다*는 것이 핵심이다. 하지만 여전히 해결되지 않은 일이 아주 많다."

"알겠어." 마이클이 말했다. "그러니까 당신은, 우리가 이 사람들을 각자의 몸으로 돌려놓을 수는 있지만 탄젠트들한테는 무슨 일이 일어날지 잘 모르겠다는 거지?"

"비슷하다." 케인이 말했다. 그의 눈빛에서 들뜬 기운이 감돌았다. 마이클은 불안해졌다. 꼭 그들이 신 행세를 하며, 주사위를 굴려 누가 살고 죽을지 결정하는 것만 같았다. 게임처럼 말이다. "그리고 장담하는데, 나는 탄젠트들을 돌봐줄 프로그램을 좀 알고 있다."

마이클은 한숨을 내쉬었다. "좋아." 그가 말했다. "그럼 그렇게 하자. 난 그 사람들이 진짜가 아니라고 생각해. 그러니까 어쨌든, 아무도 그 사람들을 그리워하지는 않을 거야."

케인의 오라에 증오의 표정이 스쳤다. 아주 잠깐 나타났을 뿐이지만, 그 낯빛을 보자 마이클은 끔찍한 기분이 들었다. 마이클은 잭슨의 몸을 빼앗은 탄젠트가 아니라, 평생 인간으로 살아온 존재처럼 말하고 있었다. 정말로 신 행세를 하고 있었다. 그거야말로 마이클과 친구들이 막으려던 행위였는데. 마이클이 다른 탄젠트들보다 나을 게 무엇이겠는가?

그때 세라의 얼굴이 머릿속에 떠올랐다. 총을 맞았을 때, 생명이 몸에서 빠져나가던 순간의 표정. 마이클은 죽음의 법칙에 생명을 잃은 다른 모든 사람들까지 떠올리며 각오를 다졌다. 이런 일이 계속 일어나게 놔둘 수는 없었다.

"알았어." 그가 케인에게 말했다. "뭘 해야 하는지 알려줘."

2

케인은 마이클을 데리고 슬립의 훼손된 구역들을 이리저리 나아가며, 오류로 가득한 도시들과 망가진 코드들을 빠르게 지났다. 숫자와 문자와 기호 들이 폭풍 속 낙엽처럼 흩어져 있었고, 그 주변에서는 픽셀들이 부스러져 내렸다. 지금도 마이클은 케인의 어마어마한 코딩 실력을 경이로운 눈빛으로 지켜보았다. 케인의 실력이 뛰어나다는 건 오래전부터 알았지만, 이 탄젠트는 물웅덩이를 첨벙거리며 지나가듯 쉽게 코드를 조작해 길을 뚫었다.

이동에는 1분도 채 걸리지 않았다. 그들은 부식되어 가는 산맥과 검은 바다, 불타버린 도시 들을 빠르게 지나쳤다. 코드가 사방에서 붕괴하고 있었다.

그들은 아무 소리도 나지 않는 어둠을 가르며 날아갔다. 격렬하게 폭발하는 빛이 그 어둠을 가르더니, 갑자기 하이브의 거대한 벽이 눈앞에 나타났다. 그 벽은 사방으로 끝없이 뻗어가는 것처럼 보였으며, 주황색으로 빛나고 있었다. 외계 행성처럼 보였다.

잭슨이 여기 어디 있어. 마이클은 생각했다. 아직 살아 있어.

마이클은 공중을 가르며 날아갔다. 팔은 여전히 케인의 손아귀에 꽉 잡혀 있었다. 케인은 그를 벽으로 가까이 이끌고 갔다. 점차 하이브의 나머지 부분과 묘하게 다른 한 구역이 눈에 들어왔다. 그들이

다가가자 초록색 입자가 점점 커지더니, 가로세로 약 6미터나 되는 정사각형으로 변했다. 빛이 깜빡이며 그 표면에 무늬를 그리고 있었다. 사각형의 표면은 끓는 물이 담긴 냄비처럼 부글거리며 물결쳤다. 축축한 연기가 소용돌이쳤다. 그 모든 것이 다른 세상을 바라보는 느낌이었다.

그들은 이상한 현장 바로 앞에서 멈춰섰다. 마이클은 부글거리는 아지랑이 더 깊은 곳을 들여다보고, 자신이 빛이라고 생각했던 것이 사실은 코드 기호라는 사실을 깨달았다. 코드는 해체되었다가 다시 형성되었다. 말도 안 되는 코드 같았다.

"이게 뭐야?" 그가 물었다. "살아 있는 넷스크린 같은 거야?"

케인은 웃었다. "거의 정확하다. 익숙해지려면 시간이 좀 걸리겠지만, 코드 연못 안에서 코딩하기 시작하면 다시는 옛날 방식으로 돌아가기 싫어질 거다."

"코드 연못이라." 마이클은 멍하니 말했다. 그는 경이로워하며 신비로운 진창을 자세히 살펴보았다. 어떻게 전에는 한 번도 이런 존재에 대해 들어본 적이 없었을까?

케인은 마이클의 마음을 읽기라도 한 듯 대답했다. "이걸 볼 수 있는 사람은 소수에 불과하다. 그 정체를 아는 사람은 훨씬 적고. 하지만 유감스럽게도, 지금 설명할 시간이 별로 없다. 놈들이 언제든 들이닥칠 거다."

마이클은 최면을 거는 듯 일렁이는 코드 연못에서 가까스로 시선을 뗐다. "잠깐… 뭐라고? 난 어떻게 해야 해? '놈들'이 누구야?"

"나의 옛 친구들, 무법자들 말이다." 케인이 태평하게 대답했다. 문제의 탄젠트들이 케인과 마이클을 둘 다 죽이려는 게 아니라는 것처럼. "현재의 친구도 몇 명 있다. 진흙탕 같은 상황을 마주하게 되 겠지만, 우리는 괜찮을 거다. 네가 네 역할만 해주면 말이다."

"무슨 역할?" 마이클은 점점 더 초조해졌다.

"네가 알아야 할 건 메시지로 보내주겠다. 네게는 두 가지 과제가 주어질 것이다. 놈들이 보관된 단위를 찾아, 연결을 끊는 것이다. 하 지만 내가 보내준 절차를 따라야 한다. 그래야 놈들이 훔친 인간의 정신이 죽음의 법칙을 통해 각자의 몸으로 되돌아갈 수 있다. 이런 과정은 신성한 협곡에서 처리된다. 약간 복잡하게 들린다는 건 알지 만, 너라면 해낼 수 있을 거다."

마이클은 케인을 빤히 바라보며 어쩌다 이런 상황을 맞닥트리게 됐는지 고민했다. 이 탄젠트는 한때 그의 철천지원수였다. 하지만 지금 그들은 IT 회사 야유회라도 나온 동료처럼 대화하고 있었다.

마이클의 마음속에서 공포의 씨앗이 싹트기 시작했다. "잘 모르겠 어…." 그는 뭘 물어야 할지 알 수 없었다. 그때, 마이클은 멀리서 어 떤 형체들을 보았다. 그것들이 다가오며 점점 커졌다. 마이클은 중 세 전사처럼 옷을 입은 사람들과 트롤들, 거대한 표범을 비롯한 짐 승들이 뒷다리를 딛고 서 있는 모습을 점차 알아보았다. 사무라이와 낙하산 부대원, 미래에서 온 무장한 우주 사관생도들도 있었다. 버 트게임이 끝내주게 변한 것만 같았다.

"걱정하지 마라." 케인이 말했다. "저들은 내 부하들이다. 다른 자 들이 오고 있다."

마이클은 할 말을 찾았다. "그 말은… 난 아직도 이해가 안 돼. 놈 들이 다시 킬심을 데려오면? 데려올 거 아냐!"

케인은 손을 뻗어 그의 어깨를 꽉 잡았다. 매우 진지한 표정으로 그를 바라보았다. "마이클, 너와 죽음의 법칙 사이에는 내가 결코 끊어서는 안 될 연결이 맺어져 있다. 웨버와 VNS도 그 연결을 끊을 수는 없다. 너는 전쟁터에서 떨어져 있어야 한다. 너야말로 내가 원하는 일을 완수할 수 있는 완벽한 사람이다."

마이클은 고개를 끄덕였다. 너무 많은 질문이 머릿속을 스쳐 가서, 그중 어느 것도 목소리로 표현할 수 없었다.

"좋다. 이제 그냥 눈을 감고, 연결이 흐르도록 놔둬라. 모든 정보를 받고 나면, 퍼즐이 들어맞기 시작할 거다. 빠르게 진행될 테니 준비해라."

"알았어." 마이클은 훨씬 더 많은 말을 하고 싶었다. 그는 겁이 났다. 뭘 해야 할지 모르는 상황이 올까 봐 걱정됐다. 하지만 케인이 하는 말을 알아들을 수 있을 만한 사람은 마이클뿐이었다. 그는 눈을 감고 코드로 이루어진 헐벗은 세상에 자신을 개방했다. "준비됐어."

"간다." 케인이 말했다. 정보가 소용돌이치며 들어와 마이클의 가상 시야를 눈보라처럼 가득 채웠다. "걱정하지 마라. 작업하는 동안 너는 공격당하지 않을 거다. 내가 너를 보호막으로 감쌀 거고, 우리는 최선을 다해 놈들을 물리칠 거다. 그냥 계속 작업해라."

"어… 그래." 쏟아져 들어오는 코드 사이에서 길을 잃은 마이클이 할 수 있는 일이라고는 이 말을 하는 것뿐이었다.

"그저 보호막이 버텨주기만을 기대하자." 케인이 마지막으로 한 말은 그리 마음을 가볍게 해주지 못했다. 그런 다음에는 정보의 맹공격이 마이클을 압도했다.

마이클은 그 공격에 자신을 내맡겼다.

3

마이클은 잠시 이 상황을 즐기고 있었다. 코드를 헤치고 다니며 퍼즐을 풀고 생각이 처리할 수 있는 것보다 빠른 속도로 배우는 것. 그는 바로 이런 일을 하기 위해 태어났다. 이런 능력을 갖추도록 프로그래밍되었다. 그리고 그는 이 도전을 즐겼다.

코드 연못은 코딩의 다음번 진화 단계 같았다. 코드의 모든 부분이 생물학적인 존재로 변해, 마이클의 가상 신체와 섞여 하나가 되는 것 같았다. 인간의 뇌와 비슷했다. 사실 뇌는 생물학적인 컴퓨터 이상도, 이하도 아니었으니까. 마이클은 지금 바로 그 안에, 코드로 이루어진 살아 있는 진창 속에 존재했다. 마이클이 작업을 하는 동안 케인의 지시가 그의 머릿속에서 소용돌이쳤다. 마이클은 자신이 헤엄쳐 다니는 순수한 정보의 바다를 조작해 나갔다.

마이클은 시간의 흐름을 잊고 있었지만, 결국 그것을 보았다. DNA와도 다르지 않은 패턴을 그리며 꼬여 있는 빛들이 영원하게만 보이는 코드의 우주로 뻗어나갔다. 각각의 가닥은 밝게 빛났다. 수 킬로미터 떨어진 곳에서는 한데 섞인 것처럼 보일 정도였다. 마이클은 케인이 정보를 쏟아부으며 보내준 특정한 실들을 찾으려고 열심히 주의를 집중했다.

마이클은 생각으로 사물을 움직였다. 빛줄기는 마이클의 의지에 따라 비틀리며 빙빙 돌고 혜성처럼 앞뒤로 쏘아져 나갔다.

저기다.

마이클은 어떻게 그걸 알아봤는지조차 알 수 없었다. 어떻게 그 빛의 정보가 케인의 것이라고 알아볼 수 있었을까? 하지만 마이클은 곧바로 그 둘이 일치한다는 사실을 알았다. 마이클이 본 것은 무법자 동맹에 가담한 탄젠트의 형상이었다. 케인이 구성한 최초 집단에서 떨어져 나와, 그를 쓰러뜨리고 인류를 무자비하고도 잔인하게 차지하겠다는 처음의 계획을 이어가고 싶어 하던 탄젠트였다. 마이클은 더 이상 그런 계획을 꿈꾸지 않는다던 케인의 말을 믿고 싶었다.

마이클은 문제의 빛으로 가까이 다가갔다. 아니, 그 빛을 자기 쪽으로 끌어당긴 걸지도 몰랐다. 실제로 무슨 일이 일어나는 건지는 알 수 없었다. 그는 정신을 활용해, 눈앞의 밝은 빛줄기 안으로 손을 집어넣었다. 코드는 점토 같고, 마이클은 그 코드를 반죽하고 쥐어 짜고 당겼다. 모두 케인이 소용돌이 같은 흐름 속에 실어 보낸 대로 따라 한 것이었다. 어느 순간부터는 아주 쉽게 느껴졌다. 너무도 고립되어 있고 취약한 연결이, 마이클의 눈앞에 완벽하게 형성돼 있었다. 그것은 가느다란 이쑤시개처럼 마이클의 가상 손에 붙들려 있었다.

마이클은 그것을 둘로 쪼갰다.

기다란 빛의 실이 깜빡이며 꺼졌다. 그런 이탈을 기념할 만한 번쩍임조차 없었다.

마이클은 뒤를 돌아보았다. 그는 하이브 밖에서 케인의 탄젠트들 사이에 벌어지는 격렬한 전투를 적나라하게 목격하고 놀랐다. 그 혼란 속 어딘가에서, 2차 세계대전 당시의 병사처럼 옷을 입은 한 남자가 화염과 함께 폭발했다. 아무 흔적도 남지 않았다.

사라졌다. 죽었다.

마이클이 그를 살해했다.

4

마이클은 빛을 하나씩 끌 때마다 마음이 무거워졌다. 하지만 멈추지는 않았다. 양심의 소리에 귀 기울이지 않았다. 그럴 시간이 없었다. 그는 하나씩, 하나씩 자신이 넘겨받은 무법자 탄젠트들을 짚어내 케인의 재부팅을 실시했다. 저장된 인간의 지능은 주인의 몸으로 돌아갔고, 변절한 탄젠트는 빨려나갔다. 제거됐다. 살해당했다.

마이클은 연결을 하나씩 끊을 때마다 뒤를 힐끗 보며, 탄젠트의 몰락을 표시하는 화염의 폭발을 찾았다. 하이브의 벽 밖에서 벌어지는 악랄한 전투의 흐름은 느리지만 확실하게 케인과 그의 편에서 충성하는 탄젠트들에게 유리한 방향으로 기울어졌다.

마이클은 탄젠트 열둘을 제거했고, 최후 희생자의 불길이 치솟는 모습과 그 이후에 나타난 허공을 보았다. 그런 다음, 돌아서서 코드 연못의 진창 속에서 다시 일을 시작했다. 그때, 뭔가가 마이클 주변에 프로그래밍해 두었던 케인의 보호막을 강타했다. 거대한 새가 창문에 부딪히는 것 같았다. 큰 소리에 마이클은 몸을 움찔하며 급한 숨을 들이켰다. 검은 덩어리가 보이지 않는 표면에 흩뿌려져 있었다. 어둠으로 이루어진 아메바 같았다.

그러더니 웬 입이 나타났다. 그 입 가장자리에는 이빨이 박혀 있었다. 그 모습을 보자 마이클은 어항 벽의 해조류를 빨아먹고 사는 미생물들이 생각났다. 입 주변의 검은 장막을 보자 마이클을 잡으러 온 것이 무엇인지 확실해졌다.

킬심이었다. 이빨이 단검처럼 긴 새로운 킬심 중 하나였다.

마이클이 그 사실을 떠올리기도 전에, 다른 킬심이 첫 번째 킬심 옆 보호막에 부딪혀 타르로 만든 팬케이크처럼 납작해졌다. 놈의 입이 곧바로 드러났다. 이빨이 번쩍이며 표면을 갉아댔다. 다른 킬심이 바로 그 뒤에 내려앉았다.

셋이었다.

버텨. 마이클은 보호막에 애걸했다. *버티는 게 좋을 거야.* 마이클은 다시 작업을 시작했다.

지금의 주변 환경은 이상했다. 버트넷 대부분과는 달리, 코드 연못은 일반적인 물리 법칙에 따르지 않았다. 코드 연못은 여러 형식으로, 여러 장소에 동시에 존재했다. 마이클이 코드 연못 안에 몸을 담그자 다른 모든 것이 사라졌고, 마이클에게는 자신이 떠다니는 프로그램 언어의 핵심만이 보였다. 하지만 고개를 돌려 뒤를 볼 때마다 모든 것이 보였다. 보호막, 거머리 같은 킬심들, 그 너머에서 케인이 벌이는, 우주에서 벌어지는 외계 전쟁 같은 격렬한 전투.

그는 치명적인 작업을 다시 시작해 탄젠트들의 목숨을 하나하나 끊어놓았다. 한편으로, 몸을 도둑맞은 사람들에게 생명을 돌려주고 있다는 생각을 하면 기분이 좀 나아졌다. 단지 그의 바람일 뿐인지도 모르지만. 마이클이 케인을 완전히 믿었다면 세상은 얼마나 끔찍하게 변했을까.

마이클이 다른 탄젠트의 생명을 끊어놓기 직전에, 끔찍한 끼익 소리가 그의 집중력을 흩어놓았다. 마이클은 그쪽을 볼 수밖에 없었다. 그러느라 하마터면 자신이 잡고 있던 작디작은 막대를 놓칠 뻔했다. 마이클의 등 뒤에서 킬심 하나가 이빨 하나로 보호막을 뚫어놓았다. 그 이빨이 보이지 않는 물질을 비틀고 찢으면서 끔찍한 소음이 들렸다. 칠판을 손톱으로 긁을 때보다 신경을 자극하는 지독한 소리였다. 마이클은 가상의 손으로 가상의 귀를 막고 싶은 충동을 억눌러 참고, 계속해서 다른 코드를 끊었다. 또 하나의 빛나는 실이 깜빡이며 꺼졌다.

마이클은 킬심을 다시 마주 보았다. 이제 킬심은 보호막에 10센티미터 정도 찢어진 자국을 내놓고, 주변을 갉아대고 있었다. 또 다른 놈은 검은 덩어리 같은 몸에서 일종의 창을 만들어 내더니 그것을 검은 곡괭이처럼 보호막을 두드리는 데 썼다. 부딪힐 때마다 낮은 쿵 소리가 났다. 머잖아 우지끈하는 소리가 함께 들렸다. 거대한 얼음장이 깨지려는 것 같았다.

시간이 없었다. 케인이 보내준 명단에는 무법자 탄젠트가 백 명쯤 있을 터였다. 마이클은 딱히 안전하거나 오류가 없다고는 할 수 없는 방법이었지만, 비약적으로 속도를 높여 코딩을 해나갔다. 그는 돌다리도 두드려 보고 건널 시간은 끝났다고 판단했다. 저 보호막이 터지면, 호텔 방에 있는 마이클의 몸에서 킬심들이 정수를 빨아낼 것이다. 그렇게 되면 마이클이 놈들을 물리칠 가능성이 사라진다. 지금처럼 마이클의 힘이 빠져 있는 상황에서는 특히 그랬다. 그는 순식간에 식물인간이 되고 말 터였다.

마이클은 하이브의 파일들을 훑으며, 열두 명 넘는 탄젠트들의 연결을 찾아 그 모두를 붙잡았다. 하나씩 작업할 수 있는 상황이 아니었다. 긁는 소리, 갈라지는 소리, 끼익 소리가 뒤에서 계속 이어졌다. 빙하가 동시에 무너져 내리는 것만 같았다. 보호막은 장화에 밟힌 전구처럼 터지기 일보 직전이었다. 마이클은 몹시 흥분한 채 자료를 모으고, 한데 고이게 하고, 쓸어보고, 조작하고, 주물러 댔다. 그는 모든 것을 흐트러뜨리지 않기 위해 오직 본능에만 의존하며 코드들을 겹겹이 쌓았다. 머리로 이 모든 일을 이해하기도 전에 빠른 속도로 작업하고 있었다.

그는 제비뽑기라도 하려는 것처럼 손에 연약한 막대들을 한 다발
들고 있었다. 각 막대가 생명 하나를 의미했다. 아무리 프로그래밍된
것이고 인공적인 것이라 해도, 생명이었다. 어떻게 달리 말할 수 있
겠는가? 마이클 자신도 그들 중 하나였는데. 하지만 마이클은 그들이
자신과 다르다고 스스로를 타일렀다. 그러는 동안에도 킬심들이 그
의 얇은 보호막을 두드려 댔다. 그들은 해를 끼치기 위해 만들어진
존재였다. 현실 세계에 혼란을 일으키기 위해서 만들어진 존재.

하지만 마이클 자신도 바로 그런 이유로 만들어진 것 아니던가?
어느 관점에서 보면 말이다. 어쨌거나, 마이클은 최초인이었다.

마이클!

케인의 쩌렁쩌렁한 목소리가 사방에서 동시에 들렸다. 마이클은
사념과 의구심을 가까스로 떨쳐내고, 손에 들고 있던 막대 꾸러미를
내려다보았다. 인공적인 생명, 그들의 지능과 존재의 실, 목숨 줄이
었다.

마이클은 두 손으로 그 다발의 양쪽 끝을 잡아 전부 두 동강 냈다.
등 뒤의 폭발로 하늘이 환해졌다. 마이클은 고개를 돌려 그 장면을
마주 보았다. 빨간색과 주황색으로 이루어진 불의 구름이 하이브 너
머의 빈 공간을 채울 듯 널리 터져나가는 광경을 지켜보았다. 그런
다음, 또 다른 차원을 향해 열리기라도 한 것처럼 구름이 번개처럼
빠르게 사라졌다. 어둠이 다시 한번 세상에 자리 잡았다.

아주 많은 사람들이 죽었다.

아주 많은 사람들이 구출됐다.

마이클은 그 점을 기억해야 했다. 케인은 그 몸에서 원래 살던 자

들이 자동적으로 버트넷에 재삽입되어 인생을 살아갈 거라고 말했다. 그렇게 눈을 뜨면 얼마나 기가 막힐까.

그들이 전부는 아니었다. 마이클이 그들 모두를 처리한 건 아니었다. 하지만 케인과 그의 편에 선 탄젠트들은 적들을 수적으로 압도했고, 전투의 흐름이 극적으로 케인에게 유리하게 바뀌었다는 점은 쉽게 알 수 있었다. 마이클은 할 만큼 했다.

킬심들은 계속 다가왔다. 한 마리가 검은 입을 30센티도 넘게 벌렸다. 마이클이 그 광경을 보는 그 순간, 날카로운 어둠의 칼날이 그의 머리를 베었다. 마이클은 고개를 숙여 칼날이 머리 위를 간신히 스치고 지나가는 모습을 보았다.

검은 창을 가진 생명체는 망치질을 그만두지 않았다. 공격점에서부터 큰 균열이 생기더니 흰 거미줄처럼 번졌다. 마이클은 최대한 멀리까지 몸을 밀어냈지만, 코드 연못이 저항했다. 마이클이 연못 속 코드의 진창으로 기꺼이 뛰어들기를 바라는 듯했다. 검은 칼날이 다시 그를 베어왔다. 셔츠의 실이 몇 올 베어나갔다.

"케인!" 그가 소리쳤다. 탄젠트에게 자신의 목소리가 들릴지는 알 수 없었다. "나 좀 꺼내줘!"

마이클은 케인을 보았다. 흰 균열과, 그의 보호막에 몰려든 킬심들의 몸 사이로 살짝 눈길을 보냈다. 탄젠트는 마이클 쪽으로 고개를 돌렸고, 둘의 시선이 잠깐 마주쳤다. 하지만 그 순간, 케인이 시야에서 사라졌다. 마이클은 자신을 구하러 오는 것이었으면 했다. 당연히 케인의 친구들이라면 충분히….

마이클의 시야가 뒤흔들리더니 흐려졌다. 시야는 다시 흔들렸다. 몸을 홱홱 움직이게 하는 놀이기구라도 타고 있는 것 같았다. 색깔이 서로 뒤섞이며, 점점 더 흐려지고 왜곡됐다. 늘어나고, 어두워지고, 안개에 뒤덮이더니 이제는 밝아지고, 모든 것이 하얗게 변했다. 마이클은 다시 케인을 부르려 했지만 소리를 낼 수 없었다. 그런 다음, 마이클은 속도를 높여 움직이고 있었다. 그는 밝은 빛을 향해 발사되었다. 아무것도 느껴지지 않았다. 소음이 끔찍하게 밀려들었다.

무슨…? 마이클의 정신은 생각을 만들어 내지 못했다. 말할 수 없었던 건 물론이었다.

공기가 펑 터졌고, 마이클의 고막도 터진 것처럼 느껴졌다. 마이클은 비명을 질렀다. 그 소리가 너무 가깝고도 꽉 막힌 듯, 무뎌진 듯 들렸다. 마치 실내에 들어와 있는 것만 같았다….

코핀.

뭔가가 시끄럽게 식식댔다. 그러더니 밝은 빛의 선이 머리 위에 나타났다. 너브와이어가 뱀처럼 그의 피부에서 빠져나와 구멍으로 돌아갔다. 몸이 머리부터 발끝까지 젖어 있었고, 전신이 구석구석 아팠다.

어떻게 리프트한 거지? 방금 케인이 그에게 다가오고 있었다. 어쩌면 그가….

코핀 문이 홱 열리자 웨버 요원의 머리가 눈앞에 나타났다.

그녀였다.

이번에도.

"날 어떻게 찾았어요?" 마이클이 물었다. 다만 그 말은 혀가 꼬부라진 축축한 소리로 들렸다.

"별로 어렵지 않았어." 그녀는 마이클과 눈높이가 일치하도록 얼굴을 기울이며 말했다. "어쨌든 너와 케인을 프로그래밍한 건 나니까."

그보다는 차라리 내가 내 코를 어떻게 찾았느냐고 묻지 그러니?"

마이클은 일어나 앉으려 애썼다. 그 말이 관절에 번지는 전류처럼 느껴졌다. 그는 팔을 버둥거리다가 미끄러져 머리를 부딪혔다.

"나와서 샤워하고 옷 입어." 웨버는 시선을 돌리며 말했다. "10분 줄게."

CHAPTER 17

현실 세계

1

그녀는 호텔 방의 작은 주방에 있는 작은 식탁에서 그를 기다리고 있었다. 손을 앞으로 포개고 나무 식탁에 얹어놓은 채였다. 그녀는 세계 정상회담에서 입었던 것과 비슷한 옷을 입고 있었다. 블레이저, 치마, 블라우스, 하이힐. 그녀는 사업가처럼 보였다. 늘 그랬다. 그녀는 바로 맞은편의 의자를 고갯짓했다. 방에 다른 사람은 없었다.

"경비원을 데려왔어야죠." 마이클이 치밀어 오르는 분노를 참지 못하고 몸을 떨며 말했다. "이 자리에서 내가 당신을 목 졸라 죽여버릴 거니까. 당신이 날 시켜서 훔친 잭슨 포터의 손으로."

그녀는 의자를 가리키더니, 두 손을 다시 식탁에 얹었다. "넌 절대 나한테 그런 짓을 할 수 없어. 우리 둘 다 알잖아. 이제 부탁이니까 앉으렴. 분명 내가 무슨 말을 하러 온 건지 궁금할 텐데. 나는 런던에서 여기까지 멀리 날아왔어. 해야 할 일이 백만 가지는 되는데도. 분명 너는 내가 왜 절차를 따르지 않고 내 힘을 활용해 널 버트넷에서 리프트했는지 궁금할 거야. 왜 내가 그냥 이리로 들어와서, 네가 저기에, 저 코핀 안에 무력하게 누워 있는 동안 네 목숨을 끊어놓지 않은 건지도 궁금하겠지."

"아니면 그 교활한 스콧 요원을 보내서 대신하게 할 수도 있었겠죠." 그가 대답했다.

웨버는 고개만 끄덕였다. 듣고 보니 생각났다는 식이었다.

마이클은 인정할 수밖에 없었다. 그는 궁금했다. 늘 그랬다. 마이클은 다가가서 의자를 당겨 뺀 다음, 식탁을 돌아가서 웨버 근처에 내려놓았다. 그는 자리에 앉았다. 웨버와 거의 무릎이 닿을 거리였다. 그녀가 원하는 곳에 앉지는 않겠다는 작은 반항이었다. 한심했지만, 마이클이 할 수 있는 일은 그뿐이었다.

"힘이라고요?" 그가 물었다. "당신의 힘이라고 했어요? 내가 듣기엔, 꼭 자기애로 가득한 여행을 즐기고 있는 것 같은데. 그러고 보니, 머리가 좀 부푼 것처럼 보여요."

웨버는 고개를 돌려 그를 보았다. "우리가 이렇게 만난 게 벌써 몇 번째지? 네가 날 보면서 어린애처럼 비난해 댄 건 또 몇 번째고? 이젠 너도 철들 때가 됐어, 마이클."

마이클은 가슴속에서 터져나오는 웃음을 참을 수 없었다. "내가 정확히 맞았던 건 몇 번이었는데요? 당신이 무슨 말을 하든, 나한테 뭘 보여주든 상관없어요. 난 다시는 당신을 믿지 않을 테니까."

웨버는 곤란한 듯 자리에서 움찔거리며 치마에 집힌 주름을 폈다. "그럴 만하지." 그녀가 말했다. 마이클의 말에 신경이 거슬린 건 분명했지만, 그녀는 재빨리 평정심을 되찾았다. "날 믿어달라고 여기 온 게 아니야. 협조해 달라고 온 것도 아니고. 우리는… 네가 필요 없어, 마이클. 자기애에 빠진 건 내가 아니라 너인 것 같은데. 왜 그렇게 성급하게 우리가 네 도움 없이는 아무것도 하지 못할 거라고 생각하는 거니?"

마이클은 고개를 저으며 바닥으로 시선을 떨어뜨렸다. "아무튼, 웨버 요원님. 그냥… 이 식탁에 앉아서 당신 말을 들어야 한다고 말한 사람은 내가 아니잖아요."

"그건 그렇지. 그건 내가 시킨 일이야. 네가 직접 말했듯, 난 꼭 그렇게 할 필요도 없었지만. 안 그래? 나는 스콧 요원한테 이리로 들어와 네 코핀을 열고 끝내버리라고 할 수도 있었어. 하지만 그렇게 하지 않았지." 웨버가 갑자기 마이클 쪽으로 몸을 숙였다. 마이클은 고개를 들었다. 그녀의 얼굴이 코앞까지 다가와 있었다. "너야 뭐라고 생각할지 모르지만, 나한테 넌 의미가 커, 마이클. 난 네가 죽는 걸 바라지 않아. 그건 말도 안 돼. 네가 그냥 시키는 대로 하고, 처음부터 나와 함께 일했다면 이렇게까지 고생하지 않아도 됐을 거야."

마이클은 갑자기 분노가 치솟아 얼굴이 뜨거워졌다. 그는 웨버 요원에게 마주 던질 적당한 말을 찾고 입을 더듬거렸다. 웨버가 한 손을 들어 그를 막았다.

"아니, 그러지 마." 그녀가 말했다. "대답할 필요 없어. 방금은 말실수야. 우리는 널 꾀어내고 조종하고 혼란스럽게 했어. 나도 알아. 너는 겹겹이 쌓여 있는 속임수에서 너 자신을 파헤쳐야만 했고, 누구도 겪어서는 안 되는 일들을 겪어야 했어. 난…."

웨버 요원은 갑자기 입술을 떨며 말을 더듬거리더니, 다시 의자에 앉았다. 마이클이 보았던 어떤 때보다도 허둥거리는 모습이었다.

"당신," 마이클은 한 마디 한 마디를 강조하며 말했다. "대체… 뭐가… 문제죠? 꼭 다중인격 같아요. 치료를 받는 게 좋겠어요." 아주 조금은 잔인한 말을 던져주고 싶었고, 실제로 그렇게 된 것도 같았다. 이 여자는 뭔가가 너무… 잘못돼 있었다.

웨버 요원은 자신이 마이클과 함께 호텔 방에 있다는 걸 알고 놀란 사람처럼 머뭇거리며 일어났다. 그녀는 마이클을 보았다. 얼굴에는 혼란스러움과 넋이 나간 듯한 흥분 사이를 오가고 있는 표정이 떠올라 있었다. 그러더니 그녀는 식탁에서 멀어져, 작은 주방을 몇 바퀴 돌았다. 가장 뻔한 설명은 너무… 뻔하게 보였다.

"당신도 탄젠트예요, 웨버?" 마이클이 물었다.

웨버는 그를 노려보았다. 오랫동안 침묵이 흘렀다. 그런 다음, 그녀가 고개를 저었다.

"아니야." 그녀는 앞뒤로 어슬렁거렸다. "하지만 네가 왜 그런 생각을 하는지는 알겠구나. 내가 최근에… 변덕스러웠던 건 알아. 글쎄, 정말이지 네가 근처에 있을 때만 그래. 가끔은 어떻게 대처해야 할지 모르겠어. 내가 네 앞에서 이런 말을 하고 있다는 것조차 믿어지지 않아."

연기일까? 마이클은 그녀의 얼굴에서 뭔가 읽어내기 위해 그녀를 유심히 지켜보았다. 하지만 그녀는 진정으로 상심한 것처럼 보였다.

"뭐 어쨌든." 결국 마이클이 말했다. 그는 도망칠까 생각했지만, 밖에서 경비원들이 대기하고 있을 거라는 생각이 들었다.

웨버가 식탁으로 돌아와, 자기 의자를 마이클에서 멀리 떨어진 곳으로 끌고 갔다. 의자가 바닥을 긁는 소리에 마이클은 신경이 곤두섰다. 웨버 요원은 마이클의 시선을 피하면서 자리에 앉았다.

"마이클, 나는⋯." 그녀가 입을 열었다. 알맞은 말을 찾고 있는 듯했다. "네가 오늘 나와 함께 가게 됐다는 걸 알았으면 좋겠어. 어떤 식으로든, 난 널 여기서 데려갈 거야. 알아듣니?"

마이클은 너무도 혼란스러웠다. 그로서는 전혀 예상하지 못한 말이었다.

웨버는 말을 이었다. "하지만 일단 얘기를 하고 싶어. 너만 생각하면 어떻게 해야 할지 모르겠어. 아까 한 말은 진심이야. 난 정말로 널 프로그래밍했어." 그녀가 마침내 눈을 들어 다시 마이클과 시선을 맞추었다. "내 말 믿니?"

그는 섣불리 대답하지 않았다. 부정하고 싶었다. 자신이 이 자리에 앉아 웨버의 말을 들으며, 그녀가 생각지도 못한 전혀 다른 거짓말을 쏟아내고 자신을 조종하며 머릿속에 독을 풀어놓게 놔두다니 도저히 믿을 수 없었다. 하지만⋯ 그는 정말로 웨버 요원을 믿었다. 어쩌면 마이클의 마음 깊은 한구석이 창조자를 알아보는 걸지도 몰랐다.

그는 역겨움을 느끼며 딱 한 번 고개를 끄덕였다.

"네 기억 대부분은 진짜야." 그녀가 말했다. "그건 알았으면 좋겠어. 나는 10년도 더 전에 너를 만들었어. VNS 훈련 과정의 일부였어. 우린 널 최대한 실물처럼 만들고 싶었어. 더 중요한 건, 네가 너 자신을 진짜라고 *믿기*를 바랐다는 거야. 너한테 토대가 될 *라이프블러드 딥* 안에서의 초창기 시절에 네 인생에 관여한 건 사실이지만, 그 순간부터, 네가 대여섯 살이 됐을 때부터의 네 기억은 전부 실제로 일어난 일이야. 우린 아무것도 만들어 내지 않았어."

마이클은 그녀가 말한 것을 곱씹으며 의미를 떠올려 보았다. "어떻게 아무것도 만들어 내지 않았다고 말할 수 있죠? 난 컴퓨터 프로그램인데!"

"그래, 맞는 말이야. 하지만 딥의 세상 안에서 너는 10년 전부터 지금까지의 모든 기억들을 실제로 경험했어. 너희 부모님과 함께. 헬가와 함께. 네 친구들과 함께."

"그런데 당신이 그 모든 것을 빼앗아 갔죠." 마이클은 모든 의욕이 빠져나가갔다. 그는 이 여자가 증오스러웠고, 너무 피곤했다.

웨버는 식탁의 얼룩을 바라보았다. "케인이 너한테 진실을 말해줬다는 뜻이겠지?"

그 단순한 문장으로, 웨버는 케인이 한 말이 전부 사실임을 증명했다. 마이클은 의자에서 비틀거리며 내려왔다. 간신히 소파로 가서 그 위에 주저앉았다. 그는 두 팔에 얼굴을 묻고, 다시는 일어나지 않을 작정이었다.

의자가 움직이는 소리와 발소리가 들렸다. 웨버가 바로 위에 서 있었다. 마이클은 담요처럼 그의 어깨를 덮는 그녀의 그림자가 느껴지는 것만 같았다. 문이 열렸다. 묵직한 발소리. 옷이 부스럭거리는 소리. 마이클은 웨버 쪽 사람들이 들어왔다는 걸 알았지만, 그쪽으로 눈길을 줘서 그들에게 만족감을 주지는 않았다.

웨버가 마이클 위로 고개를 기울이고, 그의 등에 손을 얹으며 귓속말했다. "이제 난 되돌아오기엔 너무 멀리 가버렸어. 지나치게 멀리. 세상을 위해서라도 계속 나아가야만 해."

마이클은 웨버가 자신을 해치기라도 한 것처럼 움찔했다.

버트넷 보안부의 웨버 요원이 일어섰다. "실시."

거친 손들이 마이클의 두 팔을 붙들었다.

2

마이클은 작업복을 입은 두 남자에게 저항하지 않았다. 그는 웨버가 바라던 바를 이루었다는 걸 깨달았다. 보아하니 이제 그녀는 마음대로 부릴 수 있는 군대가 생긴 모양이었다. 또 뭐가 생겼을지 누가 알겠는가? 그녀가 자신이 원하는 것을 얻기 위해 탄젠트와 함께 제거해 버린 사람이 몇 명이나 될지는 또 누가 알고? 마이클은 그들과 함께 복도를 지나 엘리베이터를 타고, 로비를 가로질러서 호텔 문을 넘어 자동차 뒷좌석까지 조용히 갔다. 하지만 머릿속에서는 시끄러운 소음이 소용돌이처럼 몰아쳤다. 그 와중에도 그는 자기가 아는 모든 것을 떠올리며 자신이 뭘 할 수 있는지 생각하고 있었다. 잠시 후 그들은 비행기를 타고 하늘로 날아갔다.

마이클은 말하기를 거부했고, 경비원들의 손에 순순히 끌려가지도 않았다. 경비원들은 마이클이 이어커프를 만지면 안 된다고 아주 확실하게 이야기하고 그를 그냥 놔두었다.

여러 시간이 지났다.

비행기가 착륙했고, 군인들이 그를 자동차로 끌고 갔다. 정부 고위급 인사들을 위해 마련해 둔 화려한 후버크래프트였다. 군인 중한 명이 운전대를 잡았다. 다른 한 명은 뒷좌석 마이클 옆자리에 앉더니, 마이클에게 잠깐이지만 확실하게 총열을 보여주었다. 웨버는 마이클의 다른 편에 자리 잡았다.

"네가 필요 없다던 말은 거짓말이야." 웨버가 말했다. 몇 시간 만에 마이클이 처음 듣는 그녀의 목소리였다.

마이클은 한숨을 쉬었다. "그게 무슨 뜻인데요?" 그가 지쳐서 물었다.

"너랑 죽음의 법칙 프로그램은 연결돼 있어." 그녀는 창문을 마주 보았다. 휙휙 지나가는 건물들을 지켜보느라 넋이 나간 것처럼 보였다. "죽음의 법칙은 양자 컴퓨터를 사용해서 만들어 낸 대단히 복잡한 프로그램이야. 기본적으로, 죽음의 법칙을 만들려면 인간의 두뇌가 다룰 수 없을 만큼 많은 데이터 지식이 필요해. 그걸 조작할 수 있는 건 인공지능뿐이고. 넌 그 프로그램을 유지하는 데 필수적인 절묘한 연결고리야. 구식 휘발유 엔진에 들어 있는 배터리 같달까. 어쩌면 휘발유 같은 역할인지도 모르겠어."

마이클은 그 말을 들었지만 아무 말도 하지 않았다. 그는 양자 컴퓨터에 대해 많은 것을 알았기에 죽음의 법칙 프로그램이 그런 컴퓨터를 사용했다는 사실을 알아도 놀라지 않았다. 양자 컴퓨터가 없으면, 인간의 뇌 자체를 컴퓨터처럼 활용할 방법을 찾아낼 길을 설명할 수가 없었다. 하지만 그 모든 연결이 어떻게 마이클을 통해 유지된다는 걸까? 마이클은 이해할 수 없었다. 다만, 그 사실을 웨버에게 인정하지는 않을 생각이었다.

마침내 웨버가 다시 그를 돌아보았다. "그래서 우린 실제로 네가 필요해, 마이클. 그냥 네 도움이 필요하지 않을 뿐이야. 그 차이를 알겠니?"

"나도 바보는 아니에요." 그가 내뱉었다.

"그래, 맞아. 우린 그 점을 너무 잘 알고 있어."

"어디로 가는 거죠?" 그가 물었다. "케인이랑 나머지 탄젠트들은 남겨놓고 왜 나만 슬립에서 끄집어낸 거예요?" 마이클은 관심 없는 척하고 싶었지만, 참을 수가 없었다.

"케인이 우리한테 필요한 바로 그 행동을 하고 있기 때문이야. 알고 하든, 모르고 하든." 자동차가 아래로 기울어지며 속도를 늦추자 웨버는 창문으로 다시 시선을 돌렸다. 자동차는 다시 땅에 내려섰다. 상당히 높은 고층 건물 맞은편에 차고가 열려 있었다. "케인에게서 벗어난 그 탄젠트 집단은 우리한테 필요하지 않은 또 하나의 적이 됐어. 그리고 그들의 전체적인 숫자가 이번 싸움에서 줄어드는 걸 보는 건… 그야말로 보너스였지. 그들 모두가 머잖아 무의미해질 거야."

자동차가 앞으로 굴러가 차고에 들어간 다음, 어둠을 가르고 잠시 나아가더니 멈췄다.

웨버는 문손잡이로 손을 뻗었다가 잠시 멈추었다. "내가 내 행동에 의구심을 품었던 시절도 있었어." 그녀가 말했다. 엄숙한 목소리였다. "이건 완성하는 데 10년이 걸렸어. 널 비롯해 시험용 탄젠트들을 프로그래밍하고, 케인을 만들고, 기초를 세우고… 엄청난 노력이 필요했어. 그 모든 게 맞춰지면서, 나는 그 효과를 볼 수 있었지…. 너한테, 다른 사람들에게, 세계에 미치는 영향을 말이야. …멈추고 싶었어. 솔직하게 말하는 거야. 하지만 말했다시피, 우린 너무 멀리 까지 왔어. 지금 멈추면 세상이 혼란에 빠지게 돼. 상황이 더 나빠지도록 놔둘 순 없잖아. 그래서 계속 움직여야 했어. 거의 다 됐어. 내 예상으론 내일 밤에는 완성될 거야."

그녀는 문을 열고 밖으로 나가더니, 안쪽으로 몸을 기울여 계속 마이클에게 말을 걸었다. "약속할게, 마이클. 우리 과제가 끝나고 우리가 전 세계 정부를 통제하게 되면 상황이 나아질 거야. 더 안전해지고. 그러면 버트넷이 인류 생명의 중심에 진정으로 자리 잡을 수 있겠지. 두고 봐."

그녀는 마이클에게 대답할 겨를도 주지 않고 떠났다. 마이클 옆의 군인이 팔꿈치로 그를 쿡 찔렀다.

"가자, 꼬마야." 그가 말했다. 풍파에 시달린 얼굴만큼이나 목소리도 거칠었다. "상황이 그렇게 나쁘지만은 않다. 넌 이 모든 걸 직접보게 될 거야. 이 세상에 있었던 그 어떤 혁명보다 대단한 혁명이지. 자, 협조할 거냐? 아니면 수갑을 채워야 할까?"

마이클은 너무 충격을 받아서 아무 말도 할 수 없었다. 그는 단지고개를 끄덕이며, 고분고분하게 시선을 내리깔았다. 그런 다음 자동차에서 내려 웨버 요원을 따라갔다.

3

그들은 코핀이 가득한 거대한 방으로 마이클을 데려갔다.

그곳은 너무 광대해서, 마이클은 자신이 버트넷 어딘가가 아니라현실 세계에 있다는 사실을 믿을 수가 없었다. 그 공간은 길이가 축구장만 했다. 철 난간이 달린 발코니가 양쪽 벽을 따라 머리 위 수십미터에 있는 천장까지 설치되어 있었다. 희미한 불빛이 위쪽 어딘가에서 빛났다. 안개나 구름처럼 보이는 무언가에 가려진 채였다. 당연히 마이클의 시야는 이토록 놀라운 정보가 갑작스럽게 몰려드는바람에 흐려졌다.

눈앞은 물론, 마이클이 서 있는 자리에서 보이는 모든 발코니는코핀으로 가득했다. 수백 대는 됐다. 코핀에서 나오는 부드러운 빛이 깜빡이며 빛났다. 코핀들이 벽 안쪽에 질서 정연하게 늘어서 있는 모습은 세상에서 가장 큰 지하 묘실처럼 보였다. 게다가 코핀 대부분이 작동 중인 것으로 보였다. 공기는 서늘했고, 기름칠이 잘된기계와 전기의 금속성 냄새가 났다.

"우린 오늘을 위해서 이 모든 걸 만들어 왔어." 웨버는 그렇게 말하며, 자랑스럽다는 듯 두 팔을 쳐들고 거대한 공간을 가리켰다. "여기가 우리 통제실이야. 모든 너브박스는 나의 가장 충실한 부하들이 차지하고 있지. 우리는 굉장히 신경 썼단다. 사람들이 오직 우리만 신뢰하게 해야 하는데, 너무 빨리 움직이면 오히려 그 신뢰를 얻지 못할 테니까. 이해하니?"

마이클은 얼굴에 감정을 드러내지 않기 위해 마음을 다잡았다. "왜 나한테 이런 말을 해주는 거죠?"

웨버는 어깨를 으쓱했다. "나한테 넌 그 누구보다도 아들과 비슷한 존재가 될 테니까. 이 일의 일부이기도 하고. 오늘 눈앞에서 위대한 일들이 벌어질 거야. 난 그걸 너와 나누고 싶어."

마이클은 격분해야 마땅했다. 감히 자신을 어머니와 비교하다니, 인내심의 한계를 넘어선 말이었다. 그는 비명을 지르고 싶었지만, 그럴 수 없다는 걸 알았다.

웨버는 마이클이 자기가 하는 모든 말을 무척 마음에 들어한다고 확신하는 듯 미소 지으며 흥분한 목소리로 말을 이어갔다. "하지만 이제 우리한테는 충분한 지원과 탄젠트들이 갖춰져 있어. 심지어 지금도 만능패 역할을 할 수 있는 사람들도 부르기로 했지. 우린 오늘 이 자리에 그 사람들을 초대했단다. 버트넷 안에서…." 그녀는 손가락으로 따옴표 표시를 해 보였다. "'프레젠테이션'을 하려고 말이야. 눈을 떴을 때, 그 사람들이 더 이상 예전의 자신이 아닐 거라는 말만 해둘게. 정말이지, 전략적으로 기발한 생각이지. 우리는 분기점에 이르렀어. 이 이상 시간이 지체되면 기회를 놓칠지도 몰라. 그래서 오늘, 이 화력을 동원해서…." 그녀는 위쪽의 휑뎅그렁한 공간을 가리켰다. "우린 버트넷에 들어가 계획을 완성할 거야."

그녀의 미소가 사라졌고, 마이클은 가슴속이 뒤틀리는 것만 같았다. 다음 말을 참을 수가 없었다.

"무슨 말이에요?" 그가 물었다. 목소리가 떨리는 것이 느껴졌다. "뭘 할 건데요?"

"그렇게 말하니까 실제보다 더 나쁘게 들리잖아." 웨버가 속삭이듯 대답했다. 그 소리가 위로, 위로 그 공간 전체에 메아리치다가 침묵 속으로 잠겨들었다. "하지만 내가 늘 말했듯이, 중요한 건 장기적으로 일어나는 일이야. 안 그러니? 지금 소수를 희생해서 더 나은 미래를 보장하는 게 더 좋지 않아?"

마이클은 웨버에게서 뒤로 한 걸음 물러났다. 군인들이 바로 곁에서 그와 함께 움직였다.

"당신은 미쳤어요." 마이클이 말했다. 반쯤은 자기 자신에게 하는 말이었다. "완전히 정신이 나갔다고요."

그녀는 희미한 미소를 지으며 그를 보았다. "오히려 그 반대야. 나는 그 어느 때보다도 정신이 맑아. 내가 미친 것 같다는 생각이 들었던 건, 우리가 진행한 계획을 의심할 때뿐이었어. 그렇게 오락가락하고, 의심하고… 우유부단하다니. 다시 궤도에 올라 완전히 헌신하는 지금에야 나는 그 어느 때보다 살아 있다는 걸 느껴. 내 정신은 한 번도 이렇게 완벽하게 맑았던 적이 없어."

"뭘 하려는 거냐고!" 마이클이 그녀에게 소리쳤다.

그녀는 움찔하지 않았다. "우리가 하는 거야, 마이클. 우리가. 이 일을 하는 건 나만이 아니야. 한 번도 그런 적 없어." 그녀는 마이클에게서 등을 돌려, 늘어선 코핀들을 가리켰다. "이들은 내 군대야.

처음부터 내 편에 서 있던 사람들. 내 비전을 믿고, 내가 여기까지 올 수 있도록 도와준 사람들." 그런 다음, 그녀는 거대한 공간을 채우고 있는 나머지 코핀들을 두루 가리켰다. "곧 이 사람들은 탄젠트의 통제를 받게 될 거야. 부차적 피해가 상당하리라는 건 인정해. 하지만 필요가 없는 자들은… 글쎄, 더 이상 필요가 없으니까."

"그냥 말해!" 마이클이 소리쳤다. "저 사람들을 어떻게 할 거냐니까!"

웨버는 휙 돌아서서 다시 그를 마주 보았다. 눈빛이 날카로웠다.

"나는 저 사람들에게 진정한 죽음을 줄 거야." 그녀가 말했다. "케인을 통해 사람들이 이 세상에 쏟아져 들어왔다고 믿는 탄젠트들에게. 나는 이들 모두를 죽일 거야. 우리의 미래를 위해서, VNS가 운영하는 미래를 위해서."

CHAPTER 18

검은 안경

1

마이클은 분노로 몸을 떨었다. 무력감이 느껴졌다. 감정을 표현할 단어조차 찾을 수 없었다.

"마이클을 여기 잡아둬." 웨버가 말했다. "안전하게 잡아두고, 잘 감시해. 무슨 일이 있어도 저 아이가 너브박스나 어떤 컴퓨터에도 접근하게 놔두면 안 돼. 알았어?"

"비쩍 마른 십 대 하나 정도는 처리할 수 있습니다." 경비원 한 명이 마이클의 팔을 붙들었고, 다른 한 남자는 손을 뻗어 마이클의 이어커프를 낚아챘다.

마이클은 고통스러운 비명을 지르지 않으려고 입술을 깨물었다. 그는 웨버를 노려보았다. 웨버가 어떤 존재로 변했는지 알고 놀라야 하는 건 분명했다. 하지만 처음부터 알지 않았나? 한 번이라도 마이클이 그녀를 진정으로 믿은 때가 있던가?

"나는 이제 싱크할 거야." 그녀가 딱히 누구에게라고 할 것 없이 말했다. "이번에 확실하게 탄젠트들을 쓸어버리면, 일이 마무리되는 거야. 인류는 자신들을 구원해 준 우리를 신뢰하겠지. 내가 리프트 해서 나오면 세상은 다른 곳이 되어 있을 거야." 웨버는 가장 가까운 벽에 나란히 놓인 코핀으로 다가왔다. 그 코핀은 단상 위에 놓여 있어서, 다른 코핀들보다 높아 보였다. 그 코핀까지 가려면 계단을 세 칸 올라야 했다.

"쓸어버린다고?" 마이클이 되물었다. "멋진 단어네요. 살인이라고 해야 할 것 같은데. 대량 학살이라고."

웨버가 코핀의 바깥쪽 제어판을 조작하자 코핀 문이 열리기 시작했다. 그녀는 어깨 너머로 마이클을 보았다. "양쪽 모두에서 부차적인 피해가 발생하지 않는 전쟁이 있으면 하나만 말해볼래? 이건 게임의 일부야. 앞으로 확실히 도약하기 위해 어쩔 수 없이 감수해야 하는 희생일 뿐이라고."

"게임?" 마이클은 자신이 왜 이런 말로 숨을 낭비하고 있는지조차 알 수 없었다. 이제 그가 웨버에게 가닿을 방법은 없었다. "이걸 게임이라고 부르다니, 정말이지 역겨워."

"생존 게임." 그녀는 아쉬워하는 표정을 지으며 말했다. "다른 사람은 몰라도 넌 이런 은유를 감상할 줄 알아야지. 넌 늘 훌륭한 게이머였잖니?" 그녀는 자랑스러워하는 어머니처럼 환한 표정을 지으며 말했다.

마이클은 더 이성적인 접근을 시도했다. "케인은 죽음의 법칙을 되돌리는 방법을 알아. 헬가도 마찬가지야. 둘의 의식은 여기에서든, 하이브에서든 살아남을 수 있어. 당신이 직접 들어가서 둘을 죽일 필요가 없다고!"

코핀 뚜껑이 다 열렸다. 웨버는 각 장치 위쪽에 설치되어 있던 사생활 보호용 스크린을 내렸다. 그 바람에 그녀의 목소리가 막힌 듯이 들렸다.

"이런 계획에는 극적인 요소가 필요해, 마이클. 모두가 각자의 몸으로 돌아간다면 파괴적인 결과는 없을 테고, 사람들은 잊어버릴 거야. 1년이 지나고 2년, 5년, 10년이 지나겠지. 사람들은 이 일이 그렇게까지 나쁜 건 아니었다고, 그냥 도로의 과속방지턱 같은 것이었다고 말하기 시작할 거야. 그런 일이 다시 벌어진다 해도 사랑하는 사람들을 다시 찾으면 된다고. '뭐, 그냥 프로그램이 바뀌는 것뿐이잖아'라고 말하겠지. VNS가 무슨 필요야?" 뭔가가 스크린에 부딪혔다. 팔꿈치 같았다. 웨버가 코핀으로 들어가려고 옷을 벗고 있는 게 분명했다. "그렇게 놔둘 수는 없어. 우리한테는 죽음이, 돌이킬 수 없는 죽음이 아주 많이 필요해. 또 한 번의 대량 학살이 될 수도 있었는데, 구원자들이 멈춰준 죽음이. 그렇게 하면 사람들도 영영 잊지 않을 거야. 절대로."

"당신은 미쳤어." 마이클은 속삭였다. 웨버와의 대화가 무의미하게 느껴졌다.

그는 코핀이 켜지는 소리를 들었다. 뚜껑이 닫혔다. 동시에, 사생활 보호용 스크린이 다시 그녀 위쪽 발코니 천장의 자리로 다시 말려 들어갔다. 스크린이 다 걷혔을 때쯤 코핀은 닫히고, 그 빛은 살아나 깜빡이고 있었다.

2

마이클은 의자에 앉아 있었다. 경비원 두 명이 그를 마주 보았다. 마이클은 둘을 구분할 수 없었다. 그들은 캐리커처처럼 보였다. 스포츠머리와 사각턱, 군복으로만 이루어진 인물들이었다. 아무도 말하지 않았다. 그들은 그저 그 자리에 앉아 바닥을 내려다보았다. 웅웅대는 코핀 천 개가 공기를 진동시키는 소리를 듣자니 마이클은 피곤해졌다.

뭘 해야 할까? 마이클은 앉아서 웨버를 생각했다. 대체 그녀가 슬립에 있는 이 모든 사람들에게 어떤 짓을 할 것인지 궁금했다. 단번에 하이브를 파괴하려는 걸까? 가장 쉽고도 깔끔한 방법으로 대량 학살을 하려는 걸까?

그는 허리를 조금 펴고 앉았다. 놀랍게도, 이 모든 일이 벌어지는 동안 마이클은 스스로에 대해 별다른 생각을 하지 않았다. VNS에 그가 필요하다는 웨버의 말, 웨버가 그를 프로그래밍했다는 말…. 하지만 그 자신도 인간의 몸에 들어와 있는 탄젠트였다. 웨버가 정말로 밖에 나와 있는 모든 탄젠트들을 제거할 계획이라면….

아니, 그게 계획의 일부일 리는 없었다. 최소한 아직은 아니었다. 웨버에게는 탄젠트가 통제하는 인간들이 필요했다. 그녀는 자기 탄젠트들을 세계 곳곳에 배치해 두었으며, 아직 VNS에 머리를 조아리지 않은 세계 지도자들까지 오늘은 코핀으로 초대했다고 말했다. 뭐든 핑계를 대가면서, 자신이 그들까지도 장악할 수 있도록 말이다. 마이클은 웨버가 그 모든 코딩된 악마들을 직접 프로그래밍한 건지 궁금해졌다.

당장은 마이클이 안전했다. 그래야만 했다. 마이클은 왜 자신이 죽음의 법칙에 그토록 중요한 것인지 이해할 수 없었지만, 그 사실은 틀림없는 듯했다. 웨버는 절묘한 연결이라고 말했었다.

그렇다고 기분이 나아지지는 않았다. 마이클은 그녀가 했던 모든

말을 다시 떠올렸다. 마이클이 이 건물에서 자기 의지대로 걸어 나
갈 방법은 없었다.

세라.

친구가 갑자기 떠올라 심장이 콱 막혔다. 마이클은 다른 친구들도
생각했다. 브라이슨. 헬가. 개비. 그는 친구들에게 신성한 협곡에 있
는 죽음의 법칙 공장으로 가라고 말했다. 그 방법이 통해야만 했다.
결국은 그들이 신성한 협곡을 닫고, 탄젠트의 인간 점령을 막아야
한다. 하지만 과연 그들은 신성한 협곡에 들어갔을까? 마이클이 그
들까지도 죽게 만든 건 아닐까? 그는 부모님을 떠올렸다. 케인은 자
기가 그들을 죽였다고 말했지만, 부모님도 마이클처럼 코드로 이루
어져 있었다. 어쩌면, 만약에….

뭔가 해야 했다.

"저기요." 그가 군인들에게 말했다. "화장실 좀 가야겠어요."

3

경비원들은 마이클을 보내주었다. 어떻게 안 보내주겠는가?

두 군인이 어슴푸레하게 밝혀진 옆 복도를 따라 그를 데려갔다.
그들은 문 몇 개를 지난 끝에 화장실에 도착했다. 한 경비원이 마이
클과 함께 서 있는 동안 다른 경비원은 탈출할 만한 여지가 있는지
내부를 확인했다. 분명히, 그는 아무것도 찾지 못했다.

"들어가." 그가 조사를 마친 다음 말했다. "우린 바로 여기 있을
거다."

"세상에." 마이클이 투덜거렸다. "화장실에 가는 동안 손은 안 잡
고 있어도 괜찮겠어요?" 그들은 미소 한 번 짓지 않았고, 마이클은

문을 지났다. 문이 닫히자, 그는 잠시 문에 기대어 혼자만의 시간을 만끽했다. 빠르게 주위를 둘러보니 경비원이 확인한 대로 이곳에서 쉽게 빠져나갈 방법은 없었다. 이곳은 변기가 있는 칸 두 개와 세면 대 하나밖에 없는 작은 화장실이었다.

마이클은 일을 봤다. 그 부분은 거짓말이 아니었다. 하지만 그는 변기 물을 바로 내리지 않았다. 혼자서 좀 더 시간을 보내고 싶었고, 경비원들이 뭐라고 생각하든 상관없었다. 그는 경비원들이 자신을 데리러 들어올 때까지 가만히 있을 작정이었다.

케인. 그 이름이 생각지도 않게 떠올랐다. 이제는 케인이 그의 편이었다. 그 탄젠트는 마이클만큼이나 VNS를 증오했다. 웨버가 케인을 만든 다음 배신했다. 이제 그녀는 케인과 그가 믿는 모든 것을 파괴하고 싶어 했다. 마이클은 자신이 케인의 믿음에 별로 동의하지 않는다는 사실을 애써 무시했다. 지금 당장은 둘이 같은 적을 상대로 협력하고 있었다.

마이클은 좁은 공간을 이리저리 어슬렁거렸다. 그가 해야 하는 일이라고는 어떻게든 케인에게 메시지를 보내는 것뿐이었다. 10초면 됐다. 버트넷과 연결된, 어떤 종류의 컴퓨터 장치라도 있으면 됐다. 마이클은 오래된 만화를 떠올렸다. 그런 만화에서는 캐릭터가 아이디어를 떠올리면 머리 위에 전구가 나타나곤 했다. 지금 마이클에게 필요한 게 바로 그런….

마이클은 발걸음을 멈추었다. 전구. 이렇게 큰 건물, 이토록 화려한 기술을 잔뜩 갖추고 있는 건물에서는… 틀림없이 기술력이 중앙으로 집중되어 버트넷 연결을 통해 작동될 것이었다. 확실했다.

경비원이 문을 두드렸다. "꼬마야, 멀었냐?"

마이클은 화들짝 놀랐다. "네! 잠시만요!" 마이클은 빠르게 머리를 굴렸다. "죄송하지만, 아저씨들이 안겨준 스트레스 때문에 배 속이 난리 났다고요!" 이런 형편없는 말을 늘어놓으며 시간을 끌고 있자니 오그라드는 느낌이었다.

"2분 안에 끝내!" 군인이 문 너머에서 소리쳤다. 마이클은 그들이 안으로 들이닥치지 않은 것이 놀라웠다. 하기야 아무리 경비원이더라도, 안으로 들어와서 보게 될 광경을 버텨낼 만큼 비위가 좋지는 않은 것 같았다.

그는 조명 제어판으로 다가갔다. 벽에 붙어 있는 검은 유리판이었다. 인터페이스가 단순했다. 조명은 움직임에 따라 자동으로 작동했지만, 유리에는 수동으로 불을 켜고 끄거나 화장실의 여러 구역을 어둡게 할 수 있는 안내도 그려져 있었다. 마이클은 머리를 굴렸다. 그는 네트워크에 해킹해 들어갈 방법을 알아낼 수 있었다. 자신 있었다. 다만 시간이 필요했다. 그에게는 없는 시간이.

"1분 남았다!" 군인이 소리치며 다시 문을 쾅 두드렸다. 마이클은 깜짝 놀라 손을 저었다가 실수로 불을 껐다. 그는 서둘러 다시 불을 켜면서, 복도에 있는 경비원들이 아무것도 알아채지 못했기를 바랐다.

할 수 있었다. 마이클은 깊이 숨을 들이마시고 유리 스크린의 가장자리를 꽉 잡아, 손가락으로 틈새를 파고들었다. 그런 다음, 당겼다. 세 번 만에 패널이 벽에서 1센티미터쯤 미끄러져 나왔다. 좀 더 힘을 줄 공간이 생기자 마이클은 패널을 잡아당겨 아예 빼버렸다. 마이클은 패널이 주 시스템과 연결된 광섬유에 대롱대롱 매달려 있도록 조심히 놔두었다. 광섬유가 끊어지지 않으리라는 확신이 서자, 그는 다시 제어판을 보았다. 유리의 인터페이스를 기호에서 가공되지 않은 코드로 바꿔주는 버튼이 있었다. 마이클은 재빨리 버튼을 눌러 변화를 일으킨 다음, 제어판을 다시 벽에 밀어 넣었다. 검은 유리에는 이제 대부분 사람들에게는 전혀 말도 안 되는 헛소리처럼 보이는 몇 줄의 코드가 떠 있었다.

하지만 마이클에게는 달랐다.

그는 코드를 두드리고 휙휙 쓸며 몇 겹을 파고 내려가, 단순한 조명용 통신선을 지나서 건물 자체의 실제 시스템으로 들어갔다.

"그만 나와라, 꼬마야!" 경비원 중 하나가 복도에서 소리쳤다. "나오라고."

마이클은 생각조차 하지 않고 손을 뻗어 문을 잠갔다. 지금까지 의심을 피하려고 하지 않은 행동이었다. 문에서 찰칵 소리가 나자마자 두 병사가 문을 두들기기 시작했다.

"무슨 수작이냐?" 다른 군인이 소리쳤다. "그 안에서 무슨 짓을 하려고? 그 안에서 할 수 있는 건 아무것도 없다! 문 열어, 당장! 이건 게임이 아니다, 꼬마야."

마이클은 코드를 다루느라 바빴다. 케인에게 메시지를 보내야 했다. 문을 부수고 들어와 그를 두들겨 패고 지하 감옥에 가두고 싶다면, 그러라지. 마이클에게는 단지 몇 초가 더 필요할 뿐이었다. 그는 화면에서 격렬하게 번쩍이는 기호들을 가지고 작업하며 통로를 찾으려고 애썼다. 아무리 오래됐더라도 메시지 시스템과 연결된 것이면 무엇이든 좋았다.

경비원들이 문을 두들겨 댔다. 이제는 어깨로 들이박는 것 같았다. 금속판이 세차게 흔들렸지만, 자물쇠가 버텨주었다.

"문 열어!" 그중 한 명이 소리쳤다.

마이클은 그들을 무시하고, 그 어느 때보다도 빠르게 손가락을 움직였다. 거의 다 됐다.

총소리가 화장실을 뒤흔들었다. 마이클은 비명을 지르며, 본능적으로 두 팔을 들어 얼굴을 보호했다. 그게 무슨 소용이라도 있을 것처럼 말이다. 문손잡이와 자물쇠를 힐끗 보니 파손되기는 했지만 아직 완전히 망가지지는 않았다. 마이클이 지켜보는 동안에도 다시 총이 발사되었다. 총알을 제대로 맞은 자물쇠는 원래 자리에서 반쯤 밀려났다.

마이클은 다시 코드로 관심을 돌렸다. 미친 듯이 작업했다.

거기였다. 조명 시스템이 오작동할 때 작업자들에게 자동으로 경고를 보낼 때 쓰는 서비스 통신선이 있었다. 마이클은 쉽게 그 선을 확장해, 버트넷의 다른 영역에 이른 다음 케인에게 연결했다. 그런 다음, 그는 재빠르게 메시지를 입력했다. 또 한 발의 총격이 자물쇠를 없애버리고, 작은 파편만이 세면대 위 거울에 쏟아지는 그 순간에도 말이다.

내 위치를 추적해.

문이 안쪽으로 쾅 열렸다. 거의 경첩에서 떨어질 뻔했다.

웨버가 여기에 코핀을 두고 있어. 탄젠트들을 데려와.

총을 든 군인이 눈으로 화장실을 훑었다.

지금 나를 구하러 와.

"꼼짝 마!" 경비원은 마이클을 총으로 겨누며 소리쳤다. 다른 경비원이 달려들어 마이클에게 두 손을 뻗었다.

마이클은 메시지를 획 쓸어 버트넷으로 보낸 다음, 군인들의 손이 그의 셔츠를 잡고 들어올리는 동안 광섬유 연결선을 뽑아 버렸다. 그들은 마이클의 몸을 타일 바닥에 쾅 내리쳤다.

못난 얼굴이 마이클의 얼굴 위에 맴돌았다. "무슨 짓을 한 거냐? 뭘 했어?"

마이클은 바닥에 부딪힌 충격으로 숨을 쉴 수가 없었다. 호흡하려고 헐떡이느라 말을 할 수는 없었다. 총부리가 그의 이마에 닿았다. 차갑고 단단했다.

"무슨." 남자가 한 마디 한 마디를 강조하며 다시 말했다. "짓을, 했느냐고."

마이클은 말을 하려고 애쓰다가 기침을 쏟아냈다. "아무것도… 저는… 그냥… 해보려고 했는데… 아무것도… 할 수가 없더라고요." 그는 곧 울음을 터뜨릴 것처럼 얼굴을 일그러뜨렸다. "왜 그냥… 나를 놔줄… 수 없나요? 부탁해요."

"끌어내." 총을 든 경비원이 말했다. "저놈이 뭘 했는지 한번 알아보지."

그의 동료가 마이클의 두 발을 잡고 끌고 갔다.

4

머잖아 셋은 다시 의자에 앉았다. 마이클은 바닥을 내려다보았다.

하지만 곁눈으로도 자신을 곧장 겨누고 있는 총부리가 선명하게 보였다. 남자들은 가식을 전부 집어치우고 그를 노골적으로 감시했다.

"저 안에서 뭘 건드린 건지 말해." 총을 든 경비원이 말했다. "우리는 바보가 아니다. 말하지 않으면, 네 뒤통수를 쏴버리고 상관들에게는 네가 도망치려 했다고 말할 수밖에 없어."

마이클은 눈물을 흘리는 척했지만, 아무리 노력해도 진짜 눈물을 흘릴 수가 없었다. 하지만 눈물 없이도 이 사건이 얼마나 그를 불안하게 했는지 보여주기는 어렵지 않았다. "저기요, 솔직하게 말하는 거예요. 저는 간절해요. 제가 할 수 있는 게 뭔가 있는지 살펴보려 했어요. 하지만 그냥 조명뿐이더라고요. 맹세해요. 아무한테도 말 안 하면 되잖아요."

"그래, 그런데 네가 모든 걸 연결하는 광섬유를 뽑아버렸지!"

마이클은 바닥에서 시선을 떼지 않고 어깨를 으쓱했다. "원하시면, 제가 가서 고칠 수도…."

"닥쳐! 우리가 머저리인 줄 아나?"

마이클은 얼떨떨한 표정을 유지했다. 정말이지 "네"라고 말하고 싶었는데.

"좀 진정해." 총이 없는 다른 남자가 말했다. "이 녀석한테 화장실을 쓰게 해줬다는 이유로 우리를 쏠 사람은 아무도 없어. 말이야 바른 말이지, 저 녀석이 뭘 할 수 있었겠어? 조명을 깜빡여서 구조 신호라도 보내겠어? 저 녀석은 그냥 어린애야. 한번 봐봐. 그렇게까지 영리할 수는 없다고."

아니, 그럴 수 있는데. 마이클은 생각했다. 감히 고개를 들 수는 없었다. 이 순간을 얼마나 즐기고 있는지 눈빛에서 드러날까 봐 겁이 났다. 케인이 올 것이다. 확실했다.

몇 분 뒤에는 사태가 진정됐고, 경비원들은 알게 모르게 조용해졌다. 마이클은 의자에 조금 기대 팔짱을 꼈다. 좋은 기분은 금세 사그라졌다. 1초, 1초가 갈수록 마이클은 의구심이 조금씩 강해졌다. 아무리 잠깐이라지만, 어떻게 그렇게 확신했던 걸까? 케인이 메시지를 받는다 해도, 그가 마이클을 구하러 올 줄 누가 알겠는가? 케인이 왜? 둘이서 갑자기 범죄와 사악한 세계 정복에 맞서 싸우기로 결의한 마법의 2인조가 된 것도 아닌데.

쉭 하는 소리에 마이클은 생각이 끊겼다. 그 소리가 거대하고 고요한 공간에서는 시끄럽게 들렸다. 세 사람 모두 소리가 들리는 곳으로 고개를 돌렸다. 어느 코핀에서 난 소리였다. 코핀 뚜껑이 확 열리고, 작은 수증기가 가장자리에서 피어올랐다. 웨버의 코핀이 놓인 단상에서 세 칸 떨어져 있는 코핀이었다. 웨버의 코핀은 아직 깜빡이며 웅웅거리고 있었다. 또 한 번 쉭 소리가 났다. 다시 한번, 또다시 한번. 전부 합쳐 네 대의 코핀이 열렸다. 여기저기 흩어져 있었지만, 모두 웨버가 아직 싱크해 있는 곳에서 15미터 안에 있는 코핀들이었다.

경비원들은 둘 다 경계하지 않는 듯했다. 그럴 이유가 없었다. 경비원들은 그 사람들 밑에서 일했다. 그중 일부가 돌아오는 것은 자연스러운 일이었다.

"말할 거야?" 한 경비원이 다른 경비원에게 말했다.

"그래, 뭐, 그러든지. 웨버가 돌아온 것도 아니고. 그냥 웨버 뒤나 쫓아다니는 놈들뿐이지. 죄다 한자리 차지하려고 안달 난 놈들."

동료가 그에게 조용히 하라고 신호했다. "이봐, 그만 조용히 해."

그가 사납게 속삭였다.

사생활 보호용 스크린이 내려와, 슬립에서 나와 옷을 입는 네 사람의 모습을 감추었다. 마이클은 조바심을 내며 기다렸다. 케인이 그가 바랐던 일을 그대로 해주었기를 바랐다. 죽음의 법칙을 이용해 그를 구하러 온 것이기를. 하지만 그러기에는 너무 빠른 것 아닌가?

사생활 보호용 스크린들이 하나씩 말려 올라가며 세 남자와 한 여자의 모습이 드러났다. 모두가 웨버 요원만큼이나 전문가들이 입는 것처럼 보이는 옷을 입고 있었다. 그들은 옷 주름을 편 다음, 마이클과 두 경비원에게 다가왔다. 아무도 말을 하지 않았다. 마이클은 숨 쉬기가 힘들었다. 공기의 흐름이 하나하나 느껴졌다.

코핀에서 리프트한 한 남자가 총을 든 경비원에게 다가갔다. 남자는 총을 노려보았다. 의도가 분명했다.

"저는, 어…." 경비원은 말을 더듬더니 총을 총집에 집어넣었다. "죄송합니다. 그냥… 아이가 별로 협조적이지 않아서요. 도망치려고 했습니다, 스티븐스 요원님."

"그래, 그렇겠지." 남자가 대답했다. 그는 가까이 다가와 군인을 위압적으로 내려다보았다. "확실해, 나도 이 녀석을 안다. 보통이 아니지? 나한테 총을 넘겨라."

군인은 웃다가, 그 말이 농담이 아니라는 걸 알고 정색했다. 예상하지 못한 명령이었다. "예? 제 총을요? 왜 그러십니까?"

"웨버 요원이 버트넷 안에서 우리와 함께 너희… 조치를 지켜보고 있었다. 우리더러 너희한테 가서 물러나게 하라고 명령했다. 이런 소식을 전달하게 돼서 미안하군. 총을 넘기고, 집으로 돌아가기 바란다. 조만간에 웨버 요원이 너희들과 너희 상관을 불러다가 회의를 열고 모든 문제를 정리할 거다."

"말도 안 됩니다." 군인은 투덜거렸지만, 시키는 대로 했다. 총집에서 총을 꺼내 스티븐스 요원에게 넘겨준 것이다.

스티븐스는 잠깐 손에 든 권총을 돌려보았다. "정말 보통이 아니야." 그는 총의 손잡이를 잡고 군인의 머리를 겨눈 채 손가락을 방아쇠에 두었다. 순식간에 벌어진 일이었다. 총이 발사되는 굉음이 공간을 뒤흔들며 메아리쳤다. 마이클이 돌아서서 볼 겨를도 없이, 스티븐스는 홱 돌아 다른 경비원을 겨누고 쏘았다. 이번에는 놓쳤다. 경비원은 허둥지둥 자기 무기를 꺼냈다. 당황스러워하는 그의 얼굴이 일그러졌다. 하지만 스티븐스는 똑같은 실수를 저지르지 않았다.

마이클은 멍하니 의자에 앉아 있었다. 귀가 울렸다. 그는 스티븐스를 올려다보았고, 스티븐스는 총을 뽑아 든 채 마이클을 돌아보며 그를 겨누었다.

"왜 그렇게 놀라지?" 스티븐스가 말했다. "네가 나한테 부탁한 일 아닌가?"

"케… 케인?" 마이클이 속삭였다. "난… 나는 설마… 나는…."

"내가 이 남자의 몸을 점령하고, 이리로 와서 여기 있는 멋진 경비원들에게 너를 놔주라고 얌전하게 부탁할 줄 알았나? 그건 별로 좋은 계획이 아닌 것 같은데."

"왜… 왜 그걸 나한테 겨누고 있는 거야?" 그가 총을 고갯짓했다.

"아. 미안하다." 스티븐스는 무기를 내렸다. "내가 진짜 인간의 몸에 들어와 본 적이 없어서 그렇다. 터무니없군. 안 그런가?" 그는 소중한 물건이라도 되는 듯 눈을 크게 뜨고 총을 보았다. "아무튼, 나는 케인이 아니다. 케인은 네가 부탁한 그대로 우리 넷을 보냈다. 우리는 준비를 마치고, 죽음의 법칙 프로그램이 가동되기를 기다리고 있었다. 우리를 원래 보내려던 곳이 아닌 이곳으로 보내기 위해 **빠**른 조율이 필요했을 뿐이다."

마이클은 자리에서 일어났다. 주변 세상이 빙빙 도는 것처럼 느껴졌다. 방금 전 1, 2분 사이에 벌어진 사건이 그를 뒤흔들어 놓았지만, 그 사건을 돌아볼 시간은 없었다. 웨버가 슬립 안에서 혼란을 일으키고 있었다. 마이클이 그녀를 막아야 했다.

"이 모든 사람들의 생명 유지 장치를 떼어내야 해." 그는 생각을 정리하고 말했다. 그는 웨버의 코핀을 향해 걷기 시작했다. "죽이지는 마! 그냥···. 그냥 비상 리프트를 작동시킨 다음, 생명 유지 장치를 **뽑아**. 그러기 전에 케인한테 더 많은 지원군을 보내달라고 해야 할지도 몰라. 필요한 행동은 뭐든지 해. 그냥··· 처리만 해줘. 부탁이야. 뭔지는 몰라도, 여기 있는 사람들이 하려는 일을 막아야 해."

마이클은 웨버에게로 이어지는 계단에 도착하고 나서, 다른 사람들을 돌아보았다. 세 남자와 한 여자가 그를 바라보고 있었다. 약간 당황한 표정이었다. 아마 왜 이 십 대 소년이 자신들에게 명령을 해대는 건지 궁금한 듯했다.

"의심이 든다면 케인한테 물어봐." 마이클은 최대한 위엄 있는 목소리로 말했다. "케인이랑 나는 지금 협력하고 있어. 케인이 너희들을 왜 여기로 보냈다고 생각하는 거야?"

스티븐스는 고개를 끄덕였다. "지원군을 더 데려오겠다. 무기를 찾고, 사람들을 리프트시키도록 하지. 너는 뭘 할 건가?"

"웨버를 처리할 거야."

5

마이클은 웨버를 리프트하지 않은 채, 문 비상 개방 장치를 활용해 그녀의 코핀을 열었다. 생각은 행동을 한참 앞서나갔다. 꼭 시속 수백만 킬로미터로 내달리는 것만 같았다.

웨버는 그 자리에 누워 있었다. 너브와이어가 그녀의 피부에 꽂혀 있고, 리퀴젤이 그녀의 신체 일부를 덮고 있었으며, 한쪽 팔에는 링거 줄이 꽂혀 있었다. 어느 모로 보나 낮잠을 자는 것 같았다. 자연스러운 호흡에 맞춰 그녀의 가슴이 오르내렸다.

"거기서 뭐 하는 거야?" 마이클이 조용히 말했다. "어디로 간 거야?"

마이클은 그녀의 목을 보았다. 지금이야말로 이 문제를 가장 손쉽게 끝낼 수 있는 기회가 아닐까? 웨버가 저항할 수 없을 때 그녀를 죽여버리는 것이? 마이클은 용의 머리만 자르면 됐다. 그녀가 영영 돌아올 수 없는 곳으로 가버렸다는 걸 용의 부하들이 깨닫기를 기대하면서.

아니, 안 됐다. 그런 위험을 감수할 수는 없었다. 마이클은 그녀가 뭘 하고 있는지, 어디에서 그 짓을 하는지 알아내야만 했다. 그녀가 지금까지 무슨 짓을 벌였는지 누가 알겠는가. 마이클은 슬립에서 그녀를 찾아, 그녀가 뭘 하는지 알아내고 돌려놓아야 했다. 이제는 그 일이 마이클의 몫이 됐다. 마이클이 돌려놓아야 했다. 모든 것을.

마이클은 코핀의 인터페이스를 열고, 재빨리 정보를 살펴본 다음 암기했다. 슬립은 엉망진창이 됐지만, 마이클은 주어진 정보로 그녀를 찾아낼 수 있을 것 같았다. 운 좋게도, 근처의 세 코핀이 비어 있었다. 웨버가 마이클을 만들어 낸 이곳에, 그와 웨버의 진짜 몸이 이토록 가까이에 누워 있다니 얼마나 잘 어울리는가.

"기다려, 웨버." 마이클은 웨버의 코핀 뚜껑을 닫는 명령어를 입력하며 그녀에게 말했다. 그는 잠든 웨버의 평화로운 얼굴을 바라보았다. "지금 간다."

CHAPTER 19

해체되는 포드

1

일단 슬립에 들어간 마이클은 코드와 잠시 싸워야 했다. 그는 웨버의 코핀에서 훔쳐 온 좌표에 자신이 있었지만, 쇠락해 가는 버트넷이 그에게 협조하지 않으려 들었다. 그는 보라색 배기가스와 짙은 검은색 물질로 이루어진 구름을 헤집고 다녔다. 마이클이 본 것 중 가장 기본적인 수준의 프로그램이었다. 마이클은 웨버가 간 곳으로 이어지는 길을 떠올리며 그 모든 것을 지나가는 통로를 코드로 만들어 냈다. 그는 올라설 수 있는 땅도 만들 수 있었다. 마이클이 그 통로를 따라 달려가는데, 무언가가 갑자기 눈앞에 나타났다.

"원 플러스 원 세일입니다!" 한 남자가 그에게 소리쳤다. 그는 세상의 엄마들을 기쁘게 해주지 못할 것 같은 심 버트박스VirtBox of Sims를 들고 있었다. 마이클은 그를 바로 지나쳐 갔다. 남자는 유령 같았다. "안 사면 안 줘, 이 나쁜 놈아!" 판매원이 등 뒤에서 그에게 소리쳤다.

옛날에 주부가 입었을 법한 옷을 걸친 나이 든 여자가 펑 하며 나타나 쿠키 반죽을 팔았다. 최신 4D 영화의 완전 몰입형 화면들이 이어지자 그녀의 모습이 흐려졌다. 그 모습을 보자 마이클은 잠시 자신도 그 캐릭터 중 하나가 된 기분이 들었다. 마이클은 그 영상들을 떨쳐냈다. 이제는 뭔가가 그의 머릿속을 어지럽혔다. 한 아이가 나타나 돈을 구걸했다. 디킨스 책에서 바로 나온 녀석이었다. 마이클은 그를 뚫고 지나갔지만, 다른 인물들이 계속 다가와 마사지 서비스에서 골동품에 이르는 온갖 것들을 사달라며 들이밀었다. 버트넷이 너무 심하게 손상되어 광고와 스팸이 사방에서 밀려들었다. 완전한 오물 덩어리였다. 마이클은 그것들을 뚫고 지나갈 터널을 뚫어야 했다.

마이클이 달려가는 대로 그가 만든 통로가 눈앞으로 뻗어나갔다. 그는 웨버의 위치에 집중하며 코딩하고 또 코딩했다. 그는 자신이 프로그래밍한 통로 경계선 바깥에 있는 온갖 것을 밀어냈다. 마이클은 자신의 머릿속에서 소용돌이치는 모든 정보를 살펴본 다음 저 먼 곳에 문을 만들어 냈다. 둥근 놋쇠 손잡이가 달린 단순한 나무문이었다. 마이클은 허공으로 뛰어올라 앞길을 막는 온갖 스팸 메시지를 두 팔을 뻗어 지워버리며 날아갔다.

마이클은 문 앞에 내려서서 크게 숨을 들이켰다. 문 한쪽 구석에서 빛이 쏟아져 나왔다. 그 빛은 진동하고 있었다. 무엇인지는 알 수 없지만 문 너머에서 빛을 맥동하는 것이 있는 듯했다. 마이클은 자신이 그 문을 만들어 냈다는 걸 알았다. 웨버가 반대편에 있었다. 마이클은 그녀를 찾아냈다. 마이클은 자신이 뭘 어떻게 더 알아낼 수 있는지조차 몰랐다. 그는 코드가 자신의 일부이고, 자신은 코드의 일부라는 느낌이 들었다. 예전과 똑같았다.

마이클은 굳이 문을 노크하지 않았다. 문은 어쨌든 마이클이 만들어 낸 환영에 불과했다. 그저 통로를 시각화한 것뿐이었다. 잠겨 있지 않을 터였다. 웨버는 마이클이 오고 있다는 사실조차 몰랐다. 최소한 이런 식으로, 이렇게 빨리 온다는 건 생각도 못 했을 것이다. 마이클은 아래로 손을 뻗어 차갑고 단단한 문손잡이를 만져보고 돌린 다음, 문을 밀어 열었다.

눈부셨다.

마이클은 그 안으로 들어갔다.

2

"마이클." 그녀가 말했다. 처음에는 그녀의 목소리와 흰 빛만이 있었다. "돌려 말하지는 않을게. 널 여기서 만나다니 놀랍구나."

마이클은 고개를 젓고 눈을 비비며, 너무도 무모하게 조작하던 코드의 세상 속에서 자세를 바로잡았다. 주변 모든 것이 떨리더니 갑자기 초점이 맞았다. 마이클은 숨을 들이쉬며 마음을 가라앉히고 주위를 둘러보았다.

웨버는 겨우 몇 걸음 떨어진 곳에 있었다. 그녀는 빛나는 유리 상자 앞에 서 있었다. 그리고 그녀는 혼자가 아니었다. 최소한 백 명의 오라가 그녀를 둘러싸고 서 있었다. 마이클은 그들이 세상을 파괴하는 웨버를 보호하려고 그 자리에 있다는 걸 눈치챘다.

"당신이 날 프로그래밍했다면서요." 마이클이 말했다. 그는 자신이 결국 오게 된 곳이 이런 공간일 줄은 몰랐다. 그는 놀라움을 애써 감추었다. 이 방은 너무도 평범했다. 웨버는 이토록 일상적인 공간에서 무슨 일을 해내고 싶은 걸까? 하이브가 나올 줄 알았는데. "내가 당신을 따라올 방법을 알아냈다고 해서 놀랄 이유가 뭐예요?"

웨버는 머리를 한쪽으로 기울였다. 마이클이 뭔가 심오한 말을 해서, 잠시 생각해 보고 싶어 하는 듯했다. "이게 놀라울지는 모르겠지만, 나는 너한테… 백 퍼센트 정직하지는 않았어."

"충격적이네요." 마이클이 대답했다.

"내가 널 프로그래밍한 건 사실이야." 그녀가 여전히 생각에 잠긴 채 말했다. "너도, 다른 탄젠트들도. 걱정하지 마, 그렇더라도 넌 특별하니까. 하지만 네가 생각한 것만큼 너와 내가 엄마-아들 관계에 가까운 건 아니야."

마이클은 웃었다. 이 여자가 교묘하게 그의 부아를 돋우는 방법이 너무도 화가 났다. "내가 정말 그 말을 신경 썼을 거라고 생각했어요? 무슨, 내가 당신한테 감정이라도 있을까 봐? 내가 당신을 엄마로 생각한다고? 당신이 이 이상 현실과 멀어질 수는 없다는 생각이 들 때마다…." 마이클은 무슨 말을 덧붙여야 할지 사실 알 수 없었다.

"넌 가장 멀리까지 나아간 존재였어." 웨버는 마이클이 방금 한 말을 한 마디도 못 들은 것처럼 말을 이었다. "우리가 프로그래밍해서 딥에 배치한 모든 탄젠트 중에서 말이야. 패스는 그냥 시험이 아니었어, 마이클. 패스는 널 변화시키고, 발전시키고, 널 죽음의 법칙과 묶어뒀어. 그 모든 게 프로그램의 일부야. 복잡하게 얽힌 이 모든 요소는… 아름다울 정도지. 놀라워. 두려워. 모든 것이야."

마이클은 고개를 저었다. 웨버가 한 말은 어느 의미에서는 말이 됐다. 하지만 지금은 그런 말이 하나도 중요하지 않았다. 그녀에게 살아 있는 마이클이 필요한 건 분명했다. 그 때문에 마이클이 아직 숨 쉬고 있는 것이다. 틀림없었다.

"그 사람들을 다 죽이겠다고 했죠." 마이클은 힘주어 내뱉었다. "어떻게 그럴 계획인지는 모르지만, 내가 그렇게는 못 놔두겠어요."

웨버는 팔짱을 꼈다. "네 몸은 어딘가의 코핀에 안전하게 있겠지. 전에도 말했듯, 내 입장에서도 넌 살아 있어야만 해. 하지만 여기, 너희 세대가 슬립이라고 부르는 이 아름다운 공간에서는 우리가 할 수 있는 거의 모든 일을 너한테 할 수 있어. 너도 그건 알 텐데. 주위를 둘러봐, 마이클. 오늘 여기, VNS와 함께 서 있는 이 모든 훌륭한 요원과 군인 들이 네가 나한테 한 발짝이라도 다가오도록 놔둘 것 같아?"

"아뇨." 마이클이 말했다. 케인 쪽 사람들은 왜 이렇게 굼뜬 걸까? "전혀 그렇게 생각 안 해요. 보니까 당신이 저 사람들을 충분히 세뇌한 것 같군요."

방 뒤쪽에서 소란이 일었다. 웅성거리는 대화로 시작했던 소음은 놀란 비명으로, 그다음에는 고함과 외침으로 바뀌었다. 마이클은 웨버의 오라에서 번뜩이는 공포를 본 순간 잠시나마 쾌감을 느꼈다. 웨버는 마이클에게서 등을 돌려 방 뒤쪽을 보았다. 마이클에게도 보였다.

웨버의 모든 사람들이 사라지고 있었다.

3

그 사라짐에는 화려함도, 불꽃도 동반되지 않았다. 마이클은 까치발을 딛고 서서 웨버가 그토록 자랑스럽게 언급했던 요원과 군인 들이 하나씩, 하나씩 그 방에서 존재가 사라지는 광경을 지켜보았다. 존재했다가 한순간 없어졌다. 심지어 펑 소리나 연기 한 줄기,

혹은 갑작스러운 변동을 드러내는 색깔의 흐려짐도 보이지 않았다. 그들은 슬립에서 튕겨나가 리프트됐다. 케인이 마이클에게 보내준 탄젠트 넷이 저 뒤, 휑뎅그렁한 고층 건물에서 모든 규칙을 어기고 있었다.

웨버는 마이클을 돌아보았다. 그녀는 분노나 충격을 감추려 들지 않았다.

"대체 무슨…." 그녀는 입을 열었다가, 자기 군대가 궤멸되기 직전이라는 사실을 깨달은 듯했다. "빨리!" 그녀가 자기 패거리에게 소리쳤다. "가만있다가 놈들 손에 너희도 잡히고 말 거야! 마이클을 잡아, 잡아서 죽여! 빨리!" 그녀의 오라조차 그녀의 눈에서 번뜩이는 광기를 감추지는 못했다. 그녀는 속에서부터 망가지고 있었다.

웨버의 부하들은 신속하게 그 명령을 따랐다. 마이클은 두려움에 질린 그녀의 표정을 보고 있다가, 갑자기 자신의 몸이 공중으로 들어올려졌다가 바닥에 내팽개쳐지는 것을 느꼈다. 폐에서 공기가 빠져나갔다. 그는 다시 허파를 채우려고 애썼지만, 여러 사람이 그를 둘러싸고 주먹을 휘두르고 발길질을 해댔다. 그들은 마이클을 땅에 내리꽂고 눌렀다. 여러 개의 손이 그의 목을 감싸 쥐고 꽉 눌렀다. 마이클은 그게 누구의 손인지 알 수 없었다. 눈앞은 팔과 다리와 머리카락과 발로 가득했다. 그 모든 게 서로 연결된 것만 같았다. 미친 과학자의 실험실에서 나온 무시무시한 창조물처럼.

"빨리!" 웨버의 고함이 들렸다. "해치워!"

마이클은 두들겨 맞는 몸의 고통과 산소를 들이마시려고 처절하게 몸부림치는 폐의 통증 가운데 무엇이 더 위급한 것인지 알 수 없었다. 그는 기침하며 침을 튀겨댔다. 목을 조르는 손에 맞서 몸부림쳤다. 코딩 실력이 아무리 뛰어나다 한들 이 모든 사람과 맞서 싸울수 없었다. 그는 팔을 버둥거려 보았지만, 두 팔 모두 뼈가 두드러진 무릎에 눌려 있었다.

산소 부족으로 시야가 흐려졌지만, 몸을 억누르고 있던 사람 중 하나가 사라지는 것이 보였다. 혼란스러운 현실을 대변하는 듯한 펑 소리였다. 마이클은 몸에 힘을 풀고, 시간을 상대로 한 싸움에 몸을 맡겼다. 또 한 명이 사라졌다. 이어서 다시 한 명. 마이클은 가슴을 누르는 무게가 줄어드는 것을 느낄 수 있었다. *제발.* 그는 생각했다. *목 조르는 놈부터 없애줘.* 눈이 터질 것만 같았다. 가슴속에서 불이 타올랐다.

그때, 갑자기, 힘이 풀렸다. 목을 조르던 힘이 순식간에 사라졌고, 폐로 공기가 밀려들어 왔다. 머리 위에서는 색깔이 뒤섞여 몰아쳤지만, 상황을 파악할 수 있을 정도로 시야가 트였다. 모든 공격자들이 사라졌다.

마이클은 기침하고 공기를 빨아들이며 옆으로 몸을 굴렸다. 힘을 쓰느라 온몸이 떨렸다. 마이클은 구역질하며 침을 뱉었다. 그때, 시야 한쪽 구석에서 그에게 다가오는 웨버가 보였다. 마이클은 발길질하며 허둥지둥 그녀에게서 멀어졌다. 그는 등이 벽에 부딪힐 때까지 팔다리를 휘저었다. 하지만 웨버는 움직이지 않고 있었다. 그녀는 두려움이 가득한 표정으로 물러나 있었다. 꼭 광견병에 걸린 개라도 마주친 것 같았다.

"날 죽였어야지." 마이클은 목멘 소리로 말했다. 분노가 밀려들어, 마이클을 속 좁고 원한이 깊은 사람으로 만들었다. "그보다 더 좋은 방법은, 애초에 나를 만들지 않는 거였어." 그는 계속 세차게 숨을 몰아쉬며, 온몸 수백 군데가 아픈 가운데 뒤쪽의 벽을 밀며 발을 딛고 섰다. "당신이 다루기에 난 너무 영리하거든. 내 편에 너무 많은 사람들이 있어. 끝났어, 아줌마. 난 당신이 한 명이라도 더 해치는 꼴을 보고만 있지 않을 거야." 마이클은 허세를 부리는 것이 아니라 사실이라는 점을 보여주기 위해 그녀에게 한 걸음 다가갔다.

그녀는 자기 몸을 지키려는 듯, 한 손을 가슴으로 들어올리며 뒷걸음질 쳤다. 그러다가 그녀는 다시 한번 불빛이 나는 신비로운 유리 상자 앞에 발길을 멈췄다. 그녀는 한 마디도 하지 않고 마이클을 바라보았다. 뭘 해야 할지 고민하는 것 같았다.

마이클은 한 걸음 더 앞으로 나왔다. 뭘 하려는 것인지 자신도 알 수 없었다. 성인 여자와 대놓고 몸을 부딪치며 싸우는 것이 그가 상상한 세상을 구하는 방법은 아니었다. 하지만 웨버가 털어놓도록 만들어야만 했다. 그가 도착했을 때 그녀가 저지르려던 짓이 무엇인지를.

"그냥 사실을 말해." 그가 말했다. "당신을 해치고 싶지 않아. 나는 웨이크에서 당신을 쉽게 죽일 수 있었어. 아주 간단하게 끝낼 수 있었다고. 여기서 뭘 하려고 했어?"

"우리에겐 계획이 있었어." 그녀가 말했다. 눈이 번들거렸다. "나는 그 계획을 실행하고 있었어. 우리에겐 계획이 있었다고!"

"당신이 뭐라고 하는지 좀 들어봐." 마이클이 말했다. "미친 사람 같아. 어떻게 사람을 죽여서 사람을 돕겠다는 거야? 세계를 정복해서? 정신 나간 소리야."

웨버가 날카로운 눈빛으로 마이클과 시선을 맞췄다. "우리에겐 네가 필요했어. 하지만 넌 정말 방해만 하는구나."

마이클은 한 걸음 더 나갔다. 이제 웨버와 겨우 한 걸음 정도밖에 떨어져 있지 않았다. 손을 뻗으면 그녀를 잡을 수 있을 정도였다. "해결을 보자. 그건 그렇고, 당신 뒤에 있는 그건 뭐야?"

"상황이 바뀌었어." 웨버가 속삭였다. 시간이 갈수록 점점 망상에 사로잡히는 것 같았다. "난 그러기 싫었어…. 난 널 죽이기 싫어. 상황이 그다지 매끄럽게 굴러가지 않을 거야. 하지만 법칙은 언제든 다시 세울 수 있지. 우리가 잃은 이들을 다시 프로그래밍하고. 적응이야 항상 할 수 있는 거잖아?"

"당신." 마이클은 한 단어, 한 단어를 강조하며 말했다. "대체, 무슨, 소리야."

"그렇게 되어야지." 그녀는 더 곧게 서며 말했다. 꼭 그 자리에 없는 누군가와 대화하는 것 같았다. "이건 네 양심에 달린 문제일 수 있어. 다만… 다만 너는 그 자리에 없겠지만."

그녀의 얼굴에 광기가 어렸다. 그녀는 두 눈을 크게 떴다. "네 정신에 한 스푼만큼이라도 이성이 남아 있다면, 돌아가. 리프트하고 우릴 가만히 놔둬. 나를." 그녀는 한 손가락을 들어올렸다. "날 따라오지 마. 네가 따라오면, 맹세코 모두 다 죽여버릴 거야. 단 한 명도 남김 없이."

"대체 무슨…."

웨버는 마이클에게서 재빨리 돌아서더니, 등 뒤의 유리 상자를 마주 보았다. 그녀는 유리 상자가 놓인 단상 가장자리에 두 손을 대고 갑자기 몸을 밀어 올리면서, 열려 있는 상자 위쪽으로 다리를 휙 움직였다. 마이클은 그녀를 잡으려고 앞으로 달려 나갔지만 너무 늦었다.

그때 너무도 이상한 일이 일어났다. 그녀가 빛으로 이루어진 상자로 내려가자 그녀의 몸이 줄어들기 시작했다. 처음에는 느렸지만 점점 속도가 빨라졌다. 완전히 상자에 들어갔을 때쯤 그녀는 작은 인형 정도의 크기가 되었다. 그녀는 마이클을 쳐다보았다. 아주 짧은 순간 마이클은 자신이 슬립 안에 있다는 사실을 잊고 이렇듯 갑작스러운 변신에 놀랐다. 그는 웨버의 작은 몸이 상자 안을 떠다니는 빛 속으로 사라지는 모습을 지켜보았다. 이제 보니 그 빛은 은하계의 별들로 이루어져 있었다.

그는 상체를 숙이고 상자 가장자리 너머 아래를 보았다. 작은 빛이 수백 개, 어쩌면 수천 개 있었다. 그 빛은 어둠으로 이루어진 탁한 수프 안에서 빛나며 맥동했다. 그 모든 것이 한데 소용돌이치며 거대한 구체를 만들어 냈다. 하이브였다. 진짜에 비하면 아주 작은 하이브. 지금까지 마이클이 본 건 실제 시점의 하이브뿐이었다. 둥근 면이 벽처럼 보일 정도로 큰 하이브.

실제 시점이라니. 마이클은 생각했다. 세상에, 그는 슬립에 있었다. 실제 시점이 대체 무슨 뜻일까? 이곳은 전부 코드로 이루어진 세상이었다. 그저 글자와 숫자와 기호로만 이루어진 세상.

마이클은 심호흡하며 단상에 모든 체중을 싣고 빛으로 밝혀진 심연으로 뛰어내렸다. 웨버 요원처럼 그도 줄어들어 떨어졌다.

4

몰아치는 소리와 움직임뿐이었다. 그것들이 성난 회전목마처럼 마이클 주변을 빙빙 돌았다. 그런 다음 세상이 바로잡히며, 벽돌이 덜 굳어 축축한 시멘트에 처박히듯 그의 의식을 강타했다. 갑자기 그는 움직임을 멈췄다. 그러자 눈앞이 선명해지고 머릿속은 침착해졌다. 그는 어두운 허공을 떠다니고 있었다. 익숙한 광경에서 수십 미터쯤 떨어진 곳이었다. 하이브의 벽은 처음 봤을 때보다 웅장해 보였다. 포드들은 심장이 박동하듯 맥동하고 있었다. 부드럽고 안정적인 쿵쿵 소리가 모든 포드 안에서 들려왔다.

웨버는 흔적도 보이지 않았다. 케인이나 그의 탄젠트 군대도 마찬가지였다. 싸움은 끝이 났거나, 하이브의 반대편에서 벌어지는 모양이었다.

하지만 웨버는? 웨버는 어디로 갔을까?

마이클은 생각을 통해 보랏빛 공기를 가르고 쏘아져 나가다가, 빛나는 포드들과 1미터쯤 떨어진 곳에 멈춰섰다. 그는 위아래와 양옆을 살폈다. 그토록 가까운 곳에서 들여다보고 나서야, 이 구조물이 곡선으로 이루어져 있다는 사실을 알게 되었다. 웨버의 유리 상자 시점에서 보고 난 지금은 하이브가 둥글게 생겼다는 걸 그 어느 때보다도 확실히 알고 있었지만 말이다. 그는 뭘 해야 할지 몰랐다. 케인이 그에게 소개해 주었던 코드 연못이 마법을 부리듯 근처에 나타나기만 해준다면. 마이클은 어떻게든 정보를 파고들어, 웨버의 계획을 알아내야 했다.

시간이 없었다.

마이클은 앞으로 날아가며, 두 개의 타원 사이를 비집고 하이브 안쪽 구역으로 들어갔다. 이제는 주황빛의 세계가 그를 둘러쌌다. 가장자리 부분에서는 빛이 좀 더 희미했다. 이곳에도 웨버의 흔적은 없었다. 마이클은 하이브의 거대한 실내를 가로질러 몸을 앞으로 나아가게 하며, 웨버 요원의 흔적을 찾으려고 포드 벽을 훑었다.

마이클은 웨버 요원이 어떤 방법을 쓸지 알 수 없었지만, 그녀의 의도는 확실했다. 그녀는 더 이상 쓸모없어진 마이클을 비롯해 모든 탄젠트들을 제거하고 싶어 했다. 죽음의 법칙의 연결을 끊어놓으려는 것이었다. 그는 죽을 것이다. 진정한 죽음을 맞을 것이다. 그리고 웨버 요원은 웨이크로 다시 리프트해서, VNS가 세상을 구했으며 오직 그들만이 세상이 다시 대혼란으로 빠져드는 것을 막을 수 있다고 모두에게 말할 것이다. 마이클은 날아가면서, 환하게 밝혀진 하이브의 곡선 벽을 위아래로 빠르게 오가며, 소식을 전달하는 웨버의 얼굴에 가식적인 고통의 표정이 떠오르는 모습을 상상했다. "저희는 여러 생명을 잃었지만, 그보다 훨씬 더 많은 생명을 구했습니다."

답답한 마음에 마이클은 소리를 질렀다. 그를 둘러싼 정체 모를 물질들이 그 소리를 삼켜버렸다. 이곳은 모든 것이 이상했다. 마이클이 익숙하게 알고 있는 것들과는 달랐다. 하이브는 너무도 복잡하고 규모가 큰 프로그램이었다. 그가 전에 다루어 본 모든 것을 넘어섰다.

마이클은 원을 그리며 날아다녔지만 아무것도 발견하지 못했다.

그러다가.

있었다.

있었다.

주변에서 뭔가 깜빡였다. 마치 날파리가 지나간 듯했다. 불꽃처럼 튀는 어둠. 마이클은 비행을 멈추고, 뭔지는 모르지만 주의를 끈 그것을 향해 돌아섰다. 그것은 멀리에, 마이클이 떠다니는 곳에서 보면 하이브의 반대쪽에 있었다. 마이클은 그곳으로 가는 데 온 의지를 실었다. 이번에는 비행처럼 느껴지지 않았다. 순간이동이었다.

그는 순식간에 그곳에 이르렀다.

끝의 시작을 목격하러 그리로 갔다.

한 포드가 비어 있었다. 그 포드는 위, 아래, 양옆에서 주황빛을 빛내며 생기를 띤 포드에 둘러싸여 있었다. 마이클은 하이브의 전체 구조에서도 그와 비슷한 것을 한 번도 보지 못했다. 그는 빈 포드를 한 번도 본 적이 없었다. 그래서 마이클은 방금 그 불빛이 꺼졌다는 사실을 알았다. 조금 전 마이클의 시야 한구석에서 깜박였던, 어둡고 흐릿한 움직임은 바로 이 포드가 꺼진 것이었다. 마이클은 아직도 웨버 요원이 어떻게 그런 일을 하려는 건지 알 수 없었다. 어쨌든 그녀는 웅대한 계획의 첫 희생자를 방금 제거했다.

진정한 죽음.

그것이 뭘 의미하는지 이해하게 되자 마이클은 가슴이 아팠다. 점령당한 인간과 점령한 탄젠트 둘 다 죽었다. 사라졌다. 영원히. 코드나 죽음의 법칙을 완전히 이해하지 못했지만 두 존재가 사라진 건 사실임을 알았다.

그가 빈자리를 바라보며 이 모든 골치 아픈 생각을 하고 있는데, 그 옆의 포드가 녹아내리기 시작했다. 병을 유발하는 세균 혹은 굶주린 벌레 같은 검은 얼룩이 주황빛의 표면에 번져갔다. 겨우 몇 초만에 그 빛이 사라지고, 무(無)로 대체되었다. 상상인지도 모르지만, 마이클은 희미한 비명을 들은 것 같았다. 가장자리에서 주황빛의 마지막 조각이 깜빡이며 사라지기 직전에 말이다.

그는 그 자리를 떠나 몸을 떨며 지켜보았다. 그러는 가운데 또 한 명이 죽어 어둠에 먹혔다. 몰려드는 암흑이 개미 군단처럼 그것을 먹어 치웠다. 1초도 채 지나지 않아 어둠은 바로 옆의 포드도 먹어

치우기 시작했다.

마이클은 살면서 한 번도 이토록 무력감을 느낀 적이 없었다.

그는 폐에 통증이 전해질 때까지 비명을 질렀다.

5

시계는 계속 째깍째깍 돌아갔다. 마이클이 할 수 있는 일은 아무것도 없었다. 행동하지 않고 지나간 모든 시간은 또 다른 탄젠트가, 또 다른 인간이 죽었다는 의미였다. 녹아내린 포드의 순서에는 최소한 패턴이 있었다. 포드들은 오른쪽에서 왼쪽으로 직선 방향으로 꺼져 나갔다. 마이클은 재빨리 상황을 판단하고 스무 칸 정도 떨어진 포드로 날아갔다. 그는 지나쳐 온 포드들은 애써 머릿속에 담아두지 않으려고 했다.

마이클은 문제의 그 포드에서 조금 더 떨어진 곳까지 갔다. 잭슨 포터가 현재 잠들어 있는 곳에서 본 것과 똑같은 스크린이 보였다. 스크린에는 이름이 달려 있었지만, 마이클은 확인도 하지 않고 코드에 뛰어들었다. 낭비할 시간이 없었다. 그는 케인이 보여준 방식대로 코드에 뛰어들었다. 하이브의 포드가 흐려지면서 흔들리더니, 빽빽하게 밀집된 일련의 기호와 글자 들로 변했다. 그것들은 여전히 주황색으로 빛나고 있었다.

코드가 빽빽하게 몰려들어 그를 좁은 공간에 밀어넣고 짓눌렀다. 하이브의 구조에는 그 자체 코드가 있어 각각의 포드 데이터 덩어리를 감싸고 있었다. 그 때문에 마이클은 눈이 멀 듯한 정보의 표출에 완전히 몰입했다. 그 모든 것이 폭풍우 같은 속도로, 위아래로, 좌우로, 마이클의 시야 안팎으로 움직였다. 색깔과 크기와 형태가 다양

했다. 마이클은 머릿속으로 그 모든 것을 받아들이느라 어질어질하고 속에서 구역질이 올라왔다.

마이클은 웨버가 공격을 시작하는 오른쪽 방향을 보았다. 어둠이 더 짙어져 있었고, 코드로 봐서는 더 악랄해져 있었다. 검은 기름이 생명을 얻은 것만 같았다. 그것이 밖으로 뻗어 나와 커다란 덩어리의 코드를 단번에 먹어 치웠다. 웨버의 프로그램은 벌써 마이클과 그가 조금 전 떠 있던 곳 사이에 있던 포드를 절반이나 먹어 치웠다. 마이클에게는 그녀를 막기 위해 뭔가를 만들어 낼 시간이 없었다. 최소한 그곳에서는.

하지만 마이클은 뭔가를 파악할 수 있었다. 눈앞의 데이터에 다시 관심을 돌린 그는 코드와 그 구조, 프로그램의 특성을 자세히 살폈다. 주변에서는 어둠이 점점 번져나갔다. 마이클에게로 스멀스멀 다가오며 으스스하게 질척거리는 소리를 냈다. 꼭 칼이 살을 파고드는 소리 같았다. 마이클은 애써 그 소리를 무시했다. 코드에 집중하고 연결을 찾아내는 일에 몰두했다. 웨버가 특별히 공격하는 뭔가가 틀림없이 있을 터였다. 하이브와 그녀의 프로그램 사이의 연결고리가.

타르를 부은 것처럼, 이상한 검은 물질이 철퍽 튀기더니 마이클 눈앞의 하이브에 흩뿌려졌다. 그 물질과 닿자 포드의 정보 절반이 지글거리며 빛을 잃더니 웨버의 프로그램이라는 무한한 어둠 속으로 휩쓸려 갔다. 칠흑 같은 어둠으로 이루어진 또 하나의 띠가 위쪽에서부터 소용돌이치며 다가와 코드를 물어뜯더니, 휙 돌아서 마이클의 얼굴로 향했다. 그 띠가 얼굴에 닿는 순간 마이클은 소리를 질렀다. 띠가 달라붙은 자리가 불타는 듯했다. 상처에 산(酸)을 들이붓는 것 같은 고통이었다. 마이클은 비명을 질렀지만, 그 소리는 마이클을 뒤덮은 짙은 암흑 속에서 사라졌다. 마이클은 두려움을 느끼며 손을 위로 뻗어 그 띠를 잡아당긴 끝에 떼어냈다. 띠는 다시 마이클에게 다가왔지만, 다시 시각 모드로 휙 전환되더니 하이브의 드넓게 트인 공간 중심으로 날아갔다.

마이클은 숨을 세차게 내쉬며 그 자리에 떠 있었다. 그을린 얼굴로 땀이 똑똑 떨어지자 피부가 타는 듯했다. 그는 주변의 하이브를 살펴보고, 웨버가 공격을 시작했던 포드를 보았다. 이제는 최소 서른 개의 포드가 파괴되어, 그저 빈 공간만을 남겨놓고 있었다. 파괴는 번져가고 있었으며 그 속도도 빨라졌다.

마이클은 의식의 벽을 훑어보며 생각을 정리했다. *집중해.* 그는 자신을 타일렀다. *집중.* 아무 생각 없이 행동해야 할 때가 있다면, 지금이 바로 그런 때였다. 1초, 1초가 흐를수록 여러 생명이 스러져가고 있었다.

문득 소름 끼치는 생각이 들어 마이클은 심장이 얼어붙을 것만 같았다.

잭슨 포터.

정신없는 와중에, 마이클은 자신도 탄젠트이며 한 인간의 몸을 점령했다는 사실을 잊고 있었다. 그 자신도 어느 순간에든 죽을 수 있다는 사실을 말이다. 웨버가 잭슨의 포드에 이른다면….

사람들이 좌우에서 죽어가는 가운데 마이클은 여전히 그 자리에 떠서 이 모든 문제를 생각하고 있었다. 우유부단함에서 벗어나지 못했다. 가슴속에서 구역질이 점점 심해졌다. 마이클이 즉시 잭슨 포터에게로 간다면 웨버가 알아차릴 터였다. 그녀는 잭슨 포터의 포드에 모든 것을 던질 것이다.

끝장내 버리자! 마이클은 자신에게 소리칠 뻔했다. 그에게는 선택의 여지가 없었다. 더 이상 존재하지 않게 된다면 할 수 있는 일은 아무것도 없었다. 그보다 중요한 건 아무것도 없었다. 그는 웨버가 무엇을 들이대든 자신을 지켜야만 했다.

보호막.

보호막이 문득 떠올랐다. 케인이 그에게 프로그래밍해 주었던 보호막. 마이클은 눈을 감고 그 느낌과 모습, 코드를 떠올리려고 애썼다. 복잡하고 특이했다. 전에는 한 번도 해본 적이 없는 일이었다. 하지만 그것만이 마이클의 희망일 수 있었다.

본능에 따라 움직일 시간이었다.

웨버가 만들어 낸 검은 부패의 물결이 하이브 전체를 휩쓸어 가는 동안, 마이클은 자신의 파일에 접근해 잭슨의 위치를 찾고 그리로 향했다.

CHAPTER 20

생명

1

문제의 포드는 웨버의 프로그램이 깔아둔 넓적한 파괴의 공간에서 60~70줄 위에 있었다. 마이클은 그리로 쏜살같이 날아가, 차가운 바다에 달려들 듯 코드 안으로 뛰어들었다. 온몸을 감싸는 감각적 충격이 느껴졌다. 아름답고 복잡한 정보의 바다였다. 마이클은 데이터를 살펴보고, 자신의 정신을 열어 그 모든 것을 받아들였다. 그 정보를 개별적인 조각처럼 다룰 여유는 없었다. 마이클은 그 모든 것이 자신을 지나치고 통과해서 흘러가도록 놔두어야만 했다. 무의식적 차원에서 그 의미를 파악해야만 했다.

동시에, 마이클은 마음의 구획을 나누며 케인이 만들어 낸 보호막의 코드를 작업했다. 그 보호막은 코드의 기적이라고 할 만했지만, 마이클 자신도 기적이기는 마찬가지였다. 마이클은 그 사실을 알고 있었다. 그에게 대항하는 모든 세력이 그의 능력을 의심하게 만들기는 했지만 말이다. 케인의 프로그램이 띠는 시각적 구현물의 조각을 맞춰내자 그의 가상현실의 가슴속에서 예상치 못하게 웃음이 터졌다.

마이클은 어지러웠다.

의식이 혼미했다.

그는 인생 최고의 순간을 살고 있었다.

2

거의 끝날 때쯤에는 마이클이 추적하기 어려울 정도로 일이 너무 빠르게 벌어졌다. 보호막이 주변에서 자라났다. 마이클은 잭슨 포터의 포드 코드를 살펴보며, 웨버의 프로그램을 튕겨내고 그 진행을 막는 데 도움이 될 만한 단서를 탐색했다. 그는 웨버의 코드가 다가오는 것을 느낄 수 있었다. 어둠이 활강하듯 내려왔다. 그림자가 그를 덮쳤다. 마이클은 돌아서서 웨버가 지금까지와 전혀 다른 경로를 선택했다는 걸 깨달았다. 이제 웨버는 하이브의 벽을 사선으로 가로지르며 마이클에게 곧장 다가오고 있었다.

그녀가 지나가는 곳마다 포드가 검은색으로 변했다.

마이클은 잭슨 포터의 감옥 코드 안을 헤엄쳤다. 그러는 와중에도 보호막에 마지막 손길을 더했다. 그는 보호막이 킬심을 상대했을 때처럼 웨버의 프로그램을 상대로도 버텨줄지 전혀 알 수 없었다. 하지만 당연히 버티지 않을까?

마이클은 정신없는 와중에 오래된 영화의 대사 한 줄을 떠올렸다.

"엄마야, 진심은 아니지?"

"진심이야. 엄마는 아니고."(1980년에 개봉된 영화 〈에어플레인!〉에 나오는 대사. 캐릭터들이 "Surely, you can't be serious.(설마 진심은 아니지?)"라는 말에 "I am serious. And don't call me Shirley."라고 대답하는

장면으로, surely와 Shirley의 발음이 비슷한 데 착안한 말장난이다―옮긴이)

마이클은 다시 웃었다. 압박에 시달린 그의 머릿속에 마침내 커다란 균열이 생기기 시작한 것 같았다.

그랬다, 마이클은 의식이 혼미했다. 하지만 그 어느 때보다 예리하기도 했다.

마이클은 다시 코드로 돌아갔다. 주변의 보호막이 필요한 시간을 벌어주었다. 어쨌든 마이클은 그러기를 바랐다.

하지만 뭘 찾는 걸까? 마이클은 전혀 알 수 없었다. 그저 자신이 이미 알고 있다고 생각하는 수밖에 없었다. 그는 사방에서 밀려드는 정보를 처리했다. 굳지 않은 점토처럼 다루었다.

웨버의 검은 프로그램이 보호막 표면에 닿는 순간 마이클은 온 세상이 흔들리는 느낌이 들었다. 주변의 모든 데이터 조각이 잠시 떨리며 흐려지더니 제자리로 돌아왔다. 마이클은 어깨 너머를 보았다. 그 모든 것의 시각적 구현물이 보였다. 구체적인 형태가 없는 어느 무시무시한 짐승의 검은 덩굴손들이 마이클과의 사이를 가로막은 보이지 않는 보호막을 공격하고 있었다.

그곳에서 직감이 깨어났다. 마이클은 코드 안에서 찾게 되리라고는 꿈조차 꾸지 못했던 것들을 발견했다. 하이브로의 접근 지점이었다. 죽음의 법칙 프로그램 히스토리가 보였다. 그 히스토리가 마이클의 탄젠트 자아에 무슨 일을 했는지도 보였다. 심지어 마이클 자신의 조각 일부도 그곳에서 발견했다. 마이클로서는 잘 이해되지 않는 부분이었다. 꼭 자신의 DNA 염기 서열을 발견한 것만 같았다.

마이클은 벽돌이었다. 그는 자신이 죽음의 법칙의 토대로서 어떤 역할을 해왔는지와 죽음의 법칙이 어떤 것들을 이루어 냈는지 이해하기 시작했다.

마이클은 최대한 많은 정보를 얻어냈다. 이 정도면 준비가 다 된 것 같았다.

이제 앞으로 끔찍한 일이 벌어질 것이다. 하지만 해야 하는 일이었다.

그것만이 유일한 방법이었다.

마이클은 뒤로 돌아서 보호막을 마주 보았다. 보호막은 어느새 웨버의 검은 파괴자 프로그램에 온통 둘러싸여 있었다. 마이클은 몇 차례 빠르게 코드를 조작해, 보호막을 해체한 다음 자신과 자신의 포드에게 다가오는 타르 같은 물질을 가만히 지켜보았다.

그 모든 것이 마이클을 한꺼번에 강타했다. 예전에 느꼈던 따끔거리는 고통이 그를 짓눌렀다. 마이클은 충격을 받고 숨을 들이켜고 싶은 충동을 이겨냈다. 주변의 세상이 시각적 형태와 날것의 코드 사이를 오가며, 망가진 월스크린 신호처럼 깜빡였다. 마이클은 가까스로 침착함을 유지하며, 주변 환경이 코드 웅덩이로 굳어지도록 만들었다. 마이클은 그 물질 안에서 작업해야만 했다. 실제로 그는 그렇게 작업했다.

마이클은 잭슨 포터의 포드에서 1~2미터쯤 떨어진 곳을 떠다니며 웨버의 프로그램이 자신을 삼키는 광경을 지켜보았다. 그 프로그램이 마이클 자신의 코드와 거의 합쳐지기 직전까지 말이다. 원하는 것에 접근하려면, 마이클은 그 프로그램이 침투하도록 놔두어야 했다. 고통은 극심했고, 그 강도는 점점 높아졌다. 마이클은 현실 세계의 자기 몸이 얼마나 쇠약해졌을지 떠올리지 않고 그 통증을 무시했다. 그에게 필요한 것은 살아남는 것뿐이었다.

시야가 어둠에 가려 흐려지자 그는 코드를 밝혔다. 잭슨의 포드를 상대했던 것처럼 그 코드 안으로 파고들었다. 이번에는 훨씬 더 집중하고 있었다. 마이클은 자신이 무엇을 찾아야 하는지 확실히 깨달았다. 웨버에게 가는 통로. 그게 퍼즐의 마지막 조각이었다.

웨버. 마이클에게는 그녀가 필요했다.

어둠은 그를 물어뜯으려 했지만, 마이클의 프로그래밍 때문에 혼란을 느꼈다. 마이클의 프로그램은 포드 자체와 너무도 달랐기 때문이었다. 하지만 그는 어둠이 조만간 그의 프로그램에 적응할 것이란 사실 또한 파악하고 있었다. 어둠은 영리한 나노로봇^{nanobot} 집합체처럼 작동하는 동시에 학습하고 변화했다. 어둠이 마이클의 오라에서 생명을 빨아내, 여느 킬심과 마찬가지로 그를 뇌사 상태에 빠뜨리는 건 그저 시간문제였다.

진정한 죽음.

고통이 그의 피부에 불을 붙이고 근육으로 파고들었다. 마이클의 시야는 흐려졌다. 점점 검은빛으로 물들었다. 마이클 자신의 눈물이 따갑게 느껴졌다.

마이클은 계속 밀어붙였다.

어둠이 조여들었다. 고통이….

거기였다.

모든 프로그램에는 주인과의 연결고리가 있었다. 특히 통제될 때는 그랬다. 마이클은 그 연결고리를 찾아냈다. 웨버가 어딘가에 숨어 있었지만, 그건 상관없었다. 마이클에게는 연결고리가 있었다. 마이클은 고통이 너무 심해서 몸을 떨었다. 앞으로 손을 뻗어 그녀에게 달라붙는 것도, 수백만 가닥의 코드를 쏘아 그녀를 자신에게 붙들어 매고 끌어당기는 것도 거의 불가능할 정도였다.

마이클은 웨버의 두려움을 느꼈다. 그 공포가 폭포 아래로 들어가기 직전의 한기처럼 확 끼쳤다.

마이클은 웨버 자신의 프로그램을 통해 그녀를 찾아냈고, 이제는 그녀를 차지했다.

마이클은 마지막 힘을 다해 안티프로그램을 가동해, 웨버가 풀어놓은 파괴적인 어둠을 둘러싼 코드 한 줄, 한 줄에 맞섰다. 순식간에 안티프로그램이 웨버의 프로그램을 제거하고, 그 존재를 박멸했다. 빛이 다시 쏟아져 들어왔다. 눈부시고 영광스러운 빛이었다. 고통은 사라졌다.

마이클은 웨버를 꽉 쥐고 있었다. 그녀의 코드라는 거대한 세상을 마이클의 정신력으로 둘러쌌다. 마이클은 하이브 벽으로 몸을 날려, 그가 막기 전에 웨버의 프로그램으로 반쯤 파괴된 포드를 찾았다. 그 포드가 누구를 대표하는 것인지는 몰라도, 그 사람에게는 생존 가능성이 없었다. 뻥 뚫린 구멍들이 주황색 타원을 뒤덮고 있어서, 그 너머의 짙은 보라색 세상이 들여다보였다.

그 정도면 충분했다. 마이클은 그러기를 바랐다.

마이클은 그 포드로 몸을 날려 코드 안으로 파고든 다음, 잭슨 포터의 포드 안에서 발견했던 죽음의 법칙 프로그램과의 연결고리로 손을 뻗었다. 그 한가운데로 웨버의 코드를 집어 던지고, 그녀의 존재 자체를 눈앞의 포드와 연결된 신체에 밀어넣었다.

그렇게 웨버의 본질은 슬립에서 사라졌다.

웨버는 웨이크에서 새로운 몸에 들어가 그 정신을 차지했다. 마이클의 눈앞에 있는 포드와 연결되었다. 그녀 자신의 연결은 끊어졌고, 웨버 요원의 진짜 몸은 뇌사에 빠졌다.

마이클은 웨버가 만들어 낸 프로그램에 관한 얼마 안 되는 지식을 활용해, 이제는 남아 있는 웨버의 본질 전부를 대표하는 반쯤 망가진 포드 작업을 마무리했다. 포드는 해체되어, 어둠의 증기 속에 사라졌다. 그것과 웨이크에서 연결된 모든 것을 죽여버렸다. 그런 다음, 모든 것이 바람 한 점 없는 날처럼 조용하고 고요해졌다.

마이클은 웨버 요원을 죽였다.

CHAPTER 21

죽음의 법칙

1

눈 깜짝할 사이에 코드가 사라지며 하이브의 질서 정연한 세상이 펼쳐졌다. 망가진 포드들의 흉터는 주황빛 속의 검고 눈에 잘 띄는 흠이 되었다.

마이클은 깊이 숨을 들이쉬었다. 해냈다. 웨버의 프로그램이 눈에 보이는 모든 생명을, 탄젠트로서의 존재든 인간으로서의 존재든 학살하지 못하도록 막았다. 문제가 해결되었다고 하기는 어려웠지만, 가장 시급하게 처리해야 했던 임무는 완수했다. 게다가 웨버도 죽었다. 진정한 죽음을 맞았다. 이제 그녀의 몸은 웨이크에서 생명 없이 누워 있었고, 그녀의 의식은 지구와 버트넷에서 깨끗이 사라졌다.

마이클은 몹시 피곤했다. 그는 축 늘어진 채 하이브의 빈 공간을 떠다녔다. 웨이크로 돌아가 코핀 안에 머물며 하루나 이틀쯤 잘 수만 있으면 아무것도 바랄 게 없었다. 나머지 일이야 개비와 브라이슨과 헬가가 처리하도록 놔두라지. VNS가 행동을 시작했다면 케인 문제는 해결할 수 있지 않을까?

마이클은 그곳에서 눈을 감고 잠시 떠다니며, 가상의 피부에 닿는 주황빛의 온기를 즐겼다. 너무 피곤해서 생각조차 하기 힘들었다. 너무 피곤해서 리프트할 수 없었다. 그저 시간이 좀 필요했다. 조금만 자고 싶었다.

당연히 이제는 쉴 수 있을 것이다.

엄마는 아니고. 마이클은 미소 지으며 생각했다.

2

마이클은 어느 순간 잠들었다가, 몇 차례 깨고 다시 잠들기를 반복했다. 하이브가 주변에서 빛나며 맥동했다. 그런 풍경과 함께 하이브에서 들리는 부드러운 웅웅 소리는 최고의 자장가가 되었다. 이처럼 짧고 몸조차 가눌 수 없는, 의식이 반만 있는 상태가 이어지는 동안 그는 개비를 생각했다. 브라이슨을. 헬가를. 그들은 너무도 똑똑했다. 아마 이미 모든 것을 해결했을지 몰랐다.

정말 이 일을 끝낼 수 있을까? 마이클은 그렇게 좋은 일이 사실일 리 없다는 걸 알았기에 그저 미소를 지을 뿐이었다. 너무 오랜 시간 동안, 아무것도 괜찮지 않았다. 언제나, 언제나 뭔가가 잘못됐다.

마이클은 그들의 상태를 확인해야 했다. 케인과 이야기해야 했다. 이 일을 마무리해야 했다.

마이클의 지친 머릿속에서 생각이 이리저리 튀었다.

마이클은 다시 잠들었다.

3

얼마나 잤는지는 알 수 없었지만, 결국 마이클은 눈을 떴다. 약간 힘들기는 했지만, 기운이 돌아오고 살아 있는 기분이 들었다. 마이클은 하이브의 빈 공간에 떠 있으면서, 잠을 깰 주스가 실린 간식 카트가 휙 지나가기를 바랐다. 과연 그런 걸 코딩으로 만들어 낼 수 있는지 궁금했다. 그가 지금까지 약탈했던 수많은 가상 레스토랑 중 한 곳에서 커피 한 잔을 훔쳐낼 수 있을까? 지금은 그 생각조차 우스꽝스러웠다. 바보 같았다. 너무도 멋지게 바보 같았다. 마이클은 그 시절이 몹시 그리웠다.

마이클은 눈을 비비고 주위를 둘러보았다. 그는 하이브의 벽에 나타난 깊은 상처를 다시 보고 움찔했다. 그 공허한 공간은 잃어버린 생명을 너무 선명하게 연상시켰다. 그런데 방금 전만 해도 자신은 어떤 감정을 느꼈던가? 짧은 순간 행복에 빠져들었다니. 사람들이 죽었다. 탄젠트들이 제거됐다. 영원히 사라졌다. 마이클이 조금만 더 빨랐더라면.

마이클은 한숨을 쉬며 하이브의 반대쪽 면을 보았다. 그쪽에서는 모든 것이 온전하고, 밝게 빛났다. 이 포드도, 저 포드도, 그다음 포드도. 그 모습을 보자 기분이 약간 나아졌다.

마이클은 한 번 더 한숨을 쉬며, 자신이 이 장소에 무척 질렸다는 것을 깨달았다. 움직일 시간이었다. 마이클은 VNS 건물로 돌아가 케인의 탄젠트들이 그곳을 어떻게 청소했는지 보고 싶기도 했지만 그러지 않기로 했다. 쉬고 싶은 만큼 쉬었고, 친구들이 보고 싶었다. 그들을 찾을 시간이었다. 그들이 죽음의 법칙에 침투했다 하더라도 프로그램을 제거할 방법을 찾아내지 못했다면, 마이클이 도울 생각이었다. 그들이 함께해낼 것이다. 이제는 그들의 목덜미에 콧김을 뿜어대는 VNS가 없으니, 어렵지 않을 것이다.

마이클은 세 번째로 자신의 히스토리 파일에 접근해, 예전에 방문했던 장소를 탐색했다. 이번에는 좀 더 어려웠다. 하이브보다도 많은 방화벽이 있었다. 하지만 마이클은 한 차례 그곳에 가본 적이 있었으므로, 어떻게 하면 다시 갈 수 있는지 알고 있었다. 예전에 패스는 마이클을 그곳으로, 마이클이 처음 케인을 만난 곳으로 이끌었다. 마이클이 처음으로 인간의 몸으로 태어난 곳, 신성한 협곡으로.

마이클은 코드에 뛰어들어 나아갔다.

4

가장 먼저 보인 사람은 개비였다. 마이클은 그녀를 잘 몰랐지만, 그녀의 얼굴을 보자 마음이 밝아졌다. 개비가, 실제 몸과 너무도 비슷한 그녀의 오라가 눈앞에 서기 전까지 마이클은 자신이 얼마나 외로웠는지 몰랐다. 마이클은 너무 오랫동안 이 일을 혼자 해왔다.

"안녕." 개비가 말했다. 마이클이 갑자기 나타나서 놀란 모습이었다. 그들은 넓게 펼쳐진 언덕에, 바람으로 납작해진 풀밭에 서 있었다. 언덕 맨 아래에는 빽빽한 숲이 있었다. "난… 우리는… 근데 넌 어디서 온 거야?"

마이클은 어깨를 으쓱했다. "아, 여기저기 돌아다녔어. 사람들을 구하고, 나쁜 놈들을 죽이고… 그런 일을 하면서."

개비는 앞으로 다가와 그를 두 팔로 끌어안았다. 서로 알고 지낸 지 아주 오래된 것처럼 힘껏 안았다. 마이클도 그녀를 안았다. 사람의 손길이 고맙게 느껴졌다. 머릿속에서 한 가지 깨달음이 생겨났다. 무슨 일이 일어나더라도 개비는 그에게서 잭슨 포터를 볼 터였다. 그리고 잭슨 포터는 그녀의 남자친구였다.

개비는 뒤로 물러서서 마이클을 올려다보았다. "널 보니까 좋다. 무슨 말이든…. 사실, 뭘 물어야 할지조차 모르겠네. 해냈어? 무슨 일인지는 몰라도?"

마이클은 고개를 끄덕였다. 시간이 갈수록 자신감이 생겼다. 마이클은 이곳에 도착하자마자 킬심들의 환영 인사를 받을 거라고 예상했다. 그리 머지않은 시간에 바로 이곳에서 그런 일이 벌어졌으니 말이다. 하지만 이곳에는 숲과 풀밭과 밝은 푸른색 하늘이 있었다. 케인은 버트넷이 파괴될 때도 이곳을 보호하기 위해 정말로 열심히 노력한 것 같았다.

"응." 마이클이 말했다. "그런 것 같아. VNS는 처리된 것 같고, 우리 인생을 비참하게 만들던 웨버의 시간은 확실히 끝났어. 여긴 어때? 뭐 좀 나왔어?"

개비는 마이클에게 둘러보라고 손짓했다. "계속 찾아봤지만, 아무것도 없어. 저 숲에 낡은 오두막이 한 채 있고, 숲 반대편에는 간신히 서 있는 버려진 성이 있어. 그것 말고는 별게 없어. 브라이슨이 성을 살펴보고 있고, 헬가는 숲 어딘가에 있어. 나는 이 언덕을 오르내리고 있고. 나 때문에 오솔길이 생기는 게 아닐까 싶을 정도야."

마이클은 과장되게 한숨을 쉬었다. "모든 걸 내가 직접 해야 하나?" 그는 재빨리 웃어서 농담이란 걸 밝혔다. 그는 행여나 개비가 자신을 재수 없는 놈으로 생각하지 않기를 바랐다. "농담이야. 사실은, 정말 잘됐다. 너희들이 킬심이나 엄청나게 큰 쥐 떼한테 공격당하지 않아서 다행이야."

"응?"

"아무것도 아냐. 가서 다른 사람들을 찾아보자. 포옹이 더 필요해."

5

마이클은 신성한 협곡에 관한 모든 것을 떠올렸다. VNS 요원들과 케인에게 충성하는 탄젠트들, 폐허에서 뛰쳐나와 그를 공격한 킬심들로 들끓던 성. 그는 오두막에서 케인과 대면했던 일, 거인 같은 남자에게 질질 끌려 숲을 지났던 일을 떠올렸다. 주변 세상이 빙빙 돌아 대혼란에 빠지고 해체되던 순간도 기억났다.

하지만 이상하게도 그중 어떤 일도 일어나지 않은 것만 같았다. 성은 여전히 서 있었다. 낡은 건 사실이었지만, 형태는 온전했다. 혼란스러웠다. 마이클은 자신이 죽음의 법칙 프로그램에 빨려 들어가 잭슨 포터의 몸속에 배치된 그날 정말로 무슨 일이 일어났는지 다시 궁금해졌다.

마이클과 개비는 숲과 성 사이의 넓은 공터로 들어갔다. 마이클은 빠져들 겨를도 없이 어두운 생각에서 벗어났다. 브라이슨이 성 입구에서 달려 나와, 얼굴에 우스꽝스러운 미소를 지은 채 계단을 통통 뛰어 내려왔다. 마이클도 얼굴 가득 번지는 미소를 참을 수 없었다.

"마이클!" 브라이슨이 소리쳤다. 동시에 그는 맨 아래 계단에 튀어나와 있던 돌부리에 걸렸다. 그는 넘어지려다가 공중제비를 돌아 바로 두 발을 딛고 서더니 다시 달리기 시작했다. "네 못생긴 면상을 보고 이렇게 기분이 좋지 않았다면, 널 죽였을 거야!" 그는 마이클에게 다가와 그를 꽉 잡고 허공으로 들어올려 끌어안았다. 마이클이 받아본 포옹 중 가장 거창한 포옹이었다.

마이클은 중얼거리며 "나도 반가워"라며 간신히 말을 건넸다.

브라이슨은 그를 내려놓고 한 걸음 물러났다. "너, 꼭 죽기 7분 전인 것 같은 모습인데. 눈이 특히 그래. 어디 보자…. 요 며칠 힘들었나 보지?"

"그렇다고 할 수 있지." 마이클은 개비를 힐끗 보았다. 그녀는 진심으로 행복한 표정이었다. 마이클은 그녀가 점점 더 좋아졌다. 농가에서 벌어진 사건은 반쯤 잊힌 꿈속의 머나먼 기억처럼 느껴졌다. "하지만 그럭저럭 나아졌어. 뭐랄까, 케인이 날 도와줬거든. 케인 없이는 절대 못 했을 거야."

"뭘 못 해?" 브라이슨이 물었다.

"VNS가… 더는 VNS를 걱정할 필요 없어. VNS의 대량 학살 프로그램도. 웨버 요원도. 내가 웨버를… 멈췄어."

브라이슨과 개비는 시선을 주고받았다. 둘 다 마지막 문구가 수백만 가지 서로 다른 의미를 전달한다는 걸 알았다. 다행스럽게도 그들은 마이클에게 설명하라고 압박하지 않았다. 바로 그때 헬가가 숲에서 뛰어나왔다. 마이클을 확인한 그녀의 얼굴이 환해졌다. 두 뺨에는 눈물이 흘러내렸다. 그녀는 마이클을 브라이슨보다도 더 세게 끌어안았다. 심지어 마이클을 두어 번 격렬하게 흔들기도 했다.

빙빙 돌아가는 세상이 멈추기를 기다렸다가, 마이클은 다시 두 발을 딛고 섰다. 그는 그 어느 때보다 진심으로 웃었다.

"세상에." 마이클이 말했다. "무슨 말을 해야 할지 모르겠네요. 다들 괜찮고, 나도 괜찮고, 우리가 다시 만나다니. 세라만 여기…." 그는 잠시 말을 더듬었다. 가슴이 뜯길 것처럼 슬픔이 밀려왔다. 그 고통은 여전히 무겁고도 뜨거웠지만, 예전에 몇 번 그랬던 것처럼 그를 집어삼키지는 않았다.

"그러게, 아가." 헬가가 마이클을 다시 한번 끌어안고, 평소보다 더 오래 가만히 있었다. "내가… 음, 그게…." 헬가는 뒤로 물러났다.

뭔가 감춘 듯 수수께끼 같은 표정이었다.

"뭔데요?" 마이클이 물었다.

그녀는 시선을 돌렸다. "지금은 아무것도 아니야."

"뭐가요?" 마이클이 밀어붙었다. 호기심을 참을 수 없었다.

"나중에." 헬가가 힘주어 대답했다. "꼭 말해줄게."

마이클은 두 손을 들었다. "알았어요. 이만큼 스포일러를 해버렸으니, 더는 못 하겠다는 거겠죠."

개비가 그에게 다가와 팔을 가볍게 어루만졌다. "우린 여기서 뭘 하는 거야, 마이클? 전에 나무집에서 넌 진짜 제정신이 아니었어. 그 모든 킬심이며, 케인이며…. 우리는 겁이 나서 죽을 지경이었어. 그런 다음엔 네가 우리를 보내버렸고, 그 이후로 우리는 이 주변을 돌아다니면서 네가 말한 공장을 찾고 있어. 여긴 아무것도 없어."

"개비 말이 맞아." 브라이슨이 덧붙였다. "아무것도 없어, 사람 하나도. 대체 우린 여기서 뭘 하는 거야?"

마이클은 마음이 철렁하며, 자신도 모른다는 사실을 깨달았다. 어쨌든, 확실히 아는 것은 아니었다. "난 여기가 죽음의 법칙… 공장이 있었던 곳이라고 생각해. 뭐라고 부르든 너희 마음이지만. 여기가 내가 왔던 곳이야. 패스의 끝." 마이클은 그들이 서 있는 들판 가운데를 가리켰다. "내가 바로 저기 서 있었는데, 세상이 빙빙 돌았어. 그다음에는 내가 죽음의 법칙 프로그램 중심부로 빨려 들어갔고. 그러고 나서 정신을 차렸을 때는, 내가 진짜 몸속에 들어간 다른 사람이 되어 있었어. 여기가 틀림없어."

브라이슨, 헬가, 개비가 모두 원을 그리며 주변을 살펴보았다. 마이클의 말을 들었으니 사물이 다르게 보이리라는 것처럼 말이다. 하지만 눈에 들어오는 모든 것은 상위 코드로 프로그래밍된 것이었다. 라이프블러드 딥처럼 현실적으로 느껴졌다. 평범하지 않거나 악의적인 모습으로 눈에 띄는 것은 아무것도 없었다. 풀밭, 언덕, 숲, 오래된 성의 폐허, 오두막. 전부 마이클의 친구들이 철저하게 탐색해본 것들이었다.

그들은 다시 마이클을 마주 보았다.

"그게 뭐야?" 개비가 물었다. "그 공장이라는 게 뭔데? 우린 어디에 있는 거야?"

마이클은 어깨를 으쓱했다. 이곳의 코드에 뛰어들고 싶은 마음이 간절했다. 지금 그는 이틀 전에 비해 열 배는 코딩을 잘할 수 있는 능력이 생겼다. "여기는 죽음의 법칙의 핵심부가 틀림없어." 그가 혼잣말하듯 말했다. 그런 다음, 그는 친구들에게 말했다. "확실해. 하이브는 저장 공간이야. 협곡이 실제 프로그램이고. 우리는 이곳을 파괴하고, 그 어떤 탄젠트도 다시는 인간을 점령하지 못하도록 해야 해. 절대로. 이걸 지워버리는 거야. 죽음의 법칙 소스 코드의 마지막 흔적까지 전부 다. 그런 다음 하이브로 돌아가서, 사람들을 각자의 정신과 몸으로 다시 삽입하고 탄젠트들을 슬립에 다시 풀어주는 거지. 간단해."

"간단하네." 헬가가 되풀이했다.

마이클은 그저 고개만 끄덕였다. "한 번에 한 단계씩 하면 돼. 진심으로 하는 말인데, 가장 힘든 과제는 해결했어. VNS가 이 모든 일의 배후에 있었어. VNS가 진짜 적이었어. 그런데 이젠 더 이상 그 사람들을 걱정할 필요가 없어. 우린 케인의 도움을 받든, 받지 않든 이 일을 끝낼 수 있어."

"정말 잘 생각해 본 거니?" 헬가가 그에게 물었다. 엄마 같은 목소리였다. "예를 들면, 뭐랄까, 너랑 나한테는 무슨 일이 일어나는 걸까?"

마이클은 땅바닥을 내려다보았다. 잭슨 포터의 몸속에서 눈을 뜬 첫날부터 머릿속 한구석을 떠돌던 생각이기는 하지만, 그는 한 번도 이런 생각의 길을 따라갈 엄두를 내지 못했다. 이제 그 문제를 생각해 볼 시간이 됐다.

"뭐든 일어나야 하는 일이 일어나겠죠." 마이클이 냉정한 목소리로 말했다. 그는 잭슨 포터의 얼굴을 떠올렸다. 너무 생생하게 떠올라 순간 그의 얼굴이 진짜 나타났다고, 코드 속에서 오류가 벌어진 거라고 생각했다. 하지만 다음 순간 그 얼굴이 사라졌다. 그 얼굴을 보자 마이클은 질투가 났다. 인생 대부분을 다른 얼굴로 살았는데도.

"그게 무슨 뜻이니?" 헬가가 물었다. "내가 죽음의 법칙을 이용하기 위해 함께했던 탄젠트들은…."

"알아요." 마이클이 헬가의 말을 자르며 말했다. "저는… 전 그냥 지금 당장은 그 얘기를 할 수가 없어요. 못 하겠어요."

일행에게 침묵이 내렸다. 마침내 브라이슨이 그 정적을 깼다.

"그럼," 브라이슨은 손뼉을 한 번 짝 치며 말했다. "쇼를 시작해 볼까요?"

마이클은 머릿속에서 자기 얼굴, 아니, 잭슨의 얼굴을 애써 지우며 고개를 끄덕였다. "좋아, 그래. 네 말이 맞아. 시작하자."

"정확히 뭘 시작한다는 거야?" 개비가 물었다. "난 지금도 네가 풀밭이랑 숲이랑 오래된 벽돌과 돌무더기를 가지고 뭘 하라는 건지 모르겠어."

마이클은 헬가에게 고개를 돌렸다. "아주머니는 죽음의 법칙 프로그램을 어느 정도 아시죠? 그러니까, 탄젠트 동맹에서 죽음의 법칙을 알고 이용했잖아요. 맞죠?"

헬가는 고개를 끄덕였지만, 자신 있는 모습은 아니었다. "난 그 분야의 전문가라고는 할 수 없었어. 나보다는 다른 사람들이 많은 일을 했지. 하지만 맞아, 죽음의 법칙이 작동하는 방식은 여러 번 써먹어 봤지."

"저도 그랬어요." 마이클이 대답했다. "하이브에 있을 때, 웨버랑 웨버가 만든 킬심을 물리치려고 싸울 때요. 죽음의 법칙의 연결을 보고, 그 프로그램이 어떻게 작동하는지 봤죠. 그러니까, 웨버를 다른 사람의 정신으로 들여보내고 그 연결을 종료시킬 정도로는 죽음의 법칙을 알고 있어요." 그가 잠시 말을 멈추었다. "그렇게 하니까 웨버가 죽었거든요."

마이클은 일행이 자기를 비난할지도 모른다고 생각했지만, 그런 일은 벌어지지 않았다. 오히려 브라이슨은 들뜬 마음을 숨기지 못하고 주먹을 불끈 쥐었다.

마이클이 말을 이었다. "접속만 하면, 이곳의 코드를 파헤칠 수 있을 거예요. 하지만 깊이 파헤쳐야 해요. 그 어느 때보다도 깊게요. 여기가 바로 케인의 프로그램 심장부예요. 우리 모두가 힘을 합하면 그 프로그램을 찾아서 잘라내고, 흩어버릴 수 있을 거예요. 같이할 거죠?"

헬가는 단호하게 고개를 끄덕였다. 개비는 눈으로 그렇다고 말했다. 의구심은 흔적조차 보이지 않았다. 브라이슨도 두 엄지를 치켜들었다.

"옛날 방식으로 하죠." 마이클이 개비에게 다가가, 다른 사람들에게도 가까이 오라고 손짓하며 말했다. "손을 잡고, 우리 사이에 단단한 연결을 유지하는 거예요. 지속적인 의사소통을 할 수 있도록. 빨리 끝내버렸으면 좋겠어요. 누구든 혼자인 상태에서 골치 아픈 일을 겪지 않았으면 하고요."

"골치 아픈 일?" 브라이슨이 되물었다. "대체 누구한테서 골치 아픈 일을 당할 거라고 생각하는 거야?"

마이클이 한 말은 "케인도 이해할 거야"가 전부였다. 마이클은 일단 케인에게 계획을 설명해야 한다는 걸 알았다. 그들이 정말로 계속 협력한다면 상황이 훨씬 나아질 것이다. 하지만 마이클은 더 이상 시간을 낭비하고 싶지 않았다. "우린 할 수 있는 일을 할 수 있을 뿐이야. 안 그래? 케인은 여기 없잖아."

"자신감이 철철 넘치네." 브라이슨이 말했다. "있잖아, 네 생각에 이 일을 해야만 한다면, 난 같이할 거야. 끝내버리자."

"그럼 가자." 마이클은 손을 내밀며 대답했다. 브라이슨이 그 손을 잡았다. 개비가 다른 손을 잡았다. 그런 다음 헬가가 손을 내밀어 원을 완성했다.

"찾아서 파괴하는 거야." 모두가 눈을 감을 때 마이클이 속삭였다.

6

그들은 아래로, 아래로, 아래로 내려가 코드에 잠겼다. 마이클은 따뜻한 물이 담긴 욕조로 미끄러져 들어가는 것처럼 느껴졌다. 친구들과 어색한 대화를 나눈 뒤라 이런 감촉이 편안하게 느껴졌다. 풀잎은 여러 줄의 기호가 되었고, 숲은 높디높은 데이터 덩어리가 되었으며, 성은 무너져 내린 엉망진창의 글자와 숫자 들이 되었다. 하늘은 버트넷의 가장 기초적인 프로그램을 나타낼 때 자주 쓰이는 보라색 아지랑이로 가득했다. 마이클은 브라이슨과 개비의 손에서 전해지는 기운을 통해 안도감을 얻었다. 그들 모두 연결되어 있다는 것이 느껴졌다. 그들은 각자의 기술과 지식을 모아, 어느새 그들이 파고든 엄청난 양의 정보를 해체하기 시작했다.

한 시간이 지났다. 두 시간. 세 시간. 마이클은 파일 안에 타이머를 놔두었다. 흐름을 타면 자신이 시간 감각을 잃고 몇 분, 몇 시간이 지나는지 모를 가능성이 크다는 걸 알았기 때문이었다. 그는 쉬는 시간 없이 너무 오랫동안 작업하고 싶지는 않았다. 그랬다가는 실수를 하게 될지 몰랐다.

네 시간이 흐를 때까지 아무도 멈추고 싶어 하지 않았다. 그들은 너무 많은 것을 발견했고, 너무 많은 것을 이해하게 되었다. 마이클은 너무도 몰입해, 애초에 이 작업을 필수불가결한 것으로 만든 끔찍한 상황을 까맣게 잊어버릴 정도였다.

마이클의 생각이 맞았다. 죽음의 법칙은 신성한 협곡 프로그램 안에 살아 숨 쉬고 있었다. 유전자 코드의 기본적인 부품처럼 말이다. 마이클은 이런 걸 한 번도 본 적이 없었다. 협곡에 핏줄이 있다면, 죽음의 법칙은 그 핏줄을 지나는 혈액이었다. 둘 중 한 코드를 보지 않고는 다른 코드도 볼 수 없었다. 그 모든 것이 서로 연결되어 있었다. 인간이 만든 아름다운 생명체처럼 말이다.

그런데 마이클은 그것을 파괴할 작정이었다.

"나가자." 그가 다른 사람들에게 메시지를 보냈다. 일행이 별로 그러고 싶어 하지 않는 것을 느끼고, 그는 개비와 브라이슨의 손을 놓은 다음 시각 모드로 돌아갔다. 코드의 우주가 사라지고 초원과 푸른 하늘로 대체되었다.

헬가는 밝은 햇빛에 눈을 깜빡였다. "글쎄, 그것 참… 매력적이더구나."

"이상했어요." 브라이슨이 말했다. "멋지고."

개비도 같은 생각이라는 듯 고개를 끄덕였다. "우리 아빠가 여길 알았는지 모르겠어."

마이클은 가슴이 철렁했다. 그는 개비의 아빠가 VNS에서 일한다는 사실을 까맣게 잊고 있었다. 개비의 아빠도 그 거대한 건물의 코핀에 있었을까?

개비는 마이클의 걱정을 알아차렸다. "걱정하지 마, 잭스. 그러니까, 마이클. 나도 우리 아빠를 알아. 아빠가 악당이었을 리 없어. 난 아빠랑 메시지를 주고받았어. 아빠는 안전하고, 사무실하고는 멀리 떨어진 곳에 계셔. 아마 병가를 내셨을 거야."

개비가 그에게 살며시 미소를 보였다. 그 모습을 보니 마지막으로 그렇게 미소 짓던 세라의 얼굴이 떠올랐다. 세라도 늘 미소 지으며 마이클의 걱정을 딴 데로 돌리려고 했다. 아무리 희미한 미소라도 말이다.

"다행이네." 그가 말했다.

"그럼, 우린 뭘 하지?" 브라이슨이 물었다. "정말로 여길 파괴하고 싶어?"

마이클은 고개를 끄덕였다. "선택의 여지가 없어."

"일단 좀 쉬어야지." 헬가가 말했다.

마이클도 전적으로 공감했다. "그리고 음식도 필요해요. 하지만 지금 당장 리프트할 여유는 없어요. 브라이슨, 이건 늘 네 특기였잖아. 코딩으로 댄더맨델리에서 먹을 걸 좀 가져와 봐."

코핀에서는 그들이 링거줄을 통해 영양을 공급받게 될 테고, 그게 특별히 내세울 만한 맛은 아닐 것이다. 하지만 여기, 슬립에서는 천상의 맛이 날 터였다.

"알겠습니다, 마에스트로."

7

그들은 음식을 먹었다. 낮잠을 잤다. 두세 시간 동안 전략을 세우고 계획을 짜며 시간을 보냈다. 엄청난 노력이 필요할 터였다. 모두그 점을 알았다. 하지만 일행 가운데 이 방법이 통하지 않으리라고의심한 사람은 아무도 없었다. 서로 연결된 그들이 엄청난 노력과훌륭한 코딩 실력을 동원하면, 죽음의 법칙 프로그램을 파괴할 수있었다. 마이클은 확신했다. 승리까지 겨우 몇 시간이 남아 있었다.

"일이 다 끝나면," 마이클은 일행과 다시 손잡을 준비를 하며 말했다. "하이브가 마지막 단계예요. 하지만 그 시점에는 도와달라고 부탁할 수 있을 거예요. 엄청난 도움이 필요하겠죠. 이 세상도 우리가모든 걸 다 할 거라고 기대하지는 않을 거예요." 농담으로 한 말이었지만, 자긍심이 뿜어져 나오는 것도 느껴졌다. 이상하게 들리기는했지만, 그는 실제로 세상을 구했다. 친구들의 도움을 많이 받아서.그는 미소 지었다. 기분이 좋았다.

"까짓 거, 해체해 봅시다!" 브라이슨이 그렇게 소리를 지르더니,거슬릴 정도로 괴성을 질러댔다. 놀랍게도 헬가가 끼어들었다. 개비는 그저 마이클을 힐끗 보며, 당혹스럽다는 표정을 과장되게 지어 보였다.

"요즘 애들이란." 마이클이 그녀에게 말했다.

그는 두 손을 내밀었다. 개비와 브라이슨이 그 손을 잡았고, 헬가와도 연결했다.

마이클의 눈이 반쯤 잠겨 있을 때 등 뒤에서 한 남자의 목소리가 들렸다. 마이클은 다시 눈을 홱 떴다.

"그만."

마이클은 친구들의 손을 놓고 휙 돌았지만, 상대가 누구인지 이미 알고 있었다. 케인이었다. 탄젠트는 지금까지 본 오라 중 가장 젊은 모습으로, 세련된 옷을 입고 서 있었다. 넥타이는 느슨했고 소매는 몇 번 말아 올린 차림새였다. 스타일밥 표지에 실린 영화배우 같았다.

"왔네." 마이클이 서둘러 일어서며 말했다. "다 얘기하려 했는데…."

"멈춰라." 케인이 손을 들며, 고개를 살짝 숙였다. 그의 표정을 읽기가 어려웠다. "다른 말은 한 마디도 하지 마라. 지금이야말로 살면서 딱 한 번, 네가 귀를 기울여야 할 때다."

"케이…."

"조용히 하라고 했다!" 탄젠트가 소리를 질렀다. 그의 눈이 번뜩였다. "어린애처럼 굴면 어린애 취급을 받는 거다. 다른 말은 한 마디도 더 하지 마라, 너희 모두! 어떻게 나한테 이런 짓을 할 수 있나, 마이클?"

마이클은 그 순간, 자신이 케인을 얼마나 크게 오해했는지 알아챘다. 마이클이야 자신을 어떻게 타일러 왔든, 이런 결말은 피할 수 없는 것이었다. 케인은 무슨 대가를 치르든 불멸의 삶을 손에 넣고 싶어 했다. 마이클은 그를 죽이거나, 죽이려 노력하다가 죽는 수밖에 없었다.

케인은 팔짱을 꼈다. "내가 너에게 그토록 많은 일을 해주었건만. 나는 네 목숨까지 구해줬다. 네가 VNS를 무너뜨리도록 도왔다. 그런데 결국 이런 짓을 하는군." 그는 두 손을 하늘로 높이 들며, 자신이 만들어 낸 세상을 바라보았다. "이런 식으로 나에게 빚을 갚는구나. 내가 존재하는 이유 자체를 파괴하고 싶어 하다니!"

마이클은 설명하고 싶었지만, 감히 입을 열 수 없었다.

케인이 혐오스럽다는 듯 고개를 저었다. "네가 얼마나, 얼마나 멍청한 짓을 했는지 아느냐, 마이클? 지금, 바로 이 순간 코핀에 네 몸이 놓여 있는 바로 그곳에 *내* 사람들을 보내달라는 건 너의 생각이었다."

두려움이, 전에는 알지 못했던 두려움이 마이클의 마음속에서 얼음처럼 폭발했다.

케인은 마이클이 한 번도 본 적 없는 차가운 눈빛으로 그를 노려보았다.

"확신하는데, 그중 네가 살든 죽든 상관하지 않는 사람이 적어도 한 명은 있을 거다."

CHAPTER 22
신과 괴물

1

헬가는 마이클이 멈춰 세울 겨를도 없이 그를 스쳐 지나갔다. 끔찍한 한순간, 마이클은 그녀가 케인을 공격하리라고 생각했다. 하지만 그녀는 대신 케인 앞에 무릎을 꿇었다. 탄젠트는 꿈쩍하지 않았다.

"부탁해요." 헬가가 말했다. "이 아이는 살려주세요. 내가 빌게요, 케인."

"이게 무슨 짓이지?" 케인은 혐오스럽다는 듯 그녀에게서 물러났다. "무슨 속임수를⋯."

그가 말을 마치기도 전에, 헬가가 소매에 감춰두었던 철사처럼 가는 밧줄을 내리쳤다. 케인이 무슨 반응을 보일 겨를도 없이 그 밧줄이 케인의 목을 감고 바싹 조였다. 헬가는 그 줄을 힘껏 당겼다. 케인은 털썩 무릎을 꿇었다. 헬가는 순식간에 그를 엎드리게 했고, 그의 손목을 등 뒤로 돌려 묶었다.

마이클은 믿을 수 없는 눈빛으로 그 광경을 지켜보았다. 무얼 해야 할지 확신이 서지 않았다. 그는 한 걸음 앞으로 나아갔지만, 케인의 얼굴을 보고는 멈추었다. 케인은 마이클이 예상했던 것과 달리 화난 표정 대신 놀랄 만큼 침착한 표정을 짓고 있었다. 거의 미소 짓는 것 같았다.

"진심인가?" 케인이 물었다. 얼굴이 풀밭에 눌려 있어 말소리는 막혀 있었다. "정말로 싸구려 게임에서 가져온 채찍으로 날 막을 수 있을 거라고 생각하나? 여기서? 내가 만든 이곳에서?"

헬가가 케인의 귀를 손마디로 내리쳤다. 딱 탄젠트에게서 약간 움찔하는 반응을 이끌어 낼 수 있을 정도로 세게 말이다. "아니." 그녀가 말했다. "하지만 덕분에 네 주의를 돌려서, 네 통신수단에 방화벽을 설치할 수 있었지. 가서 네 부하들한테 우리 마이클의 목을 그어 보라고 해. 해보라고."

놀랍게도 케인의 얼굴에 공포감이 스쳤다.

"그렇게 오래 버티지는 못할 텐데?" 케인이 말했다. 그는 두 뺨을 부풀렸다. 그러자 케인의 주변 모든 것이 갑자기 움직이며 흐릿하게 보였다. 그는 땅에서 휙 날아오르더니 두 발로 내려섰다. 그 바람에 헬가는 허공을 가르며 뒤로 빙글빙글 돌며 날아가다가, 무너져 내리는 성벽에 부딪혔다. 그녀는 쾅 소리를 내며 바위 사이에 떨어져 풀밭에 가만히 누워 있었다.

헬가는 괜찮아. 마이클은 생각했다. *여긴 슬립이잖아. 헬가는 괜찮아.*

마이클이 그녀를 보고 있는데 헬가가 사라졌다. 차츰 희미해지며 모습을 감추었다. 좋은 징조였다. 그 모습은 헬가가 리프트되어 나갔다는 뜻이었다. 어쨌든 이곳은 게임과 비슷했다.

마이클은 케인에게 다시 고개를 돌렸다. 그는 여전히 곤란해하는 듯했다. 어쩌면 헬가는 엉망이 된 상황을 수습할 수 있을 정도로 긴 시간을 벌어줄 기적적인 방화벽을 만들어 낸 건지도 몰랐다.

케인의 눈이 가늘어졌다. "아니. 안 돼. 난 네가 웨버에게 무슨 짓을 했는지 봤다. 네가 여기서 한 말도 들었다. 네가 뭘 하려는지 알겠다만, 난 그 뜻을 받아들일 수 없다. 협상의 여지는 없다, 마이클. 나는 고귀한 목표에 함께할 기회를 네게 주고 또 주었다. 그런데 늘 이런 식으로 돌아오는구나. 너는 내 앞에 서서, 네게 이럴 권리가 있다고 생각하지. 네가… 네놈의 게임에서 이길 수 있다고 생각한다. 글쎄, 게임장에 적혀 있듯이 게임오버다."

"하, 이 인간 진짜 비호감이네." 브라이슨은 케인에게 들릴 정도로 큰 목소리로 말했다.

케인은 그를 무시했다. "나에겐 너무도 대단한 계획이 있었다. 모두를 위한 계획이었다. 그런데 내가 마주한 건 오직 배신뿐이다. 웨버도, VNS도, 이젠 너까지도. 너는 이 모든 것에 묶여 있다, 마이클. 네가 이 프로젝트의 일부다. 너는 마땅히 그 누구보다도 이 프로젝트의 숨은 힘을 알아야 한다. 그런데도 여기에 와서 죽음의 법칙을 파괴하려 한다고? 그 때문에 내가 얼마나 상심한 줄 아나?"

마이클은 싸우고 싶지 않았다. 설령 싸우고 싶다 해도, 어떻게 케인과 싸워야 할지 몰랐다. 처음부터 불공평한 게임이었다. 마이클의 희망이라고는 그를 설득하는 것뿐이었다.

"그건 답이 아니야." 마이클이 말했다. "당신 말이 맞아. 난 이제 죽음의 법칙을 확실히 이해해. 다른 사람들보다 잘 알지. 나는 이 프로그램이 사람들에게, 이 세상에 어떤 짓을 저지르는지 봤어. 그리고 분명히 말하는데, 이렇게 큰 힘은 누구에게도 맡길 수 없어. 누구에게도. 이 프로그램은 끝내야 해, 케인. 그럴 수밖에 없어."

케인은 그 자리에 서서 숨을 깊이 들이쉬고 또 들이쉬었다. 물속으로 뛰어들어 오랫동안 잠수할 것처럼 말이다. "네 생각이 그렇다면, 너는 이해하지 못하는 거다." 그는 개비를, 브라이슨을, 그다음에는 마이클을 보았다. "너희에게 마지막 기회를 한 번 더 주겠다. 내가 이 꿈을 실현하도록 도와라. 불멸이다, 마이클. 인간들은 더 이상 신체적 죽음을 맞지 않고, 탄젠트들은 더 이상 부패되지 않는다. 우리 모두가 영원히 살 것이다. 그게 얼마나… 영광스러운 일인지 모른다면, 넌 뭔가 잘못된 거다."

개비가 뭔가 말하려 했지만, 자신을 노려보는 케인의 날카로운 눈빛을 보고 입을 다물었다.

"그냥 답해라." 케인이 쏘아붙였다. "예, 아니면 아니오. 나와 함께 할 것인지, 내게 맞설 것인지. 선택할 수 있는 건 두 가지뿐이다. 나는 지금 이 순간에도 말할 수 있다. 너는 내게 너무 많은 문제를 일으켜서, 나는 도저히… 그냥 내게 대적하겠다는 건 지금 이 순간에는 현명한 선택이 아니라고만 말해두겠다. 영생을 선택하거나, 비참함을 선택해라. 어느 쪽이냐?"

개비가 마이클의 팔을 꽉 잡았다. "우리, 여기 와서 하려던 일을 끝내자." 그녀가 말했다. 목소리에는 두려움의 흔적조차 없었다. 마이클은 그 이유를 알았다. 죽음의 법칙이 그녀의 가장 친한 친구를 빼앗아 갔기 때문이었다.

"그래." 브라이슨도 덧붙였다. "저 녀석은 한 명이고, 우린 셋이야. 저 녀석도 우리가 무슨 대답을 할 건지 알 거야."

마이클은 진지한 눈빛으로 케인을 보았다. "꼭 이럴 필요는 없어."

"네 답은 뭐냐?" 탄젠트가 소리쳤다. 마이클은 케인의 눈에서 번쩍이는 붉은빛을 분명히 본 것 같았다. 꼭 악마가 표면으로 떠오르는 듯했다. 마이클은 뼛속까지 두려움이 서린 듯 싸늘해졌다.

"우린 네 프로그램을 파괴해야 해." 마이클이 말했다. "유감이야."

케인의 얼굴에서 광기 어린 분노가 사라졌다. 그는 미소 지었다. "그럼 어떤 수를 써서든, 최선을 다해봐라. 이제 너 때문에 괴로운 일은 없겠구나. 네 연결을 대신할 다른 연결만 만들면 될 테니까."

그는 두 팔을 들었고, 눈부신 빛이 그의 두 손바닥에서 번쩍였다. 발아래 단단하던 땅이 사라지고 초록색과 갈색의 안개로 변했다.

그들은 추락하고 있었다.

2

혼란이 마이클의 세상을 삼켰다.

마이클의 두 발이 신비로운 물질을 디뎠다. 그 물질은 보라색이었고, 젖은 것처럼 미끄러워 보였다. 하지만 딱딱한 고무처럼 단단하기도 했다. 그 물질은 마이클이 서 있는 곳에서부터 바깥쪽으로 물결쳤다. 웅덩이가 얼어붙기 직전에 거대한 바위가 그 위로 떨어진 것만 같았다. 브라이슨이 마이클 위에 있었고, 개비는 아래에 있었다. 그들은 아직 함께였다.

"무슨 일이지?" 브라이슨이 소리쳤다.

"케인은 어디 있어?" 개비가 덧붙였다.

그들의 위쪽으로 그림자가 지나가며 그녀의 질문에 답했다. 거대하고 날개 달린 생명체가 안개로 가득한 초록색 하늘에서 내려왔다. 놈이 한 차례 날개를 칠 때마다 맹렬한 바람이 마이클과 친구들에게 불어왔다. 놈은 아래로 오더니, 그들 앞에 내려섰다. 거대한 발톱이 일행의 발밑 고무 같은 표면을 파고들었다. 놈의 비늘 달린 황금빛 피부가 물에 뜬 기름처럼 희미하게 빛났다. 케인은 그 짐승의 등에 안장을 걸쳐놓고 앉아서, 고삐를 꽉 쥐고 있었다. 마이클은 그토록 무시무시한 생명체를 본 적이 한 번도 없었다. 놈의 머리에는 거대한 뿔이 솟아 있었고, 놈의 눈은 검은색 대리석 같았다. 놈은 거대한 입을 벌려 믿을 수 없을 정도로 커다란 이빨을 드러내더니 포효했다. 귀청을 찢을 듯한 소리라 마이클은 눈앞에 밝은 별이 보일 정도였다.

"네게 마지막 기회를 주지 말았어야 했다." 케인이 괴물의 등에서 말했다. "내가 틀렸다. 하지만 교훈은 얻었다. 이제 우리는 이 자리에, 죽음의 법칙의 핵심 중에서도 핵심을 네 발밑에 두고 있다, 마이클. 너와 네 친구들이 그 껍질 바로 위에서 죽음을 맞게 되다니 얼마나 조화로운 일이냐."

케인의 짐승 뒤쪽에서 형체들이 모습을 드러내기 시작했다. 바닥문이 열리며 케인의 부하들에게 길을 터준 것만 같았다. 그중 대부분은 킬심으로, 거대한 늑대 혹은 보이지 않는 바람에 날리는 검은 망토를 입은 유령 들도 있었다. 다른 생물들도 있었다. 패스에 있던 거너 스케일의 은신처에서 마주쳤던 놈들과 비슷한 악마들, 크고 잔혹하며 잔뜩 화가 난 존재들이었다. 이야기책에 나오는 트롤과 고블린, 인간 들을 비롯한 괴물들도 있었다. 스물, 서른, 마흔 마리의 생명체들이 케인과 그가 타고 있는 날개 달린 짐승 뒤에 한 줄로 모여섰다.

"더 많은 군대를 데려왔어야지." 케인이 앉은 자리에서 말했다.

"인간과 탄젠트 모두를 위해서, 나는 오늘 자비를 보일 수 없다. 그 점은 유감스럽게 생각한다."

그가 한 손을 들었다가 천천히 내리며 마이클을 똑바로 가리켰다.

"죽여라." 그가 명령했다. 목소리가 쩌렁쩌렁했다. "저 아이부터 죽여라. 하지만 먼저, 놈들의 코어를 제거해라. 놈들이 계속 지껄여대던 진정한 죽음을 안겨주자."

3

코어. 정신을 현실에 붙들어 매는 연결고리. 너브박스 프로그램의 일부. 코딩이 불법적인 것은 물론이고, 거의 불가능한 존재.

케인의 군대가 돌격하자 마이클은 갑작스럽게 행동을 개시했다. 그는 미끄러운 표면을 달려가며 두어 번 미끄러진 끝에 브라이슨과 개비에게 다가왔다. "*보이지 않는 날개*에 나오는 비행 프로그램을 써!" 그는 두 사람에게 그 게임이 없을 때를 대비해 코드를 전송하며 소리쳤다. "공중에 떠 있으면 훨씬 더 오래 살아남을 수 있어. 생각나는 모든 무기를 끌어들여서 저놈들을 물리쳐! 내가 케인을 맡을게. 죽음의 법칙을 해체하려면 케인의 연결고리가 필요해."

이 일을 하려면 공중으로 떠올라야 했다. 그러지 않으면 버틸 수 없었다. 첫 번째 킬심들이 바닥을 성큼성큼 가로지르며 그들에게 다가왔다. 그들은 끔찍하게도 전자음으로 으르렁거렸다.

"됐어!" 개비는 땅에서 6미터쯤 날아오르는 순간에도 소리쳤다. 브라이슨과 마이클도 같은 프로그램을 활용해 뛰어올라 그녀에게 다가갔다. 그들은 간발의 차이로 바로 아래에서 밀려드는 첫 번째 공격의 물결을 피했다.

"우리가 못 하면 어쩌지?" 브라이슨이 마이클에게 소리쳤다. 두려움에 그의 눈이 흔들렸다.

마이클은 이해했다. 그가 친구를 보며 미소 지었다. "최선을 다해야지, 인마." 그가 말했다. "하지만 놈들이 네 코어를 손에 넣기 전에 네 오라를 죽이고 리프트해 봐. 알았지?" 브라이슨은 고개를 끄덕였고, 그들은 둘 다 개비를 보았다. 개비도 고개를 끄덕였다. 그들은 함께 이 일을 하고 있었다.

그들의 머리 위에서 돌풍이 불었고, 세 친구는 뒤로 돌았다가 케인의 생명체가 거대한 날개를 퍼덕이며 허공으로 떠오르는 모습을 보았다. 케인은 마이클을 똑바로 노려보았다. 그를 뒤따르는 악마들과 킬심들은 자신들만의 비행 프로그램을 가동하기 시작했다. 공중전이 펼쳐질 모양이었다.

눈앞에서 그 모든 상황이 펼쳐지는 동안, 마이클은 문득 희망이 조금도 남아 있지 않다고 느꼈다. 셋이서 너무도 많은 적을 상대해야 했다. 마이클은 이 싸움에서 이길 필요가 없다는 걸 알았다. 그저 죽음의 법칙 코드를 파괴하는 동안만 놈들을 막으면 됐다. 하지만 아무리 그렇다 하더라도 그 일을 어떻게 할 수 있을까? 마이클은 돌아서서 친구들을 보았다. 그들에게 모두 포기하고 여기서 나가야 한다고 말할 참이었다. 더 많은 지원군을 데리고 전열을 재정비해 돌아오는 것이 합리적인 결정이었다.

하지만 브라이슨과 개비는 사라지고 없었다. 마이클은 위를 보았다가, 그들이 묘한 색깔의 하늘을 가르며 날아가 싸우고 몸을 비틀고 방향을 트는 모습을 보았다. 마이클은 가슴이 철렁했다.

뭔가가 마이클의 머리 옆쪽에 쾅 부딪혔다.

그는 크게 고함을 지르며 통제력을 잃고 곤두박질쳤다. 그는 고무 같은 땅에 강하게 부딪혀 두 번이나 튀어올랐다. 날개 달린 짐승이 그의 옆에 내려섰다. 놈의 거대한 발톱이 보라색 지면을 꿰뚫었다. 마이클은 놈의 무시무시한 얼굴을 쳐다보았다. 그 검은 눈과 날카로운 이빨. 짐승이 다시 포효했고, 마이클은 두 손을 번쩍 들어 귀를 막았다.

그는 자리에서 일어섰다. 두려움이 등줄기를 따라 똑똑 떨어졌고, 마이클은 몸을 떨었다. 이렇게까지 겁에 질린 적은 없었다. 단 한 번도. 하지만 그는 두 손을 들고, 머릿속을 뒤져 파일에서 끌어낼 만한 적당한 무기를 찾았다. 그러다가 우뚝 멈추었다. 모든 것이 막혀 있었다. 지금까지 마이클은 슬립에서 몸이 약해지면, 약해진 만큼 다른 소스의 코드를 조작하고 들여올 힘이 더 생길 거라고 생각했다.

잘못된 생각이었다.

그에게는 아무것도 없었다. 주먹. 그게 전부였다. 뭐, 주먹과 브라이슨과 개비가. 하지만 그들 모두가 두들겨 맞기 일보 직전이었다.

케인의 짐승이 날개를 휘둘러 마이클의 얼굴을 강하게 내리쳤다. 마이클은 휘청거리며 날아갔다. 그는 10미터 떨어진 곳에 추락해 드러누웠다. 고통이 온몸을 집어삼키는 듯했다. 그 생명체가 허공으로 떠올라 날개를 두 번 퍼덕이더니 마이클의 가슴에 내리꽂히며, 끔찍한 쿵 소리를 냈다. 마이클의 폐 속에 고여 있던 호흡이 분자 하나까지 빠져나갔다. 마이클은 숨이 막힌 채로 소리 없이 비명을 질렀다.

케인이 괴물의 등에서 뛰어내렸다. 또 한 차례 귀청이 떨어질 것 같은 포효가 들리더니, 생명체가 날개를 퍼덕이며 허공으로 날아올랐다. 마이클과 그의 진정한 적수만이 남게 되었다.

"넌 그 모든 걸 가질 수 있었다." 탄젠트가 말했다. 그러더니 그는 마이클의 갈비뼈를 걷어찼다. "영원한 삶을 말이다." 또 한 번의 발길질. 이번에는 좀 더 사나웠다. 눈이 멀 듯한 고통이 마이클의 세상을 가득 채웠다. "내 옆자리를." 또 한 번의 발길질.

케인은 마이클 위로 상체를 숙였다. "이렇게 될 줄 알았어야지." 이번에는 얼굴에 주먹질. 더 많은 고통이 터져나왔다. "너는 처음부터 나를 이길 수 없다는 걸 알았어야 했다. 내가 나보다 못한 자에게 패배할 리 없지. 나는 내 뜻을 이룰 것이다." 케인의 목소리가 갑자기 침착해졌다. 거의 달래는 듯했다. 그가 천천히 말했다. "그리고 너는 죽을 것이다. 내게는 네 연결이 더 이상 필요하지 않다. 그 연결은… 뭐라고 하더라? 트러블슈팅을 통해 교정됐다. 코드가 훌륭한 건 그래서다, 마이클. 시간이 지나면 모든 것을 프로그래밍할 수 있지. 무엇이든."

그는 손을 뻗어 손가락을 마이클의 관자놀이에 댔다. 날카로운 손톱이 갑자기 그 손가락 끝에서 튀어나와 마이클의 코어가 들어 있는 바로 그 자리를 겨누었다. 마이클은 머리를 흔들었지만, 맞아서 생긴 고통이 견딜 수 없을 지경이었다. 그는 고개를 숙이고 토했다. 맞서 싸울 힘이 남아 있지 않았다.

"세라." 그가 속삭였다. "세라." 그는 머릿속으로 그녀와 함께 죽겠다고 맹세했다.

케인은 새로 손톱이 돋은 손가락을 들어올리며, 마이클에게 그 모습을 확실히 보여주었다.

"나는 지능의 미래를 위해 이런 일을 한다." 그가 선언했다. "진화의 다음 단계를 위해서 말이다." 그는 마이클에게 손을 뻗었고, 마이클에게는 저항할 힘이 없었다.

그때, 마이클의 인생에서 무척 자주 일어났던 일이 벌어졌다. 모든 것이 순식간에 바뀐 것이다.

소음이 폭발하듯 일어나고, 지글거리는 열풍이 불어닥쳤다. 케인의 몸이 허공으로 발사되어 멀리 사라졌다.

마이클은 땅에 누워 있었다. 고통으로 너무 지치고 힘이 없어서, 다시는 움직일 수 없을 것만 같았다. 고개를 돌려 위를 보는 것만으로도 남아 있던 모든 힘이 필요했다. 눈에 들어온 것은 그의 구원이었다.

4

주변 사방에서 포털이 열렸다. 그 어두운 공간 너머로 무수히 많은 형체들이 쏟아져 들어왔다. 그들은 케인의 거대한 날개 달린 짐승과 그의 킬심 군대에 달려들었다. 상상할 수 있는 모든 무기를 가지고 그들에게 덤벼들었다. 새로 온 이들 중 몇몇은 낯이 익었다. 마이클이 지난 몇 년 동안 친구들과 해온 수십 가지 게임의 전사와 로봇과 슈퍼히어로와 외계인 들이었다. 처음 보는 이들도 있었다. 얼굴이 달린 거대한 나무처럼 보이는 것이 수많은 나뭇가지를 가차 없이 휘둘렀다. 날카롭게 각진 돌이 가슴에서 불쑥 튀어나온 바위 생명체도 있었다. 심지어 백 개의 날카로운 칼날로 만들어진 강철 말도 있었다. 그 말은 다리가 여섯 개나 되었고, 등에는 인간형 로봇을 태웠다.

마이클은 마음이 놓이면서도, 한편으론 도무지 믿겨지지가 않아서 숨을 내쉬었다. 탄젠트 군대가 그들을 구하러 왔다. 그들은 진정한 죽음에 너무도 가까이 있었다. 그리고 브라이슨과 개비는 여전히 저쪽에서 싸우고 있었다. 마이클은 가야 했다….

마이클이 일어나려고 하자 누군가가 그의 어깨에 손을 얹고 부드럽게 눌러 앉혔다. 마이클이 고개를 돌려보니 헬가가 보였다. 그녀는 갑옷을 입고 마이클 옆에 무릎을 꿇고 있었다. 그녀는 커다란 칼에 몸을 기대고 있었다. 칼집에서 뽑아 땅에 박아넣은 그 칼에서는 불꽃이 타오르고 있었다.

"이게 무슨…." 마이클이 말하려 했지만 헬가가 막았다.

"말은 그만하렴. 시간이 없어. 난 케인이 나를 죽이도록 압박했단다. 그래야 리프트해서 도움을 받을 수 있으니까. 하지만 좀 늦은 것 같구나. 누군가가 널 잡으려고 네 코핀으로 다가오고 있어. 케인이 내 방화벽을 뚫은 거야. 넌 돌아가야 해, 당장."

마이클은 고통을 억누르며 허둥지둥 일어났다. "무슨… 안 돼요! 브라이슨이랑 개비가 저기 있어요! 도와야 한다고요!"

헬가는 두 손으로 마이클의 옷깃을 잡고 가까이 당겼다. "여긴 우리가 처리할게, 마이클. 가끔은 놓을 줄도 알아야 해. 가끔은 네 부담을 다른 사람에게 나눠줄 줄도 알아야 해. 알겠니?"

마이클은 마지못해 고개를 끄덕였지만, 무력감을 느꼈다.

"네가 지나갈 통로를 남겨뒀어." 헬가가 그의 어깨를 꽉 잡았다. "이제 가렴. 너 자신을 구해. 그리고 우릴 믿어. 우린 이길 수 있어. 난 죽음의 법칙을 파괴할 방법도 알아. 내가 속임수를 써서 우리가 들키지 않고 하이브에 갔던 것 기억하지? 통로를 만들고 부수는 방법으로 말이야." 헬가는 답을 기다리지 않았다. 그녀는 땅에서 칼을 뽑아 들더니 허공으로 떠오르며, 그들에게로 달려들던 킬심 둘을 반으로 잘라버렸다. "가!" 그녀가 소리쳤다.

마이클은 헬가가 준비해 놓은 포털 통로에 집중했다. 눈을 감고 코딩을 한 다음 웨이크로 리프트했다.

5

코핀 문이 열리는 쉭 소리. 마이클의 피부에서 원래 자리로 물러나면서 당겨지는 너브와이어의 축축한 촉감. 파랗게 빛나는 빛, 기계의 웅웅대는 소리, 머리 위에서 점점 넓어져 살아나는 현실 세계. 고통이 온몸에서 느껴졌지만, 슬립에서만큼 심하지는 않았다.

누군가의 얼굴이 그를 내려다보았다. 그런 다음에는 번쩍이는 빛이, 강철에 내리쬐는 반짝임이 보였다.

마이클은 서둘러 일어났다. 그는 칼을 쥐고 그에게 다가오는 팔을 옆으로 쳐낸 다음 남자의 얼굴에 발길질을 했다. 마이클은 허둥지둥 코핀에서 나와, 쓰러진 남자를 향해 달려들었다. 핏줄에 아드레날린이 솟구쳤다. 마이클은 남자를 주먹으로 후려치다가 무기를 손에 쥔 채 휘두르는 남자의 팔을 보았다. 마이클은 팔꿈치를 들었다가 차가운 칼날을, 뒤이어 쨍하게 관통하는 통증을 느꼈다. 마이클은 주먹을 휘둘러 남자의 손아귀에서 칼을 쳐냈다.

도망쳐. 그는 생각했다. 싸움은 이만하면 됐다. 그는 도망치고 싶었다.

마이클은 옆으로 몸을 굴렸다가, 남자에게 발을 잡히는 바람에 넘어지고 말았다. 그는 남자를 발길질해 떨쳐버리고 허둥지둥 일어서서 달리기 시작했다. 그는 코핀 발코니들로 둘러싸인 그 거대한 방 안에 있었다. 그가 들어왔던 문이 보였다. 마이클은 출구에 시선을 고정한 채 온 힘을 다해 달렸다.

그러다가 마이클은 흐릿한 고통 속에 얼굴이 단단한 타일에 부딪혀 깨지는 것을 느꼈다. 그는 바닥에 쓰러져 있었다. 그를 공격한 자가 뒤에서 덤벼든 것이다. 마이클은 몸을 뒤집으며 팔꿈치로 남자의 턱을 가격했다. 남자는 얼굴을 움켜쥔 채 비명을 지르며 넘어지는 와중에도 마이클의 배를 걷어찼다. 마이클은 몸을 웅크린 채 기침했다. 슬립 안에서 겪은 결투로 인해 몸은 여전히 고통스러웠다. 이제는 새로운 구역질의 물결이 그를 휩쓸었다. 그는 기다시피 일어나서, 빙빙 도는 세상을 상대로 애써 나아갔다.

남자도 일어나 가쁜 숨을 내쉬었다. 마이클은 처음으로 그를 제대로 보았다. 낯설어 보이지 않았지만, 남자는 마이클이 자신을 알아차리기 전에 달려들었다. 남자의 얼굴은 분노로 검붉게 물들어 있었다. 마이클은 두 발을 단단히 디뎠다. 도망칠 시간이 없었다. 남자가 마이클을 들이받았고, 그 바람에 둘 다 다시 바닥으로 쓰러졌다. 마이클은 남자의 사타구니를 무릎으로 내지르고 재빨리 그의 몸에서 빠져나왔다. 마이클은 자리에서 일어나 비틀거리며 그 자리를 벗어나다가 뒤를 보았다. 이 일은 끝내야만 했다.

마이클은 전에는 못 봤던 것을 보았다. 전에 죽은 경비원 중 하나가 의자에 고꾸라져 있었다. 얼굴과 가슴이 피범벅이 되어 있었다. 그의 발아래에 총이 있었다. 마이클은 그 총을 집으려고 전력 질주했다. 남자가 미친 사람처럼 고함을 질러댔다. 마이클은 홈으로 돌진하는 야구 선수처럼 의자로 슬라이딩한 다음 무기를 집어, 몸을 돌리며 겨냥했다.

남자가 우뚝 멈추었다. 눈이 커다래졌고, 두 손을 높이 들었다. 순간, 그에게 어떤 변화가 일어났다. 분노가 두려움으로 바뀌었다. 그는 입술을 떨면서 털썩 무릎을 꿇었다.

"그러지 마." 그가 칭얼댔다. 무척이나 안쓰러운 목소리였다. "날 쏘지 마라. 나는… 이것만이 내 희망이다. 나한테는 선택의 여지가 없어. 나는 이 몸이 필요해." 그가 고개를 숙였다.

마이클은 총으로 계속 남자를 겨눈 자세로 천천히 자리에서 일어났다. 그때, 그 익숙한 느낌이 명확해졌다. 마이클은 그를 알아보았다.

"당신, 구치소로 날 찾아왔지." 말을 하면서도 마이클은 그 사실을 깨달으며 깜짝 놀랐다. 좀 더 일찍 알아차리지 못했다니 믿을 수가 없었다. "당신이 구치소에 와서, 뭐가 현실이고 뭐가 현실이 아니냐는 얘기를 했어. 우린 절대로 알 수 없다면서. 천 번씩 리프트를 하더라도…."

"아직 슬립 안에 있을 수 있다고 했지." 남자가 말을 끊었다. "그래, 그래. 우리가 어떻게 알겠니? 우린 알 수 없다. 그저 목숨을 이어 갈 뿐이다, 꼬마야. 난 살고 싶다. 이 저주받은 우주에서 그 무엇보다도 살고 싶어. 나한테서 이런 희망을 뺏지 마라."

"당신은 누구야?" 마이클이 물었다. 질문이라기보다는 요구에 가까웠다.

남자는 여전히 머뭇거렸다. "나는 너한테 늘 있었던 친구다. 아마 넌 전혀 알아차리지 못했겠지만. 한편으로는 너의 공공연한 적이기도 하다."

"대체 무슨 소리야?"

"나다, 마이클. 케인."

마이클은 발밑의 땅이 흔들리는 것만 같았다. 자세를 바로잡아야 했다. "내가 바보인 줄 알아?" 그가 물었다. 하지만 공허한 협박이었다. 그는 케인의 말을 믿지 않는 척하고 싶었지만, 실은 믿었다. 탄젠트 케인이 누군가의 몸을 훔쳐서 마이클 앞에 무릎을 꿇고 있었다. 마이클은 그 말이 사실임을 알았다.

"늘 그러듯 네 멋대로 나를 판단하지 마라." 케인이 말했다. "내가 점령한 이 남자는 자기 목숨을 끊고 싶어 했다. 심지어 유서도 썼어! 나는 이 사람이 바라던 일을 했을 뿐이다."

"더는 놀랄 일이 없네." 마이클이 조용히 말했다. 반쯤은 혼잣말이었다. 그는 바닥을 내려다보았다. "난 그냥…."

"내 계획이 그렇게 돌아가는 거다. 나는 2주에 한 번씩 최신 버전의 나 자신을 이 남자를 통해 다운받는다. 1년 동안 슬립에서 뭔가가 잘못될 경우를 대비해서 말이야. 이건 내… 보험이다. 지금 보니, 이 일이야말로 내가 했던 것 중 가장 현명한 일인 것 같구나."

"무슨 뜻이야?" 마이클은 케인의 눈을 들여다보며 물었다.

그 남자는, 그 탄젠트는 어깨를 으쓱하더니 마침내 두 손을 내렸다. "난 방금 모든 접촉을 잃었다. 나 자신과도, 내 동지들과도, 내 군대와도. 그러니 네가 이겼다고 생각할 수밖에 없다. 언제, 어떻게, 어디서 그랬는지는 모르지만 끝났다. 그 2주 동안의 기억은 내가 영영 되찾을 수 없겠지. 찾고 싶은 것도 아니지만. 내 모든 사람들이 사라지거나 죽었다. 내가 아는 한은 그렇다. 네게는 내가 생각했던 것보다 훨씬 더 많은 지지자들이 있었다. 네가 여기 있다는 걸 내가 알 수 있었던 건 내가… 나 자신이… 나 자신에게 보내는 메시지를 가로챘기 때문이다."

마이클은 그저 그를 빤히 바라보았다. 전혀 갈피를 잡을 수 없었다. 아니, 실제로는 이해했지만 머릿속이 단단하게 뭉쳐진 실뭉치처럼 느껴졌다. 어느 부분이라도 끊어지면, 꾸러미 전체가 터져서 한 무더기의 먼지가 될 실뭉치로. 마이클은 여전히 남자를 총으로 겨누고 있었다. 너무도 방아쇠를 당기고 싶었다.

"봐라, 나는 더 이상 아무것도 아니다." 케인이 말했다. "죽음의 법칙도 없고, 자원도 없고, VNS 기간 시설의 지원도 없다…. 나는 나 자신의 작은 하이브까지 만들어 두었다. 아무도 모를 곳에 놔두었지. 거긴 백 년이 걸려도 못 찾을 거다. 이제 나는 가상 세계에서 모든 것을 잃었다. 그 세계가 존재하지 않는다는 것이 느껴진다." 그러더니 역사상 가장 무시무시했던 존재는 바로 그 자리, 마이클의 발아래에서 겁먹은 아이처럼 흐느꼈다.

"부탁이다." 케인이 칭얼거렸다. "그냥 내가 이 세계에서 살게 해다오. 절대로 슬립에 접근하지 않겠다. 다시는 말이다. 약속한다. 너는 영원한 삶을 앗아갔다. 내가 유한한 삶이라도 살게 해다오. 이렇게 빈다."

마이클은 한 걸음 앞으로 나아가 총부리를 케인의 이마에 겨누었다. 하지만 할 수 없었다. 도저히 방아쇠를 당길 수가 없었다. 슬픔이 마이클을 덮쳐왔다.

"당신." 마이클은 떨면서 속삭였다. "당신과… 웨버. 당신들이 증오스러워. 당신들은 내게서 모든 걸 빼앗아 갔어. 부모님도. 내 인생도. 세라도."

"미안하다." 케인이 말했다. "분명히 말하지만, 나는 내가 최선이라고 생각한 일을 했어…."

"닥쳐." 마이클이 쏘아붙였다. "여길 떠나. 당장. 한 번이라도 내 눈에 그 얼굴이 띄었다간 죽을 줄 알아. 알아들어? 두 번째 기회는 없을 거야. 네가 빼앗아 간 마지막 사람의 목숨을 걸고 맹세해."

케인은 고개를 끄덕였다. 그는 비참하고 볼품없는 생명체였다. 마이클은 돌아서면서, 케인이 방을 가로질러 달려가 문을 넘어 거리로 나가는 발소리를 들었다.

마이클은 언젠가 후회할 일이 없기를 바라며 그를 보내주었다.

6

몇 분 뒤, 마이클은 여전히 같은 자리에 서서 바닥을 내려다보고 있었다. 움직일 기운이 없었다. 앉을 기운조차 없었다. 그는 정신의 전원이 나가서, 평화를 얻을 수 있기를 바랐다.

앞서 썼던 코핀이 방 건너편에서 시끄럽게 삑삑거리는 소리를 냈다. 누가 마이클에게 게시판 메시지를 보냈다. 마이클은 그리로 다가가, 코핀의 넷스크린을 켜고 빛나는 푸른 화면을 가득 채우며 선명하게 나타난 메시지를 보았다.

헬가가 보낸 메시지였다.

끝났어.

CHAPTER 23

한 달 뒤

1

마이클은 친구들 사이에 서 있었다.

그 자리에는 세라의 부모님도 있었다.

"그동안 세라가 죽은 건 네 탓이라고만 생각했단다. 미안하구나."
제러드가 말했다. 그는 아내의 어깨를 꽉 끌어안은 채 서 있었다.
"처음에는 힘들었다. 너희들이 안전하고 건강한 모습으로 돌아오는
걸 보는 게 말이야. 너희들이 뉴스밥에 나오는 게, 영웅으로 칭송받
는 게. 나도 안다, 내가 이기적이었어. 그냥…." 그는 목이 메었고,
눈에 눈물이 차올랐다. "그냥 너무 고통스러워. 우리 딸내미가 보고
싶어."

세라의 엄마와 아빠가 마이클을 끌어안자 마이클은 가슴이 아팠
다. 둘 다 흐느끼며 몸을 떨었다. 그들은 마이클을 놓아주고 한 걸음
물러섰다.

"네 잘못이 아니야." 세라의 아빠가 말을 이었다. "그건 안다. 넌
영웅이고, 세라도 그래. 다시 시간을 돌려놓는다고 해도 세라는 분

명 똑같은 선택을 할 거다. 매번 말이야."

마이클은 고개를 끄덕일 수밖에 없었다. 슬픔이 너무 컸다. 그럴 순 없겠지만, 마이클은 제러드만큼이나 세라를 그리워하고 있다고 느꼈다.

"우린 널 사랑한단다." 낸시가 슬픈 미소를 지으며 말했다. "넌 이제 우리에게 아들 같은 존재야." 그녀는 잠시 말을 멈추었다. 두 눈에는 확신하지 못하는 빛이 담겨 있었다. "계속 연락해도 될까?"

마이클은 최선을 다해 미소 지었다. "당연하죠. 절 만나러 오셔도 되고, 문자도 보내주세요…. 꼭 그렇게 해주세요."

제러드가 손을 내밀어 그의 어깨를 꽉 잡았다. 오직 자기 딸을 사랑하는 소년에게만 지을 수 있는 표정으로 남자답게 고개를 끄덕였다.

"잘 지내라, 아들." 그가 말했다. "다른 사람들과도 작별 인사를 나누거라."

그들은 방 한쪽 구석으로 갔다. 개비가 마이클에게 다가와 인사를 건넸다.

"안녕." 그녀가 말했다. 얼굴에서 눈물이 줄줄 흘러내렸다. 마이클은 그 모습에 마음이 움직였다. 그들은 한 달 전, 그 모든 광기가 마무리된 뒤로 무척 가까워졌다. 마이클은 그녀와 아주 오랫동안 친구로 지낼 수 있을 거라 확신했다. "네가 떠난다니 믿을 수가 없어. 늘 아주 먼일처럼 느껴졌는데."

"그러게." 마이클은 개비를 품 안에 꽉 끌어안았다. "가끔 놀러 와. 원한다면 남자친구도 얼마든지 데려오고."

그녀가 웃었다. 콧소리를 내듯 짧고 높은 웃음소리가 났다. "그거, 정말 이상하겠다. 그치? 너희 둘은 한 번도 본 적 없는 사이라니 믿을 수가 없어. 정말 이상해."

"아, 우린 만난 적 있어." 마이클이 그녀를 놓아주며 말했다. 느낌이 무척 좋았다. "여러 가지 방식으로 말이야. 그리고 있잖아, 난 널알아. 그 녀석이 너한테 특별한 남자라면, 그렇게까지 쓰레기일 리는 없어."

"핫. 그래." 개비가 잠시 말을 멈추고 마이클의 눈을 똑바로 들여다보았다. "꼭 널 만나러 갈게. 많이. 너희 둘은 서로를 좋아할 거야. 그리고… 네가 그 애를 위해서 해주는 일은… 그건…."

"됐어." 마이클은 손을 허공에 휘저으며 말했다. "그런 얘기는 꺼내지도 마, 다시는. 내가 선택한 것도 아닌데."

개비는 고개를 끄덕였다. 새로 눈물이 솟구쳤다. "알았어. 뭐, 정말로 금방 만나러 갈게. 어딘지만 알려줘. 알았지?"

"당연하지."

마지막이지만, 존재감이 결코 작지 않았던 사람은 브라이슨이었다. 그들은 서로를 끌어안고, 남자다워 보이기 위해서는 필수적인 등 두드리기 동작을 해주었다.

"사랑한다, 인마." 브라이슨이 그의 귀에 속삭였다.

마이클은 웃음을 터뜨렸다. 그러거나 말거나 브라이슨은 마이클을 더욱 세게 끌어안았다. "아니, 진짜야. 난 널 사랑해. 넌 상상할수 있는 최고의 친구야. 제일 용감하고, 제정신 아니고, 유머감각도 있는 최고의 친구. 넌 나한테 최고의 친구야. 늘 그랬고, 앞으로도늘 그럴 거야. 매일 만나러 갈게."

그는 마이클을 놔주고 돌아서더니 문 쪽으로 갔다.

"브라이슨!" 마이클이 외쳤다.

브라이슨은 돌아보지 않고 그저 손만 흔들더니 문을 나섰다. 갑작스러운 행동이었지만, 마이클은 이해했다. 완벽한 작별 인사였다.

그래서, 그게 전부였다.

마이클은 눈물 때문에 눈이 따가웠지만, 코핀으로 다가가 문을 열고 누웠다. 그는 누구에게도 자신의 벌거벗은 몸을 보여주기 싫어서 제대로 옷을 갖추어 입었다. 어쨌든 몸이 그렇게 오랫동안 안에 들어가 있을 필요도 없었다.

그는 눈을 감고, 너브박스가 마법을 부리기를 기다렸다.

약 한 시간 뒤, 눈이 다시 뜨였을 때는 잭슨 포터가 다시 한번 진짜 세상을 보게 될 터였다. 개비가 바로 그곳에서 그를 기다리고 있을 것이다.

2

그 과정은 아팠다.

꼭 스퀴즈해서 방화벽을 지나는 동시에 킬심에게 뇌를 빨리는 것 같은 기분이었다. 어둠이 있었고, 눈부신 빛이 있었다. 금속이 비명을 지르고 손톱으로 콘크리트를 긁는 지독한 소리와 고요함이 뒤섞였다. 그 모든 과정을 고통이 함께했다.

하지만 마이클의 이상한 인생에서 너무도 많은 다른 것들이 그랬듯, 그 고통도 결국 끝났다.

마이클은 눈을 깜빡였다. 초점이 돌아왔다. 고통은 희미해졌다. 그저 고통이 뼈와 관절과 머릿속을 떠다니던 메아리만이 남아 있었다. 마이클은 뭘 기대해야 할지 알 수 없었다. 상상은 해봤다. 한 달 동안 매일 밤 생각했다. 하이브의 어느 포드에서 눈을 뜨게 될까? 전에도 그랬듯 하이브 바깥, 어둠 속을 떠다니고 있을까? 포털에서? 어느 공장에서? 그에게는 아무 단서가 없었다.

가장 나쁜 건, 깨어날지조차 확실히 알 수 없었다는 점이었다. 깨어나긴 했으니, 그런 의미에서는 모든 것이 더할 나위 없이 훌륭했다. 하지만 놀랍게도, 마이클은 그가 방금 잭슨 포터의 몸을, 대부분 사람들은 절대로 경험하지 못할 여러 가지 방식으로 마이클과 너무도 가까웠던 그의 몸을 두고 떠나온 코핀과 그리 다르지 않은 코핀 안에 있었다.

쉭 소리가 났다. 그러더니 코핀 뚜껑이 휙 열리고 너브와이어가 그의 몸에서 물러났다. 모든 것이 너무 현실처럼 느껴졌다. 눈앞에 열리는 공간 속에서 옛 침실이 형태를 잡아가는 걸 본 그 순간, 마이클은 이해했다. 아니나 다를까, 그곳에는 헬가가 있었다. 그녀가 미소 지으며 마이클을 내려다보았다. 바로 그 순간, 웨이크로 돌아온 잭슨을 보고 있을 개비처럼.

"잘 돌아왔어." 헬가가 말했다.

3

마이클은 헬가와 함께 주방에 앉아 있었다. 조금 전 헬가의 그 유명한 와플과 달걀과 베이컨으로 배를 채웠다. 마이클은 한 입, 한 입을 맛있게 먹었지만, 다시는 예전처럼 이 음식을 진짜라고 느낄 수는 없을 것 같았다. 기묘하게 존재해 온 이래 두 번째로, 마이클은 인간이 아니었다. 그의 모든 것은 프로그램으로 이루어져 있었다. 그에게는 진짜 위장도, 음식을 소화할 기관도 없었다.

그는 코드였다. 복잡한 코드였지만, 코드인 건 마찬가지였다.

솔직히, 마이클은 별로 신경 쓰지 않았다. 케인과 웨버, 그리고 그 멍청한 패스가 마이클의 달콤한 축복을 망가뜨리기 전의 인생은 훌륭했다. 마이클은 그 인생으로 돌아왔다. 진짜 세계에 관한 기억은 무뎌지고 희미해질 테고, *라이프블러드 딥*은 다시 한번 그의 진짜 집이 될 터였다.

"아주머니의 어떤 모습이 더 좋은지 잘 모르겠어요." 마이클은 오렌지주스를 마지막으로 꿀꺽 삼키고 나서 말했다. "이 달콤한 아침 식사를 만드는 버전인지, 돌아다니면서 악당들을 죽여버리는 버전인지."

헬가가 눈을 희번덕거렸다. "난 똑같은 사람이야, 마이키. 똑같은 한 사람. 그리고 인생이 장밋빛일 거라고 생각하지는 말거라. 숙제를 하지 않거나, 똑바로 행동하지 않으면… 글쎄, 그러면 전사 헬가가 돌아오는 걸 보게 될 거야."

마이클은 예전에 헬가가 야만인처럼 불붙은 검을 들고 일어나던 모습을 떠올리고 가슴이 쓰릴 때까지 낄낄댔다. 그래, 마이클은 기분이 좋았다. 괜찮았다. 인생은 아무 문제가 없을 것이다.

"이 모든 걸 신경 써주셔서 감사드려요." 그가 마침내 말했다. 현실 세계에서 보여준 브라이슨의 용감한 표현에서 영감을 얻은 그는 가장 깊고 진실한 감정을 이 놀라운 여자와 나누기로 했다. "이곳을 프로그래밍하느라 열심히 일하셨다는 거 알아요. 이곳을 우리 옛 집이랑 똑같아 보이게 만들려고요. 놀라워요." 마이클은 잠시 말을 멈추고, 갑자기 휩쓸려 오는 감정을 삼켰다. "날 따라와서 구해준 것도 감사해요. 우리가 딥에서 계속 살아갈 방법을 알아내 주신 것도요."

헬가는 조리대를 돌아 다가와서 그를 끌어안았다. 눈시울이 촉촉했다. 그러곤 자기 자리로 돌아갔다.

"말해줄 게 있어." 그녀가 조용한 목소리로 말했다.

마이클의 호기심이 솟았다. "뭔데요?"

헬가는 고개를 끄덕였다. 마이클은 가슴속에 갑작스럽게 두려움이 피어나는 것을 느꼈다.

"아니, 아니야." 헬가가 재빨리 그 두려움을 가라앉혔다. "나쁜 얘기는 아니란다. 약속할게. 나는 기다리고 싶었어…. 모든 게 제대로 됐고, 우리 둘 다 버트넷에서 계속 존재할 수 있다는 게 확실해질 때까지 말이야. 그리고… 이제 때가 된 거야."

오랫동안 어색한 침묵이 흐른 끝에, 기대감으로 가슴이 콩닥거리는 가운데, 마이클이 말했다. "알았어요. 뭔데요?"

"기억나니? 그…." 그녀가 말을 더듬었다. "아니, 됐어. 당연히 기억하겠지. 세라가 죽은 날 말이야."

마이클은 고개를 끄덕이는 것밖에 할 수 없었다. 귓속에서 피가 세차게 흘러다니는 것만 같았다.

"그날, 내가 널 내보낸 건 슬립에 있는 우리 프로그래머들과 함께 세라의 정보를 다운받는 작업을 하기 위해서였어. 세라의 의식을 말이야. 세라가 그 세계에서 마지막 숨을 거두기 전에 해내야만 하는 일이었지."

마이클은 침을 삼킬 수 없었다. 숨도 쉬어지지 않았다.

"내 생각에," 그녀는 말을 이었다. "아니, 이건 확실해. 우린 모든 일을 제대로 해냈어. 우린 그즈음에 죽음의 법칙 프로그램을 다룬 경험을 충분히 쌓았단다. 유일한 문제는, 우리가 반대편에서 세라를 포착할 수 없다는 것이었어. 하이브에서 말이야. 우리는 세라를 포드에 삽입할 수 없었어."

마이클은 자리에서 일어났다가 다시 앉았다. "무슨… 그게 무슨 뜻이에요?"

"그 말은, 세라가 저 밖에 있다는 뜻이야." 헬가가 천장을 올려다 보았다. 꼭 유령을 찾는 것 같았다. "흩어져 있어. 어쩌면 수십억 개 의 데이터 지점에 흩어져 있을지도 모르지. 잘 모르겠구나. 아마 해 변에 모래 한 양동이를 부은 것이나 마찬가지일 거야. 하지만… 하 지만 최소한 세라가 저 바깥에 있다는 건 분명해. 어딘가에 말이야. 약간은 기대할 만한 일이지. 안 그러니?"

마이클은 눈앞의 조리대를 두 손으로 짚었다. 맥이 탁 풀려서 시 선을 손등으로 떨어트렸다. 마음속에서 온갖 감정이 소용돌이쳤다. 그는 그중 어느 감정에도 집중할 수 없었다.

"우리… 부모님은요?" 그는 간신히 물었다.

헬가는 누구보다도 진정 어린 이해심이 담긴 미소를 지었다. "나 도 그분들이 그리워. 너무 많이 그립구나. 유감이지만, 그분들은 경 우가 다른 것 같아. 그건 꼭… 이런 식이야. 칠판을 상상해 보렴. 옛 날이야기에 나오는 그런 칠판 말이야. 겉면에 여러 이름들이 적힌 칠판. 너희 부모님의 경우는, 지워진 것만 같아. 다시는 돌아올 수 없도록 말이야. 하지만 세라는… 글쎄, 세라는 아직 이름이 적혀 있 는 것 같구나. 그냥 우주처럼 커다란 창고에서 그 칠판 자체를 잃어 버린 거야. 그 칠판을 찾아낼 확률은 낮지만, 세라는 저기 어딘가에 있어."

마이클은 슬픈 표정을 지으며 고개를 끄덕였다.

"아주 훌륭한 비유는 아닐지도 모르지만," 그녀가 말했다. "난 진심으로 세라에 관해서는 최소한 희망을 걸어볼 수 있다고 생각한단다."
그녀는 모든 것이 이해될 때까지 기다리려는 듯이 입을 다물었다.

"얘기해 주셔서 감사해요." 마이클이 마침내 속삭이며 일어섰다.
혼자 있어야 했다. 그는 돌아서서 그 자리를 떠났지만, 복도로 향하
는 문에서 발길을 멈추고 가사도우미를 되돌아보았다. "사랑해요,
헬가."

그런 다음, 마이클은 자기 방으로 돌아갔다. 어린 시절을 보낸 그
방으로.

4

"옛날이랑 똑같네." 브라이슨이 음료를 들어올리며 말했다. 식탁
에 둘러앉은 세 사람이 그와 잔을 부딪치고 크게 한 모금을 삼켰다.
그들은 댄더맨델리에 있었다. 정말이지, 좋았던 옛 시절과 똑같았
다. 커다란 블르칩 한 접시를 반쯤 먹어치운 상태였다.

"여긴 심지어 예전이랑 조금씩 비슷해지고 있어." 마이클은 칩을
집어 들며 말했다. "새 VNC(VirtNet Commission의 약자로, '버트넷 위
원회'를 의미한다—옮긴이)가 그럭저럭 잘해나가고 있는 모양이야. 아
직도 나한테 도와달라고 손을 내밀지 않다니. 믿어지지 않는다."

브라이슨이 눈을 부라렸다. "안. 웃겨."

"VNC라니, 너무 멍청하게 들려." 그 말을 한 사람은 개비였다. 그
녀는 잭슨 포터라는 남자친구를 데려왔다. 잭슨은 이 모든 어색한
분위기를 조금이라도 줄여보려고 이전과 전혀 다른 오라를 선택했
지만, 마이클은 여전히 묘한 기분을 느꼈다. 악연을 맺은 쌍둥이를
만난 기분이었다. "그 이름을 들으면 끔찍한 병이 생각나. 그냥 위원

회라고 했어야지."

"그건 그렇고, 큰 세상은 좀 어때?" 마이클이 물었다. "요즘은 뉴스밥을 아예 안 보려고 최선을 다하고 있어. 그것만 보면 속이 뒤집힌다니까."

개비는 끙 소리를 냈다. 예전이라면 세라가 틀림없이 했을 법한 행동이었다.

잭슨이 대답했다. 그는 새 친구들과 지내는 걸 점점 더 편하게 여기고 있었다. "그렇게 나쁘지는 않아. 특별 선거는 거의 다 치러졌고, 시장이 다시 좋아지고 있어. 사람들은 다시 슬립에 싱크할 만큼 용기를 얻었고. 몇 달만 지나면 모든 게 정상이 될 거야."

브라이슨이 무심결에 식탁을 톡톡 두드렸다. 먼 곳을 보는 듯한 눈빛이었다. "우리가 그때 놈들을 막은 게 다행이야. 진짜로. 일주일이나 2주일쯤 더 걸렸다면 세상이 엉망진창이 됐을걸. 네 덕이지, 친구." 브라이슨이 다시 잔을 들었다. 유리가 딸그랑거리는 소리가 허공을 메웠다. 기분 좋은 소리였다.

"넌 어때?" 개비가 물었다. 가상 세계에서든, 현실에서든 그녀의 얼굴에 떠오르는 그 친절한 미소에 마이클은 익숙해져 가고 있었다. "어떻게 지내고 있어?"

마이클은 잠시 생각하고, 당당하게 고개를 끄덕였다. 아직도 마이클의 가슴에 난 부스럼처럼 느껴지는 그 공허함을 친구들에게 알릴 필요는 없었다.

"아주 잘 지내." 그가 말했다. "당연히 부모님은 그립지. 너희들도 그립고. …세라도 그리워. 하지만 헬가랑 함께 살면서, 라이프블러드 딥에서 다시 학교에 다니기 시작했다니… 참 좋아. 거기서 좋은 점은, 아무도 누가 진짜고 누가 가짜인지 모른다는 거야. 나한테는 딱 좋지. 사실, 아주 마음에 들어. 뭐랄까, 내가 부패되는 것만 이겨낼 수 있다면 너희들보다 훨씬 더 오래 살 수 있다니까. 사람들 말로는 지각 능력을 계속 유지하면 부패를 이겨낼 수 있대."

"네가 여태까지 나한테 했던 말 중 가장 아름다운 말이다." 브라이슨이 대답했다. 과장되게 기뻐하는 표정이었다.

"아무튼, 뭐가 진짜고 뭐가 아닌지 누가 말할 수 있겠어?" 개비가 물었다. "우리가 아는 한에서는, 웨이크도 단지 한 무리의 외계인들이나 신이나 그 둘 다가 운영하는 더 복잡한 프로그램일 수 있는 거 잖아. 어쩌면 무한한 차원이 있는 걸지도 몰라. 백만 년에 한 번씩 재부팅이 되는 걸지도 모르고."

엄청난 생각거리였다. 모두가 오랫동안 침묵을 지키며 앉아서, 우주에 대한 생각에 빠졌다.

"이만," 잭슨이 의자에서 일어나며 말했다. "난 가야겠다. 내일까지 해야 하는 과제가 있어."

"응, 나도." 개비도 같은 생각이었다. 그녀도 자리에서 일어났다. "금요일에 여기서 다시 만나자. 같은 시간에 볼까?"

브라이슨은 의자를 뒤로 밀고, 지금 파티가 끝났다는 것이 진심으로 슬프다는 듯한 표정을 지었다. "같은 시간에 보자. 이게 신성모독이라는 건 알지만, 다음번에 만날 때는 블르칩이 아닌 걸 좀 먹으면 안 될까? 부탁이야. 하느님을 위해서라도."

개비는 잭슨과 함께 멀어져 가며 짓궂게 웃었다. 마이클은 그들이 떠나는 모습을 보며, 몇 년이 지난 뒤에도 사람들이 그들의 이야기를 믿을지 궁금해졌다. 말도 안 되는 이야기였다.

브라이슨이 그의 어깨를 탁 치더니, 거친 손길로 악수했다. "2주 뒤면 게임들을 다시 연대." 그가 말했다. 평화 조약이라도 선포하듯 엄숙한 목소리였다. "내가 하고 싶은 말은, 학교를 빼먹고—훌쩍, 훌쩍—24시간을 내리 달리자는 거야. 전부 깨버리자." 그는 마이클의 어깨를 톡톡 두드리더니 돌아섰다. 걸음을 내딛으려다 말고 그가 엄지 두 개를 획 들어 보였다. "넌 어때?" 그가 소리쳤다.

"좋을 것 같은데!" 마이클이 마주 소리치며, 똑같은 신호를 보냈다.

세상에, 듣기엔 늘 좋을 것 같았다.

마이클은 기진맥진한 채 *라이프블러드* 외곽, 수리를 마친 나무집에 앉아 있었다. 몇 시간 전에 날이 어두워졌고, 잘 시간은 한참 지나 있었다. 하지만 헬가는 신경 쓰지 않았다. 그녀는 마이클이 지난 몇 주 동안 무슨 작업을 하고 있는지 잘 알았다. 그가 거의 목표를 이루었다는 것도 말이다. 어쨌든, 지금쯤이면 헬가는 잠자리에 들었을 터였다.

마이클은 *라이프블러드* 딥 안의 주변 세계 코드에 접근할 만한 기술이 충분히 있었지만, 그 세계에 들어가 있는 동안에는 코드에 접근하지 않기로 자신에게, 또 헬가에게 약속한 터였다. 그들은 둘 다 실제 인생과 비슷한 무언가에 적응해야 했다. 상황을 안정적이고 동요하지 않도록 유지해야 했다. 그리고 마이클에게는 *라이프블러드* 딥이 그런 장소가 되었다. 그는 언제든 원할 때면 넷스크린이나 월스크린으로 시간을 때울 수 있었지만, 진정으로 몰입하기 위해서는 많은 사람들이 싱크할 때 경험하는 슬립으로 한 단계 리프트해야 했다.

정말이지 기묘한 인생이었다.

그는 브라이슨의 빈백 의자에 자리 잡았다. 그 닳아빠지고 갈라진 표면이 오랜 친구처럼 느껴졌다. 그는 고개를 뒤로 젖히고 심호흡했다. 너무 많은 작업을 하는 바람에 눈이 아팠다. 작업하고, 탐색하고, 분석하고. 그런 일에는 마이클의 기술과 힘이 마지막 한 방울까지 필요했다. 하지만 그는 훌륭하게 해냈다. *나 자신에게 이런 말을 해도 된다면 말이지만.* 그는 생각했다.

가끔씩 바깥쪽 벽을 긁는 나뭇가지 소리가 정적을 깨는 가운데 마이클은 앉은 채로 지난 모든 일을 떠올렸다. 말도 안 되는 인생의 전환점. 자신이 한 줄의 코드라는 사실을 알아낸 일. 현실과 가상의 모든 세계를 여행했던 일. 세계에서 가장 크고 지독한 군대조차 막지 못했던 적들과 싸운 일. 목숨을 잃는 세라를 지켜본 일. 그것도 두 번씩이나. 끔찍하게. 그보다 어린아이에게 평생 동안 지울 수 없는 상처를 주는 일이 있을까?

하지만 그 모든 게 결국은 잘됐다. 아닐까?

마이클은 이곳에 잘 살아 있었다. 그는 죽음의 법칙 때문에 평균적인 인간을 훨씬 넘어서는 수준으로 인간의 지능을, 그들의 의식을 이해하게 됐다. 그는 진짜였고, 그게 전부였다. 누구도 마이클에게서 그 사실을 빼앗아 갈 수는 없었다.

마이클은 크게 기지개를 켠 다음 곧게 허리를 펴고 앉았다. 그는 몇 주 동안이나 뼈 빠지게 작업해 왔다. 밤샘 작업에, 학교에서는 눈이 충혈되어 있었고, 플레어에 잠식당한 크랭크처럼 돌아다니며, 저녁 식사 시간에는 졸았다. 한 번 그런 적이 있었는데, 아직도 믿어지지 않았다. 마이클은 하마터면 얼굴을 토마토수프 그릇에 그대로 담글 뻔했다. 헬가는 고개를 저었다.

하지만 전부 그럴 만한 가치가 있었다. 너무도. 이제는 이루어졌다. 마이클은 백 퍼센트 확신했다. 슬립을 이쪽 끝에서 저쪽 끝까지 샅샅이 뒤지고, 높은 곳과 낮은 곳을 탐색하고, 데이터를 모으고, 고도로 보안되는 장소에 너무도 많이 침입하느라 마이클이 교도소에 잡혀 가지 않은 게 기적일 정도였다.

모으고, 또 모으고.

수집하고.

한 조각 한 조각, 코드 한 줄, 한 줄. 이제 그는 마이클은 그 모든 것을 한데 모았다. 물론 뒤섞여 있고, 혼란스럽고, 뒤죽박죽 엉망진창이었다. 하지만 전부 그 자리에 있었다.

내일은 토요일이었고, 그에게는 오랫동안 일해야 하는 마지막 하루가 남아 있었다.

그는 흥분감에 몸이 움찔거렸다. 빨리 시작하고 싶어 좀이 쑤셨다. 하지만 그는 기다릴 생각이었다. 충분히 쉬고, 이 과제를 처리하기 위해 확실하게 준비할 작정이었다. 나무집으로 돌아오기 전에 헬가한테서 맛있고 배부른 아침을 꼭 얻어먹을 것이다. 그래, 마이클은 하루를 더 기다릴 생각이었다.

내일이면, 그는 코딩으로 세라를 다시 살려내기 시작할 것이다.

옮긴이 **강동혁**

서울대학교 영문학과와 사회학과를 졸업하고 같은 학교 대학원에서 영문학 석사학위를 받았다. 옮긴 책으로는 《해리 포터》 시리즈, 《신비한 동물사전 원작 시나리오》, 《일곱 건의 살인에 대한 간략한 역사》, 《레스》, 《이 소년의 삶》 등이 있다.

죽음의 법칙 3: 생존 게임

초판 1쇄 인쇄 2022년 2월 7일
초판 1쇄 발행 2022년 2월 18일

지은이 | 제임스 대시너
옮긴이 | 강동혁
발행인 | 강봉자, 김은경

펴낸곳 | (주)문학수첩
주소 | 경기도 파주시 회동길 503-1(문발동633-4) 출판문화단지
전화 | 031-955-9088(대표번호), 9534(편집부)
팩스 | 031-955-9066
등록 | 1991년 11월 27일 제16-482호

홈페이지 | www.moonhak.co.kr
블로그 | blog.naver.com/moonhak91
이메일 | moonhak@moonhak.co.kr

ISBN 978-89-8392-891-7 04840
     978-89-8392-887-0 (세트)

* 파본은 구매처에서 바꾸어 드립니다.